中国专业作家小说典藏文库

中国专业作家小说典藏文库

杨英国卷

老苍

杨英国 ◎ 著

中国文史出版社

目 录

瘸 三

　　瘸三来到 D 市两天，身上那点儿钱花完，两顿没吃饭，肚子瘪瘪的，有种肠胃给掏空的感觉。他跌跌撞撞出入于街上各家饭店商铺，打算找点儿零活干。

　　几个少年站在街边闲聊，看到瘸三走路一点一点的，觉得好玩，就向他连连招手。瘸三走过去，问他们招呼自己干吗。瘸三的外地口音让少年们好奇，问他为什么来到这里。瘸三说自己亲娘死了，后妈虐待他，受不了就跑了出来。领头的少年说了句"同是天涯沦落人"，于是，瘸三就成了这个小团体的成员。

　　这伙人年龄不大，都是衣帽不整，邋邋遢遢。交谈后才知道，他们自称"D 市丐帮"，类似无业游民，每日靠打零工、捡破烂儿谋生。队伍中细高挑白净脸的叫李常清，李常清当年跟着母亲改嫁，酒鬼继父喝醉了就打他母亲。有一次他实在看不下去，找了把三角锥就把继父穿了裆，随即跑出来混世界，再也没了家。这人很义气，弄到吃的花的一定和弟兄们共享，从来不独吞。所以，别看年龄不大，却是"丐帮"头头。戴眼镜的叫冯光胜，绰号臊仙，当初在家念初中时因为强行和一个女生亲嘴被取消了学生资格。爹骂他，娘损他，脸面上实在过不去，就跑出来打工。宽下巴大嘴的叫林矬子，一身力气。最小的是结巴刘，一句话吭哧半天。团体平均年龄不到十五岁，十三岁的瘸三混在里头，倒也般配。

　　李常清告诉瘸三，眼下麦收将至，农民工纷纷回乡收麦子，他们打零工的那家工地停了工。因为冯光胜说他有个老乡是某工地的二老板，二老板虽说就是个工头，但多少也有点儿权力，几个人决定去碰碰运气。

时近中午，冯光胜引着他们来到二老板的工地值班室，二老板正在独斟独酌，一张脸跟煮熟了的螃蟹似的红里泛紫。冯光胜赔着小心说明来意，二老板的醉眼迷离起来，他知道臊仙自从逃出来就和一帮混混儿在一起，眼前的几位无疑就是他的同伙了。他有些烦，更多的是厌恶，冷古丁虎下脸来说：就你们几个熊样的，还来找活干，这不是小草驴将骡子，硬撑吗？

弟兄们大感意外，相视良久说不出话，没想到二老板这么没人味，不给活干也就算了，干吗红口白牙乱骂人呀！站在前边的瘸三拐着腿走上一步，意思要跟二老板理论理论。二老板的脸紧了紧，嘴角上露出一丝轻蔑的笑，说：哟呵，还有个铁拐李呢，也不尿个尿照照，扛着秫秸骑王八，枪不像枪马不像马的，还想充大将军！玩蛋去吧，惹急了爷们儿把你那条腿也敲折。

弟兄们面面相觑之后终于大怒，正要鼓噪起来，忽见门外一个歪脖子保安提着哨棒探进了头。保安的歪脖子连同手里的哨棒拧了几下，眼睛盯向正在喝酒的二老板，见二老板依旧腆着脸地喝酒，就又不声不响地退了出去。李常清是个仔细人，明白这种工地上的人谈不到什么王法，惹恼了他们招来保安揍你一顿棒槌，你有冤没处伸，有苦没得说。他冲弟兄们使了个眼色说：没指望，撤吧。

弟兄们骂骂咧咧往外走，快要走出工地，忽听一个声音喊道：那不是小冯吗？几个人转身看时，一位十分漂亮的女人提着一塑料袋包子站在他们不远处。女人白脸大眼，嘴唇圆实红润，举止端庄自然，通身上下透着一种敦厚善良气。弟兄们一时看得呆了，脑子里千回百转，总觉得好像在哪里见过她。想了半天猛然醒悟，是见过，这女人很像《西游记》里的观音菩萨。冯光胜看了女人一眼就慌忙低下头，嘴里嗫嚅着：婶子，是，是我！

女人走到他们跟前，朝众人打量了一眼又转向臊仙：听你大叔讲，你如今在外边漂呢是吧？这可不是长法，不行我跟他说说，到这里干个零活。臊仙很是难为情的样子，垂着头说不出话，一溜细汗沿着镜片流到鼻子翅上，赶紧用手抹了。他吭吭哧哧地说：婶子，谢谢你了，其实，俺跟这些哥们儿在一块儿，挺好的。

女人的目光踅回来，说：这都是你的哥们儿啊，唉！可怜的孩子们，这样子下去，什么时候是个头呢？光胜先别走，我去和你叔说说，你们都到这里干零活吧。说着用手抚了一下站在身边的瘸三的头，又朝瘸三笑了笑却没说什么。李常清也学了臊仙的口气喊了声婶子，鼓起勇气说：我们刚从大叔那里出来，眼下淡季，这里没活，以后再说吧。

李常清嘴里说着，招呼弟兄们转身要走，被女人一伸手拦住。女人将袋里的包子递到臊仙手里，说：晌午了，你们一定没吃饭，把这些包子拿去吧。臊仙不收，漂亮女人有点儿急，说：你这孩子真别扭，这是给你叔送的午饭，你们先吃了，我不会再去买吗？臊仙看了看众弟兄，只好接过来。漂亮女人想了想，又掏出五十元钱塞给他，嘱他和弟兄们随便买点儿东西吃。臊仙推辞不掉，也只好收下。女人对他们千叮咛万嘱咐，说实在过不下去就让小冯领着来找她。几位弟兄绝对受宠若惊，只有臊仙不时说上个"谢谢婶子"，其他人的嘴好像都肿了。

走出工地，臊仙将包子分给弟兄们，瘸三饿急了，三两口吞下一个包子，叹口气说：唉，给她当孩子也是修来的福啊！可是，这么好的一个人，怎么就跟了二老板那种瞎账货呢？天下的事，真不公平。

瘸三混在这支队伍里，日子倒也过得优哉游哉，有机会就找点儿零活干，找不到零活断了财路，几个人就拾荒卖钱吃饭。

瘸三渐渐静下心来。

D市对于瘸三来说挺新鲜，只要闲下来，就让哪个弟兄陪他到各处转转。这天，他和林矬子在市中大桥上溜达，一个骑自行车的中年女人迎头撞上来，三拐两拐躲闪不及，一下子歪在了桥头右侧。女人的脚卡在了车架里，胳膊也被压在了车把下，近在咫尺的瘸三和林矬子赶紧跑上去，一个掀车把，一个搬车架，费了挺大的劲总算把女人解救了出来。女人爬起身抻了抻衣服，拢了拢头发，道声"谢谢"就赶紧跨上自行车走了。

女人刚走，奇迹出现，瘸三看到桥栏边上有个钱包，他顺手拾起来交给林矬子。林矬子拽起瘸三跑下桥，在一个隐蔽处打开钱包，钱包里鼓鼓囊囊，约莫有几千块。发了一笔横财，两人大喜过望，准备回去交给李常清，至少两个月的吃喝有保障了。岂料没过一会儿，那中年女人就急匆匆地骑车赶回来，径直奔向桥头跌倒的地方。女人下了车前后左右地撒拉着，找寻着，很明显，她断定刚才跌倒时钱包掉在了桥面上。当然，她是找不到的，因为钱包即使不为瘸三所得，这会儿也早给别人捡走了。两人都看得清楚，中年女人忽然就一屁股坐在桥头上，接连发出几声绝望的号哭。路人围过去并相继发出询问，瘸三和林矬子远远听到，那女人断断续续哭诉着，说父亲病重需要住院，自己回家借够了钱又急急地赶回来，不料到医院一看钱没了……瘸三心里酸酸的，和林矬子商量，要把钱包给女人送回去。矬子的脸皮紧了紧，说：还是不犯傻的好。瘸三继续做工作，说：看在女人一片孝心的分儿上，送回去吧。矬子终为所动，取出钱包交给瘸三。

瘸三接过钱包，不知怎的心里一阵扑通乱跳，他拐着腿跑上桥头，来到正哭得六神无主的女人跟前把钱送过去，说：大姨，我刚才在这里捡到的，可能就是你丢的吧。周围的人立即发出一片叫好声，女人的哭声也戛然而止，眼睛盯了盯瘸三，哆嗦着手指抓过钱包取出钱，飞快地数着。数完一把薅住瘸三喊起来：少了三百呢，啊——三百呀！瘸三的脑袋嗡的一声，就听女人在哭诉：刚才就是这瘸子帮我扶车了呢，什么捡到呀，明明是借机捋走了呀！

旁边马上就有两个见义勇为的汉子捉住瘸三，喝令把钱交出来。

瘸三有苦难言，再三分辩，女人只是不饶，要死要活扯住了他。那两个汉子更不含糊，劈头盖脸一顿拳脚就把瘸三放翻了。瘸三这样的身子骨怎能受得住，一会儿就被打得哭叫连声，抱着脑袋在地上滚。就在他叫天不应叫地不灵的当儿，一位年轻女人挤进人群，拼力将瘸三拽起来并高声喝道：杀人不过头点地，一个孩子家，你们可真下得了手啊！

丢了钱的女人说：他偷了我的钱，还差三百呢！

漂亮女人说：刚才的事我也看到了，既然他偷了你的，为吗还给送回来？真要不送回来，你又能怎么样呢？丢钱的女人一时语塞，旁边的人也像突然明白了道理的孩子似的挖挲起手哼啊哈的。丢钱的女人押了一会儿重又哭喊起来：天哪，少了这三百块钱，我老爹可就没命了！

女人的哭叫声凄厉而悲苦，在场的人无不为之动容。年轻女人想了想，从手包里掏出三百块钱递过去，说：大嫂，这钱你拿着，这孩子你放了他，行吗？正在哭叫的女人见此情景，毫不犹豫地抓过钱来，当即又跪在地上给年轻女人磕了个头，说：大妹子，你人好心好，好人自有好报，为了救俺爹，我也顾不了什么脸面了！说罢爬起身来跨上自行车，穿人缝钻人空儿，曲里拐弯地奔医院方向去了。

瘸三怔怔地看着眼前所发生的一切，就像做梦似的。年轻女人拍打了他一下，他才想起应该谢谢人家。一抬头，傻了，面前的女人正是二老板的妻子，他勉强支撑着叫了声"婶子"，眼泪就哗地下来了。年轻女人抚弄着他的头，轻声轻语地说：孩子，又是你呀，怎么会出这事呢？瘸三哭着把事情经过说了一遍。漂亮女人的眼圈红了，她用手梳理着瘸三那凌乱的头发，叹口气，说：可怜的孩子，小小年纪就出来闯荡，你爹妈可是够狠心的！女人这一说，瘸三更加忍不住了，捂着双眼哭个不止，此时此刻，他多想冲着这位好心的女人叫声亲妈！然而，不能，他不能啊！他忽然意识到自己不能太失态了，赶紧擦干眼泪抬起头来，竭力止住自己的抽咽，说：大婶，谢谢你救了俺，可俺什么也不能报答你呀！年轻女人轻轻一笑，说：傻孩子，说什么呢，人心都是肉长的……

瘸三朝年轻女人深深地鞠了个躬，转身走下桥去。刚才的一幕，桥下的林矬子始终看在眼里，不知是胆小还是羞惭，他始终没有凑前一步。此刻见瘸三走回来，急忙迎上去搀住他，两人一瘸一拐地返回到他们暂时栖身的破桥洞里。矬子扶着瘸三躺在一条破草席上，然后跪在地上结结实实地给瘸三磕了几个头。瘸三惊异地问他这是干什么，矬子抽泣着从腰里掏出三百元钱送上来：兄弟，是我不好，我偷偷抽出三张票子扣下，让你挨了一顿打！

这天晚上中心广场举行露天音乐会，弟兄们闲极无聊，商量了一下决定去享受享受精神生活。音乐会挺成功，弟兄们听得很高兴，回来的路上，结巴刘还不停地模仿那个千娇百媚的女歌手呢：越长大越觉得孤单——！结巴刘走一会儿就嘻嘻道：你们，们，听了没，没有，她把孤——单唱成了，狗……狗蛋！

拐上兴隆街，前边就是火车站了，这时从车站蓉丽大酒店里跌跌撞撞地走出一个人，瞧那步态走相便知他已酩酊大醉。那人脚下打着别腿甩了几甩倒在马路牙子上再不动，看来决定要在这里酣睡过夜。几个人走到跟前仔细瞅，伴着如雷的鼾声，一股暖烘烘的酒味腾起来，李常清用手扇了扇鼻子，说：有买卖了，抬走。

紧靠铁路广场的东边是一条邻街的绿荫带，绿荫带上种着整齐的法桐和枝曲柳，地势比相邻的广场要低出一些。广场边上用好看的花瓷砖镶嵌着，算是装饰，也算是地界。西边的广场是火车站的势力范围，往东的绿荫带和相邻的街道则属本市警察管辖。因为是夏天，这个临界地带便成了"丐帮"弟兄们的宿营地，地上铺一块塑料布或草席，仰脸而卧，望月观星，其乐融融。地方巡警来，他们就往广场上挪一挪；车站人员来，他们就往东搬一下。时日已长，无论是铁路人员还是地方巡警，都知道这些人是打零工混饭的，逼急了他们可能会影响地方治安，因此虚张声势地喊上几嗓子，也就睁一只眼闭一只眼。

醉汉被弟兄们安放在广场台阶下，身下铺了块塑料布。弟兄们又将醉汉的上衣脱下来盖在他身上。下面草地作衬，上面树冠遮光，在几个"卫士"的看护下，尽管周围人喊人笑汽车响，他还是优哉游哉地进入了甜蜜的梦乡。李常清让几位弟兄先后排班，有的睡觉，有的警戒，明晨醉汉醒来，另有话说。

不知怎的，这个年代的人烦心事特别多，一烦了就喝酒，一喝酒便醉，尤其那些在饭店酒馆的独酌者，多半是喝过便要"醉卧青蓑自在眠"，找个地方放翻身便睡下，狗舔人踢还是被偷遭抢，全然不晓，直要一梦黄粱到仙界。李常清心细，早就看到这是一笔好生意，所以但凡遇到醉卧街头的，他便指挥弟兄们或抬或背弄了去，加心用意地看护着，待到醉者酒醒，一笔数额可大可小的"看护费"就到手了。这生意做得极为公正，不抢不夺更不偷，被保护者身上的财物一点儿也不会短少。试想，一个醉在大街上的人如果没有人管，夜间会是什么遭遇、什么后果？因此，但凡受到"看护"的稍有良心的人，不但心甘情愿地拿出钱来，离开时还会真心实意地向这些爷们道谢。也有受到保护却没钱的主儿，这也不要紧，让他给家里打电话，带着钱款来领人，多少不计，不给是不行的。家属得知一夜未归的丈夫或者儿子安然无恙，感激都来不及，哪还在乎几个看护费呢？

这种生意，"丐帮"弟兄们已经做了好几桩。

夜，渐渐静下来，除了间或响起车站广播员的报站声，周围不再那么喧嚣嘈杂。当轮到瘌三值班时，天已麻麻亮，细微的晨风刮动绿化带上的小草和头顶上的树叶，连同空气一块儿轻轻地颤动着。昏睡一夜的醉汉这霎终于睁开了眼，看了看坐在他身旁的瘌三和躺在他周围的人，吃惊地问：我咋在这里，啊，啊？你们，你们是干什么的？

醉汉的声音虽然不大，周围几个人却都被惊醒了。他们相继揉着睡眼坐起来，似乎有些懵懂地看着面前的世界。最后一个坐起来的臊仙先不好意思地摁了摁自己支起来的裤裆，又飞快地掏出近视镜戴上，眼前的一切开始变得明晰。他伸伸懒腰打个呵欠，一副"大梦谁先觉，平生我自知"的神色。臊仙敛好精神扭过头，一声惊呼从他那尚未闭合的嘴里发出来：咦，大叔，怎么是你呀？

清醒了的醉汉愣了片刻，也好像顿然省悟，说：是光胜啊，怪不得把我弄到这里来，多亏你，多亏你，要不非让野狗舔了不可。说着爬起来，嘴里嘟囔着"糟糕，误了车了，误了车了"起身要走。李常清轻轻摁住他，口气阴阴地说：爷们儿你先别走，看看身上的银子物件少了没有？

二老板"哦哦"着如同大梦方醒，赶紧掏出钱包查了查，一脸大恩不言谢的表情，钱都在，一分不少。刚想道声谢走人，依旧阴着脸的李常清说：爷们儿，俺哥儿几个守护了一夜，你得表示表示吧？二老板听了这话，既感恩又有些被绑架了的感觉，他看一眼几个衣冠不整的半大孩子，除臊仙最熟识外，其余的都好像在哪里见过。想不起来，便有些疑惑，揉一揉眼睛，明白一毛不拔是走不脱的，狠狠心拽出一张百元钞票道：就当爷们儿我住一回旅馆吧。

钞票从李常清手里转给了瘸三，二老板这才注意到，身旁这个小瘸子比其他的人更阴沉，此刻正在恶狠狠地瞪着自己。他的心里有点儿发毛，弄不清小瘸子为何这种眼神盯着他。可拧了眉毛想半天也弄不出所以然，怕发生意外，便讪讪地讨好瘸三说：哟，小兄弟还是账房先生呢。

瘸三没应声，把头扭向一边去。二老板有些紧张，求援似的把目光转向臊仙。臊仙虽臊，却极富人情味，见二老板用求援的眼神望着自己，便往前欹了欹身子说：叔，干吗晚上自个儿跑出来喝闷酒？要不是俺几个碰上，不得出大事吗？

像一根尖刺扎了二老板的心窝子，他蔫蔫地低了头，眼圈也渐渐红了，唏嘘几声咽下一阵痛苦，嘶拉着嗓子说：唉！倒霉，你婶子出事了！臊仙轻轻惊叫了一声，旁边扭着头的瘸三转过脸来，口气急迫地问道：出什么事了，啊？

这询问勾起了二老板的伤心事，刚才已经蹲起来的屁股又原地坐下，他猛地抱住头，双肩一耸一耸地哭起来，把几位丐帮弟兄给哭蒙了。

几天前，在一项工程中狠狠赚了一把的二老板忽然心血来潮，带着夫人到外地去旅游。黄河以南的山区里新近开辟了一所野生动物园，里面狼虫虎豹野獾狗熊鹿一应俱全，他们在园里乘着游览车接连逛了两三天，兴犹未尽，又到百里之外的一处景区转了一遭后，便在城内一家古朴典雅的旅馆里住下，准备次日再到附近的山里看瀑布。小城不大，环境不错，晚上夫人提议到外边看夜景，二老板打着呵欠说跑累了，他想歇歇，让夫人自己随意走走。夫人说新到一地，自己打怵，让二老板陪着。二老板不耐烦了，说：不就巴掌大的一座小城吗，没人能把你拐了去！在附近转转，别跑远了。夫人想想这话也在理，就自己出去了。她真的没走远，只在附近商场逛了逛就返回来。夫人走到他们所住的房间敲门，里边悄无声息。她喊着二老板的名字，里边仍无回声。她想，这家伙说不定也是嫌闷跑出去了。她只好叫来服务员开门，服务员犹豫了一会儿，但她是这个房间的住客，找不到理由拒绝，只好将门开了。

　　门开了，夫人走进去后看到二老板正躺在床上睡大觉，她想他是真的累了，连自己敲门开门也听不到。她蹑手蹑脚地走到另一张床前，换上拖鞋又整理了一下被子，正准备躺下身子，忽听卫生间里传来细微的响动，她吓了一跳，因为现在的旅馆里是不可能有老鼠的。她惊觉地起身走到门洞下，刚一探头立时就吓呆了，一个长发披肩装束妖冶的女子正从卫生间里悄悄迈出来，看到她后不好意思地笑了笑便大模大样地开门踅出去。夫人愣了半晌终于省悟，她明白自己出去后男人干了些什么，一股酸酸的热流从心房深处汹涌而出，在喉头舌下打了个转便直达颞部，难耐的刺疼传至双眼，霎时间，这位善良贤淑的女人便泪流如注。她重重地坐回到床上，没有吵也没有闹，只是泣不成声地对仍然躺在床上装睡的男人说：你……对不住我！

　　再装熟睡就是王八蛋了，二老板翻身坐起来低了头，一脸的疲惫和羞愧。面对一向贤惠有加的妻子，激情过后的瞬间冷漠和意外被捉的懊丧让他没法解释也解释不得，他只能以不变应万变，垂着脑袋装憨卖呆不发一言。女人只说了那一句就再也无话，只是抽抽咽咽地哭个不停。

事实上，一向依赖并敬佩丈夫的她遭此无妄之灾，确也不知怎么说或者说什么。她委屈，憋闷，羞愧，愤愤而又无可奈何。尽管事出突然让她心乱如麻，尽管丈夫做作下流地伤了她的自尊，她还是在努力地宽慰自己并抚平波澜起伏的心绪，想找出个合适的理由为丈夫也为自己开脱。然而，这事如同木板上钉了钉子，拔去钉子仍有一个洞，你没法把它抹去或捻平。这个一直认为丈夫心里只有自己的女人发现她不过是一厢情愿时，心上立时挽了个结实的疙瘩，她把疙瘩捏在手里拼命地解呀解呀，怎么也解不开，她这才明白，自己真的是懦弱愚笨，束手无策。

这件事在女人的脑子里横经竖纬地理了半天也理不顺，心里推不开更盛不下，她不是那种性格刚强眼不揉沙的女性，不会发怒不会詈骂更不会撒泼，遇到这种糟糕的事情她首先想到的仍是丈夫的以后、丈夫的尊严。她只想让这事像轻风一样无声无波地漫过水面，不留痕迹不留瘢点，让自己一向平稳的生活继续平稳下去，只求丈夫下不为例，她便会以手加额感谢苍天。她要给丈夫留下退路，留个脸面。为了找到足可排解消除这件不幸的理由和办法，让自己不再烦恼不再郁闷不再心痛如蜇，她擦了把眼泪起身朝外边走去，她想也许到大街上吹吹风顺顺气，心中的积郁就会驱散和消解。

二老板有愧于妻，老婆出去时他仍旧低着头，听到门响抬头要问时，人已经走出去了。他动了动身子但没追出去，他想，一定是气郁难捺，到外边疏通消散了。他明白，老婆向来贤德，以往无论什么都是迁就他顺从他，今天他虽然做了现眼的事，凭他的感觉和经历，老婆仍会原谅他。他很懊悔，一个小时前的那个电话他本不该接，即使接了也不该答应让一个小姐来给自己按摩。结果……唉！君无主意失江山啊！这以后，他可是再也没有资本在老婆面前吹嘘自己守身如玉了。心里翻江倒海想了许久，想得脑仁疼，抬眼瞧瞧门洞处，门洞处静静的，听不到丝毫响动。他起身跑过去开了门朝外望，走廊上静静的，远处服务台上的一个女孩看到他探头探脑，问他是否有事需要帮助。他没回答，只是摇了摇头就缩回来，他把门留了一条缝，心想老婆回来后不用敲门便可径直进屋。

二老板的心里很不平稳，开始在房间里走来走去。老婆出去时间不短了，应该回来了。城区不大，从这头走到那头也用不了这么长时间。他越来越沉不住气，可别出了意外呀！看看夜已深沉，二老板再也抻不住，披了件衣服就跑出旅馆。他顺着那条主要大街径直找去，从东头找到西头，又从西头返回来，丝毫没有老婆的踪迹。周围虽有灯火，路上行人已稀，一个推着车子卖香蕉的小贩问他买香蕉吗，他行色匆匆地回答说：不买香蕉，找女人。小贩笑了笑说：找女人到歌厅洗头房里去呀。二老板说：我找自己的女人，跑出来到现在没回去。小贩意味深长地"咦"了一声问他，是不是一个大白脸留短发的女人。二老板一激灵站住，转身冲上去薅住小贩大声道：怎么，你看到了？小贩挣脱他的手，说：你干吗这么凶啊，又不是我抢了你的女人。二老板自知失态，马上松开手换了笑脸：哦，对不起，对不起，我是急昏头了！您老行行好，帮帮忙，告诉我，快告诉我！

小贩告诉二老板，他在这街上卖香蕉好几个来回了，大约两个小时前就看到个三十多岁的白脸女人顺着大街来回遛，有几个流氓小子还凑上去问她是不是卖的。女人一脸怒气，不理也不停脚，只管走自己的。他想，这一定是谁家的女人赌气跑了出来。就在他卖香蕉转回到东半截时，果然看到一辆面包车从女人身后赶上来，车上下来三四个男人，说了声"你怎么还不回家呀"，就将女人捂着嘴弄上了车。他清楚地看到女人在拼命挣扎，当时心里还想，这女人脾气真够大的，既然家里人来找你了，还不借坡下驴？小贩说完这话口气变得轻松起来：我说先生你也赶快回家吧，说不定兄弟爷们儿早把老婆给你送到床上了。

二老板当时就急蒙了，一迭连声说"坏了坏了"，也顾不得道声谢，就发疯一样跑向附近的派出所报案。派出所民警听了他说的情况，说是糟了，弄不好又是一例拐卖女人的。民警让他领着找那小贩了解情况，问明面包车是朝东边山区开去，皱起眉头半天没吭声。二老板急得喘粗气，掏出一沓钱放到警察面前带着哭韵说：民警同志，无论如何，你们得费费心呀，找不到她，我也活不下去了呀！警察把钱放回他包里，很认真地说：老兄别着急，这事我们应该管，但不是你花几个钱就能办妥的。实话相告，你老婆极有可能是遭了人贩子的手，这地方不时就出现抢女人的，你沉住气，我们抓紧想办法。

警车连夜朝着东边追，一直追到山区附近的一条小道前也没看到面包车。领头的大个子警察想了想，说：我们就潜伏在道口边，从今夜到明天，只要有面包车从山里出来就扣下。这办法果然奏效，第二天一早就扣住了一辆红色面包车，车上两人一见警察就慌了神，警察也当即认出他们正是小城西关刑满释放的人口贩子。把两人弄到隐蔽在不远处的警车边，大个子警察踹了两脚他们便招认了，二老板的女人就是他们昨晚抢走的，并且连夜给送到了二十多里外的山村吴家疃，以六千元的价格卖给一个光棍汉了。

问清村子人名，大个子警察给他俩上了铐子，命令他们带路，马不停蹄往山村赶去。可是赶到那里找到村委会的人一调查顿时犯了难，吴家疃买人的这家有兄弟三个，处世行事很讲礼义，先给最小的吴老三从外地领了个媳妇。老大说自己快四十了，已经老住茬，这辈子也不再想那花花事，只想攒钱再给老二弄上个媳妇，就算尽了大哥的责任，死了也对得住阴间的爹妈。吴老大也明白买人不合法，也怕人贩子回来找后账，所以人一到手，他就指示老二老三来了个乾坤大挪移，将人连夜秘密转走了。山道弯曲，山中隐蔽，随便藏进一个山洞你也没法找啊！二老板急了，扑上去抓住一个人贩子又咬又掐，若非警察及时拉开，那小子得被活活掐死。警察们和二老板商量，决定先回城，然后便衣装束返回山村继续侦查。二老板虽然急得撞墙，无奈眼下没有更好的办法，只好答应了。

二老板在小城住了几日，便衣们也进出山村好几次，始终没有好的结果。工地马上开工，老板给他打来电话，二老板只好赶回来安排了工地事务，又向大老板请了假，正要乘夜车返回小城，不想等火车时很郁闷，郁闷之中到饭店喝起了酒，从而就有了后来的经过。

晨风轻轻掀开淡淡的幕帐，世界霎时明亮了许多，卖早点的摊位相继在站前摆了开来，远处的中学上空开始响起召唤学生上早操的喇叭。一直泣不成声的二老板终于止住了哭诉，他悄悄打量了一下眼前的几位，一颗悬着的心渐渐实落了。因为他看到眼前这几位不再以怨恨仇视的目光盯着自己，脸上已明显露出了和解与同情的神色。完全醒了酒的二老板是个精明人，从一开始看清臊仙和他的同伴时就明白遇上了冤家。那天中午，由于他的阴暗心理和半吊子性格，曾经和这几个人结下了"梁子"，如今狭路相逢，他最害怕的就是对方报复他。皮肉之苦倒是小事，倘若缠住他不得脱身或者将他身上的钱顺理成章地坑了去，那就无异于雪上加霜了。二老板心里很清楚，这几位中除了臊仙还能给他脸面外，其余的都会让他吃不了兜着走。此时他的确很后悔，因为他的所作所为确实曾经非常严重地伤害过人家。如今却又意外相遇，难道这就是天理人情恩怨必报吗？最先意识到危险的仍是臊仙，不过他并不同情二老板，因为二老板倨傲、绝情，冲着别人的脸蛋子滋尿，太不是东西了。

　　然而，那天受辱最重的瘸三却是眼含热泪，他不是被二老板的哭诉打动的，他是为那位好女人的遭遇难过。二老板所去的小城，其实就是瘸三的老家，那里的山山水水他最清楚，那里的人情世故他最了解，二老板的夫人给卖到山里，看来真的是凶多吉少了。那地方的山区因为交通不便，至今人们仍不富裕，山区里的女子向往外边的世界，总是千方百计嫁到山外，山外的女子当然更不愿嫁进山里，所以村村寨寨的光棍越来越多。适逢其时，有些人便从这里面悟出了生财之道，从外地骗来女人送进山里，高价卖给那些急渴难耐的光棍做老婆。事情总是先缓后急，先温后火，人贩子们越闹越胆大，后来竟然发展到从本地坑蒙拐骗甚至抢绑女人了。公安局也跟着忙起来，三六九便到山里解救被害者。不料，这一来贩人的和买人的都长了心眼，他们相互勾结，人到手后立即转移到隐蔽地方，让你忙个手脚乱颤却也无可奈何。这里天高皇帝远，荒山野坡中时有狼虫出没，胆小的女人们吓也吓个半死，更别说冒险犯难脱身逃走了。时间一长弄出孩子来，有的只好认命，有的即使再给解救出来，到底还是给男家留下了血脉。

瘸三扑拉了一把茅草般的头发，好像要努力让脑子清醒一下，他拿眼涮了涮二老板，说：你是浑蛋，可你老婆是好人，这事，我得帮你到那里救她。我是山里人，知道山中的旮旯旯旯，别人找不到的地方，我能找着。这话一出口，首先响应的就是臊仙。臊仙眼睛红红的，说：刚才我就想这事，怕兄弟们怪着。就是小三不提这话，我也得随大叔去找回婶子，现在有小三这个当地人帮忙，没有过不去的火焰山。臊仙倒是个急性子，说着就要拉起二老板进站。李常清拽住他：别慌，咱们商量个万全的办法，这并非小事，不能打草惊蛇。

一直不说话的结巴刘和林矬子这时也开了口，说是这事开头最好先不要惊动公安，因为公安即使便衣进村，也会引起人们的注意。再说，也难保村委会的人不和主家勾着，之所以一连几天没个结果，恐怕这就是症结。现今倒不如弟兄们暗暗地到达那里，溜进山村仔细侦查，弄清楚婶子的下落，悄悄救出来也就是了。不管怎么说，我们有五六个人。李常清听这二人说得在理，连连点头：真人不露相，就这样吧，咱们说干就干，拔锚开船。

二老板直着眼睛听完他们的话，似乎不相信这会是真的。几天下来，他确也看到当地公安十分犯难，虽然公安已承诺一定救出他的老婆，并且说藏匿的地点业已基本确定，眼下正在进一步落实办法。但对于老婆能否获救，他却开始持怀疑态度了。他甚至心里想过，实在不行就花钱找黑社会的人搭把手，不管什么途径什么办法，赶紧救出老婆是唯一的。否则，时日一拖，自己的女人万一在那家里生出个小老板来，可就什么都晚了。眼下听到这几人一番议论，看来是决心帮他寻回老婆，他既感激又痛悔，真想跪下来给他们赔情道歉说好话。想起当初自己的态度、自己的行为，如今人家却是不计前嫌以德报怨，他恨不得抽自己的嘴巴。人不可貌相，海水不可斗量，真是说不准哪块云彩会下雨

14

啊。他害怕几个人翻悔变卦，马上跳起身鞠了个九十度的躬说：我去买车票了！

五个小时后，他们乘汽车到达小城，在城东关租了所民房住下，就开始按照既定方案实施救人计划。水找源头事寻由，救人当然得先从吴家疃着手了。

一条山脉从东北向西南斜插而去，山如巨龙，莽苍万里而不见首尾。山中大峰俯视小峰，前岭连接后岭，峰岭相衔又成迂回之势。在迂回颠连的山间有一块较为平展的地方，吴家疃就坐落在这里。吴氏一族是在几百年前躲避战乱逃到这里的，世代繁衍终成一村。如今吴家疃已有七八十户人家，长期以来，村中人靠着种地、打猎、采摘山货为生，与山外的世界总是若即若离。吴家疃人的亲戚朋友多在周围的山村，最近的李家疃也有十多里，且要翻越一座峻岭，穿过一处山口，路上山林密布，荆棘丛生，风刮树摇，如同狼嗥虎啸。路上多是山间小径，别说是山外来客，就是本地人，平日走亲访友也很打怵。

吴家疃与山外相连的只有一条路，路面坎坷不平，崎岖迂回，人搡驴拉的车辆尚可行走，机动车就得格外谨慎小心，稍不留意必会滑进山沟里。据说山外的人相中了这里的土产山货，正准备捐资修一条大路，以便山内山外双向交流。不过说说容易做起来难，这消息嚷动了好几年，至今没能实现。

上午九点多，冯光胜和结巴刘带着录音机进了吴家疃，自称是小城文化馆的，来山村采集民间故事。他们走街串户，长短大小的故事歌谣录了不少，结巴刘还不时在本子上画着什么。过了一会儿，李常清和林矬子扮作生意人也进了村，他们假装是山外某销售公司的采购员，搜集谁家今年多少核桃、栗子、柿饼等山货可出售，然后一一录进手机里，以备秋后收购时心中有数。中午，两拨山外人在吴家疃村委会主任家里碰了头，各拿五十元钱做饭费。主任不在家，主任娘子接了钱，欢天喜地地炒了四个本地菜，还专门从小店里买来一瓶烧酒招待客人。

中午时间很短，四位客人草草喝了几杯，就招呼主任娘子上饭。恰在这时，瘸三推着独轮车子来到门前吆喝收破烂。主任娘子心善，说轻易看不到有人来这里收破烂，终于来了一个，是个孩子，还残疾，怪可怜的。于是，从锅里抄出一张饼，招呼瘸孩子进来吃饭。山货采购员李常清说话了，他招呼瘸三过来一块儿吃饭，说是不就多添一双筷子嘛，小小孩子干这营生，看着心疼，饭费由他出了。说着又取出二十元钱递给主任娘子。主任娘子不好意思地推辞了几下收下钱，随即招呼瘸三：你碰上善人了，过来入座吧。

几个人坐在一起，由生疏渐亲热，还不时俯下身子相互说些什么。午饭很快用完，五个人重又分作三路，开始各忙各的。

瘸三出了主任家，推着独轮车直奔村后路口的一棵树下休息。刚才吃饭时李常清和他说了个新发现，上午才来到时看到吴家老三和他的外地媳妇牵着一头毛驴朝李家疃的方向走去，快中午时就见一个壮年汉子从那条路上走进村来。他问了问在一边玩的孩子，知道那就是吴家老二。吴家兄弟行色匆匆，说不定二老板的媳妇就在李家疃藏着。这个判断有道理，因为午饭时他们在主任娘子那里打听到，吴家三兄弟在李家疃有个姑妈，两家常来常往，关系密切。

瘸三在路口大树下坐了一会儿，决心到李家疃去一趟，既然是收破烂的，走到哪里算哪里。他瘸三从小长在山中，老家距此也不过就是三二十里地，别看腿瘸，但本地蝼蛄本地拱，走个十里二十里的山路算不了什么。刚才吃饭时已和李常清等人计议好，他们明天一早也到李家疃和他碰头会合。

真是望山跑死马，瘸三拐进一道山口，穿过一片树林，还是到不了那个看似近在眼前的山头。又走了半个时辰，一条小径将他引到了山侧，这才发现前边的山冲里有个村落。瘸三打听过，这个北边横了条石崖的村子就是李家疃。

李家疃建在北坡半山腰，村北有座石崖，石崖就像一段城墙，将村子和对面的山体刀劈似的隔开。对面山上满是果树林，尚未成熟的柿子和板栗在风中轻轻地摇曳。一条小溪从村东流过，小溪两侧是一片山坡，山坡上没有树木却长满花草，再往东走是山里特有的小块小块的梯田，上面种了简单的菜蔬和庄稼。

　　瘸三沿着小径爬上石崖就进到了村里，看到许多村民的房子后墙就是那道石崖。村里的房屋建筑都是随坡逐势，没有固定模式，也没有街巷章法。有的小院建在远远的村边高坡上，有的则混在一起挤成疙瘩。这是典型的山村布局，瘸三最熟悉不过了。他顺着地势径直往村内走，边走边吆喝"收破烂了"。嘴里喊着，眼睛却像狸子瞄鸡一样机警地朝四处撒拉。村里十分寂静，很少有人走动，偶有鸡鸭从哪个石墙小院的门口跑出来，眨眼拐进那些七沟八岔的小胡同里又不见了。村子不大，户数不多，不大一会儿瘸三就转了个遍，看不到什么疑点，弄不清吴家兄弟的藏人之所在哪里。瘸三很难过，真要找不到二老板的夫人，弟兄们不是白白折腾一趟吗？不知是怎么回事，此刻他好像看到那位漂亮女人从一个隐蔽之处悄悄向自己望过来，眼里满是乞求和盼望，又觉得女人那柔软白皙的手慢慢放在了自己的头上，嘴里在轻轻地说着什么。瘸三挠了挠头皮，心想我可不能气馁，必须细心观察，利用这"收破烂"的优势走遍探查每一个小院、每一个村角旮旯。即使他们把人藏到石缝里，也要把石头掀起来看一下。他深信吴家兄弟只会把人藏在这里，因为别的山村相距甚远，而如今已是中秋，夜生凉意，把一个如花似玉的女人藏进山野石洞里的可能性不大。瘸三想到这里增强了信心，决定先在村里探寻，实在查不到再到附近的山里侦查。

　　瘸三拖着一条短腿，推着独轮小车继续在村里游走，走到东北角高坎处的一个院子前时，听到里边传来叮叮当当的敲石声，好像有人在干石匠活。瘸三打算凑近看看，忽见院门打开，一个老太太站在门口。老太太身后，一个十多岁的小孩牵着头毛驴走出来。老太太对小孩叮嘱了几句，旋即把门关上，因为距离近，瘸三清楚地听到了落闩的声音。这情况引起了瘸三的警觉，山里人的院墙一般较矮，有的只是用石头干垒起来，所以院门实际上只是个摆设，白天关门倒是常见，但关门又落闩的却是不多。因为鸡鸭不拦，牛羊拴着，还有什么可以害怕跑出来的活物呢？瘸三计上心来，不再往门口走，转身跟在小孩身后直奔村东。

小孩是到草坡上放驴的，长长的缰绳上又接了根绳子，毛驴一般性情乖戾，特别对生人和小孩看不顺眼，所以它不时地呜啊叫着尥蹶子。小孩很害怕，便牵了绳头远远地拽着。尽管如此，毛驴仍旧不依不饶，一会儿往前凑上几步尥蹄张嘴做啃咬状，一会儿又拽了缰绳往东跑。看得出，这家伙欺生又欺小。

瘸三把独轮车放在远处，犹豫着走上前搭讪，小孩看了他一眼，问他是哪里的。瘸三笑笑说：是南边小武山的，爹妈都没了，哥哥嫂子欺负我，只好出来收破烂赚钱。小孩的目光立时和善了许多，很是同情地问他，那条腿是不是哥哥嫂子打折的。瘸三不好意思地摇摇头，说自己的腿是娘胎里带来，一根长一根短，没法。小孩点点头，学着大人的样子叹了口气。瘸三问他这驴是不是自己的，小孩摇摇头，告诉他这驴是吴家疃他表叔家的，这家伙欺生，尽想踢他。瘸三"哦"了一下，想起李常清他们说过，吴家老三上午曾和媳妇牵着毛驴来这里，就断定这小孩的奶奶必是吴家兄弟的那位姑妈，如此说来，二老板的女人藏在他家的可能性很大。瘸三心里琢磨着，便从身边拔起一绺鲜草，嘴里喏喏喏地叫着慢慢朝毛驴跟前凑，毛驴先是警惕地瞪着瘸三，继之眼神和顺下来，伸出嘴去舔食瘸三手中的草。瘸三顺势伸出右手轻轻地抚弄着驴脖子，毛驴眯了眯眼睛，安静地低下了脑袋。小孩见状也凑上来，学了瘸三抚弄着驴鬃驴颈，毛驴幸福得嗓子眼里咕噜了几声，侧过脸来伸出舌头舔了舔小孩的手表示和解。瘸三说：兄弟，这就没事了，顺毛驴嘛，你得亲近它。

瘸三和这小孩差不了几岁，容易沟通，不大会儿就越说越近乎。小孩看看天色，问他夜里都是在哪里住，瘸三说自己车子上有行李，白天各村转着收破烂，夜里就随便找个地方睡下。收满一车就送到城里废品收购站，虽然赚不了多少钱，却能凑合着活命。那天夜里宿在一座庙里，睡着睡着听到有什么东西喘气，爬起来一看，门外有一对绿火星忽闪忽闪地直盯他。小孩马上紧张起来，问他接下来怎么了，瘸三眨眨眼，说那绿火朝他盯了一会儿，又悄悄离开了。小孩松了口气，说：你的命可真大，那是狼的眼睛，盯你就是想吃你。近些日子这里常闹狼，前几天村里一家的羊就让狼给咬死拖走了。这家人心疼得了不得，下了狠心，又弄了只羊当饵子把狼引了来套住，弟兄几个扑上去用麻袋被子把狼蒙住，生生把个活狼掐死煮着吃了。瘌三听得毛骨悚然，相信这是真的，山里人生性强悍，不管和什么东西较上劲，都会豁出命拼死相搏。

瘌三的脸有点儿发白，一是他忽然想起这一带山区的确有狼，咬死狗吃掉羊的事，在他们那里常见。二是考虑到救人过程中一旦让吴家弟兄发现，他们肯定也会像那弟兄几个对待咬死羊的狼一样对付自己。之前一心光想着救人，竟然把这个茬给疏忽了。如今严酷的问题就摆在面前，天黑前他肯定再也出不了山，这么说来，夜里可到哪里栖身呢？一紧张，脸上流出了细细的汗，回头看看太阳，再瞧瞧小孩，不由自主就带出了哀求的口气：小兄弟，你这一说我真害了怕，天黑后能给我找个落脚的地方吗？小孩抬起头来想了一会儿：实在走不了，你到我家去住，可这事我得问问奶奶才行。

下半晌的时间过得飞快，两个人说着话，太阳已经渐渐西坠。西边天际先是一大片红晕，红晕越来越少越来越淡，底部慢慢变成一溜黛色的灰线，那一片红晕在那条灰线上笨拙地弹了几下，倏地沉下去不见了。天黑了，该回家。小孩牵起毛驴招呼瘌三跟着他往村里走，边走边叮嘱瘌三，到他家不许乱说乱跑。瘌三故意疑惑地看看他，小孩看出了他的意思，悄声告诉瘌三，这两天自己家里有件要紧事，一家人都加着小心。瘌三"哦"了一下：放心吧你，我从来就不打听闲事，一个人吃饱了全家不饿。

照例是敲门，那位小个子老太太拉开院门看到推着独轮车的瘌三愣了一下，一声不响地朝小孩脸上看。小孩赶紧解释，老太太绷紧的脸慢慢松缓，冲瘌三轻轻地点了点头。小孩说：我奶奶叫你进去。瘌三大喜过望，把独轮车推进院里停好，帮着小孩把驴赶进棚里。四周一看，这个院子挺大，一道石头垒起的矮墙将院子分成两半，一溜正房七八间，两侧还有配房，房山顶下修了牲口棚羊圈什么的。东边是内院，西边是外院，外院有个石匠正在给这家里凿石槽，刚刚收工，一边抽烟一边打扫地上的石头碴。

晚饭时，老太太让孙儿和瘌三陪着石匠一块儿吃。晚饭后他被安排到了外院西头的小屋里，和石匠睡一处。瘌三心里挺感激，想着自己来此的真实目的，觉得真有点儿对不住小孩和他奶奶。不过这念头稍纵即逝，因为自己所救的这个女人，实在是太好了，她不光人长得好，心更好，不能救她出去，实在是一种罪过。当然，以这样的女人和二老板相配，的确太屈才，说实话，要不是买人缺德，这女人与其跟了二老板那个花心大萝卜，还不如和吴家老二成夫妻呢。然而万事讲究个自愿，人家心里有着二老板，别人生气不是白搭吗？唉！天杀的二老板，你怎么偏偏就有这个桃花福呢？瘌三翻来覆去想了很久，忽然想到要和石匠拉拉，碰巧能从他这里得到一些消息，对于搭救二老板的女人也许有益。

让瘌三感到意外的是，石匠好像看不起他。他接连喊了三个大叔，石匠才慢条斯理地抬起眼皮朝他点点头，然后用力掐灭手里的香烟。瘌三动着脑子想办法，转着圈子询问这家的情况，可这人如同患了痴呆症，只是哼哼啊啊地应付，一句有关这个家庭的话也不多说。瘌三有点儿失望，便绕开这事寻找另外的话题。他一会儿说起自己家乡那边曾经出过的人命案子，一会儿又讲到城里某老板的儿子遭到绑架，讲得头头是道精彩纷呈，连他都弄不明白自己怎会有如此好的口才。石匠先还听得津津有味，末了不知是累了还是烦了，冲他翻翻眼，说：小爷们儿，你脑子不笨啊，怎么好活不去干，跑到这里收破烂呢？瘌三一下子怔住，似乎听石匠话中有话，正思谋着作何回答，却听石匠接着说：别再乱跑了，打明儿起，跟我学石头活吧。瘌三的心跳了一阵，没回答。

瘌三在懵懂中昏昏睡去，醒来时天色已亮。迷迷糊糊听得身旁有窸窣声响，睁眼看时，却看到石匠坐在床下凳子上一边抽烟一边摆弄手机。瘌三有点儿意外，没承想山区的石匠竟然有手机。再想一想也不奇怪，如今是信息时代了，手艺人有钱，又整天活动在外，花千把块钱买个手机带着，也是情理之中的事。石匠似乎意识到瘸三已经醒来，打个呵欠掐灭香烟，起身慢腾腾地将屋门打开。一缕晨风吹进屋内，瘸三脑子立时变得清凉。他一翻身从床上出溜到地上，感觉下腹坠胀尿意迫切，便走出屋门直奔西南墙角上的厕所。瘸三一阵痛快出来后，却见石匠正对着内院发呆。细听之下，内院有嘤嘤哭声伴随着低低的哀告声，好像有两拨人在争论计较着什么。过了一会儿，内院有两个女人走出来，瘸三立时愣住在原地，因为他看到走在前边的正是二老板的女人，只是那张大白脸好像变得小而发黄了。紧挨她身边的是位小个儿女人，小个儿女人边走边用外地口音说着什么，似乎是在安慰或劝解。二老板女人一言不发，只是将红肿了的眼睛擦了再擦，同时小跑着直奔不远处的厕所。很明显，她憋急了。

瘸三想等在原地继续观察，却见那位老太太也快步走出来，有两个黑粗猛壮的男人在她身后跟着。不用问，其中一个正是吴家老三，是昨天上午到这里和吴家老二换班的。另一个就是他的表兄，也就是牧驴小孩的爸爸。老太太立在院中，那两个男人却像金刚似的走到院门口左右立着。很明显，他们是害怕二老板的女人找机会跑掉。过了一会儿，二老板女人从厕所里出来，那个外地口音的女人仍旧跟在身后，仍旧像背课本似的一句接一句地絮叨。瘸三拐着腿走了几步，假意咳嗽一声，二老板的女人抬起眼皮撩一下又低了头，但随即又撩起眼皮定定地瞅，同时脸蛋子接连紧了几紧，样子既惊恐又疑惑。瘸三明白她已认出了自己，但一时间又不能解释，这霎女人已经低了头继续朝内院走，快进内院门时又回了回头。这一切，瘸三都看到眼里，没找到目标时煞费苦心地找，真找到了却又是冷手难抓热馒头。瘸三心里很苦。

山村的早晨似乎特别长，石匠开始干活，他打发瘸三到内院取水磨錾子。瘸三端着水盆走进内院，这霎放驴的小孩还没起床，外地口音的女人帮老太太里外做饭忙活，吴家老三则到槽头给驴添草。瘸三取水回来，石匠又招呼他到外院帮着搬石料。石料太大太重，两人捣弄半天挪不动。吴家老三赶过来瞧了瞧，歪头看着瘸三，说内院北屋墙根下有根粗麻绳，让他取来捆上这石料，插根杠子两人抬。瘸三喜出望外，马上拐着腿跑了去。进屋一看，天啊！哪有这么巧的事呢，屋里并无别人，只有二老板的女人给反剪起双手拢在一架炕头柜上，半屈半躺，脸上垂下一绺长长的头发。瘸三轻轻喊了声"婶子"，女人立即仰起脸来，想说话被瘸三摆手止住，瘸三只是压低声音说了一句"俺弟兄几个都来了"！女人挣扎着刚要说什么，瘸三已经取了绳子跑出去。

日上三竿，远处山头上的雾岚已经散尽，乾坤清明之后，天地间又被阳光涂上一层淡淡的光晕。早饭依旧是主家管的，瘸三也就不再出去，帮着石匠用磨砂石打磨槽底槽壁。两个男人从内院走出来，那个肯定是小孩他爸爸的男人对吴家老三说：三兄弟你可小心着，我到吴家疃帮大哥二哥安排好了，下午就回来。

吴老三嘴里连连应着。

吴老三走后不长时间，从村西路口处传来李常清的呼喝——有山货预售的人家登记了！村子不大，打个喷嚏差不多就能惊动所有人，院子里正在刷槽底的瘸三听到喊声直起了腰，眼神一愣一愣的。石匠见状瞥他一眼，意味深长地笑笑说：小爷们儿先干活，一会儿咱就该歇着了。瘸三眨了眨眼睛，只好重新俯下身子刷槽底。不大会儿院外又传来咕咚咚的脚步声，接着有小孩子的声音，说是村里来了收集故事的，讲好了还要给钱呢。瘸三再次直起腰来，石匠盯了他足足二分钟，末了歪歪脑袋说：算了爷们儿，你心不在肝上，歇一会儿吧。

老太太送来一壶茶水，石匠喝了一碗站起身，说是蹲了这两天，腿脚想抽筋，到外边遛遛。石匠朝门口走，瘸三慌忙跟上。二人刚刚跨出院，背后的板门就咣地关上并落了闩。石匠和瘸三相跟着溜达到院前不远处的空地上，见空地石磙四周好些人，有个缺了牙的老头正在口齿不清地讲故事，冯光胜戴着眼镜，一边调着录音机，一边认真地听。结巴刘看到石匠和瘸三，热情地招呼说：来，来呀，故事讲好了，还、还有钱呢！

22

瘌三和石匠走到那些人跟前时，缺牙老头的故事已经讲完。结巴刘看了看正在关机的冯光胜，冯光胜点点头，结巴刘便从兜里掏出五十元钱递给老头，说：大爷，累了好半天，买包烟抽吧。老头推辞了几下收下，之后便笑呵呵地站到一边去了。石匠走上前说：咦，还真给钱吗？那好，我也讲一个。说着一屁股坐在石碾上，问冯光胜：听古的还是听新的？冯光胜随口说新旧都行，目光却直直地朝瘌三扫过来。瘌三扭脸冲着身后的院子歪了歪嘴，冯光胜会意地一笑，随手又打开录音机对石匠说：大叔，你讲，你讲。

录音机咝咝响着转动起来，把石匠的故事一字不落地录了下来。

……这事可是晚清民国年间了，那时咱这一带兴"抢亲"，只要是寡妇，谁都能抢来当媳妇。抢亲的人把寡妇抢来后，就在一个亲戚家囤着。什么叫囤着，就是暂时寄放在亲戚家，这也是咱这一带的风俗，为的是在圆房前给寡妇留个体面名声。可是就在囤着的这几天里，人家寡妇的好几个兄弟也在四处寻找自己的姐姐。这天，弟兄几个找到一个深山小村里，到底找到了藏人的这家。这兄弟几个很有心术，生怕硬抢会招来村人的抵抗，于是就想了个妙招，他们瞅准这家的小孩在山坡放羊的机会，故意使办法让羊炸了群。羊可是这一家的大财产啊，了得吗？立时间，只留了个老婆子守家，男女老少全到山坡上圈羊去了。瞅这空儿啊，弟兄几个一拥而入救走了姐姐。

石匠的故事戛然而止，冯光胜、结巴刘和瘌三目瞪口呆面面相觑，一时间谁也说不出话。石匠笑眯眯地站起身，说是到了干活的时间。冯光胜忘了给钱，石匠也没说要钱，直到石匠走远了，两个故事采集人才想起应该说句客气话，结巴刘喊着说：大叔，谢、谢……谢谢你讲的故事了！山货采购员李常清和林婵子掂着本子从南边走过来，一些人围上去不停地问这问那。瘌三瞅这机会赶紧冲结巴刘说：刚才人家讲的故事你还没给钱呢。结巴刘像是刚省悟，忙不迭地掏出一张钞票递过来，瘌三趁机和他低声说了几句匆匆离开。

瘌三回到院里，和石匠继续打磨石槽，除了有关石料石件的讲究外，彼此谁也没有多余的话。太阳洒满东边山坡时，老太太又打发孙儿去放驴。驴儿上午啃青，省下中午的草料，山里人日子紧巴，得处处算计着。小孩从槽头上牵出驴来，眼睛巴巴地盯着瘸三，显然他还记着这位哥们儿昨天说过的话。瘸三看看石匠，说：大叔，昨儿我答应过帮他放驴。石匠眼皮没撩，回道：去吧，小心着。

上午的青草好像格外油绿鲜嫩，毛驴欢快地在坡上坡下啃青，小孩手不离缰牵紧了它，生怕这家伙一尥蹶子跑了。瘸三时不时地薅一把青草送到驴的嘴边，毛驴一边吃一边吐噜噜儿地打响鼻，像是表示感谢。瘸三问小孩：小兄弟，你表叔的驴咋让你来放呢，是不是他家的人忙不过来了？小孩犹豫了一下，说：我要是告诉你，你可不能再告诉别人啊，我二表叔前几天弄了个人儿，囤在我家，他回去准备圆亲的事，三表叔就轮班来看着，他怕自家的毛驴在家挨饿，就捎到我家来了。瘸三心里一动，笑一笑又问小孩：你二表叔还没睡上这个人吗？小孩撇撇嘴：嗯呀，看你说的，没圆亲咋能睡，不让人家笑话吗？唉，亏你还是咱山里人呢。小孩说着哎哟一声，毛驴惦着前边的青草，把他拽得跌了一下。

瘸三见是机会，便拐着腿趋前伸手拉住缰绳，说：我来替你放一会儿。小孩巴不得有人替他，忙将缰绳递给瘸三，就势从草地上打了个滚儿，爬起身欢蹦乱跳地捉蚂蚱。毛驴一边吃草一边朝着小溪那边挣，那边坡更平，草更嫩，还可喝到清洌洌的溪水，毛驴当然喜欢那里。瘸三拽着缰绳跟在驴身后，不时回头瞧瞧小孩，小孩正在追一只草绿色的大蚱蜢，一会儿跌倒，一会儿爬起，非常卖力。瘸三歪了歪头，从草地上捡起一根筷子长短的干棘针，干棘针是长在附近山坡上的酸枣树枝，折断后被山风刮到了这里，枝头上长着一寸多长的尖刺，尖刺有毒，扎在身上疼痛难忍。瘸三捏住干棘针的尾部偷偷朝驴腚上一扎，毛驴的屁股抽筋似的哆嗦几下，后腿猛地弹起尥了一蹶，随着一阵欸欸儿啊啊儿的怪叫，挣开缰绳径奔小溪那边去。瘸三扔掉棘针在后猛追，一边追一边喊：快着快着，驴惊了！正在专心逮蚱蜢的小孩听到瘸三惊叫，撒开手里的猎物直奔过来，嘴里喊着：不要紧，不要紧，你腿脚不行，我撵上逮住它！

　　毛驴的去路被小溪挡住，停住了脚并继续低头啃草。小孩慢慢地走过去，靠近它，刚要哈腰捉住绳头，毛驴又"嗯啊"一声撒腿跑了。跑不远又停住啃草，待到尾随而去的小孩走近，它又故技重演撒腿再逃。如此反复，小孩急得坐在溪边放声大哭：×你妈的驴，你要我。呜呜！——瘸三明白，毛驴被他扎了一棘针受了刺激，逮它不容易，别说他们一个小孩一个瘸子，就是腿脚利索的大人也要费不少周折。小孩急哭了，瘸三却暗暗高兴，因为这正是他所需要的效果。

　　瘸三一拐一拐走到小孩身边和他商量，他让小孩盯着驴，由自己去找他表叔来逮住它。瘸三说着，回身朝村内一颠儿一颠儿地跑。小孩擦了把鼻涕嘱咐他快一点儿，因为这驴要跑进山坳子里就没治了。瘸三朝身后摆摆手也不回应，不一会儿就跑下山坡进了村子。身后，仍能听到小孩高一声低一声地喊着什么。

　　瘸三来到门前正要敲门，忽然听到院中传出霍霍霍的磨石声，心中不由一震。瘸三想，马上要救人了，这石匠不会碍事吧！正犹豫，不远处的石墙后探出了结巴刘的头，结巴刘冲他做了个手势，瘸三一阵轻松，心里有了底。机不可失，时不再来，不能再耽搁了。这么盘算着，精神大增，举手擂得门板响，嘴里一连串地大叫：快着快着，驴惊了，驴惊了！

　　院里传出咕咚咚的脚步声，门开处，吴家老三出现在瘸三面前，在他身后紧跟着小个子老太太。吴老三急咧咧地问他驴怎么就惊了，瘸三指着村东撒谎，说：一只兔子从山坡上跑过来，把驴惊了，没命地朝东窜，我回来叫人时已跑到水溪边上了，这会儿怕是快进了山坳。小兄弟让我回来叫人，他正朝那里追呢！吴老三咣地把门拉开，回头冲着内院喊道：嗨，你也来，一块儿逮驴去，这东西邪性，一个人截不住。随着他的喊声，外地口音的媳妇从内院跑出来，两人一前一后直向村东坡地跑去。

瘸三虽然回到院里，却心神不宁，因为刚才看到结巴刘就在附近，这意味着随时可能见到援兵，他必须及时将门打开，还得防备石匠干涉。他掂量着，心里难免有些七上八下。就在这时，外边传来轻轻的敲门声，没等石匠反应过来，瘸三就以与他身体条件不相符的敏捷蹿上去打开了门。门开处，李常清、结巴刘和林矬子闪身进来，就像游击队端碉堡，一下子把局面控制了。石匠抬起头刚要说什么，林矬子从墙根处找根棍子握在手里，恶狠狠地来到石匠跟前，喝令他少管闲事，说：动一动给你脑袋砸个窟窿！石匠咧了咧嘴，只好乖乖地待在原地不动。有林矬子对付石匠，李常清就放心了，他知道，这小子别看年龄小，却是个愣头青，急了眼力气特别大。石匠虽是成年人，但横的怕愣的，更怕不要命的。再说，一个手艺人，他不可能为了虮子烧棉袄啊。

　　瘸三领着李常清和结巴刘直奔内院，老太太听到动静跑出来，一边咋呼"有人砸明火"了，一边阻拦他仨。结巴刘没防备，让老太太薅住了袄领子，他只能招架不能还手，因为对手毕竟是个花甲老人。瘸三瞅这空子领着李常清奔进正房，只一会儿就架着二老板的女人跑出来了。老太太一见立时撒开结巴刘抢过来，驴打滚似的将二老板的女人紧紧抱住不松手。正在难分难解，一声呼喝从内院门口传过来，只见臊仙穿着警服立在当院，十分威武雄壮地呵斥道：撒开，你们勾结人贩子私藏人质已经触犯法律了，还想罪上加罪吗！

　　真叫绝，只这一声喝，老太太的小眼睛就像鸡啄米似的眨动起来，随之就无可奈何地将二老板女人放开了。李常清在前，臊仙殿后，二老板女人夹在中间被结巴刘和瘸三搀扶着跑出内院，穿过外院，眨眼间出了大门直朝村外奔去。临出院门之前，林矬子挥挥手里的木棍向石匠做了个示威动作，见石匠仍旧木呆呆的没动窝，这才提着木棍随大伙撤走了。就在他们撤出村子不一会儿，老太太猛然省悟似的跑出门去大声呼救。听到呼救声，村里男女老少不大会儿就聚了几十口子，领头的一个中年人问老太太是怎么回事，老太太上气不接下气地说：哎哟我的天老爷，刚刚明白过来，这是伙放鹰的呀！

旧社会里，一些偏僻的贫穷地带有这情况，日子过不下去了，男人将自己女人推出来，他则扮成女人的哥哥或弟弟相随。到某一处某一地，有那家庭穷困或年龄大了说不上媳妇的，就自然而然上了钩。男人钱财到手后藏于某处，瞅机会再接应女人偷偷溜走。如果男方盯得紧，则花钱买通几个地方无赖，像土匪打劫一样冲进男家硬抢，抢出来后继续游走……老太太一说，乡亲们立时相信并且同情，况且山民的思维很朴实，也很传统，认为吴家花钱买来的女人，天理昭然就归吴家，如今再把女人抢回去，这不明显是强盗行径吗？中年人一声呼喝，义愤填膺的山民们立即响应，如同出征讨伐的义军，蜂拥向村西追去。这里，老太太也顾不上再关门了，跌着跟头奔向村东山坡，她必须将这晴天霹雳般的消息赶紧告诉撵驴的吴家老三，因为那是吴家的当事人啊。

就在人们喧嚣吵闹的同时，那位石匠掏出手机跟什么人通起了话。

瘸三等人跑出村子不一会儿，前来接迎的二老板就从山岗草丛中蹿出来。他没敢进村，怕出意外，因为那天随公安们到吴家疃时吴家老三见过他。此刻，二老板见到失而复得的老婆，顾不得一腔酸甜苦辣如涛似涌，哈腰背起女人撒腿便跑，穿警服的臊仙呸嘴道：平日里二老板横草不拿，没承想他的劲头还这么大。

这十多里的山路，此时竟然显得无比漫长，众人拼命奔逃，终于穿过那片树林，望见了前面的山口。然而就在这时，落在后边的瘸三发出惊呼，众人回头看时，一彪人马从树林里冒出来，呜呼呐喊之声此伏彼起，显然是来追赶他们的。林矬子的愣劲冒上来，挥着木棍要去迎战，李常清呵斥他这是拿个南瓜脑袋朝刀刃上碰，命令他快跑！李常清说得对，饿虎难抵群狼，这是个最普通不过的道理。眼下，最要紧的是加快速度，争取在吴家疃的人听到动静也来截击前逃过去。众人的脚步明显加快，二老板也好像吃了兴奋药，尽管张着大嘴猛喘，可依然脚底生风，像被撵急了眼的兔子一样拼命逃窜。苦了瘸三，他腿脚不济，想跑也跑不快，只能一拐一点地朝前蹦跶。渐渐地，他被同伴们甩下了，他也越跑越慢，腿脚疲软浑身是汗。瘸三已听到了身后不远传来的脚步声，他无奈地长呼出一口气，眼前一阵发黑，便瘫倒在路上不能动弹。

倒在路边的瘸三懵懵懂懂中吃了一顿拳脚，耳边听得吴家老三怒吼声如雷：娘那个蛋，没想到这小子还是个小汉奸呢，弄个调虎离山计坑我，我让你孬，我让你想把我家弄得鸡飞蛋打！随之又是一连串的鞋底端在腰腿上的感觉。瘸三紧紧抱住头，不喊也不叫，他明白，这种情况下的喊叫所招来的只是更加剧烈的殴打。眼下只要不打破头就没事，至于折了胳膊断了腿，过后再接上也就是了。可是，一只鞋底子偏偏这时接二连三抽他的头，极度痛苦中，瘸三忽然听到了石匠的声音，好像石匠在喊"打着我了，打着我了，真想弄出人命吗？"接着，他的头好像给揽在了一个人的怀里，而头以下的部位仍旧遭受着乱打。一阵天旋地转，世间混沌，瘸三痛苦地呻唤了一声，就再也不知道后来又发生了什么。

吴家老三等人暴打瘸三的同时，李家疃的几十号人仍在对李常清等人穷追不舍。几个人毕竟没跑过山路，在这场竞技中明显处于劣势。眼看着后边的人越追越近，喊喝声越来越大，心一慌，腿脚也开始不听使唤，口角上挂了白沫，人人身上像坠了块铁。二老板已经大汗淋漓，脸色惨白，那模样看着就要虚脱跌倒，结巴刘和膜仙赶紧从他背上接过女人，弟兄俩架着她一阵猛跑。然而，终究是搀架拖累，不是那么灵便，眼看着就要被后边的人追上，他们开始绝望。

又勉强跑了一会儿，远远望见了吴家疃，吴家疃的村头上站了几个人，并且朝这里指指画画，似乎在议论着什么。是观望闲聊的还是听到动静前来帮忙截人的呢？李常清他们心里没底，脚下不由自主地慢下来了。突然间，那几个人在原地趸了几趸，反身朝村内跑去，只片刻，一辆大型的蓝白相间的公安面包车又跃入李常清他们的视野。面包车疾驰而来，渐渐听到了呜呜呜儿的警笛声，几乎与此同时，膜仙高高跳起来，变韵变调地大叫：公安的车，公安的车，是公安来了！

山道上，绝处逢生的几个人拼了命地朝迎面而来的面包车疯跑，人快，车更快，说话间碰了头，那个一直负责此案的大个子警察拉开车门跳出来，一边招呼他们快上车，一边大踏步地迎着追兵走过去。不知是因为看到了警车，还是为大个子警察的威势所震慑，追兵们锐势顿减，有的干脆停住了脚步，在原地犹豫踯躅。另外从车上下来的三个警察这时也尾随在大个子身后走上去，追兵终于抻不住，喊声连连中相继后退，最终撒丫子往回逃了。

大个子警察和他的同事并没追赶，他们快步走向远处瘸三躺倒的地方。那里，石匠正托着瘸三的脑袋坐在地上，两束目光意味深长地望着走上来的警察。警察上前问石匠伤着了没有，石匠摇摇头没说话。警察又问他怀里这孩子伤情如何。石匠长长地舒了口气，说：有我护着，伤得不算重。警察蹲下来查看了一番，说：糟糕，这小子昏迷了！石匠说：打的，累的，也是吓的，喝几口热水就好了。

山路太窄，警车不能继续往这里开，石匠和几位警察抬起瘸三往回走，瘸三这时已经恢复了意识，看到警察他好像有点儿慌，挣扎着要自己走。可是，警察们并不放下他，反而加快了脚步，一直把他放进警车里才松手。瘸三又挣扎着往下跳，大个子警察笑嘻嘻地摁住他说：你就老实点儿吧。

警车虽大，当不得人多，车里显得有点儿挤，有的人只好侧身偏坐。坐在角落里的臊仙见警察一下一下地瞅他，意识到了自己的装束，赶忙脱掉警服，坦白自己的警服是冒牌货，在公安局对过的商店里买的。警察们报之一笑，再不看他了。警车穿过吴家疃径奔山外，路上的行人越来越多。一直发呆的二老板这时好像缓过劲来，转过身从一个提包里取出矿泉水递给老婆说：没事了，喝点儿水吧。

女人接过水瓶转手递给瘸三之后，完全出乎所有人意料地挥起右手，在二老板那依然木讷的脸上重重扇了两个耳刮。二老板怔了怔，双手捂脸双眼流泪，嘴里连连说着"我该打，我该打！"又是出乎所有人的意料，此刻女人却没有了愤怒，没有了怨恨，竟然当着众人的面抱住二老板放声大哭，哭声如裂，泪流如注，把一车人哭得心酸难止，却并无一人安慰或劝解。司机摁响了喇叭，汽车渐渐拐出了山道，前边不远就是小城，沿途不断有人向警车投来惊奇的目光，弄不明白车里为什么会有女人的哭声。

一阵凉风从车窗外刮来，远处天空出现了白中透黑的云彩。俄顷，云彩迅速归拢很快又连成一片，紧接着是沉闷而连贯的雷声。雷声由远到近由小到大，随之就见铜钱大小的雨点子扑簌簌地甩下，像凌乱无序的鼓槌一样敲响着车顶。不大会儿，远山近山连同行人车辆就全部笼罩在苍苍茫茫的雨幕中了。

二老板的女人被救，瘸三被捕。

一喜一忧两件事，把丐帮弟兄弄得晕头转向，不明白为什么酸了面酱咸了醋。

公安局明白，瘸三自己也清楚。

瘸三的家就在南边那片山区里，他父丧母嫁，是年老的奶奶把他和姐姐抚养大的。为了贴补家用，十三岁的瘸三和十八岁的姐姐与同村中的许多青少年一样，早早就到城里打工挣钱。姐姐和瘸三不止一次地说过，要不怕苦不怕累，多挣钱多攒钱，三几年后买处房子，把一辈子受苦受累的奶奶接出来也享享城里人的福。天有不测风云，一个多月前偏偏惹了祸，让和姐姐一样心存孝心的瘸三弄得有家难归。瘸三虽然日夜惦记着奶奶和姐姐，但是他不敢返回去，他只能在梦中回忆家里的情景，在泪眼蒙眬中思念着奶奶，惦记着姐姐。

瘸三真名李秋儿，那年，经在小城开洗衣店的六姨介绍，秋儿和姐姐平儿同时进了城，姐姐在一家私营工厂打工，秋儿在一家饭店里做零活。为了不让奶奶牵挂，姐弟俩每到月头上都要按时回家。秋儿和姐姐每次回到家里，奶奶总是心疼地问他们苦不苦累不累。姐弟俩也总是摇头一笑，表示没什么。是啊，苦和累在秋儿和姐姐看来不算一回事，他们要好好打工，努力挣钱，等攒够了钱，他们还要把奶奶接到城里去享福呢。秋儿和姐姐每每说到这些，奶奶就一把将他们拽进怀里，抚摸着他们的头，眼里满是泪花儿。

平儿为了多挣钱快挣钱，白天在工厂里打工，晚上又到秋儿所在的这家饭店当招待员。到饭店当招待员半月后，一件出人意料的事情发生了。

事情是由一位客人引起的。客人是个阔人，老板也不敢得罪他。世间丑人不少，但像这位这么丑的真不多见。这么说吧，他能让人初次见面便胆战心惊并且永远也忘不了他。据说在他身上曾经发生过一件奇事，那年，他去郊区朋友家串门，喝多了，回来晚了，路上，一个出名的盗墓贼月光下看见了他，吓得大叫一声反身便逃，不料一头撞在旁边树上，当场昏死过去。

阔人这天请客，相中了平儿，指名让她和另一位女孩陪酒。平儿是招待员，不是三陪小姐，执意不陪酒，她当然更不喝酒。阔人有些发怒了，老板便再三恳求平儿，平儿为了挣钱，无奈只好和那位女孩入座，但言明以水代酒。阔人举止很不规矩，三巡酒过便动手动脚，平儿腻烦得很，但又不便发作，只好虚意应付。阔人误解了，借酒发疯地把她搂进怀里，亲吻猥狎，一双粗手就像一对粪耙，拼命地在平儿身上抠索。平儿恼怒难耐，下死力挣开他的搂抱，借口小解逃出包间。

平儿回到房间时，只见阔人正搂着另外两个女孩，左一下右一下地往她们嘴里喂着什么。阔人喂她们几下就喝一口酒，吸一口烟，就手从腰里掏出一张大钞塞给她们其中的一个。阔人的淫笑恍如半夜鬼叫，说话的口气就像抢了银行似的。桌上杯盘狼藉，包间内酒气熏天且有一种怪怪的味道。平儿见状正要退出去，不料被阔人抬头瞅见，阔人摩挲着眼睛看了看平儿，跳起身跑过来抱住了她，说：宝贝儿，你也算一个！嘴里说着，一只手已经伸到了平儿的衣襟下，紧紧地攥住了平儿的乳房。平儿的脑袋都要炸了，一使劲，下嘴唇咬出了血；一咬牙，抡圆了巴掌照着阔人脸上来了一耳光。阔人醉得太厉害了，平儿的一掌并没把他打醒，他蒙了两秒钟，忽然狼一样揪住平儿摁在沙发上又抽又打，酒气唾沫和着脏话一股脑儿冲出来：臭婊子，你敢打我，你也配打我！

阔人的力气很大，平儿被摁在沙发上挣不开身子，那两个女孩显然

31

是胆小怕事，紧张地靠在墙角而不拉架。平儿的头发撕乱了，衣服扯破了，胸部给阔人抠得青一块紫一块，嘴和脸也给拧破了。阔人把她狠狠压在身子下边，做着各种下流的动作。就在这一刻，包间门猛地被推开，秋儿拐着瘸腿走进来，他手里攥着拖把，显然是正在擦拭哪里的地板。看到姐姐如此处境，秋儿额头上的一根青筋和脸上的几块黑肉同时绷起来，一向平和的眼里也突然冒出了一股杀气。这个素来平和的瘸小子仍是没有喊叫，也没喝骂，几乎是不动声色地走到阔人跟前，像集市上审视牲口的经纪人那样端详了一下阔人的后脑勺，然后抢起拖把杆子猛地砸下。动作连贯快捷，如同电光石火，人们还没反应过来，就见阔人像生气似的哼了哼，一头抢在地上不动了。

包间里乱了套，有跑去找经理的，有打120叫救护车的，阔人的头上没有破痕，更没流血，人们一时并没意识到有多重，有人还在用解劝的口气和瘸三说着让他息怒一类的好话。被弟弟的举动吓怔了的平儿这时赶紧走过来让秋儿快跑，先藏到六姨家。秋儿看看躺在地上抽搐了一会儿便动也不动的阔人，明白闯了大祸，提着拖把假装继续去干活，趁乱出了饭店，径奔六姨家去了。

第二天晚上姐姐来到六姨家，告诉秋儿一个不好的消息，经医院诊断，阔人被他打成了"硬脑膜外血肿"，说是要动大手术，最好的结果是瘫痪或植物人，弄不好就得死。无论哪种结果，秋儿的官司是吃定了，因为听说公安局已在立案侦查。秋儿虽然不到成年，即使不偿命，但判上几年徒刑是免不了的。姐弟俩暗暗合计了一下，为今之计秋儿只能逃走，能躲多久算多久，也许逃出几年后这案子就不了了之了。秋儿还犹豫，双眼红肿的姐姐泣声说：秋儿，要是你戴上手铐关进监狱，姐姐我也不能活了。我死不要紧，可奶奶怎么办？你还是逃吧，逃往我以前打工的那个D市。老天饿不死瞎眼的雀，事情平息了，我去那里寻你。

无奈中的秋儿只好辞别姐姐，第二天清早上了北去的汽车。

南风和北风交替着刮，雷声和闪电忽逝忽灭，乾坤迷蒙中，雨水紧一阵慢一阵接连不断，大街上坐出租撑雨伞的人全都行色匆匆，柏油路上迸起一片片形状各异大小不等的水花。这地方就是这特点，要么不下雨，要么一下就是几天。

风雨中，小城公安局的门口左侧跪了长长一溜人，最前边的是二老板和他的老婆，往下依次是李常清、臊仙、林婊子和结巴刘。这些人长跪不起，人人头上顶块牌子，上面写着——为秋儿求情。公安局的人已经出来了三次，并且做了各种解释，由于没有真实而具体的许诺，他们丝毫不为所动，依旧像街头的水泥人一样木呆呆地在那里塑着，任凭风吹，任凭雨打，任凭进出车辆溅起的泥水朝他们头上身上随意甩洒。

一道闪电紧跟着一声霹雳，如同龙吟虎啸，大雨更加势猛了。房檐墙角处的水流澎湃涌涨，如瀑似注，街面上的雨水被风搅动得像海面上的波涛，颠簸涌连掀起一阵阵的水雾，水雾随风而走，霎时间充盈了每条大街和小路。人行天地间，只感觉水天相连茫茫苍苍，似乎置身飘摇于阔大无际的江面。从高处泻下的雨水打着浪卷拧着漩涡从李常清他们身旁流过，泛起的白沫几乎要把几个人的下肢淹没了，风挟雨箭斜抽在脸上，湿濡濡火辣辣，像一把把水淋淋的蒺藜在反复揉搓他们的面颊。衣服已经紧紧贴在了身上，几乎麻木了的肉体已经没有了干爽或水湿的感觉，一切都成为世间的永恒，只有一种义不容辞或者说是感情熔铸的渴望与责任在心内久久地涌动。

他们满可以将木牌盖在头上遮雨挡风，那样的话或许能将遭受的痛苦减轻一些，或者将木牌横于身前，至少能令流来的污水从腿下绕过。然而，没有，谁也没有改变姿势，依旧如同一群受难的圣人，举牌过顶矗直了身子在原地跪着，任天地壅塞，任风雨肆虐。跪在最前边的二老板女人自是另一番形象，连日来的磨难显然已让这个女人身疲力竭，昔日白嫩好看的脸蛋此刻已变得苍白瘦削，脸颊脖颈满是湿濡凌乱的头发。她累了，已经累垮了，迫不得已将头依在了丈夫的肩上，似乎要稍稍休息一下。眼镜耷拉到鼻尖上的臊仙早已注意到了她的疲惫，悄悄对二老板说了些什么。二老板的眼泪和着雨水流过脸腮点点头，转身要求老婆到旅馆歇一会儿。然而，女人却又猛地挺直了身子昂起头，脸上同时透出一股视死如归的坚忍神色。这一瞬间其他人好像受到了激励，已经被雨水淋得收缩了的身子又重新拔高、膨大、挺直了。天地间，风雨中，小城公安局的门前，几个人为了一名罪犯而不惧风雨冒险犯难。这是不是两肋插刀?! 算不算侠肝义胆?!

有些行为虽然不能泣天地动鬼神，却往往会感动行人。

最先在这里停住的是几个过路人，随后路人越聚越多，很快，一面弧形的人墙就在风雨中形成了。不大会儿，从雨幕里又钻出一辆面包车，车上跳下来的是本地电视台的记者，这位记者蹲在年龄最大的二老板跟前详细问了些话，朝车上的同事招招手，同事就扛着摄像机下来了。就在摄像镜头对准这几人的同时，最先下车的记者解下自己的雨衣披在了二老板女人的身上，同时劝他们离开这里，或者到公安局的接待室里去说。然而，在风声雨声说话声中，几个人几乎同时摇摇头，眼里几乎同时闪烁出一往无前的坚定和决绝。记者无奈地叹了口气，转过身开始和扛着摄像机的同事低低商量什么。

随着风势的减小，暴雨渐渐变作紧一会儿慢一会儿的阵雨。周围的人从记者嘴里知道了这几个人跪在这里的原因，开始纷纷表露着自己对这件事的看法。有懂法的人明白公安局是执行机构，劝他们到法院或检察院求情。李常清一边感谢大家的好意，一边说水追源树刨根，他们的弟兄瘸三是公安局抓的，就必须先请公安局法外施恩。人们听他说得也有道理，因为如果公安局将瘸三犯罪的事实淡化一些，或者有的地方在情节上模棱两可，检察院和立案法院在量刑上自然会有所斟酌。于是，就有人走上前来冲他们喊：精诚所至，金石为开，你们到公安局院里去，到局长办公室的门前跪着！

吵闹声中，一辆黑白相间的小面包车在外围停住，车上下来的人身披雨衣手拿皮包，立在车门口呆呆凝望足有五六分钟，然后快步走到这几个人的面前一一细看。当看到林娃子时，这人似乎微微笑了一下便转身奔公安局院里去了。望着那人的背影，林娃子打了个寒战对李常清说：哥，我怎么瞅着刚才的人像那个石匠呢？李常清不以为然：哪能啊，你看花眼了吧？结巴刘疑惑地摇摇头，也有点儿不相信自己的眼睛了。

刚才提建议的那位老兄再次走上来，一脸的认真满口的凝重：为什么还不去找局长啊，到局长办公室门前跪着，你们听我的，没错！

二老板等人犹豫着，他们知道凡事得有个度，跪在公安局门外最多算请愿，如果跑到院内跪在局长办公室前，局长恼了弄你个冲击机关或妨碍公务怎么办？可是，光跪在这里请愿也不是办法，事情总得有个结果啊。正为难，一个长相漂亮的中年人带着几个警察从院里走出来，不穿雨衣，不戴斗笠，一任风吹雨淋。中年人快步走到二老板等人跟前，口气和缓地说：各位快请起来，你们的请求我们会认真考虑，一定会酌情处理的。

几个人愣愣地望着这位中年人，眼里满是惶悚和疑惑。一位警察见状高声道：你们还思量什么，局长可是从来不轻易许人情的。

原来是局长啊！局长终于出来了，终于说话了。有了局长这句话，瘸三至少可以从轻发落了。二老板的女人最先哭出了声，女人的哭声感染了身边的人，从二老板到结巴刘，就像同时受了莫大委屈一样，哗的一下全都放开了哭声。哭声压住了风声雨声和人们的唏嘘声，周围的人纷纷走上来劝解。然而，劝解伊始，哭声却戛然而止，几个人先后瞪起眼来张大了嘴，欲诉无声，欲哭无泪，面色也由青黑而渐渐惨白。人群中不知是谁喊了一声"不好"，话音落处，几个人几乎同时倒在了泥水中。

被大雨激了的人加之过度的悲伤，往往会十分虚弱，猝然而至的喜悦瞬间又加重了他们的心脏负担，就像烧开的油锅里猛地泼上一瓢凉水，冷热交叠一时间难以平衡，于是，油飞，锅炸。一位警察打了个电话，不大会儿，一辆黑白相间的中型面包车拉响着警笛，飞驰在通往县医院的大街上，车轮溅起的泥水像两道横向扫射的水枪，将街旁的人行道一下子灌满了。风停，雨住，走出门来观看雨后景色的人们望着绝尘而去的警车，纷纷猜测可能又有什么大案发生了。

　　瘸三被判刑三年。

　　这天上午，正在少年罪犯管理所里服刑的瘸三刚刚迈出生建厂车间的门口，一位看守员走过来叫住他，说家里的人来看他了。家里人？瘸三疑疑惑惑地跟着看守员来到接待室，刚进门，二老板和他的四位弟兄齐刷刷地站起来，隔着一截水泥台子和他搂作一团。林矬子眼里含着泪，一边将手中的水果递给他一边哭哭咧咧地说：三儿啊，我可是真想你啊！瘸三心里酸酸的，只说了句"我也想你们"就泣不成声了。看守员见怪不怪地淡淡说道：哎哎，会面是有时间限制的，攒下眼泪以后再淌，有话赶紧说。

　　瘸三立即擦干眼泪振作起来，一边贪婪地啃着水果，一边和他们聊着近来各自的状况。他一直惦着几位弟兄，也惦着自己的奶奶和姐姐。交谈中瘸三知道，李常清四人已在二老板的帮助下在建筑工地落了脚，有的打零工，有的当看料员，识文断字的臊仙已经当了保管了。最让瘸三感到安慰的是，弟兄几个已将他的奶奶姐姐接到了 D 市去，给她们租了房子，给姐姐安排了在工地做饭的工作。李常清说，他们这是先来看看的，过几天有了头绪，二老板的女人和他奶奶姐姐也来探望他。瘸三真有点儿感激涕零了，他想说几句感谢的话，可想了半天没有合适的词，只好咽口唾沫说：你们都是好人！

　　几个人被瘸三这句话逗得笑起来，一直插不上嘴的结巴刘终于抢到了说话的空儿：三，三儿啊，俺们……是，好人？

　　二老板接过话头，很郑重地说：你们都是好木料，全看木匠怎么用了，做成门楣呢，人人到跟前都得低低头；做成门槛呢，人人到跟前都得踢几下；做成厕所里的隔板呢，天天挨臭气熏；做成牌位呢，天天让人供奉着。

　　此话刚罢，接待室里顿时变得静寂了，连看守员都屏住呼吸定定地朝这里看，弄不明白这位看似愚笨的中年人怎会说出如此哲理深刻的话。

时间过得真快，几个人谈兴正浓，看守员却已发话让他们离开。这里是教养所，不是饭店，一切都得听人招呼，他们不想走也得走。就在他们起身要出门的时候，臊仙凑上来悄声说：三儿啊，你姐……瘸三立即警觉地瞪起了眼：臊仙，你想干吗？臊仙让瘸三的眼神给吓住了，吭哧半天才说道：你姐……可是真好！瘸三用劲伸直那条瘸腿，以使身子拔得高一些，他伸手薅住臊仙衣袖低声说：你要敢动她，我骗了你！见瘸三发怒，臊仙赶忙换了嘻嘻笑脸：三儿啊，动什么气呢，我又不是想使坏。

已经走出门的二老板和李常清转过身来喊臊仙，催他快走，有话下回再说。臊仙嘴里答应着，借机从瘸三手里挣脱出衣袖道：三儿啊，我还真有话跟你说，下次吧，啊？下次吧！说着赶上另外几人趔出门去走了。

瘸三是有罪的人，他不能出门，只能隔着那堵半截水泥台子目送他们的背影，谛听他们渐行渐远的脚步声。弟兄们的身影连同他们的脚步声已经消逝在二门外，瘸三还在痴痴地看，专心地听，这霎，不知怎的，他的耳畔忽然响起小时看过的一部电影里的歌：送战友，踏征程……

促狭儿王

1

外科主任王大隆和副院长鲁侃在办公室里发生了争执。争执很激烈，差一点儿就掐架。争执的原因却很简单，是为了医院扩建。医院扩建需要六千万元，财政上只拨给三千万。鲁侃很愤怒，三千万？听起来数目不小，其实都不如拨给疏通下水道的经费多。鲁副院长事业心强，也很犟，下决心自己想办法。于是把各科主任分别召来下达创收任务。其他科的主任有的确实有能耐，有的虚于应付，都点头哈腰乐呵呵地答应着走了。王大隆却不行，他和鲁副院长一样，一根筋，挺着脖颈子问鲁侃：创收？怎么创，让我们医生护士站在街边卖烧烤吗？

鲁侃意识到创收这个词用在医院不合适，赶紧更正，说不是让医护员工创收，是融资。靠山吃山，要充分利用医院这个空间嘛。王大隆苦笑，医院除了看病卖药外，别无他法。眼下，药品马上也要实行零差价了，怎么个"融"法！再说，即使药品不实行零差价，作为医生也不能在病人身上捞钱啊。鲁侃不愧是领导，立即看出王大隆的顾虑，他说：大隆啊，以你在社会上的威望，有得天独厚的条件帮助医院融资啊。特别是那些财大气粗的私企老板，你说句话，顶我们院长说十句。王大隆点头：这还差不多，我尽力。

鲁侃见对方终于答应，很高兴，刚想表扬几句，忽然想起一件需要追究的事：大隆啊，听说你小子总是变着法地给病人省钱，这倒没错，医生嘛，就得仁心仁术。可是，应该检查、化验的项目，应该用的药品，你不能一减再减啊。

王大隆嘻嘻一乐：那行，像人参鹿茸的，开上二斤让他带回家。

王大隆以为副院长会发火，岂料鲁侃白脸笑成一朵花，连说：太对了，太对了，遇上土豪官员，可以这么做。王大隆溢到唇边的笑容抽了回去，他心想，鲁院长为了医院扩建融资，真是钱迷心窍了。两个人虽是感情极深的忘年交，但王大隆并没把这话说出口，只是脸皮紧了紧：鲁院长啊，你应该到私人企业做账房先生，算计事情能抠进鸡屁股里。

鲁侃口气轻松：小子，甭促狭儿，给我融资，按规定检查用药，这是命令。

王大隆心想：融资可以，但给病人检查用药我坚持自己的行医原则。否则，吃肉掎毛，随便。鲁侃熟读情绪心理学，一看眼神就知道王大隆在嘀咕什么，他心里话，这小子促狭儿成性，我得让药房副主任于大梅盯紧他。正琢磨用什么更合适的语言让对方表表态，电话铃响了。鲁侃抓起听筒：喂，哦，婷婷啊，怎么，你哥说再赞助一百万。好，好好！

鲁侃放下话筒扭头看了一眼王大隆，忽然捂住小腹：你小子等等，我……

王大隆站起身：又不是情人，干吗要等你。

鲁侃脸肌抽搐，捂着小腹往外跑：了不得了！

王大隆跟在鲁侃身后走出办公室，看着鲁侃一溜小跑进了走廊洗手间，禁不住呵呵笑起来：鲁院长哎，百万赞助乐得大便失禁，值得吗！

王大隆笑着走到电梯门前，回一楼的专家门诊值班。

王大隆绰号促狭儿王，叫他促狭儿王并不冤。

刚进医院那会儿，王大隆才二十多岁，那天他穿着隔离服在门诊走廊里遇到小个子老高。老高笑眯眯地拦住他，说：挺漂亮的姑娘干吗留

39

个男孩发型？王大隆用手拢了下头发，说自己习惯了。老高很兴奋，问他是哪个科的，何时来的。老高那色眯眯的眼睛让王大隆好笑又好奇，便撒谎，说自己是来实习的学生，分在外科。老高愈发兴奋，自报家门说他是神经科的高主任，并表示明后天请王大隆喝茶。王大隆心想，这个高主任和自己素昧平生，如此客气，看来有所图谋。正想着如何应对，老高轻佻地拍了他一下：不要推辞嘛，但凡新来的同事或实习生，我都要接风。你的手机号码？

王大隆无奈，只好告诉他手机号码，老高记下手机号码点点头，说了声"回头见"走了。外科医生李晓宇从东边走过来，问王大隆和老高说什么呢。王大隆说：高主任要请我喝茶，可我不认识他呀。李晓宇哧地一笑：把你当成女孩了。

王大隆问李晓宇此话何意。李晓宇说老高是个色狼，专门勾搭新来医院的漂亮女孩。王大隆说：他也得分出公母啊，我是个男人他看不出来？李晓宇嘿嘿儿地笑，说：你长得细皮嫩肉，连科里的人都看你像女孩。王大隆转转眼珠，说：既如此，李主任您就帮个忙呗。嘻嘻笑着，附耳对李晓宇如此这般……

李晓宇笑得双肩抖动：小家伙，亏你想得出。

越明日，街上行人熙攘，车流如织。女孩打扮的王大隆和老高走进了一家咖啡厅单间。王大隆坐下来发了个短信，老高凑上来坐在他身旁，先是今天天气哈哈哈，随之大谈医院的人际关系。老高说自己和院长是多年好友，院长遇事最听他的。因为这层关系，自己曾将好几名实习生留在了医院。对方言外之意，王大隆早已心领神会，于是眨眨漂亮的大眼睛，声音绵软如同三月和风：高主任有如此神通，也帮我一把呗。

老高脸上泛起红光，连说必须的必须的。他将身子靠在王大隆身上，王大隆没反抗。老高得寸进尺，一只手顺势揽住王大隆的脖子，另一只手伸向他的胸部。正要亲嘴，王大隆忽然大声嚷嚷：哎哎哎，这，这是干吗呀！

老高神魂颠倒：姑娘，你靓丽如同美玉，我实在难以把持了。

这时，房间门被拉开，李晓宇和鲁副院长的夫人陈小琳出现在面前。王大隆一抿嘴儿，从胸前掏出两块海绵疙瘩放在老高手里：叔叔，我和你一样，男的！

老高一脸尴尬，拔起屁股仓皇逃走了。

陈小琳和李晓宇笑得直打嗝。

十年来，此事一直在医院传为笑谈。王大隆从医生到外科副主任、主任，年龄职务都变了，就是性格没变，依然戏谑诙谐，常于不知不觉间让人出点儿丑。因此，同事们送他绰号促狭儿王。词典上解释，促狭儿就是捉弄人的意思。这促狭儿王的绰号用在王大隆身上，再合适不过了。您说呢？

王大隆走出电梯门，鲁侃夫人陈小琳举着手机走过来，问他看没看到老鲁。说自己刚才给他打电话，关机。王大隆眨眨眼睛，说了句"刚才……"像忆起了什么，转身直奔外科专家门诊。陈小琳一把拽住他：快说！王大隆指指外边，接上后边的半句话——和一位漂亮女人坐着奥迪刚回来。电梯门还没关上，陈小琳喘了口粗气，一闪身进了电梯。

陈小琳上到七楼走出电梯，径奔鲁侃办公室前，嗵的一声撞开房门。正在电脑前打字的鲁侃吓了一跳，打个激灵站起来：怎么了，一惊一乍，跟报丧似的。

陈小琳并不解释，直接问丈夫半小时前去哪了。鲁侃略一思索，说是去了厕所。陈小琳大怒：哪有去厕所还关手机的？鲁侃取出手机咧咧嘴：只顾瞎忙，忘了开机。陈小琳右手戟指，说：你就别演戏了，一个锅里抢马勺十多年，能不知你小名叫什么？鲁侃不明所以地眨着眼睛，一时不知说什么好。陈小琳双手擂着写字台：说！跟个漂亮女人……

鲁侃皱眉：漂亮女人？

陈小琳：大门外，坐着一辆奥迪车……

鲁侃想了想：哦，是有这回事，可那是上个礼拜呀。

陈小琳：你该说是大前年！

鲁侃举起手：对老婆发誓，同学郎总请我吃饭。他爱人送我回来的。不信你去问促狭儿王，当时他看到了。

陈小琳哂笑：要不是促狭儿王点化，我还蒙在鼓里呢。

鲁侃双手一摊：完了，促狭儿王刚和我吵完架，你又上了当！

电话铃声响起。鲁侃抓起话筒：齐院长啊，我正修改那个文件。

陈小琳夺过话筒，说：齐院长啊，老鲁馋狗不离肉桌子，你再不管，我到纪委告你纵容部下，多行不轨。电话里没了声音，陈小琳放下电话，摔门而去。过了一会儿，电话里有了声音：走了？

鲁侃拿起话筒：走了，一会儿风一会儿雨。

齐院长：呵，你不是常说吗，让老婆生气不是好男人，让孩子生气不是好爹。

鲁侃尴尬地笑：嗯嗯，阴升阳降。

2

菊城医院左侧是医院扩建工地，钢筋水泥的高大框架已经成型。框架下，搅拌机滚动运转，呼呼作响，吊塔将水泥和空心砖不断吊上去，建筑工人在各个架构层次上忙碌着。工地往东不远是菊城十字街，十字街上人来车往，红绿灯交相闪烁。市民邱成林拄着拐杖站在街口一边，抬起左脚轻轻悠达。老邱眼神迷茫地看着面前的行人车辆，似在寻觅着什么。昔日的牌友李二顺拄着拐杖走到邱成林跟前，问他练的什么功。老邱瞟了李二顺一眼，苦笑，说并非练功，是在活血通络。老邱说这年月穷人想富，富人富了还想富。狗往前蹿，鸡往后刨，各有寻食的妙招。自己的妙招是买彩票，每期都买。上天眷顾，月前好容易中了个奖，可是兑奖那天忽然发现，乐极眼花，把 3 看成 8 了。一着急，血压升上去，差点儿偏瘫。

李二顺顿顿拐杖：恭喜恭喜，没拴住！

老邱嘟哝：拴住了一半呢！

李二顺：快去医院看看呗。

老邱：看了，开了一大堆药，吃得我直想吐。

李二顺：医院是为了治你的病。

老邱：也是为了我的钱。

李二顺：你有医保卡，怕什么。

老邱：卡上的医疗费没了，再吃药就得掏现钱。

李二顺：喝醋，听说喝醋能治高血压。

老邱不屑地瞥了对方一眼，扭过头去。

李二顺哂笑：这就叫黄鼠狼偏咬病鸭子。

李二顺拄着拐杖走了，老邱眼前忽然飞萤乱舞，像小时看过的万花筒。他明白不妙，得马上回家，刚迈下马路牙子，就一头栽在地上。就在这时，一位交警跑过来，一边观察老邱的情况，一边按老邱身份证上的地点给街道办事处和120打电话。不大会儿，120急救车和老邱的一双儿女同时赶来，老邱被抬到车上，径直驶到医院门诊大楼前停下。车后门打开，车上和车下的医护熟练配合，将担架车抬下后，迅速送进门诊大楼里。

外科专家门诊室里，一个十多岁的少年躺在病床上，少年的母亲守在一旁。王大隆摁着少年的小腹，又猛地撒开，问他是不是疼得很厉害。少年嘿嘿儿地乐，说：有点儿疼，主要是痒痒！王大隆笑了，说：轻微反跳疼，没关系。王大隆坐下来给少年开处方，他问少年的母亲，孩子的病今年犯了几次。孩子母亲说去年两次，今年头一次。王大隆点点头，开了处方。王大隆把处方交给孩子母亲，说：还是轻度慢性阑尾炎，吃点儿药打几针就行。孩子母亲说：去年也是您给检查治疗的，吊了几瓶水，服了两天药就好了。王大隆说：我记得，打吊针时，这小子吓得尿在床上了。孩子母亲和少年同时笑起来，娘儿俩正要起身往外走，急诊科小马推门闯进来。王大隆假装吓一跳：怎么了小马，是不是

43

男朋友追着你去领证啊？

小马显然没有闲心开玩笑，喘着气告诉王大隆，说急诊科收了个伤者，挺重，值班的姜姐叫他过去看看。王大隆站起身：就你姜姐事多，走。

王大隆跟着小马走进急诊科，伤者躺在病床上，王大隆立即检查。检查完毕直起腰，说伤者有大面积脑出血的危险，马上用药，稳定血压，越快越好。姜琳建议做个脑CT，王大隆摇头：这么明显的症状，拍什么CT，拍个腿部片子就行。

姜琳开了处方递给老邱的女儿邱小桦，邱小桦立即去药房取药。王大隆说门诊那边病人多，他得赶紧回去，片子出来后送给他看一下。姜琳是王大隆的妻子，正安排护士给老邱用药输液，头也不抬说知道了。

大约一个小时后，姜琳拿着X光片和邱小桦走进外科专家门诊。王大隆接过片看了一会儿，嗫嗫牙花儿说：伤者是右腿胫腓骨近端复杂型骨折，得尽快手术，过迟会造成游离骨片进入血液。姜琳说：那好，入院吧。

姜琳开出入院单递给邱小桦，小桦望着入院单出神。姜琳催她快去办手续，小桦为难地嗫嗫嘴，说：大夫，我得先去借钱。姜琳疑惑地看着邱小桦，邱小桦告诉姜琳，自己和弟弟都是下岗工人，她打零工，弟弟贩菜，一万块钱，对他们来说就是一座山。王大隆问她父亲是不是退休的。小桦说是退休工人，药费报销百分之六十。姜琳吸了口气：新规定，即使有医疗证，差额每天也得自己补上。

王大隆和姜琳相互望了一会儿，姜琳说：你看这情况……

王大隆看了一眼小桦："潜规则"吧。

小桦沉下脸来，心想这个主任真轻佻：大夫，你，你什么意思！

王大隆指指姜琳：我说她。

姜琳一笑：小桦，跟我来。

邱小桦轻蔑地斜了王大隆一眼，转身跟着姜琳走出诊室。

王大隆看看表，伸个懒腰：咦，下班时间到了。

下班后的王大隆顺着走廊往东走，大梅从后边喊着促狭儿王撵上来。王大隆转过身，问大梅什么事。于大梅性格直爽泼辣，她告诉王大隆，是鲁院长派给自己的任务，专门盯着他给病人合理检查足量用药，不要一省再省。于大梅要王大隆向自己做保证，承诺今后检查用药不再删繁就简。大隆知道这位姐姐难缠，谎称要去麻醉科找老牛，说下午有个手术病人需要针灸麻醉配合。大梅搂紧了王大隆的胳膊，声称不答应别想走。王大隆眨眨眼睛，口气认真地说：好大姐哎，办完这事还有更要紧的呢。

大梅冷笑：火烧着腚了？

王大隆伸了伸舌头，说自己和老牛约好后，还得赶紧去兴隆商场，那儿正处理高档夹克衫。大梅口中咝溜了一下：怎么，降价了？

王大隆：原价八百，降到二百元了。

大梅早想给自己那口子买件上档次的夹克，可又舍不得花钱。听王大隆说夹克衫竟然一下子降了六百元，顿时喜笑颜开，她松开王大隆：好好，你去找老牛吧，我也到商场看看。

于大梅朝外跑，王大隆一脸坏笑。

王大隆走出门诊楼，手机铃响，是鲁院长打来的。鲁院长告诉他，水泥集团的孙董事长求他做手术，特地打发总经理老鲍今晚请他吃饭。王大隆说自己今晚有手术任务，鲁院长说：我已经答应了人家，你小子就不要借口推辞了。再说，医院扩建还需要水泥集团赞助，这个茬儿可慢待不得。王大隆迟疑了一下，忽然若有所思地咂巴着嘴，随之抬高声音：那行吧。

3

晚七点，王大隆按照约定来到芙蓉聚酒店小雅间里与鲍总聚餐。灯光下，一张精致的小圆桌，小圆桌上安放着两个电热火锅，桌子中间放着几个盘，盘里盛着鲍鱼片、海参条、对虾和一盘五花牛肉片，一瓶开装的茅台酒放在桌上。

鲍总和王大隆相对而坐，几杯酒下肚，鲍总的话多起来，有敬佩，有请求，更多的是恭维话：王主任，若非鲁院长从中联系，还真不容易和您这位名震菊城的外科权威坐到一块儿。没说的，我们董事长的腹瘤，就请王主任您费心了。

孙董事长的腹瘤是在省医院确诊的，董事长听说是瘤子，吓坏了，当即北上京城，托朋友找到老积水潭医院的腹外科专家刘教授做手术。说来也巧，刘教授恰恰是王大隆的博导。刘教授听说是菊城的患者，说：这是舍近求远啊。你们菊城有个王大隆，我的学生，是个外科天才，手术水平远远在我之上。听我劝，还是回去找他吧。于是，孙董事长和随从连夜返回，第二天就派了鲍总找到鲁侃，并由鲁侃牵线让王大隆给病人重新做了检查。一系列检查取证后，王大隆对鲍总说：孙董事长的瘤子是良性的，不用动手术。况且瘤子紧贴腹主动脉，弄不好就会出血。可鲍总一再强调，说：自从确诊后，孙董事长已经成了心病，整天觉得有东西顺着肠子跑来蹿去，还是给他摘掉为好。

王大隆沉思着：鲍总，这话说也无妨，知道我的导师为何把这病推出来吗？

鲍总一脸疑惑：莫非瘤子是恶性的？

王大隆：良性瘤，可以确定无疑。

鲍总：那老教授为何往外推？

王大隆：老教授是位非常负责任的专家，他就是害怕年老眼花，手一哆嗦不小心戳着主动脉，到时摘瘤子事小，止血事大。

鲍总连说：这我明白，可谁都知道，你王主任是本市一把刀，连省医院动不了的手术你都能解决，何况一个良性瘤，您就费心受受累吧。王大隆无奈地摇摇头，因为这手术真的没有必要做，让病人挨一刀完全是多此一举。鲍总见王大隆仍不痛快答应，咂咂嘴放下筷子，打开皮包，取出一个信封递给王大隆。

王大隆笑着摇摇头：明白您的意思，但是，没有必要。

46

鲍总说这是董事长特别嘱咐的。您若不收，我回去没法交差。说着拉开王大隆的皮包把信封装进去：小意思，呵呵。

王大隆点点头，慢慢将信封取出来放到桌上：鲍总，我托你点儿事。

老鲍看着王大隆，一脸讥笑的神色。他想，收就收呗，还拐弯抹角地弄这些冠冕堂皇的干吗，放心装进腰包里就是，即便反贪局的人来找，我也不会出卖你。他这么想着，并没耽搁回答王大隆的话：王主任有事尽管讲。

王大隆：希望鲍总能答应。

老鲍：请讲请讲，一定一定。

王大隆说：我想由您出面，联系一下市里各企业的老总，想请他们吃顿饭。

老鲍怔怔地看着王大隆：王主任，啥意思？

王大隆附耳鲍总：如此这般……

老鲍沉吟着。

老鲍看着王大隆期待的目光，忽然站起来，紧紧握住王大隆的手：王主任，听到你这番话，我想哭。

王大隆拍着老鲍的手背：帮个忙吧。

老鲍拍拍胸膛：王主任，仁心仁术，天下无双。

第二天上班时，王大隆和于大梅在走廊里迎头相撞。大梅一把拽住王大隆：促狭儿王，坑你姐！商场说了，夹克正在销售旺季，傻蛋才降价呢。

王大隆眨眨眼：我也是听别人说的嘛。

大梅知道王大隆促狭儿成性，也不追究。话题自然又回到给患者的例行检查和用药量上来。因为于大梅刚刚查过，这个月外科检查费用与上月持平，但用药量又创新低。这不行，大梅是个对领导负责任的员工，要是鲁副院长追问起来，自己怎么交差？与昨天一样，大梅逼着王大隆当场表态，下个月的用药量一定要争取升上去。这次王大隆没争辩，也不敷衍，表示回到科里查查用药计划单，明天晚上给于大梅一个满意的答复。大梅松开手：这才够哥们儿。

王大隆忙，鲁副院长更忙。于大梅在走廊里和王大隆较劲的当儿，鲁侃急匆匆闯进院长办公室，把一份材料递给院长老齐的同时，再次提出要聘个体医生李岷进医院的事。齐院长一听这话就苦笑，他在卫生局开会时听药检局的人说过，这个人因为乡下实行新农合，药价零差别才进城来的。为了挣钱，在各医院都雇了医托。再说，哪有个体诊所医生随随便便就聘进医院的？但鲁侃一再强调，李岷有医师资格证，且祖上专治皮肤病，传到他这里，在皮肤病治疗上几乎是专家级的了。另外，他有个专治男性病的祖传秘方，医院性病科成立多年，正牌子医生都不愿接这个差。恰好李岷在这方面是强项，按照专业特长这一项招聘，到哪里也说得过去。齐院长为人老练，从不和部下拧着来：考虑考虑再定吧。

鲁侃有点儿急，他之所以推荐李岷，是因为此人的表弟是工商联宋主席。为了让表哥能有个职业，他找鲁侃好几次了。事情到了这一步，鲁侃只好亮出杀手锏：老院长啊，实话说吧，李岷是工商联宋主席的表哥，宋主席多次找我，而我们目前医院扩建，融资一事还仰仗人家宋主席给撑腰呢。

齐院长怔了一下，手指摁着额头沉吟半晌：这么说，是不好推辞。可是，现在看病都一卡通了，他这个年龄，会用电脑吗？

鲁侃脸露喜色：考虑到了这一点，具体人具体对待，挂他的号还用病历簿。

齐院长舒了口气：那行，聘任期不要太长了。

鲁侃：放心，暂聘一年，既照顾了宋主席的脸面，又可借此人的秘方创收，等到扩建工程一结束，咱们就……

齐院长：就卸磨宰驴！

鲁侃一咧嘴：不，不能这么说，不仗义啊，呵呵。

鲁侃生怕齐院长反悔，说完就起身走了。

当天晚上，在会议室召开了大会，会上由齐院长宣读了关于动员全院医护员工为扩建工程紧急融资的决定。齐院长宣读完毕，副院长鲁侃立起身，晃着手里的一份聘任书说：另外还有一件事，医院性病科决定聘请李岷医生坐诊。

大梅嚷起来：就是那个躲在街角卖春药的李四秃子吗？

王大隆随即高声接话：哎哎，梅姐，你怎么知道他是卖春药的？

于大梅一怔：促狭儿！

人们哄堂大笑。

主席台上的领导人也给逗笑了。

下午，王大隆走进病房做例行检查，病员们纷纷和他打招呼。肺癌患者王学东想欠身，王大隆轻轻按住他，随之取出听诊器。王学东的儿子王世伦给父亲褪去上衣露出胸脯，王大隆开始望、触、叩、听。接着，王大隆又仔细地触摸着王学东身上的颈、腋等部位。王大隆直起腰，摘下听诊器：炎症控制得不错。

王学东气息微弱：王主任，我还有救吗？

王大隆：这说的什么话，你的肺部感染已经控制，好好养着，待身体恢复一段时间后，做个手术就痊愈了。

王学东苦笑：谢谢……王主任。

王大隆朝王学东的儿子王世伦使个眼色，低声告诉他待会儿到医护值班室去一趟。然后又走到另一患者焦成俊的病床前，照例望触叩听后，转身对跟在身后的吕成医生说：这位患者明天或后天，可以手术了。

吕成在病历上做着记录，王大隆朝病房门口走，王世伦见状，立即跟上。

王大隆和王世伦出了病房，走进医护值班室里。王世伦与王大隆对坐，眼神蒙蒙的。王大隆从身后病档橱里取出王学东的 CT 片认真看着，看了一会儿抬起头，口气挺沉重：小王，你父亲经此一番感冒，病情更重，已经不能再手术。

王世伦声音颤抖：我父亲才五十来岁，求你救救他。我听别人讲，手术可以祛除病灶，病人仍然能继续存活。无论如何你要给他做手术，花多少钱都行。

王大隆耐心解释，他告诉王世伦，手术后仍能继续存活一段时间是指一般情况下的肺癌，他父亲患的是小细胞肺癌，这种癌病情发展快，全身播散倾向突出，如果感染初期就及时控制，还可切除原发部分的肺叶。如今，他的身体免疫力急剧下降，感染几乎无法控制，已经很难再手术了。

泪水顺着王世伦的脸颊流下来，正考虑适当的措辞继续恳求，护士小马走进屋：哎，王主任，刚才鲁院长把电话打到病房办公室里，晚上让你去他家。

王大隆：请我吃饭？

小马：想得美，听口气你好像犯事了。

王大隆吐吐舌头，看看仍旧呆坐在沙发上的王世伦。王世伦一时想不出合适的话语，擦了下脸上的泪，起身告辞。王大隆一脸愧疚地叹了口气，转过身，从橱柜里取出一本《高端外科》，趴在桌上翻一页，又翻一页。

4

晚饭后，王大隆来到鲁副院长家。他和鲁夫人陈小琳坐在沙发上说说笑笑，鲁侃在旁边专心地削苹果。鲁侃把削好的苹果递给陈小琳，陈小琳咬了口苹果慢慢嚼着问：大隆，老鲁是不是很会巴结。

王大隆说那当然，当院长的也害怕从床上给端下来呀。陈小琳白了王大隆一眼，刚要说什么，鲁侃插进话来：大隆，别扯淡，咱们拉拉正事。你作为医院头把刀，不赚病人的昧心钱，可也不能一省再省啊。听大梅说，你们外科这个月的用药量再创新低，如此下去，何时为了。

王大隆建议争取社会赞助。

鲁侃皱起眉，谈到社会赞助他就怵头，自己不是没争取过。可是，国营企业想都甭想，而私企老板抠门抠进骨头缝里，让他们出血，容易吗？王大隆见鲁侃皱眉不语，便凑过去附耳低语。鲁侃听着听着，不大会儿已是脸露喜色。他拍拍王大隆的肩膀：权威权威，你小子无权有威，真棒。

陈小琳把苹果核扔进垃圾篓：你俩嘀咕什么？

王大隆嘻嘻一乐：不告诉你，我俩……

鲁侃拦住王大隆的话：本性难改，又想捉弄人是吧？

王大隆一脸委屈：陈姐你听听。

陈小琳神色怪异地盯着鲁侃。鲁侃见老婆眼神不对，心里发毛。陈小琳嘿嘿一笑，口气阴阴的：正好，大隆来了，坦白，那天上午那段时间到底干什么了？

鲁侃松了口气，指指王大隆：好好，当面澄清。对，是上个礼拜二，我在医院门前下车时，王大隆恰好从旁走过。当时，我还把他和郎夫人做了介绍。

陈小琳盯向王大隆，王大隆正拿起一本刊物翻阅。鲁侃夺过刊物放在茶几上，王大隆假装吓一跳。鲁侃侧过身子盯住大隆：那件事，你和小琳怎么说的？

王大隆按着额头想了一会儿：哦，你说那天啊，那天我在一楼下电梯，陈姐走过来，问我看到你了吗，我说刚和一位漂亮女人坐奥迪回来。

鲁侃手背拍着手心：为何不说清楚是哪一天啊？

王大隆：因为陈姐经常逼问我诸如此类的问题，当时一迷糊，就想当然地把以前的事当成那天的。等想起来要解释，陈姐已经进了电梯，门也关上了。

鲁侃一脸委屈，因为王大隆的那句话，陈小琳不光杀进他的办公室，回到家还治了他半夜。此时证人在场，老婆面前，终于可以挺直腰杆了。王大隆见陈小琳看自己眼神怪怪的，明白对方怨恨他，赶紧笑了笑：陈姐也是防患于未然嘛。

陈小琳拿起茶几上的刊物朝王大隆肩上敲。

王大隆哈哈笑着躲闪：两口子欺负我一个，没天理了！

鲁侃终于开口：大隆，你就当行好，以后别再捉弄我老鲁了。

王大隆作揖：习惯成自然，得罪之处，务请谅解。

鲁侃一脸苦笑，面对这样的下属，又是自己的忘年交，除了谅解，他确也无可奈何。他负责医院扩建，融资一事，刚才大隆已经向他汇报，几个大企业的赞助很有希望。他很欣慰，也很得意，毕竟这个促狭儿王不负所望，在这件事上还是很给力的。一高兴，就想加码：在融资方面，你小子还得继续帮帮场子。

王大隆摇摇头：鲁院长，相交数年，彼此了解，我已尽了力，不能再继续费心耗神。我得静下心来，认真钻研业务，否则过上三五年，就成医盲了。

鲁侃：不行，等扩建工程结束后，你再钻研你的业务。否则，我撤你的职。

王大隆一本正经：你要撤我的职，我就撮弄你两口子吵架。

陈小琳嘿嘿儿地笑起来：促狭儿王，本大姐接受教训了，以为还上你的当啊。

王大隆朝陈小琳眨眨眼：真的？

陈小琳晃晃脑袋：有本事你就试试呗。

王大隆叹了口气：完了！哎？八点电视上有一堂高端外科讲座，我得回去。

鲁侃：也行，大隆啊，别整天嘻嘻哈哈光想着促狭儿，记住我的嘱托。

王大隆站起身，朝鲁侃做了个鬼脸。鲁侃夫妇起身相送，王大隆走到门口鞋柜前换拖鞋，鞋架上放着一双半高跟红皮鞋。王大隆口气吃惊：咦，陈姐有福气，鲁院长真疼你，上个月在商场刚买了双淡黄色皮鞋，这不又买了双红色的。

刚刚推开房门的鲁侃一脸惊愕。

陈小琳脸色骤变。

不过二人仍旧客气地送出王大隆，王大隆刚迈下几级台阶，背后房门啪地关上。接着，室内哗啦声响，显然是鞋架给踹倒了。接着室内传出鲁侃气急败坏的声音：看看，看看，刚说了接受教训，你又上他的当，难怪人家都叫你陈醋！

王大隆和鲁侃夫妇谈天说地话三国的当儿，外科小手术室里，姜琳和小马正给一位外伤病人处理伤口。大梅急匆匆走进来，问她俩看到大隆了吗。姜琳说：一个小时前他来过，你可以打他手机。大梅纳闷地侧侧脑袋，说是他一直关机。小马奇怪：啥事啊这么急？大梅眨巴着眼睛，扬扬手里的一张表，说：你们科用药量又创新低，我得找促狭儿盯盯他，下个月无论如何得补偿一下。小马"哦"一声：可得忖着点儿，小心被促狭儿。

大梅拧着结实的身子，说自己上他的当已不是三五回，习惯了。姜琳和小马同时笑起来。小马建议大梅明天再找王大隆，因为大隆关了手机，肯定有什么不便明说的秘密，比如和情人在一起什么的。大梅憨憨一乐：有姜琳这个大美女天天陪着，他促狭儿王哪敢拈花惹草啊。小马嘻嘻一乐：姜姐，说你呢。

姜琳笑笑：说呗，大隆即便是只猴儿，反正链子也在我手里攥着。不过，建议梅姐还是明天找他。

大梅：明天一上班，鲁院长听我汇报。

姜琳：那么，你到鲁院长家找，他可能在那里。

大梅打个愣怔，转身就走。

大梅出了医院，走进医院住宅小区。她急匆匆甩动着两条腿，不时有熟人打招呼，大梅心里有事，应付着快步一路向北。因为她不住这个小区，所以边走边看楼号。忽然，他看到王大隆从一栋楼旁拐过来，心中大喜，急匆匆迎上去，大声喇气地喊：促狭儿王，促狭儿王，可找到你了。

迎面而来的王大隆边走边问她是否还为那件事，大梅说：明天一上班就得给鲁院长汇报，火烧屁股，当然是为那件事了。王大隆走到她跟前，口气相当认真，也相当焦虑：梅姐呀，当务之急，是给鲁院长救驾，两口子不知为何掐起来了。

大梅：啊！你咋不劝劝？

王大隆：叫不开门啊。

大梅：这还了得！

大梅拔腿朝鲁侃家里奔。

王大隆在后边喊：三楼东户。

大梅：知道。

王大隆笑笑，向南走去：你是我的玫瑰你是我的花……

5

老邱的手术是台大手术，王大隆、李晓宇、姜琳、吕成等医生全部参与。术前核证确定无误，硬膜外麻醉成功后，患者平卧位躺在手术台上，碘伏消毒术铺上无菌巾，王大隆朝姜琳点头示意。姜琳持手术刀站在老邱的患侧，眼睛看着王大隆。王大隆：开始吧，取右髋翼部弧形切口，长约六厘米，深度适当掌握。

姜琳点点头，手术开始了。

医护们勠力同心，手术进行得很顺利。三个小时后，老邱的胫腓骨粉碎性骨折已经得到修复，打上石膏固定患处后，病人安返病房。医护们回到术前准备室洗洗刷刷换上自己的衣服，护士小马向王大隆报告，说今天去药房取药时于大梅暗地里告诉她，因为下个月外科的用药申请仍旧原地踏步走，在这两天就要举行的全院医护员工大会上，院领导可能要提出批评。王大隆假装一怔，随之脸上现出习惯性的坏笑：谢谢妹妹提供情报，本人已得到通知，大会明晚举行。

第二天晚上，会议室里灯火通明，齐院长回顾了这段时间医院的工作状况后，宣布由鲁副院长对工作做个小结。鲁侃正正麦克风，朝王大隆座位处瞥了一眼开始讲话：这一季度，大部分科室按照院委会的决定开展了工作，但也有个别科室我行我素，成效不佳，致使科室职工的奖金福利也受到大的影响。今天，我给他一个面子，如果以后仍旧一意孤行，那么，院委会是要点名批评的……

于大梅用手捅了一下王大隆：点你呢。

王大隆笑笑，没说话。

鲁侃继续讲话。

王大隆碰了下内科主任刘少清，指指陈小琳手上的戒指，压低声音说：看了没刘主任，鲁院长就是疼老婆，去外地考察买的铂金钻戒，多上档次呀。

于大梅身边的陈小琳扭过脸：大隆，你说什么？

刘少清：陈主任，我们说你手上的戒指。

陈小琳看看手上的戒指，表情疑惑。

刘少清：你们女人持家不容易，应该向鲁院长学习。

陈小琳的眼睛盯向鲁侃。

散会后鲁侃夫妇回到家，陈小琳便坐在客厅沙发上喘粗气。鲁侃有点儿累，走进卧室坐在床脚沙发上小憩。忽然，陈小琳一脚踹开卧室门，将床上枕头、枕巾、床单扔了一地。她头发散乱地坐在床沿上，怒视着不明所以的鲁侃。鲁侃掐着内关穴镇静了一会儿问：姑奶奶，这又烧的哪把火？

陈小琳冷笑：我也想开了，一不上吊二不喝药，只要求你对我说实话。

鲁侃想了半天，自己不曾对老婆说谎话呀。他让陈小琳说明白，不料陈小琳站起来嚷道：老鲁，无论是年龄还是长相，我凭什么跟了你，你说。

鲁侃一头雾水，十多年前他一时花心，把个比自己小十几岁的陈小琳弄到手里，为此自己也付出了沉重代价。怕婆子在医院里出了名，人们表面不说，背地里都砢碜他，说两人肯定不会白首偕老。所以平日里他在老婆跟前赔尽小心，生怕一时不慎出了差错，让个至今仍旧花容月貌的陈小琳飞了。正在费尽心思思考不温不火又恰如其分的语言应付妻子，岂料陈小琳火力又开：老鲁，你和前妻生有儿女，自己早早做了绝育手术却秘而不宣，让我成了只不下蛋的母鸡。话说到明处，你要老老实实做丈夫，啥事没有。如果恶习不改，别怪我也找个野男人生几个娃娃让你养着。你说实话，出差时买的钻戒给谁了？

鲁侃大惊：我何时买过钻戒，你从哪里听来的？

陈小琳发棱着脑袋：你甭打听，到底给谁了，说！

鲁侃手背敲着手掌心：糟了，闹不好又是大隆那小子促狭儿。

陈小琳喉音瘆人：怎么样，心虚了吧，快快招来，给谁了！

鲁侃起身凑到妻子面前：小琳啊，王大隆惯会促狭儿，你咋偏偏听他瞎说？

陈小琳　王大隆促狭儿不假，可这回他说话不是对着我，而是和刘少清悄悄议仑。人家刘主任可是老实人吧？

鲁侃：闹不好老刘让促狭儿给套进去了。

陈小琳：编，继续编。

鲁侃急了：他妈的，明天我就去找促狭儿王算账，这个坏小子。

陈小琳大怒：你要敢去找王大隆，我就闹得全院都知道了再和你离婚。

鲁侃泄了气，伸手抚弄陈小琳的肩：事情总会弄清楚，天不早了，休息吧。

陈小琳：滚开，还想和以往那样，打一拳扑拉一把呀。

鲁侃：那好，明天还要上班，我先睡了。

鲁侃往床上爬，陈小琳侧身踹了鲁侃一脚：滚！这屋里没你睡觉的地方！

　　鲁侃爬起来抱床被子往外走：惹不起躲着，反正睡沙发也不是头一回了。

　　同一天晚上，已经应聘的李岷身着白大褂在性病科坐诊。开始没有病人，李岷正无聊，一位六十几岁穿着讲究的老者悄悄走进来。老者径直坐到李岷对面的凳子上，笑嘻嘻地向李岷恭贺：李大夫，到底是名医呀，走进正规大医院了。

　　李岷有点儿尴尬：您是……

　　老者：您接触病人多，难免贵人忘事，您在街角开小店那会儿，我买过您的药。又去找您呢，左邻右舍说您高升了，今晚来医院是想打听一下您的值班时间，没料到关门挤住鼻子，就这么巧，遇上了。于是马上就挂了您的号。

　　老者把病历本放在桌子上，笑嘻嘻地看着李岷。

　　李岷点点头，问他哪里不舒服。老头俏皮地指指下面：这您知道。

　　李岷恍然大悟：哦，还是不行？

　　老者点头：还有回春胶囊吗？

　　李岷：有，不过增加了新科技新原料，价格……

　　老者拍拍口袋：小意思，只要有得卖就行。

　　李岷指指套间：有，里边专柜。

　　老者点头。

　　李岷取过处方笺，拿起笔看看病历：姓名，吴日嫂……

　　老吴大惊：什么什么？

　　李岷：吴日嫂啊！

　　老吴哭笑面容：李大夫，您原来大字不识一箩筐啊，那念吴曰叟。

　　李岷低头盯着病历看了半天：是吗？哦，呵呵，眼花了！

6

外科病房走廊上，小桦小秋相对站立。小桦压低声音：住院部又催交补差费。

小秋一脸愁云，他这些天贩菜只挣到一千多块钱，加上姐夫给的也只有两千多，可住院部通知至少交三千。小秋嗫着嘴：姐，王主任威望很高，是不是请他说说情，再宽限两天？眼下新菜上市，只要再有几天，我肯定能赚一两千。

小秋说完就朝病房办公室走。小桦叫住弟弟，说：还是我去找王主任，天不早了，你快回菜市场吧。小秋迟疑了一下，点头答应。

小桦从办公室回来时，看到外科医生吕成和两个小伙子把一位老年伤者抬上 17 床。病人安排好，陪床的小伙子向大家介绍自己，说他姓张，伤者是他叔叔。另一小伙子也自我介绍，说他姓刘，是自己的电动三轮车撞了老人家。正说着，伤者忽地从病床上坐起来，小张和小刘费了好大劲才重新把他放倒在病床上。小张直起腰：对不起各位，俺叔精神不大好。

王大隆走进来找吕成，见此情景就问是怎么回事。吕成一脸的不乐意：李主任检查为腿部挫伤，在观察室住上三两天即可。鲁院长碰上了，当即让入院观察。

王大隆咂咂嘴，嘟哝了一句"光想着挣钱了"，走出去。

病房里重归于静，王学东的儿子王世伦想起要给父亲买些营养品，就起身出了病房。他顺着走廊由东往西走，经过病房办公室门口，听到王大隆打电话——鲍总啊，孙董事长的手术已经做了，挺成功。高兴，咱们都高兴。哎，帮帮忙吧，我急用。可以可以，一万、八千都行。嗯，最好今天划过来。哦，账号？好的，发到你手机上。不好意思，谢谢了……

王世伦表情吃惊，他边走边想，难怪王主任不给我父亲做手术，原来是因为红包啊！这不，病人没给他，张嘴要上了。好好，十人走路九人瘸，在别人看来，那个不瘸的也就不正常了。想着，反身往回走。

王大隆在阅片灯下查看 X 光片，王世伦敲敲门，笑嘻嘻地走进来。他坐在王大隆对面，抻了好一会儿说：王主任，您就给我爸爸做手术吧，我求您了！

王大隆侧过身，盯着王世伦看了半晌，摇摇头。

王世伦取出一个信封递给王大隆：王主任，三千块钱，小意思，买斤茶喝。

王大隆脸色难看：拿回去！

王世伦眼里含着泪：我明白了！

王大隆：你明白什么？

王世伦：我明白了！

王世伦嘟囔着起身走出去。

王大隆纳闷，这小伙子，八成精神出问题了？

第二天上午查完房，王大隆填好病历沉思片刻，看看坐在旁边的护士长小林，又让小马去叫邱小桦。不大会儿，邱小桦跟着小马走进来。邱小桦站在室内，神色惶惑。王大隆看着小桦叹口气：唉，真对不起，我人微言轻，住院部不答应。

邱小桦神色坦然，她本来就没抱多大希望，因为住院部答应是情理，不答应是正理。无论怎么说，人家王主任可是费心了。正要说几句感谢的话，那边小林冲她摆手：桦姐，别信他的，已经解决，你过来。

邱小桦犹豫着走到小林跟前，小林取出一本账簿，翻开，让小桦在支款人一栏里签个字。邱小桦懵懵懂懂地看着账簿，不明所以地眨着眼睛。此刻小林已经取出一叠钱递给她：这是八千元，你数一数。

邱小桦扼挲着手不敢接钱，也不敢签字。她问这钱是怎么回事，一旁王大隆告诉她，是一位企业老总赞助的。小桦疑窦顿生，如今哪有这么便宜的事，一个企业老总会赞助一个普通病人？她问这老总是哪里的，为什么赞助她。王大隆说这位老总经常有此善行，但从来不让透露姓名。

小桦仍旧不接钱。

王大隆想了想：唉，小桦你真犟，我只好违背自己的承诺了。这位老总叫鲍玉龙，是菊城水泥集团总经理。这下你该放心了吧。

小桦这才接过钱，两行清泪顺着双颊流下来。

小桦红着眼睛往外走，正好遇到换班的李晓宇走进屋。李晓宇朝王大隆点点头，王大隆起身脱下隔离衣，换上自己的衣服快步走出去。姜琳夜间四点下班，此刻正在大睡，他得到市场上买几样菜，中午如果姜琳赖在床上不起，说不着，自己还得当大厨。

王大隆走进菜市场，一眼看到斜对面菜摊上的小秋。小秋正拿着手机站在菜摊后拨号，王大隆走过去。小秋赶紧收起手机：王主任，你来买菜？

王大隆点点头问他生意怎么样，小秋苦笑，说顾客像河里的鱼，一拨一拨的。王大隆笑了，夸奖他说得很形象。王大隆问他刚才给谁打电话，好像没拨通。小秋说打给姐姐的，让她抽空儿来替自己守一会儿摊，打算今天多上几样菜。王大隆抻了抻，问他需要多长时间，小秋说也就一个来小时。王大隆噘起嘴唇，几步走到小秋摊位后：我替你守摊，快去快回。

小秋连连摇手：不行不行，外科专家守菜摊，传出去成了大笑话。

王大隆摘下小秋的鸭舌帽戴在自己头上，取出墨镜架在鼻梁上，笑眯眯地盯着小秋。小秋打个愣怔，大笑：不仔细看，认不出是你。

王大隆：这就是了嘛，告诉我各种菜的价格。

小秋又想笑，赶紧绷住。他向王大隆交代了各种蔬菜的价格。王大隆朝小秋挥挥手，小秋笑着推出摊后的电动三轮车走了。

小秋刚走不一会儿，一位脖颈上挂珍珠项链的夫人走到菜摊前。王大隆哈着腰，问太太要点什么菜。夫人拨拉着西红柿问价钱。王大隆：两块三一斤。

夫人把西红柿扒拉开，说：两块钱吧。王大隆咧嘴解释说：进价一

60

块八，每斤才赚五毛钱。夫人冷笑不止，她认为小商小贩没有实话，否则就没有漫天要价、就地还钱之说了。于是坚持着：就两块，不行我再到别的摊上看看。

王大隆无奈地点点头：好，您挑吧。

夫人拣了两个西红柿放到秤盘上，王大隆：您就要两个？

夫人翻了下眼睛：不卖？

王大隆怔了怔：卖，卖卖。

电子秤显示，两个西红柿八两。王大隆把西红柿装进塑料袋递给夫人，顺口说一块六毛钱。夫人取出一块五毛钱递给王大隆，王大隆心里咯噔一下，因为要这样的话，小秋一分钱也赚不了啦。夫人涮了王大隆一眼，也不多说什么，提起塑料袋跩着胯子走了。王大隆看着夫人扭动的屁股伸出了巴掌：什么人啊！

夫人听到埋怨声回过头，看到了王大隆伸出的巴掌。夫人惊恐地大张着嘴，似乎随时准备逃跑，她以为王大隆要用巴掌扇她：你，你想干吗？

王大隆巴掌变成食指：我是说，如果买五斤，我给你按一块钱。

夫人大喜过望，反身跑回来：我要十斤！

王大隆一脸苦相：妈呀……

名满菊城的外科头把刀，在这小小菜市场上成了大傻瓜。

王大隆在市场卖菜的当儿，骨外106病房里却上演了一出惨剧。

老邱在王大隆等医生的治疗下，骨折恢复情况很好。这才不到两个月的时间，已可下床轻轻行走。老邱看着新来的病友老张很好奇，那老张自从进了病房就一言不发，只管坐在床上数手指。老邱瞧着老张出了会儿神，便一瘸一拐地挪到老张床前，坐在床边。老张斜了老邱一眼，龇了龇牙。

老邱往床内挨了下屁股：老弟呀，自己要心中有数，肇事者得赔偿……

老张好像点了点头，眼睛仍旧望定手指头。

老邱又往前凑了凑：啧啧，胳膊腿的倒是没撞折，只是撞成傻子了。

老邱唏嘘着，拍拍老张的伤腿。老张忽然痴痴地盯住老邱，闪电般朝老邱的眼睛打了一拳。老邱惨叫着跌下床，室内一阵大乱。听到喧闹声，小吕和小马跑进病房，另两位已能行动的病友走上来，帮着二人把老邱抬到病床上。小马给外出办事的小桦打了电话，小桦急匆匆地赶回来。同室病人向小桦解释事情经过，小桦哭了：爸，你，你折腾什么！

李晓宇闻讯赶来给老邱检查。老邱的嘴动了动，没说什么。他不是不想说，实在是说不出话。他跌得很重，经检查，将要痊愈的骨折又出现了裂缝。这还不算什么，要命的是血压，舒张压升到一百三十五，收缩压升到二百一十八。这是高血压危象，李晓宇当即口述：快，静点硝普钠，和内科刘主任联系。

医生吕成开出处方交给护士，护士一溜小跑赶往门诊药房。小马则跑去病房办公室给内科刘主任打电话。

内科主任刘少清疾步赶来，刘少清给老邱检查后直起身，说这是应激性高血压，怀疑引发高血压脑病。他看了吕成手中的病历记录，马上补充一条治疗意见——舌下含服心痛定。同时，刘主任建议将病人转到内科治疗，李晓宇表示同意，因为骨折是外科所属，高血压的治疗可就是内科专业了。

几个人小心翼翼地把老邱抬上担架床，慢慢地推出骨外病房。

7

下午，王大隆正在病房值班室整理病历下医嘱，他的铁哥们儿司务长小曹领着一位中年农民走进来。小曹说他表哥得了病，药费不够，找他借，凑巧自己没带那么多。王大隆问他需要多少，小曹说有了三千来块，还差两千多。王大隆有点儿奇怪，什么病花五千来块钱啊！他要过中年人的病历和处方一看，是李岷的诊断结果和处方。王大隆疑惑，招呼中年人走到屏风后边，他要重新检查。

一会儿，中年人跟着王大隆从屏风后边转出来。王大隆口气怨恨，说：小曹你怎么搞的，你表哥明明是股癣，怎么挂号挂到性病门诊去了？小曹问表哥，表哥说挂号时窗户里的人问他挂哪科，自己是男人，当然就是挂男科了。于是，挂号处就给他挂了男性科的李专家。王大隆听了暗自好笑，喊，还李专家！中年人说李专家给他看过之后确诊是性病，说让什么体感染了。

王大隆伸伸舌头：支原体衣原体？

中年人：好像是这两个体。说我是二期，再不治就三期了。我说祖辈老实本分，哪会得性病啊？李专家说这两个体满天飞，飞到谁身上谁倒霉。

王大隆和小曹相视大笑。

王大隆说：你没问问李专家，这两个体咋没飞到他身上？

中年人：人家是专家，我哪敢问呀。

王大隆说：李专家给你开的药不用取了，我给你开个处方，花几块钱就得。中年人连说：谢谢王主任，要不我还得回家卖头牛。王大隆开了处方交给小曹：你去药房找大梅姐，让她亲自把这两种药调配好，涂上一周就痊愈了。

小曹和他表哥走后，王大隆取出肺癌患者王学东的病历看了看，忽然站起来走出值班室。刚才护士报告，说病人又开始咳血，吕成已经去了那里，王大隆不放心，他要亲自观察一下。王大隆走进普外肿瘤病房时，王学东仍在咳血。吕成见王大隆走进来，建议用止血药，王大隆说：暂时不必。王大隆用听诊器在王学东的胸前仔细听着，听了一会儿拿起听诊器低头轻声唤道：王大叔，王大叔。

王学东喘着：王主任，我……是不是……不行了？

王大隆笑笑：没事王大叔，你再轻轻咳嗽。

王学东轻咳，又有少量血液从口中吐出。

王大隆：感觉咽喉发痒就轻轻咳嗽，把血液咳出，以免滞留在气管里。

小马取来镇咳药给王学东用上，王学东咳喘渐轻，精神也慢慢放松。王大隆叮嘱吕成：保持呼吸道畅通，必要时切开气管插管，备好呼吸机。

吕成一一记下。

王学东的儿子王世伦在旁一声不吭。

王大隆走出普外肿瘤病房后，又直奔内科病房办公室。自从老邱转到内科，他每天都抽空前往内科一趟，以便和刘主任商量新的治疗办法。此时此刻，刘少清也正在值班，两位主任走进病房时，看见老邱躺在病床上，输液瓶里的药水静静地滴着。小桦守在父亲身边，忧愁、痛苦又焦躁。经过几天紧急而特别专业的治疗，老邱的病情已基本得到控制，最明显的标志就是呼噜声轻多了。刘主任的听诊器在老邱的胸部各个部位移动了一遍，然后交给王大隆。王大隆仔细望、触、叩、听后直起腰来，说病人已经脱离危险，目前需要巩固治疗。

刘主任收起听诊器：大隆，到办公室坐一会儿吧？

王大隆点点头，跟着刘主任走进内科办公室。王大隆坐在刘少清对面看完老邱的病历，抬起头不无佩服地说：你调配的那几样药，我想也想不到。

刘少清：各有所长，论手术，我连个疖子也不会拉。

王大隆一笑。笑声未落，住院部的郑琴走进来：哟！大隆也在哪？

王大隆做了个鬼脸：郑姐怎么跑这里来了，姐夫不是在小儿科吗？

郑琴啐了一口：你到哪里也忘不了促狭儿。哎，邱成林转到内科了，但各科的账不能混，转来这几天，医药费差额已经两千来块了，我得和病人家属说说。

刘少清让一位护士去照顾会儿病人，请那姐弟俩过来一下。护士出去一小会儿，室外传来脚步声，岂料身影一闪，竟是于大梅跨进来：哟，郑家妹妹也在呀。

王大隆一脸认真：嗯，郑姐充当穆仁智的角色，你呢？

于大梅不知道穆仁智是哪路神仙，正发蒙，小桦、小秋走进来。邱小桦是个明白人，笑笑说：郑姐，是关于我父亲医疗费的差额问题吧？

郑琴点头：对，内科这几天的，总计两千一百五十六块六。

姐弟俩面面相觑。小秋说他手头除了贩菜的本钱，只有八百来块。他问姐姐手里有多少钱。小桦说：今天你姐夫又给了一千块，明天再把捡的废品卖掉，凑一块儿就够了。郑琴听到姐弟二人的对话，沉思片刻：那好，就这样吧。

小桦姐弟俩起身离去。王大隆盯着大梅，眼睛一眨一眨的。

大梅被王大隆盯得发毛：看什么看，我找你还是为了用药的事。

王大隆：看了刚才这一幕，你是不是还想继续做我的工作？

大梅：今天是不做了。

王大隆：以后呢？

大梅：以后再说。

王大隆拍拍手：刘明胜教导我们说，于大梅是个好老婆。

刘少清歪歪头：刘明胜是谁？

郑琴：梅姐的爱人。

王大隆：不是爱人，是孩子他爹。

刘少清：爱人和孩子他爹有区别吗？

大梅指头剐了下王大隆的脸：刘主任，你得琢磨这话是从谁嘴里说出来的。

王大隆在内科病房和大梅开玩笑时，姜琳和值班护士正在急诊科里整理器械。电话铃响。护士拿起话筒：哦，交警支队，车祸病人，绿色通道？好的好的。

护士放下电话说有位老人摊了车祸，正在来医院的路上，伤情危重，都动用绿色通道了。姜琳吩咐马上准备，两名护士推起担架车往外走，刚走出门诊楼，负责前边开路的交警摩托车已经停住。随后，一辆电动三轮车也停在了楼门口。三轮车里，受伤的老人斜躺在一位女士的臂弯里，脸色蜡黄，气息奄奄。三轮车停好后，医护们一拥而上抬出老人，老人被放在担架车上推进了医院门诊楼。

那位护送伤者的女士跟进来，向姜琳出示了证件。这位女士叫刘芸，是位民警。护士给老人的下肢做了临时固定，姜琳和闻讯赶来的赵医生进行着各项检查。姜琳大体查看了一下，断言这又是一例胫腓骨骨折。她请刘芸赶紧联系伤者的亲人，刘芸从老人衣袋里取出身份证，拨通了街道办事处的电话。不料刚说了几句，就听刘芸口气惊诧地说：怎么，这人是……

刘芸放下电话，把姜琳和赵医生叫到一边，她告诉两位医生，伤者叫林在庆，是一个逃犯林如志的父亲，家中只有儿媳一人，现在儿媳正在外边做家政保洁，联系她需要时间。赵医生看着姜琳说：要不请示王主任吧，他正在内科病房。

姜琳给王大隆打电话，压低声音和王大隆交谈。电话里传出王大隆的声音：你们做好一应准备，我马上就到。不一会儿，王大隆来到急救室，他向姜琳和赵医生询问病人情况，当听说伤者除了骨折之外其他生理指标基本正常时，稍做沉思立即决定：马上手术，姜琳你通知病房小林过来，这个伤者"潜规则"。

民警刘芸一头雾水，她不明白，为一个骨折病人做手术怎么还"潜规则"？无论怎么说，这绝对不是医学术语，也不能算作黑话，兴许是医生之间的特殊交流方式。自己不便问，也不能问，反正伤者已经送进医院，保险了。

伤者经过前期处理，很快送进了手术室。刘芸坐在手术室前等着，等着林嫂的到来。林家是她们辖区的市民，而林嫂更是她的帮扶对象。她必须等，医为手术前的医患协议书是她代签的，作为责任人，她必须向林嫂交代明白。手术进行了一个多小时，林嫂终于气喘吁吁顺着走廊赶过来：刘警官，刘警官！

刘芸站起身：林嫂，别慌，林大爷已经进了手术室。

林嫂哭起来：刘警官，你和医生护士们救了俺公爹！

刘芸扶住林嫂：别难过，手术后养上两个月就恢复了。

林大嫂抽泣着，显然心里装了太多的委屈。

林老汉手术时，鲁侃正坐在办公室里思谋融资一事。忽然，医院财务科周科长跑来向鲁侃报告，说银行通知，近期他们医院账户上新到八百万元赞助费。鲁侃高兴得差点儿糊涂了，马上让周科长给银行打电话，问问都是哪些企业赞助的。周科长手机查询，立马查到，并将企业名称及捐款数额转到鲁侃手机上。鲁侃大喜过望：促狭儿王啊促狭儿王，你小子行啊！

周科长很惊奇：鲁院长，企业赞助，与王主任有何关系？

鲁侃告诉周科长，水泥集团的孙董事长肚里长了个瘤子，王大隆借着给老孙做手术的机会，请他们的集团总经理老鲍想办法帮一下医院的扩建工程。这些捐款，其实是老鲍以水泥集团代为募捐，到各大企业集资归拢后一并给医院划过来的。前些日子王大隆曾经说过这件事，自己当时还以为这个小子吹大牛，没想到承诺不虚，真的办成了。想一想，前阶段全院上下齐努力，费了九牛二虎之力才弄到二三百万，人家促狭儿王一出马，立竿见影。真是千军易得，一将难求啊。周科长啧啧称奇：看起来，还是名气技术作用大。

鲁侃告诫周科长：此事千万不要外传，你知我知即可。因为王大隆说仅此一次，下不为例。否则，医院里无论哪个科哪个人，有事便找他帮忙融资就麻烦了。周科长连说有理，他向鲁侃建议，继续加大融资力度，因为再有一千二百万，这扩建医院的资金差不多就够了。鲁侃很高兴，说：马上制订章程，着手部署。

第二天晚上，院委会召开了各科室负责人会议。鲁侃眉飞色舞地讲了近期的融资情况，说医院扩建工程仍需一千多万元，所以融资工作要百尺竿头再进一步。所以今晚的会议只有一个主题——融资，大家各自利用自身优势继续融资。鲁侃说为此他制订了详细计划，下面给大家传达一下。

鲁侃扫了台下一眼：大家都很忙，我也不多啰唆，很简单，为保证医院扩建资金及时到位，院委会研究决定修改以往的章程。以往是完不成任务扣发奖金，现在是给各科室中级职称以上的医生护士定融资任务。你们要利用在社会上的影响和威望，无论用什么办法，也要为医院扩建添砖加瓦……

台下鸦雀无声。

鲁侃读完，看看台下，各科室负责人都在用复杂的目光盯着他。

鲁侃歪头看看齐院长，齐院长发觉台下的听众神情有些异样，押了押说：大家对这个新东西有意见的话，可以向院党委反映。

台下依然无声。

齐院长：要是没有不同意见，暂时按此执行。

散会后，王大隆和刘主任一块儿回宿舍区。王大隆问刘主任听了鲁院长的新方案有什么想法。刘少清这个人本来不大说话，即使说话也很简短，没想到此刻忽然开了话匣子：感慨良多啊。你看看，为扩建医院而无节制地让医生到处融资，医生成了要小钱的了。医生的时间都很紧，如果一心扑在融资上，还有时间有心情查资料求上进治病救人吗？

王大隆说：齐院长不是讲了吗，要是有什么不同意见，可以反映。刘少清扭头看了他一会儿，建议大家集体找院党委反映一下，这样搞法，不行。刘少清这话有道理，如果医生在给病人诊断时总惦着融资的事，会分心，会敷衍，会出错。倘若因此弄出大麻烦，谁来负责并不重要，重要的是患者倒霉。王大隆当然也有同感，不过性格所使，他的口气没那么严肃：刘主任，如果要往院党委反映这个问题，我首先算一个。

刘少清摇头：一齐上不行，容易给人集体上访的感觉。最好形成文字。

王大隆：上万民表？

刘少清：称作群众意见也行。

王大隆：好，我起草。

8

早晨，王大隆走进值班室，只见李晓宇坐在椅子上，两眼无神，面露倦态。接班的赵医生、小林、小马正在准备查房的一应用品。王大隆走到李晓宇跟前：李哥，你熬了一夜，快下吧。

李晓宇站起身：王学东病逝了。

王大隆脸上的肌肉哆嗦了一下：病情几点恶化的？

李晓宇告诉王大隆，夜间两点多，看到患者病情稳定，他就到休息室歇了一会儿，打算养养精神，第二天到一位搞光伏设备的亲戚那里试探一下，看能否融到部分资金。可是刚倒在床上，护士小黄就冲了进去，说是王学东病情恶化。他跑到病房，和吕成竭尽全力抢救，最终也没能挽回患者的生命。王大隆侧侧头，脸上现出阴郁之色，虽说肺癌大吐血，神仙也没辙。但毕竟是一条生命，昨天还躺在病床上，今天就永远也见不到他了。他长叹了一口气，仰坐在沙发上眯起眼睛。李晓宇见他心绪不佳，便安慰他：大隆，按你的叮嘱也切口了，也插管了，也吸氧了，该想的办法都想了，该用的措施都用了，实在是无力回天啊。

王大隆睁开眼，点点头：作为医生，我们已经竭尽全力，应该是问心无愧了。然而作为医生，我们每次遇到病逝的患者，不仍旧心情沉重吗？医生这个职业，天生就该经受这种精神折磨。哎，尸体还停在太平间里吗？

李晓宇：没有，他儿子当夜就雇车拉着回了老家。

王大隆站起身：逝者已逝，对患者来说也算是一种解脱。你快回家休息吧，熬了一夜，你看脸黄嘴瘪，跟个蜡人似的。

姜琳这时已站在一旁。

王大隆：姜琳，走，查房。

姜琳等人答应着，几个人一块儿走出值班室。

鲁侃端着茶杯低头在室内踱，电话铃响，鲁侃抓起听筒：齐院长！

话筒里，齐院长少有的焦躁口气：老鲁，你过来一下，出大事了！

鲁侃一凉，放下茶杯，三步并作两步跑出去。

齐院长坐在宽大的写字台后，虽然依旧神色坦然，但眼睛里却隐隐透出一丝难以察觉的紧张，他把一份书面材料推到鲁侃面前：没想到的事，出现了。

鲁侃坐在沙发上仔细看材料，看着看着，头上冒了汗。他抬起头看着齐院长，齐院长也正在注视着他，二人几乎是异口同声：怎么搞的嘛！

这是一份各科联合写的动议书，要求院领导解释清楚，新制订的融资方案有何根据，出自哪里的文件？齐院长敲着写字台：瞧瞧，光签字的就有七八十人。

鲁侃不知所措。

齐院长：送材料的人说，下周一不答复，他们就群体上访。

鲁侃擦了下汗：事闹大了！可是，今天都周六了。

齐院长想了想：去找办公室老孙，他油滑油滑的，心眼子比你我都多。

鲁侃转身跑出去。

下午，医院后院读报栏前站着许多人，大家仰脸看一则通知。通知上写着，鉴于各科室对新制订的融资方案意见不一，院委会经过研究和慎重考虑，决定暂停执行。医院扩建工程融资一事，由院委会统一筹措。

鲁侃让办公室将通知贴到读报栏上后，又打印数份，分发到各科室，然后坐在自己办公室里，双手托腮细细琢磨，这份动议书是谁带头搞出来的呢？反复思考，再三斟酌，他仍是拿不准。鲁侃起身在室内来回踱步，忽然脑子里灵光一闪：嗯，我猜测——不，我肯定，这件事是王大隆带头挑起的。因为他本来就不同意医护员工搞融资，只是看在他这位忘年交副院长的面子上悄悄尽了些力，眼前医院仍旧鞭打快驴，他能不怨恨能不烦恼吗？再说，医院里除了王大隆，一般科室头头没有这个能量。王大隆啊王大隆，扫我脸面坏我威信，你真不应该啊。

鲁侃憋了一肚子气，虽然他和王大隆私交甚笃，但动议书一事，这种关系悄悄起了变化，他开始认为王大隆这是在搞小动作，搞小动作的目的在于哗众取宠，说重一些是在为自己营造条件，以便院委换届调整时爬上副院长的宝座。

鲁侃心里正七上八下，外边有人敲门，他有点儿烦，不想开门更不想见人。可是，敲门声刚落，办公室孙主任已经不请自进了。孙主任递上一封信，口气轻松地说：有个癌患家属投诉王大隆。

头上三尺有神明！报应来得真快。鲁侃大吃一惊。

鲁侃认真审读投诉信，边看边点头：这人说得很真实。他父亲患肺癌初入院时，以王大隆的水平满可以立即手术，可他却故意拖延。王世伦意识到王大隆是在等红包，便送上三千元，王大隆看不上眼再度借故推托，说病人不适于手术了。同样的癌症病人，一个姓焦的入院几天就进行了手术，现在已能下地行动。究其原委，姓焦的财大气粗，可能红包分量重。当王世伦意识到红包的大小能够挽救父亲性命时，他父亲却已错过了最佳手术期……

孙主任：是不是这人在凭空臆断？

鲁侃摇摇头：投诉信上写得明白，王世伦说他亲耳听到王大隆打电话和患者家属要红包，并说需要时他可以出面做证。同时声明，如果医院不处理，他就把材料送到信访办公室，然后再交给报社和电视台。

孙主任倒吸了口气：问题严重了。

鲁侃：事关医院的声誉，先不要外传，我和老齐商量一下再说。

孙主任：好，信上有电话号码，如需要，可以和这人联系。

鲁侃明白，按常规来说，一个人做坏事一旦开了头，之后就很难收手。现在最要紧的是弄清王大隆到底收了多少红包，如果仅此一个，看在初犯的分儿上或许只是批评不予处罚。如果收得多，就得公事公办了。鲁侃看了一眼信的末尾，点点头：这样，你马上到病档室查查这几年王大隆做过的手术，列一份清单给我。

孙主任答应着退出去。这人做事干练，不大会儿就把王大隆做过手术的患者名单发到鲁侃电脑上。鲁侃从中挑出最有可能掏红包的一些人，连同王世伦的投诉信一并送到齐院长那里。菊城医院一向心系患者，名声不错，如今爆出名满菊城的王大隆收红包一事，这情况就像用自己的腰带勒死自己差不多。齐院长很生气，因为他曾在全院大会上立过规矩，如果医生收红包，轻者警告降薪，重则直接开除。如今王大隆竟然顶风而上，是可忍，孰不可忍。王大隆虽然是名满菊城的外科头把刀，多年来给医院挣到数不清的荣誉，但此事如不追究，惹怒王世伦，他真把这事捅出去，医院肯定名声扫地。齐院长当即发了话：查！

如果是在前几天，鲁侃很有可能哪怕冒险犯难，也要想法把王世伦的投诉信压下。眼下不一样了，王大隆啊王大隆，你不仁也休怪我不义。齐院长一锤定音后，鲁侃马上让办公室派遣得力人员按照这个名单进行核查。如果情况严重，再召开院委会研究处理办法。

核查人员当天下午就派了出去，两天后，核查结果出来了。

这个名单中，主动承认曾给王大隆送红包的有七八个。令人奇怪的是，这几人对此不以为意，言语中似乎嗔怪医院兴师动众大可不必。他们口气轻松，齐院长和鲁侃却紧张得不行，两天就查出七八个，如果继续查下去，结果可想而知。鲁侃征得齐院长同意，当天就召开了院委会特别会议。医为一把手发了话，别人也不好再说什么，于是，一纸通知又贴在后院读报栏里——为惠及病患，清除医生变相受贿的坏习气，决定本周六晚在会议室举行整顿院风大会，请本院人员提前安排周末生活，届时全部到会。

于大梅和陈小琳首先看到了会议通知。大梅口气不屑，说：这不是朝天开炮吗，在咱们医院里，哪个敢变相受贿？陈小琳拽拽大梅：有的放矢，是促狭儿王。

外科小马走过来，于大梅嘴快：妹子，告诉促狭儿王，他摊上事了！

小马定定地看着于大梅和陈小琳，如坠五里雾中。于大梅指指栏中通知，小马草草看了一遍，撇着小嘴说：还指不定谁摊上事呢。

会议通知贴出后，鲁侃接连拨了许多电话。鲁侃最后拨的王世伦：王先生吗，首先谢谢你对本院的帮助，嗯，周六晚上召开整顿院风动员大会，你要按时来呀。哦，好好，准备一下，说不定你还是重点发言呢……

会议通知贴出后，外科出现了奇怪现象。病房办公室里，林大嫂坐在护士小云对面，听小云给她讲一件事情。小云告诉林嫂，她公爹前段时间的治疗费用，是一位姓彭的领导代为垫付的，下周医院要开医患交流会，请她写封感谢信在会上读一读。林嫂说：行，就是写不好。小云口气轻描淡写：写写过程，表示感谢就可以了；几乎与此同时，休班的小林和小马乘了出租车东西南北跑了多半天；姜琳和吕成分别在值班室和办公室与几位患者家属聊了些什么；李晓宇早晨查完房就一个接一个地往外打电话……

外科病房办公室桌子上放着"关于召开整顿院风动员大会的通知"。王大隆走进来，看了一眼问李晓宇：老兄，你们跑来蹿去的，都想了些什么应对办法？

李晓宇：不必多问。

王大隆：怪哉，瞒着我！

李晓宇：银瓶乍破水浆迸，铁骑突出刀枪鸣。

王大隆嬉笑：可以啊，中学时背的《琵琶行》还记着呢？

两个人正说着，外科的医生护士相继而入，进来后，有的立着，有的坐着。他们齐聚办公室的目的，是要听李副主任安排行动计划。

李晓宇：小林，你和小吕值班，全科人员都去参加会议。

小林：让小马值班吧，到时我得出场。

李晓宇：小马今天休班。

小林：调调嘛，只要吕成在，她保证愿意调班。

室内发出一阵哄笑。

周六晚饭后,医护员工们三三两两地奔向七楼会议室。因为人多,电梯容量有限,王大隆和几位医护在电梯门前等着下一班。就在这时,大楼门口传来阵阵惊呼——救命,快救命啊!喊声和脚步声直奔急诊科去。因为是医院,医护们对这种事情已经见怪不怪,仍旧继续聊着家常话。一名实习的年轻护士跑过来,也在焦急地等着电梯下行。王大隆问她:出什么事了?

护士:打破头了,满脸都是血,我去会议室叫李主任。他值班,没带手机。

王大隆:不用叫他,我去处理。

王大隆小跑步奔向急诊室,护士在后边紧紧跟上他。

会议室里坐满了人。主席台上坐着正、副院长,前排一溜坐着卫生局汪副局长、民政局彭科长和以老鲍为首的几位企业集团负责人。齐院长开始主持 今晚,咱们要开一个医护员工和已经痊愈出院的病患或病患家属交流会,以帮助医院整顿院风,打击歪风邪气滋生蔓延的势头。在此强调,我们对医护中存在的不良倾向只是本着治病救人的原则进行帮助,无论涉及谁,不要多心,不要介意,更不要产生抵触情绪。下面,请鲁副院长讲话。

鲁侃把麦克风往面前挪了挪,说:既然是交流会,也不必拐弯抹角了,我就打开天窗说亮话……说到这里,只见王世伦急匆匆地奔进来,左瞅右看,找了个不显眼的地方坐下。鲁侃刚要接着讲,刘芸和几个女人走进会议室。鲁侃朝进来的这伙人看了一眼,继续讲话:吃药品回扣暂时还没在我们医院出现,但令人意外的是,有人竟然收红包了。社会上这种现象虽然早就存在,但在我们医院却是相当罕见。不言自明,医生手里那把刀子水平高低,就是外快的标价……

坐在中间的李晓宇站起来,犹豫了一下又坐下。

鲁侃从桌上拿起一张表:这里有份医生收外快的清单,虽然没做详细调查,但就是这样一份并不完全的清单,也足以让人提高警惕了。

齐院长插话：王大隆怎么没来？

一位医生起身汇报：上电梯时，遇到个急诊，他去急诊科了。

急诊科治疗室里站着好几人，伤者满头满脸的血。王大隆问：怎么打起来的？

一青年：我们在大排档喝啤酒，邻座两个人掐起来，这位兄弟息事宁人，跑过去劝架。一拉二拽，其中一个抢起链子锁就砸，正好砸在他头上。

王大隆问：打架的那两人呢？男子说：一块儿跑了，跑得真快，谁也撵不上他们。

满屋子人都笑了。护士勉强止住笑，用电剃刀剃去患者伤口周围的发楂，王大隆用注射器吸了一支麻药走到跟前。伤者歪头往上看：我晕针！

王大隆：晕馒头吧？

伤者：不晕馒头。

王大隆说：不晕馒头就不晕针。

王大隆边说话边打麻药，伤者惊恐已极：大夫行行好，我真晕针。

王大隆抽出针头：都打完了，你怎么没晕？

旁边的人笑起来。伤者朝上看了一眼：是吗，怎么没感觉？

王大隆取过持针器在伤者面前晃了晃，说：你不是晕针吗？闭上眼睛。伤者挺惭愧的口气：你这么好的技术，我不晕了。

室内又起笑声。

王大隆在笑声中给伤者缝合完毕，他洗完手告诉护士：再有病人来时打我手机。护士说：今晚李主任值班。王大隆说：他没带手机，好孩子，听叔叔的。

实习护士笑了：是，叔叔。

外科值班室里，吕成和小马相互依偎着坐在沙发上。二人身在值班

75

室，心在会议室，隔一会儿小马就询问：也不知这会开得怎么样了。

吕成说：准备得够充分。特别是李主任，别看瘦了吧唧，还真能运筹帷幄。

小马说：你真小看了李主任，人家除了怕婆子一项，几乎找不到别的弱点。再说，怕婆子也不能算弱点，试想，面对人高马大的女人，瘦小枯干的李副主任再怎么也占不了优势。唯一可行的，就是躲着，让着。吕成直笑，因为科里常有小青年拿这话题和李晓宇开玩笑，说他怕婆子怕到神经质。但李晓宇总是很淡定，说夫妻本来就是相互合作，退一步海阔天空，进一步鱼死网破。何苦呢！想到李副主任这弱点，吕成说：将来我得硬气着点儿。

小马：你敢！

小林急匆匆地走进值班室，小马很奇怪，小林她不是去参加交流会了吗，怎么又跑回来当灯泡啊？没等质询，小林便说：你俩尽管亲你的，我只作没看见。吕成也感觉奇怪：说正事小林，你没去参加交流会？

小林解释，有一项"潜规则"光有支出没有证明，回来找他们签个字。吕成"哦"了一声，和小马在证明人一栏分别签上字：快去吧，别耽搁了。

小林收起表格：你俩继续亲。

小马：瞒谁呢，你和眼科的小聂亲了多少次了？

小林：我自己怎么不知道？

小马戏谑：那次在小花园篱笆门后，是谁亲得嘴不离腮呀。

小林：扯吧你就，那是小聂的眼睛让风迷了，我给他吹吹。

吕成大笑：眼科大夫让风迷了眼，还得让外科护士给吹吹？

小林抬脚就走：我得赶紧去，李主任让我在眼科门诊等电话。

吕成说：我敢判定，今晚眼科小聂值班。小林盯着吕成的脸，朝着面前的空气扇了一巴掌：让你贫嘴！

这霎，会议室里，鲁侃的讲话告一段落，他收起面前的稿纸，向坐在前排的汪副局长伸伸手，意思是请汪副局长谈谈对今天会议的看法。汪副局长刚欠身，一声女高音突然响起：总得有个先来后到吧，我先说。

人们一扭头，只见一位二十几岁的女士径奔发言席。会议室里有人认出，说这是外科病房的陪护邱小桦。鲁侃怔了一会儿：好好，让这位女士先发言！

小桦走到前边，转过身来给听众鞠了个躬。

会议室里响起掌声。

小桦开始念感谢信：尊敬的医院领导，首先感谢你们给了我这个感恩的机会。我要感谢的是菊城水泥集团总经理鲍玉龙先生，在我父亲骨折入院，全家面临巨大困难的关键时刻，你通过王大隆主任捐赠的八千元钱及时交到了我手里……

会议室里一下子静下来。

鲁侃站起身：等等，等等，你说什么？

小桦自顾自地念下去：这八千元不只是解决了我们的燃眉之急，同时也向病患家属传递了一个充满关爱的信息——世间虽坎坷，到底好人多！

会议室里掌声雷动，鲁侃的脸色由红变白，软软地坐下去。鲍玉龙站起来想说话，李晓宇走到他跟前低声解释。鲍玉龙有点儿不好意思地点点头，重新落座。

会议室里有点儿乱。

发言席上，邱小桦继续读感谢信；主席台上，齐院长凝神细听，王副院长神色淡然，鲁侃半闭着眼；听众席上，刘芸低声和林嫂说着什么，王世伦一脸惊愕。

这时，邱小桦发言结束，林嫂随之走上去。林嫂冲大伙鞠躬：各位领导，各位医护，我为我犯罪的丈夫向大家赔罪了！

林嫂哽咽着朝会议室里所有的人跪了下去。

刘芸和几位护士赶紧跑上去搀扶。刘芸说：林嫂，这是医院召开的医患交流会，别激动，有什么说什么。林嫂起身擦了下眼泪，手捧发言稿：各位领导，各位来宾，尊敬的民政局彭科长，前几天，当王大隆主任将你捐给我们的八千元现金转到我手里时，我当时的心情难以用语言表达，我只是想哭，想喊，想喊祖国万岁，想喊共产党万岁，想喊我们的国家干部万岁，想喊我们的白衣天使万岁！我是一个罪犯的家属，但罪犯的家属同样也受到了民政干部的资助，受到了国家的帮助，受到了白衣天使们无微不至的呵护。如果我再不竭尽全力让我犯罪的亲人知恩图报重新做人，那真是天地难容啊……

林嫂泣不成声。

彭科长热泪盈眶。

大伙不时地鼓掌。

林嫂泪眼模糊看不清纸上的字，她再也念不下去了，只是哭。

小林和小聂正亲热地聊着，手机忽然响起来。小林抓起手机：李主任，叫我？是时候了，好，马上到。

小林起身往外走，小聂赶上来亲了一口。小林涮了小聂一眼：没眼色！

小林走进会议室时，林嫂由于过于激动，念不下去了。刘芸和几位医护把林嫂扶回到座位上，会议室里几乎所有人的目光全部投向林嫂。刘芸反身朝发言席前走，鲁侃问她是哪里的，刘芸取出警察证递给鲁侃：我是民警，这位大嫂是我的帮扶对象，有几句话我想和大家说一说，可以吗？

鲁侃连连点头：可以，当然可以。

刘芸转过身：各位领导，各位医护，各位来宾，刚才发言的这位妇女，是我们市里逃亡在外多年的罪犯林如志的太太，也是我的帮扶对象。事情发生在三月二日，那天，林如志潜回菊城，约父亲去见面。老人思子心切，不幸半路上被车辆撞伤，我当时恰好在附近值勤，就雇了电动三轮车把老人送到医院。医院外科的白衣天使们不但救了老人的命，还用他们所设的所谓"潜规则"先行垫付了检查费、入院费，之后又通知了执意扶贫的彭科长，把六千元钱汇到指定账号上转给林嫂，填补了部分医疗费用。鉴于情况特殊，王主任又向医院为林大爷申请了医疗费减免。真情暖人心啊，就是块铁也得熔化了。林如志在这种救死扶伤的精神感召下，在难以用语言描述的人文关怀下，幡然悔过，于当天下午就向公安机关投案自首了。林如志的自首不但结了一个几年来悬而未决的案子，同时也帮助公安机关破获了另一起大案，从而避免了一场即将发生在某金融单位的血光之灾。大家说，这样的医院是不是应该宣传，这样的医护是不是应该值得学习啊？

会议室里掌声雷动。

齐院长忽然说道：哎哎，这位民警，你刚才说还有"潜规则"？

恰好小林走到前边，经过她的解释，一个常带贬义的词汇得到了升华。

原来，三年前一起因为没能及时交纳医疗费而耽误了治疗的病患震撼了王大隆，于是，他带头在外科搞了个帮扶会。帮扶会是自愿形式，医护根据个人经济情况每个月随意凑钱，以帮助急难病患垫付住院费、医疗费。他们称之为"潜规则"。毕竟医护人员财力有限，王大隆利用自身优势，在社会上组织了一个"病患帮扶团"。这个团体成分不一，有大学教授、政府官员、私营企业家、作家、编剧等，如今已经发展到几十人。但凡有特困病人治疗或住院，王大隆便给这个团体的头头打电话，让他选择其中之一把款汇到某卡号上，再以汇款者的名义捐助困难病患。不许透露他们的姓名，这是病患帮扶团的参加者的共同要求，所以，几年来外科医护员工对此一直秘而不宣，只是让护士长小林管理账目。

会议室里一阵骚动，齐院长双手朝下压了压，室内重归安静。

小林接着说：收进一项就不必细说了，支出一项是帮助某些特困病人支付的医疗费。每项收入都有捐赠人的名字和日期，每项支出都有受益者的签字。

齐院长、王副院长、鲁侃和与会者听得一愣一愣。

小林继续解释，说他们外科明白今晚召开这个会议的目的，所以只好把事情解释清楚，也让对王主任存疑的人了解来龙去脉，免得好人白当，好事白做。这几年外科的帮扶金——也就是所说的"潜规则"一直是她负责管理，她要借此机会向与会者汇报一下。小林念"捐赠人与受惠人"名单时，鲁侃目光呆滞，神态茫然。小林把收入支出情况念完，走下发言席。走下发言席的小林又走回去。

小林：刚才有一项支出忘记给大家汇报了。前几天，肺癌晚期患者王学东不幸病逝。这位病患花费较大，家庭又不太富裕，王主任提议给予"潜规则"。据此，我们将患者的护理费、床位费、抢救费共计六千四百九十元"潜规则"了。考虑到病患家属的悲痛心情，我们没有找他签字，这里有一份患者医药费支出和医护签名做证的清单，请大家传阅。

小林把清单递给前排的人：请往下传阅。

清单在人们手里迅速传递着，清单传到王世伦手里，王世伦看了一眼就泪流满面。齐院长忽然立起身：王大隆呢，王大隆到前边来。

一护士：王主任刚才上楼后接到电话又下楼去了。

李晓宇立起身：我去找他。

李晓宇乘电梯下到一楼，慌慌张张跑进急诊科治疗室，正在诊治病人的王大隆忽地转过身，问他怎么了。李晓宇急得满脸通红，说会议室里出大事了！可能要掐架。院长让他快去，赶紧去。王大隆看看眼前的患者，显得很作难，因为这个伤者马上要做静脉吻合术，他不能离开。然而，事态肯定很严重，闹不好是外科医护和某些人发生了冲突。否则，院长也不会派李晓宇来叫自己赶紧去救场。李晓宇这时已换上隔离衣：大隆，患者交给我，你快去！

王大隆脱掉隔离服往外走，边走边说：通知手术室做准备。

可是，上到七楼跑进会议室里的王大隆怔住了，人们的目光不约而同盯向了他。紧接着是掌声，王大隆有点儿蒙。倏忽间，王世伦突然站到了他跟前，朝他深深鞠了个躬：王主任，对不起，我不识深浅，错怪了你。

王大隆愈发茫然。

会议室里一片喊声：请王主任发言！

鲁侃：大隆，讲讲吧，讲讲你们外科的"潜规则"。

王大隆无奈地一笑：哦——明白了，我说李晓宇这小子……得，我让他耍了。

齐院长大笑：让谁耍了？能耍了促狭儿王的人，这个人肯定更会促狭儿。

会议室里一片笑声。

王大隆被人推到发言席上，别看他整天促狭儿成性，真要让他当众发言，却给憋得满脸通红，吭哧半天才说：鲁副院长为医院的扩建兢兢业业，我打心里佩服。谁都明白，扩建医院需要资金，但我仍要建议，融资的前提首先是不要损害病人的权益，不要过多占用医护人员的时间，这样才能保证医生的人品、医德、技术进步，才能彰显社会的和谐……

掌声如潮。

鲁侃走到王大隆跟前：大隆，对不起，这事……全怪我。

王大隆转过身，两个人紧紧地抱在一起。

鲁侃泪流满面。

会议室东南角，两名青年扛着录像机记录了眼前的一切。

会议室里上演着感人的一幕，病房里的吕成和小马也在等待会议的结果。小吕说：也不知这会开得怎么样了。小马说：你想了解情况吗，本人可以满足你的好奇心。小马说着，嘻嘻一笑，从手袋里取出手机。

吕成：王主任禁止在病房上班时间带手机，你……

小马吐了下舌头开始拨号。

小马拨通小林的手机：喂，哥们儿，打开你的手机，让我们也听听会议转播。

　　小林：哥们儿，你在哪里？

　　小马：病房值班室。

　　小林低声怒喝：贼大胆，敢带手机！

　　小马：下不为例。

　　吕成和小马的耳朵凑到手机前，脸贴到一起。

　　手机里传来鲁侃的声音，给人以挺愧疚的感觉。

　　小马一怔：怎么，鲁副院长……

　　吕成：别说话，听听，听听。

　　吕成和小马凑在手机前。

　　小马：听了没，无论咋折腾，促狭儿王主任和鲁院长还是感情深厚啊。

　　吕成：鲁院长好像在哽咽。

　　小马：被感动了呗。

　　吕成：其实他也是为了医院的扩建工作。

　　小马：这谁都明白，只是这次的行为夹杂了个人成见。

　　吕成：我越来越明白，外科的医护为何这么齐心合力，为何如此团结，为何在各自岗位上那么尽职尽责了。

　　小马：道德的传承，榜样的带动。

　　吕成一把将小马搂在怀里：这种美德，一定会继续传承下去！

　　小马把脸贴在吕成的胸膛上，静听心跳。

　　这天中午，刘少清等人坐在医院职工食堂餐桌旁，边吃饭边议论。王大隆也端着饭盒凑过去，刘少清附过身告诉他，说前天上午李岷出大事了！王大隆口气很淡，说出事早在意料之中，不过很想知道出了什么事。

　　原来，李岷把病人的会阴湿疹当成梅毒治，可能用了青黛升汞一类的剧药，湿疹溃破发炎，大面积继发感染。为了控制感染，也为了避免

82

丑事外传，李岷不让患者去注射室，自己也不做过敏试验就给病人注射青霉素。结果病人严重过敏反应，导致剥脱性皮炎，要不是找刘少清紧急抢救，患者恐怕得丧命。

几个人唏嘘不已。

刘少清：病人家属上告，卫生局来调查，老李把责任全推到鲁院长身上了。

王大隆咬着一口馒头忘了咽：麻烦，院领导脱不了干系。

刘少清点头：卫生局指示，辞退李岷，院领导用人失察也要处分。

9

几个月后，在政府和各界人士的帮助下，医院扩建工程竣工。在新楼落成仪式上，齐院长宣布成立医患互助帮扶会，鲁侃任会长；鲁侃也宣布了新政策——公立医院改革已经启动，本月开始，全部取消药品加成，实行零差率销售。

鞭炮齐鸣，音乐悠扬。

鞭炮声和音乐声王大隆全听到了，但他此时正在专家门诊值班，不能去现场。值班护士小黄拉开门：22号！

人影晃动，李岷撇着腿走进来。王大隆抬起头：哟，老李啊，久违久违！

李岷坐在对面：王主任，赶紧给我看个病。

王大隆：哪里不好？

李岷指指屁股：大便时，有个东西在里边挡着。

王大隆指指套间：来，瞧瞧。

不大会儿，王大隆和李岷先后从屏风后走出来。王大隆坐下，喘口气，嘬着嘴想了想说：老李，没关系，是梅毒，你自己能治。

李岷一脸疑惑：梅毒怎么长进屁眼里？

王大隆食指做着手势说：这你是知道的，梅毒的病原体叫梅毒螺旋

83

体，这梅毒螺旋体侵犯人的肌体呢，就像小孩儿们抽的陀螺，拧着旋子往里钻。

李岷大惊：拧着旋子往里钻？！

王大隆：是啊，你回家用镜子从下面照照，有那么一块浅灰色的东西……

小黄捂着嘴跑出去。

李岷喘气变粗：王主任，梅毒螺旋体会往肛门里旋？

王大隆：支原体、衣原体会满天飞，梅毒螺旋体为何不能往肛门里旋？

李岷紧张而尴尬：王主任，我，我知道以往错了。

王大隆定定地看着李岷。

李岷一脸惭愧。

王大隆一副戏谑的目光：知错就改，善莫大焉，入院吧，我给你治疗。

李岷起身哈腰：谢谢王主任，谢谢王主任！

王大隆开出入院申请单，李岷拿着入院申请单走出门诊室的同时，护士小黄捂着嘴跑进来：王主任，老李真得了梅毒？

王大隆：什么呀，痔核脱垂而已。

小黄：那浅灰色的东西……

王大隆：是肛肠里的静脉脱出，肛外小手术，很好做的。

小黄：这症状难道姓李的不知道？

王大隆：我早了解过，这个人识字不多，也没学过医，只因有几个祖传秘方，前些年管理上比较松，不知怎么就弄了医师资格证。

小黄擦擦笑泪：王主任，促狭儿的功夫，你练得炉火纯青了。

王大隆右手打了个响指：这叫寓乐于医，懂吗？别光笑，外边还有病人呢。

小黄止住笑，拉开诊室门：23号！

患者走进诊室。

王大隆继续忙碌。

晚上，下班后的王大隆和姜琳回到宿舍，坐在沙发上一边喝水一边看电视。一个节目结束，姜琳侧过脸来：大隆，有件事我得提醒你。

王大隆：说吧。

姜琳：以后改改捉弄人的癖好行吗？

王大隆：老婆大人，别无事生非。

姜琳呸他一口：哼，当我不知道啊，你不断撺弄人家鲁副院长两口子掐架，捉弄性直的梅姐，今天在门诊室又干了件坏事。

王大隆：我只干好事，不干坏事。

姜琳：李岷明明是痔核脱垂，你咋说人家得了梅毒？

王大隆：谁告诉你的？

姜琳：别嘴硬，城墙再厚，也会透风。

姜琳穿一件紧身薄绒衫，长发披肩，胸颈细腻白润。王大隆歪歪头，似乎从来没注意到姜琳如此秀丽，禁不住抚弄姜琳的头发：漂亮，真养眼。

姜琳偎在王大隆怀里：陈小琳性子直，又爱吃醋，以后别给鲁院长惹事了。再说，你也三十多岁了，收收性子，不要整天跟个淘气孩子似的。行吗？

王大隆俯身看着爱妻，嘻嘻笑着不说话。

王大隆关了电视，起身抱起姜琳往卧室走：天不早了，睡觉啊！

姜琳嬉笑着揪住王大隆的耳朵：名副其实促狭儿王！

河　神

在许多年前

像山洪暴发——浪涛和漩涡相互促涌着，鼓动着，裹挟了柴草、树木和泥沙，从上游汹涌而下，宽阔的河道刹那涨满。堤内的草狐和野兔尚未省悟，就叶片儿似的被卷进激流中去了。很快，如雷的涛声淹没了狐兔的哀号，整个的大河与河的两岸，都筛糠似的震颤着，天地，似乎就要塌陷了。

继之，在那河心的一个大水潭的底部，传出尖厉刺耳的嚎叫，响起低沉浑重的虎啸。声音愈来愈大，跌宕起伏，错杂混淆。恰如虎猿相搏，猿在拼命挣扎，虎在暴怒撕咬。渐渐地，响声慢了，低了。紧接着，河心处涌起一道高高的水脊，而靠岸的水位却开始下降，整个河道的水势迅速地变弱，变小……

蓦地，河心处又一声响亮，那高高的水脊里闪出隐隐的青光。青光过处，一只巨鳖和一条房梁粗细的"水怪"先后从深潭中钻了出来，苍茫的潭面上跃动着错乱的魔影。突然，浪涛中一声骇人的惨叫，巨鳖被"水怪"咬住脖颈，甩向半空，然后一声巨响落入河中……风平浪静，巨鳖浮在了水面上，痛苦地抽搐着，扭动着——终于像一条庞大的木船，顺流漂走了。

"水怪"打败了巨鳖，侵占了潭窝……

若干年后的一个夜晚

苍穹低垂，雷声隆隆，黑沉沉的河道里，钢青色的河水喘息着向前流动。

大河南岸，泊了一条木筏——但又不像木筏。因为上面不仅铺了木板，后端还有个船舱似的大铁箱。铁箱里安装了柴油机和发电机，带插销的导线像毒蛇口中的芯子，悄悄地在铁箱外边探着。

这是一条精心改装过的木筏。木筏横流断水，筏头径直瞄向大河中心的潭窝。一名大汉，光足赤膊。他左手握篙，右手提网，叉腿站在木筏上。

他叫巴山，是沿河八乡出名的"鱼鹰"。今天，已经是巴山守在这里的第十个夜晚了。因为进入雨季以来，那个匿迹多年的"水怪"又出现了。它多次撞翻夜渔的小船，吞食晚归的鹅鸭。乡政府为此派人往潭中投过炸药，但只是炸死了一些鱼虾，连"水怪"的影子也没见着。巴山原在上游的八大水泊捕鱼，自从听到"水怪"出现，便抛弃那大批的鱼群，急匆匆赶回来了。在做了充分的准备之后，就每晚来这里等着，然而，那是个有灵性的家伙，似乎有意躲避他……

远处河面上，移动着星星点点的渔火。那是一只只夜渔的小船，此刻正急匆匆地返航。夜晚——尤其是风雨将临的夜晚，他们再不敢停留在河道里，唯恐碰上那个凶残的家伙。巴山轻蔑地笑了笑，目光移向对岸那座黑魆魆的"河神庙"。

坐北朝南的河神庙，年代已很久远了。它是专为震慑"水怪"修建的。然而，"水怪"依然常在雨季钻出潭窝，挟了水流向着下游不远的拐弯处冲撞，腾跃。几声巨响后，那拐弯处的堤岸便被冲垮。决堤的洪水奔涌而出，霎时间，堤岸内腾起高高的水雾，堤岸外一片的潲洼……

受害深重的人们失望、丧气进而终于愤怒了。在以后的年代里，就常有热血汉子驾了小船，手持利刃，在水潭的周围和"水怪"以死相搏。巴山的祖父和父亲，就是在和"水怪"的搏斗中先后丧命的。他们和他们以前的"忠勇之魂"的牌位，都在那座河神庙里供奉着。

此刻，巴山望着那形影模糊的古老建筑，心中默默嗔道："制伏不了'水怪'，算得河神吗？"他不耐烦地收回目光，仰首向着天空望去了。

天上，风儿鼓吹着厚厚的云层，云层如巨大的篷布，以变化莫测的形状迅速抖动着，涌动着。看样子，是要下雨了。而他所盼望的，也正是一个风雨夜。因为以往的规律证明，"水怪"多是在大风大雨中钻出潭窝的。

然而，老天似乎有意恶作剧。到如今只听到隐隐的雷声，只看到鼓动的云层，却并无半个雨点落下。他有些焦躁了。长篙插入水中，准备仍像以往那样，将木筏撑向潭边等着。恰在这时，西北天际忽然亮起一片惨白的火，紧接着，雷声也如巨大的空油桶轰隆隆滚下了山坡。随之是一阵摄人心魄的啸声。啸声刚过，如注的暴雨便哗然而下。一霎时，四周围便水天一体，茫茫河面上，什么也看不见了。

巴山像服用了大量的兴奋剂，血液沸腾，骨节嘎嘎作响。万瀑齐泻中，粗壮的大手用力一撑长篙，木筏原地蹾个弧形，猛地加快了速度，穿黑夜，破雨幕，颠簸涌流地进入中心河道。那系在二滩小树上的筏缆，恰似蜘蛛吐线，随着木筏的行进，在后边拉出软软的长条。

木筏鼓荡着，跌撞着，距离河岸越来越远了。当他又一次将长篙插入河底时，木筏的前梢突然剧烈一颤，他忙收住缆绳。就在这时，一排浊浪横地里涌上来，从他前胸唰地泼过。他马上意识到，已临近了河心的潭窝。

潭窝形同一个巨大的烧瓶，潭口虽然只有二亩大小，但下部却向周围拓展着。多少年来，人们还未弄清潭底的面积，更不知潭中那纵横交错的潜流是哪里来的，它有时无缘无故地泛起一阵阵巨浪，有时又不知怎么就出现一个个水桶粗细的漩涡。它是那么神秘、阴森而又可怕。像魔鬼的巢穴……

　　由于暴雨突降，此刻的潭窝像一头被扼住咽喉的老牛，发出低沉暗哑的呜咽。继之，它又翻滚着，咆哮着，像疯狂的母狮教训自己懒惰的孩子，将潭中的水族成员大批驱赶出来了。漩涡内外腾跃着各色鱼儿，浪花飞沫上滚动着成群的白虾。它们争相显示自己的本领。

　　巴山金刚站桩似的踩着木筏。孔武有力的躯体稍稍左旋，炯炯双目在电光闪烁中盯紧着潭窝。潭中的浪头和漩涡不停地涌上来，妄图将他卷走，吞下。他只好不时地蹲下身子，双足交踹，竹篙击水，以控制那不断左倾右斜的木筏。

　　木筏是由十几根檩条扎成，结实、宽大。那后端的铁箱以及铁箱里的柴油发电机，是从他原先的渔船上移装过来的，本来用于夜渔时的照明，但一个大胆而又实际的主意使他决定，在和“水怪”相搏时，这电的力量也不妨借用一下。因此，为了能够配套，那面尼龙大网也是精心设计的。长长的导线缠裹在食指粗细的网纲中，又巧妙地通过网片和底兜上的数百块铅坠连接。套在左腕上的纲头有着绝缘插孔，只消电源接通，强大的电流瞬间就会通过。

　　是的，对付如此恶物，除了坚强的勇气和毅力，还须有科学的脑瓜。

　　尽管如此，他还是有着另外的准备。就在那板下的木头缝里，有一把剖鱼的尺半尖刀，还有一柄锋利无比的鱼叉……

　　风雨席卷着河面，发出骇人的呼啸。巴山提网站在木筏上，将收紧的筏缆踩在脚下，十分耐心地等着，等着。周围，是风雨、浪涛和色彩混乱的夜。雨水和浪花击在身上，又凉又麻。滚雷一阵接着一阵，杂乱参差的闪电也忽明忽灭。不知过了多长时间，潭中忽然传出更大的呼啸声。与此同时，他脚下那沉重的木筏一震、一斜，随之就莫名其妙地被浪头高高拱了起来。他忙身体下蹲，稳住木筏。借着电光，只见潭边泛起几个巨大的浪头，浪头相互撞击了几下，汇成一个水缸大小的漩涡。那漩涡在原地晃动着，搅弄着，蓦地消失。电光再亮时，潭口上鼓突突地涌起一大片泡沫。泡沫中，似乎有什么东西在剧烈地拱动着。哦，莫非"水怪"要出现了吗？

巴山紧张起来，手中的大网迅速分成前后两把。就在他瞅准鼓动的泡沫准备撒网的刹那，几条窗扇大小的巨鲤唰唰唰地蹿出潭面，并马上以"跳龙门"的姿势在筏前接连几个漂亮的"跌脊"，激起一朵朵水花，然后仓皇而急速地逃走了。就如后边有什么强大的天敌追赶它们似的。

"妈的！"巴山骂了一句，泄了气。

铺天盖地的风雨，继续死命地拍击着河面和木筏。巴山感到有点儿疲劳了。是的，他在这里待的时间已经不短了，应该回到岸上休息一下。再说，这样的天气都没有"水怪"的影子，是不是这精灵已经远匿他方了？巴山心里想着，沮丧地叹口气，开始操起长篙，往回撑动木筏。可是，木筏刚刚离开潭口不远，突然间就像天崩地裂般，从上流传来几声巨响。接着便听到了轰隆隆的涛声，像滚雷，像海啸，像千万辆齐头推进的坦克。他一怔，随即便明白——这是上游那八大水泊的拦水堰垮了。

河水如浓雾笼罩的连绵大山，浪踵峰接地涌下来了。巴山急忙将长篙从筏缝间戳入河底。木筏被大水推得荡了几荡，终于稳住。就在这时，河面陡地增宽了许多。他蹲下身，紧绷着厚厚的嘴唇，双目死盯着继续上涨的河水。河水卷了许多看不清的杂物，沉浮着，旋转着，从木筏旁呼呼而过。借着电光，他回头看了看，那用以系缆的大河二滩上的小树，已是远远地离开了河岸。蓬乱的树头露出水面，在风雨肆虐下可怜巴巴地扭动，摇曳。他那粗犷刚毅的脸上显出一霎沉思的表情，接着便扭回了头，一把撸去面颊上的雨水，重又立起身。蓦地，他晃晃身躯，挺胸昂首，像深川峡谷里的猛兽，发出一声力拔千钧的长啸："啊——嗬嗬——哟哟！！"

吼声压住风雨，淹没浪涛，在宽阔的河面上，像经久不息的雷鸣一样滚动着。巴山将三指眼的尼龙大网斜托在手臂上，因雨水冲刷而微眯的眼睛里，射出两道枪刺一样的光波。浪涛翻滚的潭窝转瞬又在面前，他长篙一停，踩了缆绳，木筏就稳稳地停住了。大手灵巧地将网分成两把，偏身向左，如跃跃欲试的战马，在焦急而又满怀信心地等待着，等待着闪电照亮夜空的刹那……

苍天有意作对，这时却只播下沉闷的雷声，不放出半丝电光火花。黑暗中，只听到风雨的吼叫、潭水的呜咽。木筏不停地震颤，手脚一阵阵发麻。尼龙网散发出湿乎乎的桐油和蛋清味。不时有浪头扑上来侵袭他。巴山又有点儿沉不住气了。打瞎网吗？不不，真正的猎手是从不盲目地开枪的。更何况是在这种情况下，弄不好会连命也搭上的……坚持，再坚持一下。

突然，木筏的前边显出两点如野兽眼睛似的幽光。一闪，又倏地不见了。恰就在这时，河道上方唰地亮起一片雪白的闪电。那潭面上的每一朵浪花，每一条水纹，都被映照得清清楚楚。在大河边上长起来的他，练就了鹰隼般的利目。在这极短的时间内，几乎是凭了直觉，他发现潭口不远处涌起一道水脊。水脊中，隐隐甩动着一扇巨大的尾巴。

那尾巴，稍扁，粗糙，分岔。像一把奇大无比的剪刀，在慢押押地剪动着。没有多余的考虑，没有丝毫的犹豫，似乎出于渔人的本能——巴山猛地反身扬臂，几十斤重的大网画个半圆甩出去，在接近水面的刹那唰地张开，在铅坠击水的哗啷声中，圆圆满满地将目标扣住了。在雷公接连送来的震耳霹雳声中，他的耳鼓一阵"呜呜儿"乱响，心中骤然出现一丝不祥的感觉。果然，前面的水脊似乎更高了。木筏的前梢一翘，接着便叶片儿似的被抛上抛下。周围的浪涛更多，更大。密集的雨柱让人窒息，他的双眼完全被眯住了。脑袋昏眩，整个世界都在剧烈地旋转，摇晃。

巴山放松网纲，俯下身来，竭力使自己保持镇静。他相信，相信几十斤重的铅坠顶得住漩涡的绞弄，相信粗粗的尼龙线经得住撕扯，相信这结实的木筏和自己弄水的本领……

好一会儿，浪涌渐小，那鼓起的水脊也消失了。但奇怪的是，他手腕上的网纲除却潭水卷裹导致的震颤外，竟然感觉不到网里还有什么。难道眼睛花了？网扣偏了？不不，凭自己的眼力和本领，那是不可能的。那物在网出手时逃掉了？不，也不会。除非它是神灵和妖孽。他感到有些怪异——尤其是方才那河中水势的突然变化。

他放松网纲，收拢筏缆。木筏渐渐离开潭口，向二滩上的小树靠近着。不知不觉间，十几丈长的网纲已经放尽。他踩了筏缆，开始收网了。不料，那潭中的大网却如扣在了巨石上，只收了几把，就再也拽不动了。正惊异，攥在手里的网纲忽然像通了电，剧烈而无规律地哆嗦着，抖动着，猛然间像给施了魔术，嗖地抽出一大截。他刚刚反应过来，左腕便像被什么钳了一下，套着的网纲活扣唰地勒紧了。踩在脚下的筏缆一绷，像团死蛇一样落进水里。木筏重又飞蹿回去——像被一匹惊马突然拉跑的车。

啊，好大的力气。巴山凭着直觉和遥远的印象，感到这猎物便是他久已等待的"水怪"。他心中早已有所准备，一旦捕住这家伙，是不可硬拼硬拽的。否则，就会人死网破。于是，他立稳脚跟，抄起长篙，绷紧了全身的每一根神经准备着——准备以自己的力量和智慧来制伏它……

可是，木筏突然以更快的速度飞蹿起来。他还没弄清应该怎么办，脚下的一根根木头就发出咯吱吱的叫声。接着，手腕勒断了般的一阵剧痛，木筏一扽一荡，身后传来沉闷的轰响。那系缆的小树被连根拔出。木筏像给巨大的弹簧绷了一下，嗖地向前冲去了。他打了个激灵，忙用长篙狠命一拨。木筏极快地划个弧，擦着潭边飞过。好险，万一被拽进水潭，那将是怎样的后果？他惊出一身冷汗。

一道电闪亮起，映得河面白森森的。巴山被耀得头晕眼花。就在这恍惚间，一位短发虬髯的老人在波涌连天的河道里蓦地出现了……

——尖顶小船在老人足下飞驰着。那手中的鱼叉带着凄厉的哨音，一会儿投向高高的浪头，一会儿掷向巨大的漩涡。河心潭中的水脊已经散开，老人正在寻找那即将给人们带来灾难的"水怪"。乡亲们在岸上惊呼，高喊，相劝。可是，就在老人再次举起鱼叉的刹那，一条青黄色的巨影在水中闪了几闪，小船轰地翻了。几乎就在同时，老人手中的鱼叉也飞了出去。鱼叉落处，水面上一片紫红的血……

爷爷——这老人是巴山的爷爷。巴山没有见过爷爷。爷爷血战"水怪"的经过，是村人带着敬佩的口气告诉他的。爷爷的"牌位"至今仍在河神庙里供着。

闪电熄灭，周围复又变得黑暗了。

巴山俯身抽出那柄夹在木缝里的鱼叉，并马上做好了投掷的准备。然而仅仅一会儿，持叉的右手又放下了。鱼叉重新插入筏缝，脑子里产生了许多神奇的想法——拖住它，制伏它，抓活的。

网中的猎物又在兜圈子。显然，它是想将对手拖进潭窝。但是，那长长的网纲盈盈有余。那铁尖竹篙又如此神出鬼没，一会儿插入河底，一会儿又飞快地拨动着。沉重的大木筏又比不得轻轻小船，掀不翻，撞不散。尽管这个水中之王在潭中使出浑身解数，仍是摆脱不了大网的束缚。

它的对手，太可怕了。

他的对手，也同样可怕。

与其说巴山捕获了猎物，倒不如说猎物控制了他。此刻，他完全处于被动应付，不敢正面冲突。他的全部精力都用来驾驭木筏，连启动柴油发电机的空闲都没有了。他同时又在紧张地考虑，这到底是一个什么东西？那一扇带岔的尾巴，在一个遥远的梦里——不，不是在梦里，是在自己的童年，曾遇到过……

天大旱，河水浅了。那仍然咕嘟嘟泛着水柱的潭窝里，蹿出一条铡床大小的家伙。它尖嘴，长身，像快艇发射的鱼雷一般在河道里往来穿梭。四五斤的白鲢被它一头撞翻，几斤多重的鲇鱼被它一口吞下。人们吵闹着，呐喊着，纷纷下水去捉。许多面线网被扯烂，许多人的腰腿被撞破。人们追逐、拦截而又胆怯地躲闪它。就在人们错愕惊呆之时，瘦小的巴山提着鱼叉来了。只见白光一闪，巴山的鱼叉带着哨音，从人缝间投向河中一个刚刚泛起的泥花。那泥花蓦地变红，扩大，紧接着轰然分开，一条肉棍似的大鱼带着鱼叉，跃出水面，又箭一般落进前边水里。年少力弱的巴山被猛地拽倒，鱼叉上的细绳也叭地断了。叉杆在水面上现了几现，涌起一条长长的水沟，眨眼间又钻进了潭窝。几天后的夜里，突然电闪雷鸣，大雨滂沱。天明时，暴涨的河水发出呜呜的怪叫。人们似乎想起了什么，乱纷纷地奔走着，议论着。许多老人跑到河岸，跪在那里，冲着潭窝磕头，祷告……就在那天中午，巴山沿着河边溜达，在正东河湾的回流里，捞起一条三十多斤重的黄鳝。尽管已经死了，仍是瞪眼，咬牙。厚厚的脊背上，就插了那柄锋利的鱼叉。

他把它扛到附近的镇上，卖了。

莫非，这"水怪"就是一条绝大的黄鳝吗？

不论是什么，也要抓住它。巴山想着，口角习惯地翘上去，脸上现出决战的神色。

猎物趑了一阵，突然伏在了潭底不动。巴山立即明白，它在积蓄力量。就像拳击手做完了赛前的"热身"活动。瞅这机会，巴山发动了柴油机。柴油机带动电机发出隆隆嗡嗡的响声。听着这响声，巴山那紧张的心情有了某种平稳的感觉。然而，仅仅过了一分钟，他的心又被网中那突然出现的巨大骚乱攫住了。骚乱搅动着水潭，水潭如同烧开了的大锅，浪头和漩涡急剧地涌上来，像无数妖怪的脑袋，将木筏拱动得一会儿翘起，一会儿跌下。风雨渐细，那天上的雷声也变得如细碎鼓点，在河道上方咚咚咚地敲击着。蓦然，雷声停住。在一连串持续的光怪陆离的闪电中，他发现潭中又起了水脊。那水脊中，一会儿传出呜呜的嘶鸣，像汽笛；一会儿又传出嘎嘎的叫声，像野鸭。紧接着，一条庞大的青黄色的影子顶着大网，在水脊的边缘隐隐出现了。啊！"水怪"——千真万确！

他不信鬼神。但许多年来，对于这河中的"水怪"，却是深信不疑的。他曾经怕过，恨过，亲眼看到父亲跟踪、追捕它。然而，父亲和爷爷一样，在和"水怪"的搏斗中丧了命。巴山长大后，决心报仇。多少次洪水激流，多少个风雨之夜，他巡游在这古老的河道里，除去打鱼之外，就是为了找到它。

如今，终于找到了。

他的全身一阵发热，血流奔涌。双眼盯牢了鼓动的水脊和水脊中的巨影，双脚慢慢向后挪动着。他要取过连接电机的导线，借用电的力量帮助自己制伏它。可是，他的右手还没够到搭在铁箱边上的插销，这想法便被一个突如其来的情况冲散了。那青黄色的巨影好似有了预感，猛地跃出水脊，用令人难以置信的速度飞驰半圈，然后顶了大网，冲出潭窝。巴山被那突发的力量拽得踉跄几下，拼力站住。就在这时，木筏被拖入河心，顺流而下……

雷息，电灭。风雨也越发变小。天空、河道及周围全是黑漆漆的。白色的尼龙网纲拉成长长的直棍，网纲的尽头好像有艘潜艇，正开足马力拽了他和他的木筏。木筏抢起高高的浪头，在波涛滚滚的河道里飞驰着。筏后一条长长的直线。那是筏缆。筏缆的远端拖了被拔掉的小树。小树像被母牛遗弃的犊儿，在后边一步不落地追赶。从那网中的猎物到木筏，从木筏到后边的小树，形成三个距离固定的浪点。这三点有时在一直线上，有时稍稍作弯。他牢牢地立在"中点"上，一手牵纲，一手持篙，时时注意着前后左右的无穷变幻。

前边河道开始变得宽阔。但这古老的河床地形奇特，潜流横生，水路也就变得错综复杂。在湍急的河心水流中，木筏一会儿左倾，一会儿右斜。像被快马拖着的铁耙，在刚刚犁起的坷垃地上摇晃，颠簸。

耳旁是呼呼的风声，眼前是扑面而来的浪花。他看不到河岸，看不到河岸上的树木，也看不到前面的大网和网中的猎物。他只能凭着系纲的手腕的感觉，体会着对手的意图。他无法，也不能停住木筏。他失去了对自然的控制力——已经骑在老虎背上了。

上游的大水以更快的速度连续冲下来。木筏的尾部不时被浪涌激下。河水漫上木筏，没过脚踝，这时的他犹如在水里站着。双足不敢挪动分毫，唯恐"水怪"趁势将他拽下木筏。木筏是他的领地，他的武器，他的依托——可是，当木筏像潜艇一样重新浮出水面时，尾随而至的柴草树枝又悄悄挂上了。木筏在水中的阻力骤然增加了，冲起更大更高的浪花。手腕上的尼龙纲几乎勒进肉里。五个指头是难以言喻的疼痛、胀麻。他咬牙忍着。也只能忍着……

西南风将一股清醇的庄稼味送进河道。巴山明白岸外是一片长势茂盛的玉米、豆子和棉花。这使他意外地想到了自己的地。他虽然以渔为主，但也种着庄稼。不过除去秋麦大忙，那几亩地主要还是靠妻子管理的。他就又想起了年轻的妻子和幼小的儿子。儿子多像自己啊，虎虎实实的。他眼前又出现了自己那温暖的家庭，明亮的灯光下，妻子那一双深情的眼睛。妻子美丽、贤惠，不光自己挑起大半农活，还无时无刻不在关心他，照顾他。每当巴山夜渔回家，妻子先要捧上一碗糖水，然后再端上酒食饭菜。逢这时，巴山总先一把搂过爱妻，忘情地吻着，亲着。——此刻，妻子在家干什么了呢？想必是在挂念自己吧。十天前，当妻子得知他要决心捕捉"水怪"时，曾惶悚、担心、害怕。并且千方百计地劝说、阻止他。只是当丈夫向她解释了自己万无一失的准备，说明自己急于复仇的心情，讲到沿河渔民近日所遭受的灾祸时，她才终于同意了。她知道，丈夫坚定、机智、勇敢，水中本领无人可比。但是，他将相斗的不是平常的大鱼，而是人们一直闻风丧胆的"水怪"啊！所以，每当巴山傍晚下河时，她总还是送到河边，望着他将木筏撑开，并一再叮嘱着："要小心啊！"

是的，尽管巴山有高超的水中功夫，有犍牛般的雄壮体魄。尽管他几乎了解这河的每一片河底，每一朵浪花，每一条水纹，每一个漩涡。但河中到底有着许多暗穴潜流，因而就变幻莫测。别看河面有时水流平缓，但在平缓的水上，往往突然出现纵横的岔流。你一旦落水，双腿马上就如套了许多绞索。四面八方，乱拉乱扯。它像咬人不露齿的狗，表面温顺，内里凶恶。在这种河里，又是和那么凶残的"水怪"相斗，是须万分小心的。

四周一片漆黑，看不到什么熟悉的标志。但巴山明白，他已经出来很远了。由于刚才一连串紧张激烈的搏斗，似乎忘却了时间。但他凭感觉判断，大约到了半夜。以往，这时间他应该回家了。回到家，酒足饭饱之后，躺在刚刚置办的仍旧散发着油漆味的大木床上，左边是娇儿，右边是爱妻……人，终究是人，欲念难止啊！一丝淡淡的温情，悄悄飘拂过巴山的心头——然而，这温情随之就烟消云散了。因为这里是大河。眼下，"水怪"拽着，洪流催着——正将他送往前方一个未知的世界。巴山心中再次涌起一丝难以言喻的酸楚。这风雨之后的夜里，妻儿一定会惦挂他，等候他。说不准等他不归，母子正冒雨在沿河寻找，妻子呼唤着他的名字，儿子也正叫喊着"爸爸，爸爸"——就像他自己当年那样，跟在正和"水怪"拼死搏斗的爸爸的后边，声嘶力竭地喊着……

　　木筏往前荡了一下，手中的网纲放松了。大约"水怪"也累了，要歇息。巴山舒了口气，往后挪动着脚步，右手又向着电机上的插销伸去。然而仅仅一小会儿，后边的小树却追上来，忽地撞在筏尾上，木筏猛一冲，"水怪"受了惊，嘎嘎叫着，拼命一窜。他的手腕一阵剧痛，扑地趴倒了。立时，周围涌起了道道水墙，身下的木筏也在迅速地往后滑着。人的本能使他意识到了什么，赶紧抠住筏缝爬起来。他吐出口中的水，一阵眩晕，但只是晃了几下，又铜浇铁铸般地站稳了。

　　木筏往前冲出不远，突然甩向了河岸。巴山正纳闷，只见左侧迎面黑漆漆的一片。啊！——狼牙湾。他的脑袋嗡的一声。这狼牙湾是大河的急拐角，那洄流所造成的浪涛和漩涡，不亚于上游的深潭。以往的年代里，这里多次决口，也不知曾给人们造成过多少灾难。巴山的爷爷那年河中丧命之后，沿河八乡的人们联合起来，用了半年时间，从几十里路以外运来泥石砖土，将这段堤岸加厚加宽。第二年，河神仍旧没有镇住"水怪"，山峰一样的洪流又向这里冲来。就在当时，有人似曾看到，堤岸处隐隐地立着位短发虬髯的高大老人，擎着钢叉，天神一般对着洪水吼声如雷。洪水的流头踌躇几下，后退一百丈，然后扭转方向，顺河去了。人们嚷动起来，说那老人是巴山的爷爷，死后封"神"，专门震慑水中妖邪。说也奇怪，就从那一年，这里却也再未决口。只是多少年的水流冲刷，厚厚的堤岸被涮出个巨大的深穴。那里面到处是长短不齐大小不等的石头，常有误入的小船撞破，木筏撞散。人们望而生畏，就叫它"狼牙湾"。

眼下，汹涌势大的河水来到这里，一半成为"洄流"，一半顺河走了。那洄流浩荡旋趸，一般大船都能揽过去，何况一只木筏。此刻，狼牙湾正像一只可怕的巨兽，张着阴森森的大口，等待着将他和他的木筏吞下。

然而，巴山没有惊慌，没有害怕。狼牙湾并非魔窟，他曾多次进去过。那湾中的乱石块上，附着了许多杂物，有水虫、小蟹、小虾，所以，到这块天地里觅食的大鱼特别多。只是它疯狂的样子，无人敢于问津。而巴山是一条蛟龙，一只鱼鹰，他不怕。在这里，他灵巧地驾驭着尖顶小船，得心应手地甩撒着渔网，投掷着鱼叉……然而，今天却非比往常。一旦木筏趸进洄流，冲入深穴，那强大的洄流和"水怪"相反用力，他肯定要给拽下木筏。那时那景，后果是不堪设想的——巴山抄起长篙，站直身子，铁塔似的立在筏上。就在木筏刚刚接近洄流湾头的刹那，将长篙猛地从筏旁插进河底，随着一声惊天动地的"啊——嗨!!"木筏嘎吱吱响着，一下子被远远地拨开了。长篙扎得太深，未及拔出，舍在了河底。而"水怪"却被这突如其来的举动惊吓了。它裹了网片猛然一滚，接着在河面上兜了半个圈，木筏被惯性甩得一斜，像铁犁一样铲起一溜白浪，重又给拽到河心去了。

被渔网裹住的"水怪"在河面上飞窜着。水上一会儿是沟壑，一会儿是浪花。木筏忽而浮上，忽而沉下。在偶尔出现的闪电中，巴山可以看到，那"水怪"圆浑浑的，形状像一根粗大的房梁。并且不时地从水中泛出隐隐青光，形同巨剪的大尾，发疯般地甩摆着，拧动着。他暗暗庆幸，庆幸自己的大网是尼龙的。要是像以往的棉线所织，一百条也给撕烂了。

迎面传来轰隆隆的响声。雷鸣吗? 不，不是雷鸣，是一条带篷机动运输船。这些要钱不要命的专业户，除非河里结了冰，总是夜以继日地拼命干的。运输船顶着流水，搅碎大浪，势不可挡地顺了河道驶过去了。"水怪"再一次被惊吓，叭地一甩巨尾，箭一样冲向河道的右侧，越游越急，越冲越快。巴山渐渐看到了黑乎乎的河岸线，听到了浪涛拍击河岸的声音。他兴奋了，盼望着"水怪"一头抢上河滩，自己也可乘机歇息一下。然而，世上的怪事多半出于巧合，眼看"水怪"就要窜上二滩，那河堤里侧的一大块泥土因为禁不住激流冲刷，连同长在上面的小树轰隆隆塌了下来，受惊的"水怪"掉头就跑。它连连跃出水面，长大的身躯在空旷的河道上空扭曲着，摆动着，一条恶龙似的。尼龙网被它绞作一团，铅坠相互磕碰，像劈竹一样哗哗啦啦。强大的冲力有好几次差点儿将他拖下木筏，他都靠了自己从小练成的马步蹲桩功夫，一次又一次地挺住了。

"水怪"仍在腾跃，木筏仍在颠簸。他和它相持着，十分艰难地相持着。他的力气已经耗去了不少，不能再做任何的硬性拼搏。他要保留并恢复一下自己的体力，他相信和它还会有几个生死决斗的时刻。前边又来到一个拐弯处，他的心忽然一沉，似乎看到和想到了什么，以至痛苦地闭上了眼睛。此刻，"水怪"又是一跃，并发出嘎嘎的惊惧的叫声。他睁开眼，恍惚觉得那河道拐弯处正立了一条大汉。大汉虎目圆睁，挥臂扬手，一柄闪光的鱼叉如流星般飞来，十分准确地刺中了"水怪"……

"水怪"嘶叫了一声，顺着河道窜下去。掷叉人拽了手中长绳，紧紧地追着，追着。他的身上溅满了黄乎乎的泥浆，腕上的绳套已经勒到了皮下。勒出的鲜血淌在河边，马上又被河水涮掉了。有一阵他不慎跌倒，被"水怪"拖了在泥地上滑。河沿上，留下一条粗大的泥辙。沿着泥辙，一个小孩飞跑着，撕心裂肺地叫喊着："爸爸，爸爸——！！"喊叫声绝望，凄切，催人泪下……

这小孩，就是当年的巴山。

——爸爸为了给爷爷报仇，从遥远的东北带着他和母亲回到了家。

每逢汛期，就拈了一柄特制的长齿鱼叉，在大河边上发疯似的奔跑，寻找。他要找到"水怪"，用祖传的掷叉绝技杀死它，为亲人报仇，为一方除害，他不让儿子读书，而让他跟了自己在大河里弄水捕鱼。他以此磨炼儿子的勇气和毅力，似乎在做着某种准备。在父亲的严格训练下，少年时期的巴山，就已是沿河八乡出名的捕鱼能手了。那一年，接连七天大雨。家中屋漏了，棚塌了，爸爸不闻不问，仍旧带了他，提了鱼叉，在大河边上日夜睃巡着。终于——他发现"水怪"钻出了潭窝。他便开始跟踪它。在河的第二个拐弯处，"水怪"刚一稍稍靠近河边，他就向它掷出了鱼叉……"水怪"一次又一次地拽倒对手。但爸爸不愧是爷爷的儿子。他咬紧了牙，一声不吭地忍受着砂石蛤皮的刮刺，忍受着河水的冲刷。在"水怪"稍一停顿的刹那，他双手一拖叉绳，又弹簧一样腾地跃起了。

啊，爸爸……

巴山为一股神奇的力量激发，勇气异乎寻常地增强起来。他哈下腰，双足扣紧木筏，用父亲传授的"金龙甩尾"的水中功夫，以腰臀的力量，顺其自然地或左或右，或快或慢，随着"水怪"的活动使木筏做出各种迅速而准确的反应。漆黑的夜晚、呼啸的浪涛、木筏的颠簸、周身的疲顿，他全没有了感觉。头脑中此刻只有一个念头——遛乏它，制伏它。

"水怪"大约累了，不再蹿跳。它开始在水中左盘右旋，忽上忽下，拐过一个小弯，进入了一段笔直的河道。宽阔整齐的河面上，借着水势，它窜得更快，只是不再扭曲，不再盘旋。它似乎已经明白，那样只会加倍消耗自己的体力。这是个凶悍、狡诈而又老辣的家伙，它清楚自己水生水长，人是不能和它相比的。它认定大网早晚会拱破，对手迟早要被拖垮。到那时，它便可为所欲为，撞死对手。它兴奋了，得意了，越游越猛，越游越快。有时露出厚厚的脊背，有时整个潜游在水下。巨尾有节奏地急速交剪，像快船后边的大舵。它有时换气似的翘一翘脑袋，闪着幽光的小眼睛盯一下前边的什么。它在做着某种人类所难以预料的打算和准备。这种打算，在以往的久远的年代里，它曾不啻一次地有过。当然，只有碰上真正的对手时，它才似乎凭着动物的本能这么做。

这可怕的魔鬼啊！

风也消失，雨也消失。整个的自然界都在屏息静气地观察着，注视着，担心着……

然而，巴山仍旧牢牢地站在木筏上，似乎没有什么危险的预感。任凭"水怪"飞窜，他只是牵紧网纲，不急不躁。他明白，在这种情况下，耐心和毅力比什么都重要。河道变得更宽了。但河沿却出现了许多的大坑小穴，像被无数的炮弹轰炸过。因此，河面上便生出一片大小不等的漩涡。只是水面宽，木筏仍是平稳的。巴山微微地合上眼睑，似乎在领略这难得的宁静和舒泰。实际上，他的内心正在盘算着——只等"水怪"速度减慢，自己便退到筏尾，取过那电机导线上的插销。只是眼下"水怪"的冲力太大，使他无法达到目的。

似乎天光稍稍亮了。不光看清了河岸和河岸上的护堤林，连河沿上间或出现的一棵又一棵独生独长的老槐树，也急匆匆在他眼前一闪而过。这些古槐也不知何年何人所栽，每隔百多步就有一棵。自此往下十余里，像列队待阅的士兵一样，在大河两岸整齐地排列着。它们装点了大自然，保护了河岸，也给渔人们提供了歇凉和捕鱼的方便。

这一段河道，巴山每年都要来的。而每每在这些槐树下都大有收获。缺水的季节，下游的拦河闸落了，河中积了大半槽的水。戏水寻食的鱼儿沿了河道向下游。它们来到此处，发现了许多落叶和由于落叶腐烂而生成的水虫，于是就聚在这里，不再游走。饱食之余，便互相嬉逐，往来穿梭，有情者乘机交配，有仇者拼死相搏。河面上时时地起一阵波澜，但一会儿就又平息了。渔人们熟悉鱼儿的习性，便纷纷从上游和下游赶来这里。有的甩撒网，有的下丝挂，有的用钝钩，有的掷鱼叉。打散了鱼儿们的聚会，增加了自己的收获。

这些古槐，粗壮，弯曲。庞大的树头如同一把把巨伞，低低地罩向

101

河面。在树头遮掩下的河底处，有纵横的树根水草，有折落的枯枝烂叶，有大小不等的坑洞暗穴，还有许多弄不清来历的碎砖乱瓦。夏日，干风烈烈，骄阳似火，树荫下常常成为鱼儿们乘凉栖息的好地方。而在遭到渔人的追捕时，它们更是忙不迭地溜来这里躲藏。而这里却又是凶悍强壮的大鱼的天地，小鱼稍一靠近，不是被赶跑，就是被吞掉。

木筏颠簸了一下，巴山发觉天又黑了下来。沿河的树木一片模糊，河岸也变得影影绰绰。没有风，没有雨，没有雷。只有电母从遥远的天边钻进钻出，似乎在提心吊胆地向这里观察着什么。除去河水和木筏冲击河水的涛声，周围是宁静的。但这种宁静的意象是那么秘不可测。它似乎蕴蓄着某种凶兆，而这种凶兆在厄运临头之前总是隐伏着。突然，闪电宛若一条降临的巨龙，在它的中间和末尾，伸展出几条粗粗的火叉。火叉的末端，又出现几根细细的分枝。这些分枝恰如巨龙的利爪，一次又一次地伸展，收缩，要把夜空抓烂似的。天上的云层映出奇怪的蓝光。周围一会儿是明亮的白昼，一会儿又是可怕的黑夜。巴山的瞳孔难以适应这迅疾的变幻，双眼一阵阵地发花。可就在这时，一个令人骇异的情景使他蓦地一抖。

闪电中，巴山透过薄薄的雨幕，看到远远的河道里出现了一个障碍物，那障碍物的一半突入河中，汹涌的河水撞在上面，激起高高的浪头。那是一座砖石结构的高墩，是远近闻名的"禹王庙"。

相传禹王疏九河，八河全都顺流东海，只有这条河，不是决口就是堵塞。原来，这河底里就隐伏了一条凶恶的巨蛇。它看到堤外良田万顷，听到远近人声喧笑，气坏了，于是使堤岸决口，水淹百里。大禹听说了，在一个雷电交加的夜晚赶来，用巨钺将妖蛇劈了。那妖蛇的血，染红了天，灌满了河。至今，这大河两岸的泥土还是红的。从那时起，这里再无水灾，百姓安居乐业。人们感激大禹，怀念大禹，便在大禹当年站过的地方修筑了这座高台，上建禹王庙。后人借了地势，连着高台向堤外垫出了宅基，在上面修房盖屋。年复一年，接续繁衍，形成傍河而立的庄子，取名"禹王铺"。

巴山在筏上晃了晃，心中的惊惧骤然消失，转而升起一股难以控制的怒火。他想起了爸爸。立时，那不堪忍睹的惨景又在他的眼前复现了……

　　那一年，他拼命地跟在爸爸后边追着，追着。远远地，他望到了高高的禹王庙。那庙的底基，似高墙，如悬崖。而拖着爸爸奔跑的"水怪"却径直地向庙基撞去了。眼看就要撞上，它却突然趔了身子，箭一般绕向庙基的边侧。爸爸手中的叉绳没有那么长，突兀而立的庙基又无法逾越。倘若再往前跑，一是撞死，二是被拽下河。在这万分危急的时刻，他看到爸爸从腰中抽出了雪亮的鱼刀。他以为爸爸要割断叉绳——当时也只有这个办法。然而，爸爸没有割绳，也没犹豫，却大吼一声跃进河里。河水在庙基的边侧掀起一阵滔天巨浪，好一会儿，他看到一只带血的手伸出河面冲他招了招，便倏地被浪头淹没了。

　　"爸爸，爸爸！"他奔跑着，叫喊着……

　　眼下，他又面临着爸爸当年的处境。然而，他却不同于当年的爸爸……

　　他注意着，准备着，全身的肌肉神经都处在高度紧张状态了。此时此刻，水流这样急，冲力这么大，稍稍的懈怠和犹豫都是自杀。他猛地哈下腰来，双足蹬定了筏前的横木，屁股拼尽全力往后坠着，坠着——终于坐下了。双足重又交替着蹬住又一根横木，双手同时拽紧着网纲。用这样的方法，一点点往后挪。在挪到第五根横木时，他仰身向后，同时腾出右手，向着搭在铁箱外的导线插销伸去了。然而就在这时，前边的"水怪"猛力一冲，他的左腕一阵剧痛，伸出的右手又缩回来，重新协助左手用力拽着。木筏蹿得更快，水流越来越急，已模糊地看见前面的高墩，他再也顾不得许多。身子再次仰向后去，在腾出右手的同时，左腕几乎就要勒断了，但他到底够着了插销，并极快地拽过来，借着电光，十分准确地和左腕的插孔连接上。强大的电流刹那传了出去。他感到从前边的网里送回巨大的震颤，不一会儿，网纲松了，木筏慢了。他那紧张得就要绷断的心弦，终于得到了缓解。

不过，缓解是暂时的。那"水怪"虽然触了电，但没有死。是电压不足？它的耐受力大？在离庙基十几米远的时候，它仍像以往那样，猛地甩了下尾巴，扭头窜向了庙基的边侧。而木筏却为惯性所使，依旧如飞地撞过去，撞过去——看看就要撞上了，巴山当机立断，一个后空翻跃下了木筏。几乎与此同时，前边轰然巨响，接着是嘎吱吱的碰撞声。筏边上的木头折断，筏尾的铁箱连同铁箱里的柴油发电机，全部稀里哗啦震落进水里——电源断了……

所幸，木筏是用麻绳捆扎的檩条。不像木船那样容易撞破下沉。它在原处滴溜溜转了几个圈，也顺了水势冲向庙基的边侧。而巴山在跃下木筏之后，便已极快地抓住了后边的筏缆。所以木筏跟了他，他拽了木筏。没出多远，他又爬上去了。

庙基突入河床，河道窄了，大水涌至此处，急切间难以通过，便在这里翻卷，怒吼，形成大片的水脊和浪头。木筏来到这里，由于速度太快，一下冲入浪丛，像在水底潜游。浪花不时地卷上来，拍打他的脊背，舔舐他的胸腹。突然，他的身子一偏，木筏被巨浪拍向一边，一根松动了的檩条拨在庙基的石头上，哗啦一声被掀掉。他吓了一跳，忙移动双脚的位置，使木筏重又保持平衡。就在这时，木筏浮出了水面，涌出了"狭口"。他觉得后边猛顿了一下，扭回头——那长长的筏缆和拖在筏缆尽头的小树，不知怎么没有了。

就在木筏陷进浪丛中时，"水怪"已经借着水势出了狭口。它也曾试图蹚回来，以报复在它认为必定撞得半死不活的对手。只是，刚才从电机上传来的强大电流，给了它致命的一击。它虽然由于出奇的耐受性而未丧命，可也已经耗去了大半力气。更兼渔网死死地缠住它，使它无论如何难以解脱。正当它焦急沮丧之时，忽见木筏也冲出来了。虽然撞得破烂而松散，那可怕的对手却仍旧在上面站着，那手指粗细的尼龙纲依然套在他的腕子上，双足如雄鹰的利爪，将木筏扣得紧紧的。它明白自己的阴谋已经失败，便发出嘶嘶的低叫，像哀叹，又像惊叹对手的本领。它终于泄气了，似乎完全失去了锐气，像一根随波逐流的房梁，顶着大网，牵着木筏，缓缓地向前漂动着，漂动着……

但是，河床却从这里开始往下渐低。河水非但不能变缓，反而越来越急。急流因顺了窄而直的河道，中心的水脊就愈发变高。水流催着"水怪"，速度又开始加快了。"水怪"那剪形巨尾也重新扭动，搅起一个一个的浪花。巴山不知它还能跑多久，也不知下一步还会发生什么。他只是机械地拽着网纲，紧紧地在后边跟着。他已觉出"水怪"的力气大大减小了，他明白这是"电"的效果。他暗自庆幸自己当初那周密而正确的准备工作。在乍明又灭的闪电中，他也看准"水怪"已为大网所扣牢。它的头部已被深深的底兜卡住，那形状特殊的鳍翅插入了纵横叠摞的网眼，只有尾巴还在呼扇着。不过，巴山也做了最坏的打算。在万不得已时，他就用鱼叉先刺穿它的脑壳，然后下水潜入网底，用那把锋利的鱼刀剖开它的肚腹。

这"水怪"，凶顽、残暴、狡诈。它从未碰上过巴山这样的对手。对方是那么的机敏、顽强、坚毅、沉着。特别让它费解的是，他何以敢如此死死相逼？在以往的岁月里，大河是它的天地，它可以在这里任意肆虐和攻击一切。而今，却碰上了他。

但它毕竟是"水怪"。对水中和到水中来的一切生灵都不曾想到过避让或退却，即便到了山穷水尽的地步，它还是要搏上一搏的。接连失败后的骇然之余，它决心孤注一掷，采取最后的对它自己来说也是相当危险的办法。

前边又传来"水怪"的嘶叫。巴山意识到，"水怪"已由刚才的沮丧和惊惶转为暴怒了。只是由于大网的羁押和体力的消耗，它才对自己无可奈何。

河道越来越窄了。两边是激流撞岸的轰轰声，远远的下游传来泄水闸的沉闷低吼。眼下，这里除了他和网中的"水怪"，看不到其他任何生物。一向被人讴歌的大自然，此刻却是一片恐怖。世界，是令人费解的，有时给人以幸福，有时又给人以灾祸。

是人主宰大自然，还是大自然主宰人？

谁知道呢!

网纲的拉力越来越大。十几丈外,那"水怪"蓦地拧了下身。它原想把网掀掉,不料愈发缠裹得紧了。它更加焦躁起来,庞大的躯体摇摆,拧动,恨不得一下从网中挣脱。巴山脚下的木筏更加松动,有几根木头开始和主体脱节了。他有些担心。但看到主架的四缘捆绑得极牢。并且,那一柄雪亮的鱼叉仍旧别在木缝里,那把锋利的鱼刀依然压在木板下。虚悬忐忑的心,又变得实落了。他将身子重新放低,双足叉开。再次利用"金龙甩尾"的办法,使残破的木筏左摆右旋,借以增加木筏在水中的阻力。果然,这办法奏效了。被大网缠裹的"水怪"经受不住,渐渐不再挣扎。人和大自然同时在对付它,不停地消耗着它的体力和生命,使它终于精疲力竭。

然而,仅仅过了一会儿,"水怪"的叫声又响了。并且变得更加凄厉、可怕。

极有可能,"水怪"也要采取人所难以预料的方法——和他以死相拼了。

天空闪过一道煞白的光。接着是一声震耳的霹雳。霹雳刚过电光又亮的刹那,他突然发现,一个庞大的障碍物在远远的河面上出现了。那障碍物如大山峭壁似的封锁了整个河道。巴山猛地一惊,打了个激灵,他立时明白,自己和"水怪"同时来到了死神的脚下——大河泄水闸……

这水闸,似高墙,如悬崖,将整个河道劈头拦住了。正值汛期,十二块凸形金属闸板凌空悬在龙门吊似的桁架上,雄威壮观,气势磅礴。河水在进入闸门时,如巨大的连绵不断的丝绸,形成光滑无瑕的弧面,然后又急不可待地一头冲下。闸孔内波涌旋动,形成一条条黑深倒卷的沟壑。那迸然而起的浪花抛向半空,直扑高高的大闸桁架。泻下的河水发出低沉的咆哮。咆哮声顺了河道迅速扩散,蔓延,十里地内听得清清楚楚,百步之外便感到大地的震颤。爬上闸顶,你会感到大闸整个的都在抖动;下窥流水——那难以言状的恐惧会立时将你攫住,以至心悸眩

106

晕，一头栽下……

凌空横陈的桁架正面，三个红漆大字赫然入目——抬官闸。

这里原是一座桥。清朝年间，一次大涝。但知县横不准灾，仍旧强令百姓完粮纳税。人们忍无可忍，把知县诱至此处"验灾"，乘机将他连同他的轿子抬起送到省里去——不要了。事后，本地一位宿儒感慨万千，在桥旁立石碑，书三字——"抬官桥"。

抬官桥如今建成泄水闸，它旱能积水浇地，涝能开闸泄水。年年五谷丰登，百姓安居乐业。它给这里的人们带来幸福，带来欢乐。而今——带给他的却是不可避免的灾祸。闸前和闸后的水位相差十米，就是一辆坦克一座山，也经不住那飞流而下的冲力。闸下又水流湍急，乱石成堆，坑洼遍布，危险隐伏。只要冲进闸孔，浪涛和漩涡马上会像搅拌机一样将你揉来搓去。然后，有时将尸首顺河送走，有时却将尸首塞进乱石缝中。那顺河而去的尚可打捞尸体。那塞进石缝的，谁都搞不清你卡在了哪里。直到肉尸腐烂，漂出骸骨——到那时，谁都识不出你的面目。人，到这里只有死亡在等待，哪怕你有翻江倒海的水中功夫。汛期，这里常常漂出人或其他动物的尸体。但这些尸体不是被碰撞得肢解离烂，就是被鱼鳖拱烂了眼睛舌头。这期间，闸下捕鱼可以不用渔具。你顺河而行，常有许多大小不等的死鱼在洄流水边漂浮，这全是从闸下跌下来的。虽属水族成员，而大闸也同样是它们死亡的魔窟。枯水季节，闸板落了，那大闸以下的乱石缝间，河畔岸边，到处是人兽的残骸、鱼类的白骨……

这泄水闸，像宇宙间那有着强大吸引力的黑洞，像印尼爪哇岛上的"死亡谷"。

可怕的大闸越来越近，越来越近。巴山再没有丝毫的能力进行回避以挽救自己，"水怪"大约要碰碰运气，或者说决心与对手以死相拼。它没有半点儿的收敛，依然猛甩巨尾，速度越来越快了。木筏筛糠似的震动着，当大浪从前后左右涌来时，它就像木片般地被任意抛上抛下。巴山明白，绝境已临——等待他和它的，是同一个可憎可怕的死神。此刻，他的脑子里迅速闪现着爷爷和爸爸的影子。并在刹那间得到了一点欣慰——老人们都为"水怪"所害，而我至少能够与它同归于尽。他看着前边"水怪"冲起的水脊，咬紧了牙，沉着而迅速地从筏缝里抽出那柄鱼叉。然后，哈腰，瞄准……

闪电惊得巴山睁大了眼。随着雷声，木筏被一个强劲的浪头猛地往岸边推了一下。巴山一晃，鱼叉没有投出。就在这时，电光又亮。右侧几十米外的河沿上，一棵树皮斑驳的千年古槐蓦地摄入他的视野。那古槐的树冠低低俯向河面，似一位渴急了的老人在俯首饮水。好像神灵给了他明确的启示。这刹那，他忽然明白了自己怎么办——是的，只有这样，才能保住自己，拖住"水怪"，然后再想法战胜它，制伏它。即便只有万分之一的希望，那同归于尽的方法也是不可取的。他相信自己的技艺，相信自己的力量和气魄。力量与气魄能够振作人的精神，能使怯懦化为勇敢，使脆弱变得坚强。

木筏以更快的速度沿了河的右侧飞蹿着。雷公好像为他呐喊助威，抡动神鞭猛击天鼓；电母似乎为他张目，闪光一下接着一下。他咬紧嘴唇，瞪圆双目，粗粗的眉毛抖动着。力量在迅速地汇集，凝聚。身体下蹲，后仰——借着电光又亮的一瞬间，他躬腰，挥臂——鱼叉带着呜呜儿的哨音，闪着寒光，像银蛇怪蟒般飞了出去。就听前方铮地一响，叉齿异常准确地深深扎在那棵槐树上。叉杆扭动着，震颤着，发出悠长的嘟嘟回音。也就在这刹那，木筏流星赶月般越过老槐树，直向闸口冲去。他只觉两腕一麻，双臂一震，接着胸肌像给撕裂开一样的剧痛了一下，脑子里一阵轰响，就什么也不知道了。风雨和浪涛将他重重地推倒。木筏载了他，在原地摇摆，抛跌。他一动不动地躺着。

风仍在刮，雨仍在下。岸上的护堤林喧哗着，古槐不安地摇曳，带动得整个河道都在不停地哆嗦。风雨挟着水浪扑上木筏，无情地冲激着他。眼看着巴山就要被涮下木筏……

……一条长大的鲤鱼从身边擦过。巴山看到了，别人也看到了。他扑上去，将鱼死死地摁住。一手抠紧了鱼鳃，一手揪紧了尾巴。双手用力将鱼拢在肚子上。鲤鱼鼓不起腮，便使不出力气。它逃不掉了。可是，当他捕住鲤鱼的同时，一个大汉也扑上去了。那沉重的躯体压住他，想从水底将鱼掠去。他在竭力挣扎，那可耻的混蛋也在竭力猛压，一双熊掌似的大手也在极力伸向他的腹下。在浑浊的河水里，在强大的压力下，他想松开鱼儿从一旁钻出来。可是，一种愤愤的情绪开始涌动，他终于没有这么做。头在嗡嗡地响，耳膜针刺一样痛，脚趾和手指也开始抽搐。耐不住了，到底耐不住了。一股骤然而至的神奇力量支撑着他，突然双膝屈曲，嗡的一声挺身而起。压在他身上的壮汉被掀在一旁的水里，随之爬起来，懵懵懂懂看着这个十几岁的孩子抱着一条红尾巨鲤，腆着肚子，摇摇晃晃地往岸上走去。巴山胜利了。可是，他的面孔发青，双眼发红，鼻孔里流出了血……

　　大汉再次扑过来，他吓得一怔。骤然惊醒，是一个梦。但又觉得以往确曾发生过这样一件事情。他的脑子还没有完全清醒过来，一个大浪激在身上。他这才发现，自己已被掀到了木筏的边缘。再过去两根木头，就要滚进滔滔河水中了。他想往里挪一挪，身上沉沉的，似乎那大汉仍然压着他。他勉强侧过脸，却见背上横了一根粗木。粗木的这一端已和筏体脱节，另一端仍被麻绳捆着。看样子，还多亏这粗木压着，否则，怕是早给抛到河里去了。他咬咬牙，试着收拢双臂。那筏前的"水怪"竟稍稍给他拽得退了一点。他增强了信心和希望，开始拼搏了。他的胳膊悸动着，震颤着，鼓起的筋脉像一条条青蛇，聚起的肌肉形成一个个大小不等的疙瘩，他尽量调整自己的呼吸，使之平稳、规律，使血液流通、畅达。渐渐地，他觉到了肌肉的振动、情绪的变化，就像当年抱着鲤鱼挺身而起前的一霎时那样——心意相通，爆发力终于产生了。他微微地屈双膝，收双肘，猛地一声大吼，腰背奋力一挺，那捆扎在粗木另一端的麻绳叭地断了。粗木像当年的壮汉一样被掀到了水里。他乘势跃身而起，披着风雨，迎着波浪，右手拉紧叉绳，左手拽了网纲，摇晃跌宕——重又挺立在破烂不堪的木筏上。

　　手腕上的皮勒破了，血水和着雨水淌在木筏上，随之就被扑上来的

109

浪花舔走。他的前胸、后背、脖颈和四肢，也被木筏上的麻绳和断木摩擦磕碰得烂了。时间已久，不再流血。只是因为雨水的冲刷，那大小不等的伤口露出红通通的肉丝，微微翻翘，小孩嘴似的。他已感觉不到了疼痛，大约神经完全麻木了。此刻，他依靠的是一种潜意识的支持。他双腿叉开在筏上，任风雨呼啸，任浪涛吼叫，任河中的"水怪"拼死挣扎，任脚下的木筏极力要拖了他顺流而下。他以超人的坚毅和力量，支撑着，僵持着。凶悍的"水怪"啊，你拼吧，挣吧，发疯吧。今天，你碰到的是我！

他自己鼓励自己——眼下，不就是一个"水怪"吗？风不会无休无止地刮，雨不会无停无竭地下，水势总会变小，而你"水怪"的力量也不会是永恒的。暂时是两相僵持。待天地安宁后，我和你再一决雌雄吧！他下意识地低头看了看，那系在筏上的木板边上依然露着缠皮的刀柄。是的，刀还在。尖尖的，亮亮的……

"水怪"突然起了骚动，拼命地冲撞，挣扎，似乎经受着极大的恐惧。巴山惊奇地看到，两具模糊的人影从上游闪电般冲下来。他们飞临"水怪"近旁，稳稳地立在水面上，一个持刀，一个使叉，轮番地冲上去，用力向"水怪"砍着，刺着。"水怪"惊恐地扭曲，躲闪。水面上一片的血。那血染红了整个河道，就像当年禹王钺劈妖蛇时一样，连两岸的泥土也染红了。这时，天空又亮起了闪电，面前的一切随之消失，整个河道又恢复了原来的模样。哦，幻觉……

不，巴山相信那一切都是真实的、可信的、活生生的。那人影他是那么熟悉。使叉的像自己的爷爷，使刀的像自己的爸爸。老人们惦挂自己的孩子，在他处于困境之中时，从冥冥世界赶来鼓励他、援助他了。

风停了，雨住了。除去河水的继续咆哮，自然界的一切都获得了盼望已久的静谧。河面上稍稍有了点儿亮光。这亮光从哪里来？他说不清，只是隐隐地觉得，他依旧双臂拽了网纲和叉绳，成十字形地站在木筏上。此时，他感到一阵的寂静。静到可以听清自己的呼吸和心跳。这刹那，忽然从遥远的地方传来妻儿的呼唤。但仅仅一声，再要仔细听，又听不到了。而河中的浪涛声却突然地加剧，并且越来越响，越来越大，低暗、沉闷，像从河流深处的地心中发出来的。这涛声慢慢地形成一片嘈杂的喧嚣，像云层一样冉冉升高，但随即便飘散，沉寂，远逝天外——什么也听不到了。

不知过了多长时间，左手腕上的网纲又绷了一下。巴山像神经反射一样地振作起来，准备对付那突然发生的什么。可是，"水怪"并没骚闹，只是动了动，就又停了。他的脸上露出遗憾的一笑，笑意随即凝固在口角，口角又轻轻地搐动了几下，喃喃道："挣啊，撞啊！你个……"

脸上出现疲惫到衰竭程度的笑纹，那颗蓬松湿濡的头渐渐垂下。身子不停地摇晃。耳中的涛声又轰鸣起来。闪电中，那古老的槐树、高耸的大闸，在他的眼前迅速地升腾着，升腾着……

"制不伏'水怪'，算得河神吗？"

他在心里想着……

"崭新世界"

　　"崭新世界"是作家大安命名的。

　　前不久大安和两位探险家到过这里，说是这里有一处深水潭，潭周是山，潭的南岸是一座悬崖峭壁，峭壁之下有一个弧洞，从弧洞里浮水穿过，就是他所说的"崭新世界"了。至于"崭新世界"到底多么美，大安不做描述，只是信誓旦旦地对同事们说：人类不是费尽心机要找世外桃源吗？我以人格担保，那里就是。当初若非饮食装备的缺憾，我们三人会在那里住上几天。

　　灯红酒绿的城市生活把艺术家们养腻了，养烦了，加之几乎是与生俱来的猎奇心理，一阵儿的鼓噪，便结伙搭帮地逼着大安去游览"崭新世界"。这些人，离不了吃，离不了喝，更离不开生灵与生俱来的本能，那地方是世外桃源般的"崭新世界"，干净也清正，不可能存在生灵必需。所以，物质和精神上的享受都做了充分准备，十二名艺术家六男六女，带足了一周的饮食，于一个阳光明媚的早晨踏上了征途。黎明起身，日出时分赶到一座山前，又跟随大安步行半天，于中午时分到达了目的地——一个群山环抱的深水潭边。大安甩下肩上的背包，拧了拧粗重的眉毛，指着南边那座壁立千仞的悬崖说：就是这里了。

　　信心与渴望能让人力量倍增，几乎没有疲劳感的艺术家们相继驻足，充满悬念地冲着眼前的潭水行起了注目礼。潭水凝重而深邃，没有人们想象中的碧波扬澜，也没有美不胜收的山峦倒影，除了间或鱼儿嬉闹弄出的细小涟漪外，仅能见到片片草秸树叶在微澜中慢慢移动。艺家们踏着潭边的碎石小草，很快就走到了峭壁前。峭壁挺拔险峻，形成高不可攀的水潭南岸。从潭边上望过去，十几米外的峭壁下端，有一个形如石门的弧洞贴着水面，若隐若现，时大时小，恰似一只忽睁忽闭的人眼。如果不是大安特意指点，冷古丁看上去那不过是太阳反射在崖根处的巨大光斑。很明显，高耸入云的峭壁就像一面山墙，这恍若光斑的弧洞，便是山墙下边的"水眼"，白色的光亮证明它贯通南北，眼下只消按照大安所言穿洞而过，便是他所讲述的"崭新世界"了。

艺术家们欢呼起来，以可以想象的速度脱掉衣服，只剩泳装，然后将行囊顶在头上，相继下水游向弧洞处。一个个情绪亢奋、决绝而又义无反顾。七月天气，水温适宜，加之波平浪静，他们很快就接近了目标。这时人们才看清，崖底的弧洞形同巨轮舷窗，边缘整齐而又阔大，光亮伴着微风从洞中窸窣而出，给人一种静谧而又温柔的感觉。大安责无旁贷地前边引路，十一人鱼贯相连紧随其后。游进洞中这才发现，头顶上竟是个宽大高阔的穹窿，凸凹不平的石头顶上长满了奇形怪状的钟乳，钟乳间有暗绿色的苔藓均匀分布，加之洞中光线稍暗，时有莫名其妙的细小声音从各个方向传出，像有什么动物躲在暗处咯吱咯吱地咀嚼人骨。十二个人置身这里，犹如海中鱼虾，渺小得近乎不起眼了。若非人多胆壮，还真有些难以名状的惶悚和恐怖。诗人郎满忽然朗诵起了古代鲜卑族的一首儿歌《敕勒歌》：敕勒川，阴山下。天似穹庐，笼盖四野。……

男男女女的身子不由自主地拢在了一起，并且说说笑笑，相互依偎拥靠中，人们的胆子竟也顺理成章地壮大了。

前边的光线越来越明，越来越亮，猛然间，南端的洞口就如春光乍泄般地出现在了他们的面前。男男女女长长地舒了一口气，有人还发出轻轻的欢呼，好像历尽磨难的逃犯终于越过了一道有人把守的险关。这时，嗒咚嗒咚带着铜音的滴水声从洞外隐隐传来，极似传说中的仙女用细腻柔嫩的纤指在轻轻拨弄着琴弦。艺术家们按捺不住心中的激动，争先恐后地向前划去。当他们像一群娃娃鱼似的涌出洞口时，眼前的美景立即就让他们目瞪口呆了。

这儿就是"崭新世界"。

最先爬上岸的大安指指周围的山山水水，很是理直气壮地说。

十二个人先后登岸，站在一块平坦的石台上尽情欣赏眼前的景色。这里是三面环山一面峭壁，将一个澄澈清莹的水潭围在中间，除了北侧的弧洞与头上的蓝天，几乎没有任何渠道与外界相连。这里虽然也和峭壁以北那样，有山崖峭壁花木潭水，但给人的感觉却是一个完全新鲜的世界。侧身环顾，山清水秀鸟语花香，坡坡岭岭石头草木，都像刚刚给水洗过一样明媚而清爽。不远处层峦叠嶂，万重青屏，舒卷白云从空中飘过，间或给这里的一切罩上形如羽翼的黛青色薄纱。眼前，一泓浅蓝色的潭水沉郁而深邃，像巨大的宝石镶嵌在绿色围屏上。潭水很静，静得让人莫名其妙，静得让人有点儿心慌。潭水边小鸟蹁跹，嫩草葳蕤，鸟动草静的影子倒映进水中，潭里又显现出一个新的风景。潭边零星散着一颗颗圆润细腻大小参差的彩色石子，石子在潭水的映衬下莹光闪烁，沿着潭边一路望去，宛若夏日晚间深隐苍穹的天河。时有妙不可言的轻灵脆响徐徐传来，细细辨听，才弄清是他们的谈话掠过水面从对岸飘来的回声。这未经雕琢的古朴却又充满无与伦比的艳丽、安详和静谧的天地，给艺术家们以心灵的震撼和理性的开拓，他们一个个痴了，醉了，腿脚如铸身心俱融地欣赏着这崭新的世界。

艺术家们要在潭边小憩片刻，有的坐着，有的趴着，有的伸开腿脚仰天而卧。头上的太阳暖乎乎地照下来，地面上却因潭水的浸润仍旧凉丝丝的，身旁的花草伸直了腰杆随着小风微微摇曳，像点头致意欢迎这些远方来客。十二位生灵置身潭边，四顾周围，眼前朦胧迷幻如诗如歌，往昔所经历积聚在心头的一切龌龊烦忧和世俗怨恨，不知不觉间消形匿迹了。人们开始轻吟、低唱、造型、躁动，一位马上就要转行拍电影的艺术家伸着兰花指在地上划来划去，显然是要谋划一个主要镜头的经典细节。大安来过一次，也比较冷静，他站起身来指指附近的一面石壁，说那地方有一个干净清爽的山洞，征求大伙的意见，是不是应该先

114

到那里安顿下来。因为连行走加浮水，人们委实有些累了。听大安如此说，大伙几乎是不约而同地跳起身来，捐起行囊，步履轻快地朝着那座石壁进发。

很快走到了石壁前，果然有个山洞，洞口像古式建筑的月亮门，光润而整齐，似乎是人力有意开凿。进得洞中，大伙眼前豁然开朗，洞阔几十丈，洞中平整而干净，有石几，有石凳，还有三五张石桌。这些洞中的装饰古朴而自然，让人联想到准是千万年前仙人们小憩对弈后留下的。一溜石壁上显出大小不等的透明窟窿，像窗户一样射进道道阳光。更为奇特的是，在三面洞壁上还有大小不等的洞窟，有的形同壁橱，有的宛若一间客房，里面石台隆起，俨然一张睡床。如果铺上带来的睡袋躺上去，万物之灵们在无垠的想象中很快就可进入梦乡。

诗人郎满性情豪放，海阔天空的大脸上肉丝横陈，两道旗杆一样的眼眉像碳素笔一样斜竖着。他挥舞着手臂就势揽住身边的女艺术家小季说：兄弟姐妹们，这是上天的居意安排，不要回去了，这种独特的生存空间，最适应心地清静童心未泯的我们生活。有了这片美好的天地，我们可以抛却世俗的遗骸，远离卑鄙和龌龊，让纯洁荡涤污秽，让天才鄙视愚昧，让理想变为现实。啊啊！我们的心灵在膨胀，我们周围的空气在膨胀，膨胀的空气有着无比强大的浮力，你们看，空气的浮力要使我们飘起来了，飞起来了……

身体健壮且有几分忠厚气的艺术家尹显一开口就似乎改变了他的表面性格，他高声附和着老郎，说：郎满先生讲得没错，我们这些优秀的人物，是与当前社会格格不入的。看看我们在此之前所接触到的那些俗物，人性沉沦，良知泯灭，灵魂已经堕落到与低级动物没有什么差别了。他神情激奋，目光炯炯，坐在石凳上不停地颤抖。蓦地，他做了个只可为知者言、不足为外人道的动作，挺了挺下腹，一把将靠在身边的情妇黎淑芸拉坐在自己的光腿上问：我说得对吗？妹妹！

小黎在尹显怀里暧昧地晃了晃屁股，同时侧脸望着洞窟中的石床，声调柔顺而低微：哥哥您足不出户便可神通天下，我想，您的话从来就没有错。

石洞中忽然出现了短暂的寂静，无论是站着的还是坐着的，都像中了催眠术一样齐刷刷把目光高度降低了，他们相互望定了异性的腰腹和下肢之间的地段，眼睛里刹那间涌满了丰富的情感色彩。这种色彩陈旧但不厌倦，袒露却不直接，是动作的暗示，隐喻的表达，它蕴含在心底深处的某一点，在需要的瞬间里从眼中往外喷发。这时刻他们仍旧身着泳装，像一个个形态各异风情万种的蜡像，充分展示着各自身体的黑白肥瘦，尽可能让别人做一些想入非非的思考和探究。很显然，尹显的形体语言已使艺术家们情到深处而且一个个冰融雪化。

微风徐徐进洞来，最先被吹醒的还是大安。大安的眼睛转了转，意识到应该让同伴们从遐思冥想所造成的凝滞情态中迅速恢复。他假咳一声，用那种带有磁性的男中音缓缓说道：兄弟姐妹们，人生在世，其实与普通动物本也没大差别，我们就好比一群生活在笼子里为人做戏的野兽，社会就是驯兽师，你驯服听话并努力表演呢，驯兽师就能满足你的生存需要，有时还会奖励一点儿吃的喝的。如果你不受调教或者叛逆作乱，那么，得到的就只有呵斥、鞭挞、关押甚或是杀戮。我们来到这"崭新世界"，就等于兽归青山鱼入海，还是先到各处游览享受一番吧？

大安的话委婉、真挚而投入，并且充满了人情味，群贤毕至的石洞里顷刻间便喧闹起来，大家暂时抛却了刚才的情乱神迷，纷纷打开行囊穿上衣服，步履轻快地从石洞中相继走出。

艺术家们沿着山脚向南而行，花草青葱，彩石莹莹，虽则群山环抱难以远眺，眼前身侧处处却是让人赏心悦目。不一刻到达了水潭的南岸，轻风微拂送来阵阵香气，大家顺着香气一路寻去，只见离岸不远的小山坡上长满了说不上名字的树，挺拔圆润的树干，绵软而曲折的树枝，翡翠一样闪着光泽的嫩叶，都是那么生机益然纤尘不染。行行株株，像一群腰肢婀娜身披绿纱的凌波仙子，在清凉微漾的小风中款款曼舞。那阵阵醉人的香气，就是从这里飘溢而出。这是那种怡人心醉的自然清香，不夹杂任何现代化学香料的造作之味，客人们不禁加快了脚步，好像林子里正有一桌美馔佳肴吸引着他们急急赶去品尝。

　　林子里大树小树参差不等，有粗有细疏密相间。林中的空闲之地长满了小草野花，葳蕤鲜嫩，含蓄典雅，从树叶间洒下来的阳光斑驳陆离，让地面上的小花小草平添一种略施粉黛的娇媚，就像神明不经意间在这里铺陈了一层细绒织成的彩色毛毯。有几个体型硕大的淡青色山羊在树间闲庭信步，看到他们进了林子，漫不经心地抬头望了望，抖了抖身上的短毛，又此起彼伏地低叫了几声，似乎同类间在相互传递着什么。人们这才感觉到，那阵阵香气就是随着这些羊的抖动和叫声散发出来的。这些山羊似乎是只能供人观赏，不能让人抚摸，有几位艺术家刚要接近，它们却甩甩尾巴慢腾腾地躲开了，躲到你不可能几步就能跑到的距离站住，仍然是悠闲地啃草、溜达，一副我行我素与世无争的神色。几位艺术家耸耸肩，摊摊手，明白由于自己的率性、天真和没心没肺，已经给这些本来宽容善良的山羊带来来路不明的嫌疑。这是一种纯真、灵动、洁净、不肯沾染一尘世俗的奇特动物，它们对于世人来说，显然是可望而不可即了。

　　过了一会儿，不知从何处隐隐飘来如笛似箫的柔音，清悠婉转，细微遥远，那么悦耳动听、摄人魂魄，宛如凡人突然身临想象中的仙界。置身林中的艺术家们为之一爽，心中顿时感到一种难以言表的满足和愉悦。可是，这乐声仅仅一霎时，接下来一顿，倏地停住，好像蓦然间就远逝天外了。一群满身长着艺术细胞的人，对刚才那稍纵即逝的仙乐自然向往不已，这是精神的享受，灵魂的陶冶，大家不约而同举步向前，决定到林子深处看个究竟。这乐声太神秘太玄妙太诱人了，莫非这里真的就是传说中的世外桃源吗？

　　"崭新世界"区域有限，林子的面积自然不大。仅仅一会儿的工夫，他们已经到了林子南缘，不曾找到乐声的源地，却见林外一片绿茵山坡，山坡上青草茂盛遍地光华，微风轻拂中有许多黄褐色的动物在草丛中忽隐忽现。戴近视镜走在最前边的小季是位美丽、天真并且富有朝气的女性，她先自失声喊了出来：快看啊，那里有一群梅花鹿呢！

　　跑到跟前一看，果然是梅花鹿，一只只身上长着均匀好看的梅花斑点，在深深的草丛中忽而蹦蹦跳跳，忽而低头吃草，样子极为可爱、健壮而灵活。艺术家们激动起来，因为能在近距离内发现这么多的野生梅花鹿，在自己的经历中是绝无仅有的。他们小心翼翼地走向前去，尽可能地接近鹿群，心中暗暗企盼着，鹿啊鹿，你们可不要像刚才林中的山羊一样对人敬而远之啊。事实有点儿出乎意料，对于他们的出现，闲适的鹿群似乎并不惊讶，更不逃避，它们相继抬起头来，一边不停地咀嚼，一边神态坦然地望着这十来个不速之客，表现出与动物不相协调的恬淡、宁静和一种怜人的羞涩，之后发出哞哞咩咩的轻叫，就又俯首向下神情专注地吃草了。

　　大伙立时没了顾虑，再也不怕惊扰了鹿群，一个个欢快地跑进草地，跑到鹿的跟前，观察它们绚丽的皮毛，抚摸它们光华闪亮的身子，几个女性干脆抱住鹿的脖子，用嘴唇一下接一下地亲吻。对于他们的举动，鹿们却是毫不介意，不时抬头舔舔客人们的手，嗅嗅他们的脸，一任他们的手在自己身上头上滑动触摸，丝毫没有戒备、惊慌，更不要说像其他地方的鹿那样见人就逃了。间或有鹿抬起头来，好看的圆眼里闪出迷惘的光，似乎在疑惑着一个模糊的问题——这些生灵怎么会双腿直立，他们能跑得快吗？

　　七月天气，这里的阳光却并不炽烈，峭壁缝隙中吹过来的微风在轻轻地刮，伴着鹿群如同单弦一样嚓嚓嚓的咀嚼声，艺术家们完全沉浸在一种空灵美妙的境地，就像进入了一个单纯、和谐而又妙趣横生的神话世界。没有人走动，没有人说话，当然更没有人想离开，大伙只是心醉神怡地陪伴在鹿的身旁，安静地享受着这里的一切……这刹那，方才那奇特的乐声忽又响起，艺术家们循声望去，原来是从东南不远处的一片红树林里传出的。

　　有人提议到红树林里看看到底是谁在那里吹奏出如此美妙的乐声。大伙彼此交流了一下眼神，不约而同地立起了身，恋恋不舍地离开了鹿群。毕竟，这是些常人难以理解或难以企及的人物，具有追寻与探究的特质，好奇心也大。他们虽然眷恋鹿群生活的平静与安详，也同样欣赏美如天籁的音乐。

哦，红树林，如枫，似火。

褐红的枝干，赭红的树叶，枝叶之间长着红鲜鲜的圆果，一簇簇，一串串，就像天工神匠有意摆放好了似的。艺术家们走进林子时，林子里起了一阵小小的骚动，只见许多棕红色的长尾猴儿从树叶间相继探出头来，吱吱呦呦地在树枝上叫着，叫声清亮明快，带着些空灵的缥缈，听起来像深山古刹敲钟击磬似的。猴儿们攀缘跳跃了一会儿，然后心有灵犀般地齐刷刷从树上溜下来，双腿直立两眼微眯，像刚才山坡上的小鹿一样不避不躲地在客人们中间走来串去顽皮嬉闹，瘦削的粉红色的脸颊上显现出毫无掩饰的喜悦。这情景再一次令艺术家们喜出望外，一个个或俯身或席地，纷纷拉住猴儿们的手，抚弄它们的头，有的则将猴儿揽在怀里如痴如醉地说一些人类表示亲热的话。猴儿们显然听不懂但仍在全神贯注地听，有时眨眨眼睛嗫嗫下唇，很像在对这人类的语言进行品味咀嚼。

郎满和小季各自牵着一只猴子的小手绕着红树跳起舞来，一边跳，一边不时地抬头望着树上硕大的红果，嘴唇和喉结同时蠕动，脸上明显一副馋涎欲滴的神色。押了一会儿，他终于忍不住了，撒开猴儿的小手要摘红果。可是，红树很高，红果挂在更高处，一米八五的郎满用足力气平地跳起身来，连跳几次都是无功而返。小猴儿见状跳到他跟前，尖尖的脸上露出酷似人类的表情，嘲笑般冲他咧咧嘴巴，耸耸鼻子，然后就如履平地般爬上红树，摘下红果，双手捧着蹒跚到郎满面前飞快地眨眼睛，那意思好像在讲，想吃，你尽管说呀！这情景已为其他猴儿所目睹，它们纷纷效仿，不大一会儿，艺术家们的面前就都有了细嫩鲜艳数量不等的红果。

红果的味道并不像外表那么鲜美，木木的，涩涩的，像一种据说只能做饲料的山梨疙瘩。艺术家们啃了几口再也难以下咽，出于对主人一片诚意的尊重，用征询的目光和猴儿们做了片刻的交流之后就将红果放在面前不动了。猴儿们若有所思地抻了抻，眼中露出无限惋惜的光，它们将地上的红果捡起来，津津有味地咬着，嚼着，喉中发出低低的呦呦声，似乎在向客人们说：瞧啊，这么好的水果你们不愿吃，是不是太傻了？

猴儿们的吃相让艺术家们格外开心，可爱的小精灵啊，你们机敏、善良而又热情好客，比我们在外界相识相遇的人类强多了。包括刚才遇到的山羊和小鹿，你们身上所体现的温顺、诚挚和恬淡，纵观世间万物的秉性与潜质，真的也只能出现在这个"崭新世界"。多谢大安，多谢那两位发现这里的探险家，能让我们这些纯洁的优秀分子有机会到此一游，真可谓生而知足死而无憾了！

正当艺术家们激动感怀之际，他们本要寻找的那种美不胜收的天籁之音忽然复又响起，距离很近，他们终于弄清楚了，是从东边几株粗大的红树后边传来的。因为距离关系，这乐声听起来再无旷远之感，却是愈加婉转、清悠，近似那种压抑着的含蓄。这乐声让人想象着有一川溪水在月下泛着幽幽清光淙淙流淌；想象着远处的山、近处的河及河边上的一个个村落都是恬淡、闲适而安静的。然而就在这安静的月夜里，却有一对身着淡装的青年男女坐在一处高坡上轻吹洞箫，慢抚琴瑟……艺术家们为这乐声而陶醉，而神迷，不约而同地把目光投向那里。可是，大伙刚要起身奔过去，像前两次一样，乐声蓦地又停，似乎是在有意捉弄他们。就在艺术家们错愕惊诧的瞬间，他们看到几对体型颇大脸颊雪白的猴子相继从树后走出来，以友善的目光望着这群客人。少顷，这些白面猴依旧成双成对地慢慢踱到艺术家们面前立定并凝视着，就像士兵走到长官跟前等候训示或检阅。艺术家们吃惊并张皇了一会儿，这才发现，刚才和他们和睦相处的小猴儿们已经很有秩序地站在了一边，似乎在给白脸猴们让出一个与人类相识的空间。显然，白脸猴儿是这里的长者、头领，有高出红脸猴儿的地位或智慧。同时他们还刚刚注意到，那些站在一旁的小猴们脸上并非全是绯红，有的也间杂了稀疏的白色毛发，而面前这些大猴脸上的毛色几乎是纯白如雪。这里面似乎隐含了某种差异和玄机，艺术家们相顾茫然，都有些大惑不解了。

人类既然受到动物世界的礼遇，就应该向对方证明人类所固有的友善和亲切。他们赶紧俯下身去，像对待刚才的小猴们一样摊开双手，十分友善地抚摸白脸猴们的手臂和脸颊，虽然明白猴儿们不可能理解人类的语言，仍旧照样说着诸如打扰谢谢一类的套话。较之刚才的小猴儿们，这些白脸侠士似乎更机敏更通灵，它们与艺术家们做了短时间的交流后，蹒跚着步子回到那几棵大树前爬上去，摘下一些略显扁圆的红果送过来，给造访的客人也给周围的小猴儿。艺术家们尝了尝，这扁圆红果的味道虽然也谈不到甘美，但比刚才猴儿们摘的圆形红果强多了。他们吃着扁圆的红果，仍旧想着刚才所传来的美妙的乐声，有几位跑到那些大树后边探究窥视，除了地上的茸茸绿草外，大树后边竟是空空如也。艺术家们惊奇万分，难道那令人心醉的乐声会是白脸猴们用一种神奇的乐器吹奏出来的？可是，他们仔细观察了白脸猴们的全身，除了脸上的白毛之外，并无一件异样的东西。这下，博古通今的饱学之士们顿时坠入五里雾中了。

猴儿们进行了礼节性的接待之后，又回到林中树上开始嬉戏玩耍，有的爬上树杈瞌睡，有的跑跑跳跳，有的结伴成伙席地而坐，红树林重新恢复了旧有的秩序，好像什么也不曾发生过。

艺术家们饶有兴味地在林中转来转去，转到东边这才发现，正东还有一处景致，高高耸立的山峰下是一片怪石嶙峋的坡地，坡地上流水淙淙，如缎似帛。流水汇聚后沿着坡底向北流淌，最终与水潭里的水汇合。坡地和红树林虽然近在咫尺，却被一条深深的沟壑相隔。沟壑深而险峻，两岸巨石壁立，沟中水声汩汩，显然是与北边的水潭通连着。顺着沟的走向朝南望去，远处一座峭壁傲然挺立，正好与北边的石崖横竖对卧。可以想象和判断，水流向南到达峭壁时，会有一孔和北边同样的弧洞与外界相通，这样一聚一泄，水潭里的水位高低便由坡地上的流水和这条深沟进行调节。伴着坡面的流水，沟东山峦中隐隐传来类似龙吟虎啸的低响，响声遥远、沉重而隽永，极易令人想起地震前的种种征兆，又似乎在昭示着某种凡人所难以预料的现象即将发生。艺术家们同时发现了一个奇怪的现象，东岸坡地上的水量，总是随着响声的大小在变化，响声一大，水势剧增；响声一小，水势回落。他们这才明白峭壁上的弧洞之所以时大时小，与这里的响声变化是紧密相关的。那怪石嶙峋的坡地上方，由于水汽的蒸腾，笼罩着山岚一样的白雾，白雾在阳光的逼迫下，又化作细细的雨点向着水面上轻轻飘洒，千根银丝，万点毫芒，俨然一幅烟雨苍茫入目来的风景画。

艺术家们望着深沟对岸的景象，听着那时高时低的声响，同时心中一凛，各种错综复杂的意念同时在脑子里映现，一个个目光平视，神色庄重并做沉思遐想状。他们真想越过深沟，到达对岸，像探险家一样把眼前的难解之谜弄个清楚。然而，天色渐晚，深沟难逾，即使决心探险，也必须等到明日再想办法。众人怅然若失地返回红树林中，在边边角角各处游览观看了一番，带着某种说不出的遗憾之情离开这里。

从纤无点云一碧如洗的天空照射下来的阳光越来越淡，光线越来越短，终于，太阳毫芒尽收，慢慢地压向西山。因为有山，看不到地平线，只能看到如同点燃烧红了般的日头悄无声息地往下掉落。艺术家们要走了，树林里的猴儿们纷纷站起来送行，连树上打瞌睡的也暂停了自己的美梦，它们凌乱无序地跟在艺术家们身后，没有人类超乎想象的热情举动，也没有怅惜辞别的表情，只是不紧不慢蹒跚相随，出神地瞪圆了黄澄澄的小眼睛。送出树林很远，猴儿们终于停住了，几个壮硕的白脸猴儿立在最前，欲进又退踟蹰不定的样子，显然是有些恋恋不舍。

返回途中经过山坡上的草地和那片整齐的乔木林，鹿儿和大山羊都停止吃草咀嚼，抬起头来以温和友好的目光朝着他们行注目礼。那不时发出的哞哞的叫声，似乎在向他们预祝着"晚安，晚安"。艺术家们感激又欣悦，身心清爽而甜蜜，因为在喧嚣浑杂的那个大世界里，他们很少能够受到如此真诚善意的礼遇。小季情不自禁哭出了声，郎满问她怎么了，她说：感动的！

回到石洞前时，已是夕阳西落，暮色四合。但只过了片刻，一轮满月便悄悄爬上东南山顶，很快漫过南边的树林悬在了高空。石洞前一片明亮，亮如白昼。艺术家们从石洞里取出食物，在这亮如白昼的天地里一边享受着口腹之乐，一边谈论着半日来的收获。这里的月光清纯、明净，不像城市里的月光那样青幽幽浑涂涂。月光如束，月光成片，月光洒满人们的头身脖颈，就像凭空给人披上一匹上好的绸缎。如果你朝着月光伸出手，马上就可将它握住，你可以拽着月光自由自在地朝上攀登，登上寂静无垠的蓝色苍穹，迈进清凉幽冥的广寒宫，成为广寒宫里的男宾女客。兴致所至，女士可以约会吴刚，男的可以拥抱嫦娥，玉兔作舞，老太纺纱，桂树轻轻扬动，天籁频频低鸣……

大安忆起了一副对联：竹影扫阶尘不动，月穿潭底水无痕！

艺术家们沐浴在这充满诗情画意的月光中，听着草丛里唧唧唧的夜虫鸣叫声，似乎整个身心都在跟着眼前的空气飘摇、浮动。这半日的所闻所见令艺术家们无比欣喜和愉悦，纷纷感谢大安给众人提供了这处福地洞天一样的"崭新世界"。一位素以生性和文笔同样强悍而著称的女作家咂嘴说：啧啧，童话，简直是童话，我想，如果人类来到此处住些时日，再顽劣的女士也会变成淑女，再低俗的市井无赖即使是流氓也会变成高雅之士。

艺术家们频频点头以示赞同。

心情好，兴致高，这一夜，艺术家们虽是一如既往成双成对卧于石室翻云覆雨推波助澜，但丝毫没有以往行欢作乐后的精疲力竭。也许，这就是环境的因素、心情的关系。然而，他们一个个还是起晚了。

当噙着晨露的鸟鸣一声接一声地传进洞中，依然相互拥抱姿态各异的艺术家们这才渐渐从驰骋的梦境中苏醒。他们又恋恋不舍地抚弄一番，这才跳起身来走到洞外，闪眼看时，太阳已经高挂东南。洞外花草溢香，晨风徐徐，整个"崭新世界"里清碧如洗。山如翠屏，草木染绿，一平如绢的水潭上颤动着似有似无的青白色涟漪。寥廓的天空蔚蓝澄澈，时有几缕云丝儿轻轻飘过，使得天地间愈发出奇的清凉静谧。没有喧哗，不敢惊叹，十二名男女轻手轻脚走到潭边洗刷打磨，准备早饭后再到更远的地方去。他们尤其惦着红树林边的深沟和深沟以东的神秘所在，一贯猎奇的心理使他们想象那很可能是让人更加心醉神迷的天园圣地。

可是，美好的计划被意外出现的情况打破，就在日上三竿准备出发时，第一个走出洞口的小季突然惊叫了一声，众人急忙跑出去，只见昨天相遇的几只白脸猴儿率领着它们的子民，身后跟着山羊、小鹿儿等畜类，喜气洋洋迤逦相连地来到了他们的驻地。大概动物也如人类一样注重礼尚往来，这种类似"回访"的举动可能就是象征着对客人的敬意。艺术家们稍稍惊愕之外随即大喜过望，像迎接国宾一样立即自动排成两队夹道欢迎。猴儿们当仁不让地蹦着跳着蹿进洞里，表情严肃的山羊和敏捷灵巧的小鹿儿却不受邀请，哞哞咩咩地轻叫几声后便散在了周围，有的徜徉溜达着吃草，有的则在潭边舔食着一种白色的东西。艺术家们想了想便立即做出决定，他们兵分两路，女人留在洞外与山羊鹿儿相伴，男人则进到洞里和猴儿们玩耍。很快，动物和人类相偎相依相互触摸，和谐而欢快的气氛在这里漫溢开来，人兽同乐的景象出现在了这个"崭新世界"。

天性闲适的山羊和鹿儿吃着潭边的青草，喝着潭里的清水，和陪伴在它们身旁的女士表现出意蕴明晰的亲昵。它们有时用头角悄悄拱一下女士们的腿，有时则停下来伸出舌头轻轻地舔着女士们的头脸脖颈，澄澈的眸子里闪现出真挚、和善、友好的光波。女士们大约受了熏染，在这些动物面前一下子变得更加温柔起来，由激动到依恋到忘情，不由自主地回想起了当年和初恋情人相偎相依时的那种缠绵悱恻融情销魂的感觉。

天性顽皮而灵活的猴儿们跃进洞里之后，一边和跟进来的男士们嬉戏逗闹，一边在石桌石凳间蹿上跳下。看来它们也是初到此洞，洞中的一切让它们感到新鲜而好奇，变化的环境显然并未改变它们的性格，却让这些久居林中的生灵显得愈发轻松活泼。它们先是趴在石桌石凳上静静谛听石头的声音，之后就跳到洞边石壁前伸出指头用力地抠刮，唦唦的抓挠声此伏彼起，让艺术家们忽然忆起现代音乐里那种类似踩碎玻璃时的嚓嚓之音。也许，这就是远古年代人类穴居时所创造出来的音乐。不过也有例外，那几个壮硕的白脸猴儿此刻所表现出的却是与同类极不相符的安静，它们依然成双成对，稳重而深沉地蹲在地上仰望着面前的高雅男士们，没有动作当然也看不出表情，很像人类中带着儿孙探亲访友的惇厚长者。可能想起了红树林中猴儿赠果的事情，艺术家们投桃报李，纷纷取出带来的面包、香肠和水果放在石桌上，打着手势让客人们品尝。红脸猴儿们欢呼起来，吱吱叫着拥到石桌前，却没有一个伸手去拿。洞中这刹那静了下来，红脸猴们齐刷刷地侧目盯瞧着蹲在旁边的白脸猴儿，眼睛里流露着探询和疑惑。抻了好一刻，正当艺术家们莫名其妙时，有一个白脸猴儿姗姗地走上去，将几样食品挨个儿地看一看又捏一捏，像药品检验师一样歪头琢磨了一会儿，然后取了一只香肠踱回到原来的位置。另几个白脸猴儿也相继跟上去，同样的动作同样的过程之后，也各自取了一样东西返回去。红脸猴儿们像得到了某种提示，骨碌着眼睛纷纷伸出手来，匆忙却是极有次序地拿到自己喜欢的食品，蹦蹦跳跳地跑到一边迅速地啃咬，咀嚼。石洞里随之又响起了另一种音乐。

男士和猴儿们混在一起真可谓其乐融融了，在友爱亲切的气氛里，他们替幼小的猴儿剥开香肠的外包装，砸破核桃的硬壳，将果肉果仁什么的送到猴儿们的手里，看着它们那可爱的吃相而发笑。大安别出心裁，把一只猴儿搂进怀里，轻轻用手梳理小家伙身上淡黄色的皮毛，又如它的同类，拨开细绒，条条缕缕仔细寻找它身上有无跳蚤。小家伙舒服得眯起眼睛，一边吃着美食，一边从喉管里发出类似女性的幸福的呻吟，这让一直冷眼旁观的尹显一阵心跳，禁不住探头向外，在山羊、小鹿儿和那几位女士中寻找自己的小黎。石洞里一片和谐，一片欢乐，艺术家们在这里体味到了类似远古时代的生活。

那几个白脸猴儿并不加入这种欢快之中，他们像一群智者似的在一边观察，以近乎淡漠的表情打量或思考着面前的一切。它们吃完手中的食物之后不再去取，相互之间开始抚弄或摩挲。如此持续了好一会儿，又彼此做了些难以为人察觉的奇怪动作，然后就成双成对地悄悄走进洞中的石室中去了。看上去它们似乎有点儿厌烦这里的噪乱，要到石室中休闲养神，好似人类中的智雅之士喜欢独辟清静之所。不过，还是有人发现，这些白脸猴儿在进入石室之前，无一例外地冲着身后诸位投来意味深远的一瞥。

白脸猴儿进入石室之后不长时间，石室内就传出了艺术家们曾经两度听到过的神奇乐声。阳光透过石壁上的窗口射进洞里，形成一处处斑驳古怪的阴影。猴儿们的跳跃蹿动又把这些阴影一一搅乱，洞内立即成了光彩闪烁的小小世界。加之人和猴儿们相互交流发出的有理解也有误会的喧闹，艺术家们难以集中精力，因此，石室内突然响起的那种曾经听到并且让他们心驰神往的乐声也疏忽了。

最先听到这美妙乐声的却是石洞以外的女士们，由于昨日多次经历，女人的听觉又特别敏锐，乐声初起她们便竖起了耳朵，随之异口同声地喊道"仙乐，仙乐！"果然，这次的乐声听起来较前更高亢更清晰，柔柔绵绵似吟似歌，听无瞬时，六位女性就同时沉醉了。其中一位歪起脑袋追根溯源，忽然惊叫道：乐声是从石洞里传播过来的，没错，没错！

短暂的惊诧之后，六位女士几乎同时立起身来，抛下正在和她们情意缠绵的山羊小鹿儿飞奔向石洞去了。这美妙乐声在空气中的传播路径可能出了偏差，本来置身洞中的男人是在女士们跑进洞时才突然听到的，不过，倒是他们先于女士们判断出乐声来自西侧的石室，并且时高时低，如同男女极端幸福时的缠绵悱恻。于是，再顾不得和红脸猴们嬉戏逗闹，三几步便跃到了石室的门前，而与此同时，女士们业已抢至他们的身边……

石室内，一个神仙难料闻所未闻千年难得一遇的景象呈现在艺术家们面前——每个石室内都有一对白脸猴儿躲在壁角的隐蔽处在相当忘情地相互爱抚。那阵阵美妙动听的乐声，正是猴儿们情热难耐时发出的幸福呻吟。这呻吟不同于人类却更胜人类，充满了令人难以诠释的神秘诱惑性。瞬时之间，看到这情景并听到这呻吟声的男男女女们，都像吃了春药一样兴奋冲动起来，有的捂住心口，有的矮了身子，一个个如醉如癫如痴如呆。艺术家们的突然出现显然令猴儿们猝不及防，它们先是紧张了一下，随之便相继停止了各自的动作，纷纷以复杂的目光望定了这些光顾者，似乎有无尽的怨尤、羞赧和愧怍。

"乐声"虽然停止，但那撩人的余音仍在艺术家们耳畔回响，如高空云雀的欢唱之后又听到深秋洞箫的呜咽，很快产生了一种犹如古筝弦颤芳华悠远的音律。这音律仿佛与人类体内的磁场产生了共鸣，直接触动着那一条条一缕缕令人激越生情的神经线，让万物之灵们堕入其中并为之沉醉，使他们意欲起舞，意欲相偎并立即情乱神迷。艺术家们不约而同地退到石室外，分别凑到了各自的伴侣跟前，彼此心照不宣地偎依在一起，每个人的目光都是变得愈来愈温柔，特殊的情韵从里面一点点地渗透出来，刹那间形成心灵的共鸣。流转的眼波让难以遏止的欲火在人的心底迸发出冲天烈焰，一种难言的饥渴感刹那间升腾为野性的欲望而在腹内迅速躁动。

大艺术家尹显一直泪流满面地在乐声中体会或酝酿着自己的情绪，此刻一马当先，轻轻一把将身边的黎淑芸放翻。小黎一声呻唤，秀美的身体立即与之配合。石室里那摄人魂魄的乐声此刻再度响起，只是比刚才慢了，轻了，有时甚至是似有似无的。即使这样，艺术家们也受到极大感染，先是以芭蕾舞《天鹅湖》里"王子"和"白天鹅"的帅姿相互对望、沉思并做脉脉含情状，继之便相拥相抱分别寻到了合适或不合适的地方。当然，此时的他们并无一人考虑到繁衍收获的问题，完全是在那种令人迷醉的氛围里尽情享乐。身心的欢娱所带来的超强快感让艺术家们魂魄相连，有幸福的呻吟，也有销魂的娇喘；有哼哼唧唧的低语，更有呼天号地的叫喊。世间万物此刻已经不复存在，艺术家们的精神世界里只剩了最最原始的需求意识和身体的快感……

正在前蹿后跳的猴儿们这霎突然静了下来，看着眼前这一群起伏攒动通体红白的异类立时就张大了嘴，一对对小眼睛瞪得水光溜圆。从它们那细小尖利的牙缝里发出参差不齐的咝咝的啸音，弄不清对人类的行为是惊诧疑惑还是欣赏赞叹。显然，时间与环境的概念已经模糊得没了界限，或许在它们的脑子里映现出一幅混沌初开时的原始画面。这种盛况大约凝固了五分钟，也可能更久，不知哪位小猴儿再也忍受不住，蓦地发出一声细长的尖叫，像是提醒、警示、发泄又像呼喊，石室里那美妙的乐声随着它的尖叫戛然而止，白脸猴儿们踱出石室，凝视此景，脸上很快显出灵长类动物所不应具备的痛苦表情。这种表情持续了只一刻，它们又几乎不约而同地把脸扭向了一侧。那样子那神情既像愤怒与鄙夷，更像一向倨傲的人类对于低级动物的不屑。其中最高大的那个白脸猴儿似乎还有些震怒，它试着朝扭作一团的艺术家们跟前走了两步又站住，见那些人仍旧我行我素恣意欢娱而对它的行动毫不在意，严肃的白毛脸上顿时显现出无可奈何的近乎凝止了的窘迫。紧接着它将自己的头脸深深地埋在手掌里，发出一声长长的悲切而哀婉的嘶鸣，然后扭转身去，像避开巨大的灾难一样仓皇逃出了石洞。千年石洞里顿时掀起一阵败兵溃退时的喧嚣与骚乱，群猴儿发出高低各异的怪叫，紧随在那只白脸猴儿身后往洞外窜。只一霎，石洞里就只剩下十二位激情频仍的艺术家了。

风暴过后，大地一片凋零。

疲惫已极的艺术家们纷纷靠在石壁上，姿势不同，神色各异。有的相视对笑，有的仍旧俯首交颈意犹未尽。实力强劲的尹显先生最后一个放开已被他揉搓得形同奶油蛋糕的小黎，一边闭目养神蓄势待发，一边提出了此时大家所共同疑惑的问题。他问：那些低级的只有群性禀赋的畜生为何突然离去？

艺术家们一时找不到答案，你看我，我看你，相顾无语。

出乎意料而且糟糕透顶的情况出现在午后。

置身"崭新世界"的石洞内刚刚吃过午饭的艺术家们正准备好好睡上一觉，以便养足精神下午到红树林那边渡沟东游，忽听洞外传来阵阵尖厉刺耳的音响，间或还有海啸般的低沉嘶吼声。这两种声音交相混杂，让人听到立即就会产生毛骨悚然的感觉。领队的作家大安朝惊恐莫名的同伴们摆摆手示意安静，他想仔细听听这声响意味着什么或将要发生什么，可同伴们安静不下来，反而相继起身到洞外观察。不想这一看就都白了脸，因为石洞前边不远处此刻已经聚集了成群的猴子、山羊和梅花鹿，这些动物像人类举行抗议示威似的冲着这里嘶叫呐喊，那可怕的声音就是从它们那里传来的。这种嘶叫呐喊里满是羞辱、恼怒和愤恨，并掺杂着意向明显的攻击和讨伐。可以清楚地看到有的猴儿直立身子挥舞前臂，有的山羊低下头摆动着巨大的头颅做进击状，连性情温和的梅花鹿也在生气地刨动着自己的蹄脚。迹象表明，艺术家们所受到的将不再是上午的礼遇，而是一场来自动物世界的塌天大祸。

和为贵，躁生祸。一向胆壮但谨慎的大安蒙了片刻，突然意识到了事态的严重，赶紧招呼大伙回到洞里，他变貌失色地告诉亲爱的同胞们：我们极有可能要遭到兽类的杀戮。男男女女一听此话，立时呆若木鸡，嘴和眼睛几乎同时增大到了空前的圆度和宽度。对于动物态度的突然变化，这些人类灵魂的铸造者们百思不得其解。我们以和平的目的和友好的姿态来到这"崭新世界"，有哪里得罪了这些畜生呢？当然，眼前已无暇追寻或探究其中的根本原因，所面临的最要紧的问题是如何化解和对方之间的矛盾。

矛盾在急转直下，随着时起时伏的聒噪声，兽类进击的速度越来越快，距离石洞也越来越近了。猴子们已经拾起了地上的石子，梅花鹿在暴躁地尥着蹄子，山羊们则亮出了尖利的犄角。这充分表明，动物们对人类的总攻一触即发，如果让它们冲进洞里和手无寸铁的人们直接接触，其惨状和后果是可想而知的。石洞里开始混乱，艺术家们在有限的空间里做着各种无限的动作。有的急如星火满地瞎窜，期望能在洞中找出一条隐蔽的地下通道借以逃脱；有的不停敲击着石壁，想象着如同武侠电影里常见的那样突然显出一个暗钮机关，旋开暗钮出现一个密室或深穴，这样万一兽类们攻进洞中之时也好有个藏身之所；有的完全失了主意，绝望地发出像一位著名流行歌手那样撕心裂肺的号叫；有的恐慌难抑精神错乱，像谁用锥子扎了他的尾巴根一样发出令人恐惧的长嗥；有的仰面朝天坦然等死；有的咬牙切齿捶胸顿足后悔不该来到这里；有的跪在地上磕头求神，有的席地而坐闭着眼睛向上天祈求祷告；身材高大情欲最旺的尹显也最沉稳，坚定地立在壁角处哆嗦着打了会儿摆子就把刚刚穿上的一件牛仔短裤尿湿了。他的眼珠在莫名其妙地代替自己的嘴角用力抽搐，脸上显现出夹带着穷途末路时的恐惧神色。他勉强沉静了一会儿开始左顾右盼寻找逃路，很像一条性格阴沉的馋狗，忽然间发现自己曾经偷吃了人家东西的那家主人提着大棒出现了。

大安倒是临危不乱，跳上石桌用力捅捅洞顶看看并不会有天眼开启，这才猛然意识到应该防御。他招呼两个尚未灵魂出窍的女士帮忙，将两方石桌堵在洞口，又把几个石凳堵住石窗，然后长舒一息靠在壁上。石洞里此时乱得不能再乱，虽然采取了防御措施之后相对安全了些，可艺术家们几乎完全丧失了理性，像一群遭了狮子袭击后的鬣狗，仍旧咿猹不断。大安觉得必须让同伴们稳稳心神，他想起了古代那位同行说过的话，于是吼了一声道：女士们先生们，东坡先生曾经教导我们说，夫大丈夫者，卒然临之而不惊，无故加之而不怒……

大安的话还没说完，已经灵魂出窍的尹显却哭出了声：尊敬的大安，是你把我们带到这是非之地来的。此番倘有好歹，黄泉路上我是要找你算账的呀！

大安脸上的肌肉痉挛着，像做了天大亏心事似的出溜到壁根下再说不出话。

不知是大安的话起了作用还是尹显的哭声将众人的情绪缓解了，洞里忽然比刚才安静了许多。洞中的安静，使得洞外的喧嚣更加刺耳了，有的人终于冷静下来，面对现实不能坐以待毙，想办法逃出去！对，是得想办法。于是，就有几个胆大的跑到洞口窗前，从石桌石凳上面的缝隙中朝外张望出去。缝隙不大，但洞外的情况却能一览无余。这时群兽已到洞前，面对着人类的高超智慧看来也有些傻眼。因为沉重的石桌石凳已将洞口窗口堵住，以它们的智商和力气无论如何也难以冲进洞里。但这并不能证明它们已经技穷力竭，抻了片刻，兽类们便审时度势地散开在四周，兵临城下地将洞口困住，一方出不来，一方攻不进，人掏狗獾獾堵洞，要命与保命的僵持局面自然形成。

从洞内朝外望，可以清楚地看到兽类在石洞前所组成的半圆形包围圈。那些色调各异参差不齐的兽类，很像旧时代边远山寨的乡勇，虽然难以对坚固的堡垒构成威胁，却也料不定什么时候发起疯来给你个一枪毙命。艺术家们所担心的事情终于出现，猴子们已在发挥灵长类动物的优势，立起身来不停地投来石子和棍棒，洞口的石桌面上，接连发出轻重不一的乒乓脆响。伴随着石子击在洞壁上的响动，山羊也开始对人类发出恫吓，它们攒足力气不断地向堵在洞口的石桌发起冲撞，巨大的犄角撞在坚硬的石面上冒出一缕缕星芒，星芒起处，两方石桌簌簌摇晃。动物们的韧性是可怕的，猴子们反复地用石子棍棒敲击洞口，山羊们一蹴不就便退回到适宜的距离，然后挺颈低头，血红着眼睛四蹄蹬开流星赶月一样再次冲上来。尽管它们那粗壮的犄角根部已经震得渗出了血，但仍旧机械操纵着似的往复循环锲而不舍。

因为堵住了洞口也堵住了石窗，遮蔽了光线的洞内变得朦胧灰黑。人在巨大的恐惧中有时会变得特别安静，从山羊第二次撞击石桌开始，艺术家们就再也不敢出声，一个个像服了强力镇静药似的敛声息气，呼吸也尽量压低。他们相互聚拢，靠近，最终紧紧地挤在了一起。危难中的人们已无性别的界限，当然更无你我的区分，此刻的男男女女纵然摞起来，也不会有谁想入非非。艺术家们倾尽才华讴歌赞颂的人类恩爱好像突然间变轻变淡，天然生成的情欲也早已溜得没了踪迹。死一样沉寂的洞内，艺术家们昔日那种指点江山激扬文字的潇洒与豪情尽皆烟消云散，一个个脸上布满了疑虑和惊惧，似乎退路已绝，末日将临。一向最最敏感的诗人郎满忽然翘起身子朗诵：诸位/听/洞外远方传来的/是人为的爆炸/抑或是天然的雷鸣……

艺术家们不约而同地夯起耳朵，这才明白郎满并非诗兴大发，而是洞外的确传来更大的响动。静下神来仔细谛听，辨明不是爆炸也不是雷鸣，而是水潭东岸那种龙吟虎啸之声。响声忽长忽短，忽高忽低，却是越来越紧，越来越重，有时竟像滚滚而来的坦克车，将洞外纷乱喧嚣的兽类的嘶叫淹没。洞中的气氛霎时间变得特别紧张，艺术家们的神经几乎就要崩溃了。因为谁都明白，响声越大，东岸坡地上的水势越猛，如果南边的石沟不能及时将水排出，北边峭壁上的弧洞势必要给淹没。彼时，即使他们有机会逃脱兽类们的屠宰，也再没有可能逃出这"崭新世界"，只能困死，饿死，将来能够变作一具具人体化石，也许是最好的结果。不期而遇的事故接踵而至，人类的智慧和技能在这里显得微乎其微了。

眼下，迫在眉睫的两件事摆在众人面前，一是抵御，二是突围。

抵御虽然暂可支撑，突围却是个天大的难题了。

石洞外，兽类们毫无章法却令人极端惊惧的进攻一直持续了很久，才在时紧时松中渐渐停下来。惊魂稍定的艺术家们纷纷从洞口窗口的缝隙中朝外张望，看到动物已经懒懒散散地在洞前分布开来，仨一簇俩一堆或立或卧，俨然人类由游行示威转为就地静坐。可能是壁垒难破，久攻不下，它们厌倦了，泄气了。然而，兽类们终是坚韧，原地驻扎以逸待劳，这样虽无排山倒海攻城拔寨之势，却也是一种此时无声胜有声的悄然震慑。这令艺术家们愈发惶恐，担心对手是在蓄势，彼时养精蓄锐瞅准机会毕全力于一役，便可将人类藏身的石洞一举攻克。

大伙意识到了问题的绝对严重性，赶紧守住心神，稳住心旌，低声商议着如何能够尽快突围，尽快逃离这当初曾让他们心驰神往的"崭新世界"。

石洞外，山羊和小鹿在抓紧时间啃草，猴子们在吃着可能是随身带来的红果。可以看出，动物们决心要在这里安营扎寨围困堵截，不破城池誓不休了。想象力比一般人要丰富许多的艺术家们，想象着不懂人情

132

世故的猴子和山羊冲进洞里，尖利的牙齿和犄角如同惯匪手里的刀子一样在众人身上划来划去，人在忍受了生灵所能承受的极限后痛苦挣扎着死去；想象着死后自己的尸体很可能在这里膨胀、腐败、破裂而成为烂肉血水；想象着更有可能被兽类将身子撞扁、撕碎甚至被慢慢地肢解，于是就一个个魂飞天外。在这样的环境里，时间越长越危险，因为所面对的是一群不通人情却偏偏有灵性的对手，你根本难以预测它们接下来会以什么更奇特的手段对人类进行加害。况且，东边那龙吟虎啸般的巨大声响越来越剧烈，谁也不敢保证那唯一可以逃出去的通道不会在天黑前被堵截。

……

一个接一个的好主意又一个接一个地给否决，时间在争辩和推理中一分一秒地逝去，没有切实可行的办法可供实施，石洞里重又恢复了刚才曾经有过的死一样的沉寂。这时，人们看到把裤子上的尿水拧干一直在向隅而泣的尹显忽然转过身来，眼里放射出从未有过的充满智慧的光波，他用领袖环顾听众似的眼神看了看同伴，一张嘴却说出了让人感觉离题万里的混话：我建议，全部脱光！

全部脱光?！

另外的十一人齐声发问，话音里满是失望与惊诧，同时将目光紧紧盯在他那由于完全失神而显得格外丑陋的身体上。尹显大头一晃，口气阴阴地说：每个人拿起一支笔，光着屁股冲出去！

十一人大惑不解而又相顾失色，这不是成心让我们送死吗？有人气愤难抑，嚷着先把这家伙弄死扔出去，说兴许畜生们见了能够消消气从而放了其他人也未可知。吵闹声中，尹显并没着急，口气反而显得更加深思熟虑。他向大伙提出了又一个似乎与当前形势不相干的问题：你们说，不能穿衣服的畜类，为何偏偏长了条略可遮羞的尾巴？

听到尹显的提示，最为灵敏的小季这时站起身来双手一夸，也向大伙问了句似乎风马牛不相及的话：哦唷，如果两军相遇，展开肉搏，一方衣冠楚楚，一方脱得赤裸裸的。请问，哪一方的胜算最大？

大安好像意识到了什么，立时高声支持，他说：如果能穿衣服的人类反而脱光了身子和畜类们赤诚相见，胜算是在裸体人的一边。有人紧接着问他是何道理。大安未及回答，已被诗人郎满抢过话去：很明显嘛，野兽尚有皮毛遮掩，一群一丝不挂的人不是比野兽更野兽吗？

尹显眼里闪出得意的光来：当前来说，这是唯一可行的办法。

洞内静了五分钟，五分钟内终于有了决断。大安咬着牙立起身子向同伴们做动员工作，说：也只好破釜沉舟，与其坐以待毙，莫若豁出去试一下。冲出去呢，死里逃生；冲不出去呢，也只能认命了。此刻很需要领袖，大安带着大伙来的，本来就是众望所归，这时说出这话，显然就是领袖人物。意见很快统一，即使不赞成的也不再说话。大安挥着拳头，口气锋利得如同木匠师傅惯用的立锛：太阳落山之前我们一定要冲出洞去！

在这种置之死地而后生的精神感召下，艺术家们相继起身做好了准备。大安俟同伴们收拾停当，招呼几人合力以最快的速度搬开洞口的石桌，趁洞外的兽类还没反应过来，不失时机地下令采取行动。

太阳压在西边山顶上，光亮如同暗黄色的薄绢飘带，平展展地铺向东方。"崭新世界"中的山水草木被映衬得绚丽多姿，和美的景色与气氛会让人立即体会到什么是天堂。在这样祥和的氛围里，有谁还会想到争斗、杀戮、哀伤和恐惧？天地之间，温馨中带着人们心仪已久的静谧。天静、地静、山水静，受到这静谧环境的感知，连刚才怒气冲冲一直处在攻城拔寨中的兽类们也已敛声息气。

忽然间，一阵刺耳的呼喝声将这难得的静谧彻底撕碎。夕阳沐浴下的水潭西侧，一群男女一丝不挂地赤裸着身子，每人手里举着一支水笔从石洞里冲了出来。他们如同狂飙突进，大浪涌堤，在咿呀呐喊中舍生忘死地朝着聚集在洞前潭边的兽群横扫过去。那些刚刚沉浸在烂漫小憩中的兽类，显然被这不期而至的变故吓蒙了，震惊了，阵脚立时大乱。白脸猴们万分羞惭地捂了双眼尖声嘶叫，红脸猴和山羊小鹿不知所措地到处乱跑，刚才还好好的队形瞬间一片凌乱，好像柔弱的羊群突然间遇到了豺狼虎豹。如此这般持续了两分钟，赤身裸体高举水笔的艺术家队伍看看就要来到它们面前，它们再也受不住这种羞辱，白脸猴红脸猴小鹿山羊们立时作鸟兽散，撒开腿捂着眼张着跟头朝南飞逃。霎时间，一个足可以跃马挺枪横槊而过的突破口在兽群中形成。眼见着有了再生的可能，艺术家们喜出望外，当即如同决堤河水一样铆足了劲头向前猛冲。

溃军似沙，兵败如山倒。在因羞惭而逃的过程中兽类们相互冲撞，相互践踏，一幕幕惨剧不时发生。小鹿跌坏了腿，山羊撞断了角，很多猴子崴了脚，只能像跳大神的巫婆那样一蹦一跳地往前跃。溃军队伍中，不时发出伤兵所特有的惊恐与哀号。天乱了，地乱了，山水人兽全乱了。

混乱中，屁股光光的艺术家们挥动着手中的水笔，如同猛士斫阵般突破重围，箭镞一样朝前边不远处的水潭射去。眨眼间，这些人就像逃脱了海豹袭击的企鹅，在夕阳余晖的映照下划出各种优美的弧线跃进了水里。眼看着潭面上腾起一阵迷雾和大大小小的水花，迷雾散尽水花消失后，十二颗脑袋像水獭似的往外蹿了几蹿，然后就只露出鼻子和前额，以各种各样的泳姿，以难以令人置信的速度，为了能够保住宝贵的性命和创建今后的事业，竭尽全力向着那个充满希望的生命之洞游去了……

幸亏当机立断，幸亏及时突围，晚一步行动，艺术家们必要困死在这里。

此时，潭东岸那种龙吟虎啸之声越来越大，潭水在一分一秒地上涨着，也许再过十分钟，"崭新世界"里就会水漫金山，他们再也没有可能找到唯一能够逃生的弧洞。因为就在艺术家们游近弧洞时已经发现，洞口明显变小，竟然容不得数人同行。他们只好排成直线，尹显在前，大安殿后，一溜长蛇地钻入洞中。洞中业已缩窄狭小如一条胡同，即使往上蹿一蹿身子，脑袋也会碰到洞顶。所幸艺术家们水性不错又逃命心切，不大一会儿竟就游到峭壁北面了。回头一看，相顾失色，因为就在大安钻出洞口的一刹那，峭壁根部的水流涌了几涌，一下子将洞口吞没。随即，平静的水面上出现了许多水桶大小的漩涡。

尹显望着相继爬上岸来的同伙，说了句意味深长的话：也许天不灭曹！

赤裸着坐在潭边的作家艺术家们面面相觑，大家心里清楚，曾被大安誉为"崭新世界"的那个天地，可能从此与他们彻底隔绝。

冬深夜寒

　　暖融融的室内，茉莉茶散发着诱人的馨香。市场管理员小张望着外边的漫天风雪，百无聊赖，他一边翻腾桌橱，一边吧唧着嘴唇对马立清说："所长哎，弄点儿什么做茶肴呢？"

　　马立清怔了怔，瞅瞅窗玻璃上的冰凌花儿怏怏回道："去买瓜子吧……"

　　话说半截，屋门呼一声敞开了，风雪将立清的妻子淑芬旋了进来。淑芬是刚从五金门市部下班的，她扑打着身上的雪末儿，顺手把个鼓鼓的小提兜放在桌上。提兜仄一仄哗啦响动，小张凑过去冲了提兜行注目礼："是什么？"

　　淑芬一乐："花生。"

　　"辛苦了！"小张朝着淑芬一低头，学着外国绅士的样子弯了下腰，淑芬就冲嘎小子额上弹一指头："吃吧，馋鬼。"

　　小张欢呼着"我的心中不能没有你"，一拽兜底，花生全倒在了桌上。他剥一个，嚼一个，那不停发动着的牙口还是叽叽咕咕的。

　　"你嘟哝什么？"淑芬晒道。

　　"少点儿了。"

　　以小弟自恃的小张显然是身在福中不知福，淑芬听了，跺去脚上的雪粉，撇嘴挖苦他："嘴馋心奸蛤蟆胆，嫌少自己再去买嘛。"小张占了便宜同样不短话："嗯嗯，大雪天傻二还出来卖花生？琢磨着嫂子不定从哪里鼓捣来的呢。"

"嚼舌根儿的，不信去看，就在十字街东的电线杆下。"

小张鼻子眼睛乱动弹。

淑芬解下围巾搭在晾条上，闪眼见小张满身满脸都是戏，就算计要弄他。回头冲了立清嘻嘻笑："也难怪哟，谁不知小张当家不主事？别说买花生，吃支冰棒还得举了竹棍儿回去报账，让他破费，不是有意撺着媳妇拧他狗耳朵吗……"她嘴快，也真揭了小张秃疮痂。嘎小子终于架不住，窘了那么一小会儿，不甘心失了大丈夫尊严，抓起桌上提兜朝外走，嘴里唱着："只要你过得比我好……"

"耍着玩嘛，当真了？"淑芬咯咯笑着，一把没薅住，小张开门逃掉。

"这小子！"

淑芬嘁嘁牙花儿，转身坐到椅子上，用口中热气呵呵手指，剥花生，喝茶。又抄起一件没织完的毛线活儿。她让立清，可立清不吃，不喝，也不说话，而是起身慢慢踱进作为卧室的套间里去。看他那忧悒凄恻的神色，似乎是在刹那想起了什么。

他想起了家。

七八天前，村中来人告诉他，他父亲生了病，病得挺重，几乎要请人准备后事了。他吓坏了也急坏了，再顾不得自己所必然遭致的难堪，硬着头皮，回到了离开两年多的家。

那日也是个风雪天，当他忐忑不安地推开院门时，忽然感到，这个自己从小在里面生养长大的小院变得生疏模糊了。他踯躅着不敢走进去，总觉得有什么阴翳的东西罩在心里，他焦虑、急迫，但是又怵头，直到屋里突然传出气急的老人咳喘声，他才神经质般地迈动双脚，懵懵懂懂地走进院，闯进屋。

正屋三间，两暗一明。他拐进父亲住的东套间时，心头一紧，蓦地僵住了。他看到——首先看到了离婚不离家的前妻沈冬琴。冬琴正坐在炕沿上，一手给爹捶背，一手在老人颔下端着痰盆。老人喘息着，咳嗽着，憋了好长时间的一口痰终于吐出来。他费力地往痰盆里吐，吐不利索，扯着长条儿的痰丝沾在白苍苍的下巴上，冬琴忙用纸给他擦。

他惶惶地凑上去问："爹，好些了吗？"

听到他的声音，爷儿俩同时回过头来，又同时吃了一惊，像突然看到一个生人进来似的。他刚要继续凑近一些说点儿什么，忽然看到父亲那晦涩疲惫的眼睛亮了，大了，接着以让人吃惊的劲头挣起身，哆嗦着手，摸起把笤帚挥过来："狗日的，你……还有脸进家？"

冬琴迟疑了一下，赶忙抱住老人的胳膊，劝慰，恳求："爹，你可着不得急呀！"

老人双眼瞪直，胸腹起落，喘咳更加厉害。只一会儿，憋出了鼻涕，憋出了眼泪。马立清的心怦怦乱跳，他像站在深渊边缘的山羊，立在原处不敢动，半晌又喊："爹！"

老人仍是气急地咳喘、怒骂："孽种，没人心的东西！"

马立清只好退回外间来。

此刻，他心里确实相当难过。母亲在他四岁那年去世，是爹柴一把米一把地将他拉扯大。而自己——尽管是出于那种特殊原因或者是惧怕心理，可到底不应该这两年没有回家看看啊。他愧疚、沮丧，心里有一种说不明白的怨恨和失落。这霎，他看到了儿子路路。两年多不见，儿子高了，瘦了。小家伙手里捏了一摞纸叠的"元宝"，正站在墙角怯生生地拿白眼瞅他。他慢慢地走过去，要摸摸儿子的头，亲亲儿子的脸，可是，儿子一吓，随即扭身跑开了，跑进东套间，也如自己幼时见到生人那样抱住母亲的腿，瞪着惊惧疑惑的小眼睛喊：

"妈，他，他……"

他一阵眩晕，转身踉跄几步跌坐在椅子上，神思恍惚，心乱如麻。

午饭，面条。

他刚端起碗，西套间里就传出路路那怨哼哼的声音："妈，俺光吃条。"

又有冬琴低低的哄劝："条条不多，乖孩子用汤泡上干粮吃

139

吧。啊？"

"嗯？那人怎么吃了？"

"那人……你爸爸呀！"

声音压得极低，极低。可路路是个孩子，不懂也不想忌讳什么，他只是要说自己心里想说的话："爸爸，哦？爸爸不是不要咱们了吗？你说过爸爸早跑到天边去了。"

像刚刚绷断的木钟发条，马立清的心颤了几颤，脑子就开始发木发麻。他呆望着碗里的面条，食欲全无，嗓子也如塞了块烂海绵，要吐吐不出，要咽咽不下。这时，冬琴从套间里走出来，瞥他一眼问："咋不吃？"

"不……饿！"他支吾着。

冬琴想说什么，押了押，终于什么也没说。她倒了碗开水给公爹送进东套间里。瞅这空儿，马立清端起面条进了西套间，把碗放在儿子面前，俯身低声道："乖孩子，吃吧！"可是，路路怔怔地望了他一会儿，迷惘的目光审视着，猜度着，忽然摇摇头："不，俺听妈的。"

马立清愣住，不知道怎么办、说什么好。他像个施舍者遭到了人家的回绝，丧气又伤心。更为甚者，他不是什么施舍者，而是天经地义父亲疼儿子遭到了拒绝，就更丧气，更伤心。他挺难堪地抬起头，下意识地朝小土炕上望去，见小土炕上堆了些萝卜、地瓜之类的东西，炕角处还有半袋花生，他想了想，探过身子，从袋里抓出两把花生放在孩子面前。可是，路路一见竟躲开了，并且连连摆着小手："不，不能吃。这是舅舅家给的，妈说……卖了钱给爷爷治病……"孩子嘴里说着，眼却瞅定了花生咽口唾沫，"那回，我偷吃了，妈嚷我，我哭了，妈也哭了！"霎时间，马立清的胸腔里像插了根烧红的铁条，灼痛、热辣。他猛地蹲下身子，搂住儿子，口中叫着路路，泪珠扑簌簌滚到脸颊。显而易见，家中的日子相当难。冬琴虽说勤巧能干，但到底是个女人，拉巴孩子还要照顾公爹。只他那由法庭判处的每月给家的几百元抚养费，在现实情况下恐怕零花也不够。这就难怪，难怪冬琴连把花生也不敢让孩子吃了。可是，这日子的困苦，他曾想到过，却不认为会到如此地步。而两年来，冬琴不去找他，也从来没让别人找过他。

"路路!"不知何时，冬琴已经站在了门口，用责备的目光盯着路路。显然，这位生性好强的女人，不愿让孩子在她的前夫面前说三道四。马立清慢慢站起来，望着冬琴憔悴疲惫的面容，愧怍又恐慌，一时间他显得手足无措。别扭了一会儿，他才稳住神，走前两步想握住冬琴的手说点儿什么。可是，冬琴一闪躲开了。随之转身跨出套间去，回过头："路路，你吃饱了吗?"

"饱——了。"

路路放下饭碗筷子跳出去。冬琴就吩咐他："去给爷爷拿便盆。"路路答应着跑出去。这西套间里，马立清孤独尴尬地立在土炕前，像根桩橛。

不知是累了，还是由于冬琴的劝说而消了气，老父亲不再嚷了骂了，只是说什么也不理睬他。他赔着小心，进进出出地干着一些零碎活。两年多不经手，处处生疏，为免出差错，就得问这问那。问谁? 当然得问冬琴。而冬琴那恹恹的神情，明显是不愿和他搭话。这就让他更痛苦，更难过。他难过得直想哭，可又哭不出来，便时不时跑到西套间里愣着。

风雪像危重病人在喘气，一会儿小，一会儿大。马立清的心情也如这风雪似的一阵轻松一阵沉重。他这种情绪的不稳定并非始自今日，只是现在更明显更突出了。

晚饭后，外边的风雪又加足了劲。冬琴在西套间的小土炕上给马立清整好铺盖，就带着儿子回自己的西屋去了。父亲服了药，也已经睡下。立清独自坐在冰凉梆硬的土炕上，望着眼前的一切，百感交集，惆怅顿发。唉! 昔日亲切温馨的家啊，自己今日重新归来，已是形同路客了。

套间以外，伴着火炉，淑芬忽然织着毛衣哼起了那首毕业歌:

141

同学们

大家起来

担负起天下的兴亡……

　　歌声虽低却清畅，歌词简单却扎实，让人听后，马上产生这辈子能够干番大事业的豪迈感觉。这歌儿，马立清自然熟悉。这嗓音，更是很早以前就熟悉了。

　　他和淑芬是同学，并且都是学校文艺队的。文艺队驰名全校也驰名全县，而他俩又是文艺队的佼佼者。

　　他俩常登台，老搭档。每逢节日或歌咏比赛，压轴节目总是他们的男女声二重唱。他的歌喉高亢粗犷如峡江大河，她的嗓音清脆嘹亮似夜莺云雀儿。他们在舞台上相辅相成，唱出一首首浑如天籁的歌儿。他们在台上一出现，台下就掌声骤起。他们一谢幕，台下的掌声就高山滚木似的一茬接着一茬。他们是文艺队的台柱，是人们心目中未来的歌坛新葩。有人说，他们将来无疑会是成功的一对儿；也有人估计，他们兴许早已暗中订下了。也许，这是人们凭着那种心理上普遍存在的想当然，是一种有感觉无实据的揣度、猜测。然而，猜测一如社会上常存常现的小道消息，有时是望风捕影，有时也挺准确。像他们这种局面，彼此心照，所缺少的，只是一点催化剂了。有时是课外活动时间，有时是文体活动时间，他们常常找了所有能够找到的借口，跑到学校以东的护城河边，练习演唱的同时，也进行漫无边际的交谈。

　　从校东护城河极目远眺，是从县城伸展东去的林荫大道。大道上车来人往，时有喊喝声，惊动得道旁农田里的劳作者常常直起腰来观瞧。树上有鸦雀儿的喧闹飞跳，空中有细远悦耳的蓝天鸽哨，郁郁葱葱的庄稼铺作浓浓的底色，宛然一幅人工天成的农乡水墨画。

　　护城河古老水儿却清，清清的水流中长着一丛丛黛绿色的苲草，苲草随水作梳状的摆动，有鱼儿在水中草中嬉戏搅闹。间或有受惊的蛤蟆跳进水里，吓跑了鱼儿，激起小小涟漪，接着又冒出一簇簇的水泡儿。

这自然的景致魅力诱人，有谁不喜欢来这儿走走坐坐呢？更何况是他和她。

他们有时坐着，有时站着。看那河中水草鱼儿的移动，听那远处似有似无的农歌，就好像内心深处的某种东西得到了难以描述的升华。虽然说的都是社会学校老师同学以及亲朋乡里的事，谈的都是现在将来甚至以往的学习生活，虽然谁也没有提到过彼此间的关系问题，可是，那心里，那脑里，那举手投足的动作和脸上眼里的神情变化，都让他们相互感到舒服和愉悦。这甜蜜的感觉、美好的享受，他们当然明白是什么因素造成的。只是他不说，她也不说。日复日，月复月，就这么持续着，拖延着——直到他们共同唱完最后那首"辞校歌"。

高考结束，同学们各归老巢，各自怀着异样的心情等着，等着命运的安排、社会的选择。淑芬的父母是国家干部，一年前调到了千里之外的江城，她自然也得跟了去——跟到千百里以外的那个新家。

临走那天，他去车站送她。检票进站后，她踯躅着不肯上车，他也不离开去。可两人又什么也不说。火车不能不开，她终于耐不住，喘着粗气问他："立清你还有事吗？"

五尺男子汉，突然红了脸，吭哧一阵下了决心："淑芬，就要离别了，我想问你咱们的关系还能更进一步吗？"

淑芬一下子低了头，声音也哑下来："立清，我是有点儿作难，我妈……"

马立清红脸更红了，他变腔变调："伯母难道还有门户之见？"

"你听我说……"

她还没来得及说，车门前的女乘务员已在尖声叫喊："哎哎，那两人怎么搞的还瞎喳喳，上不上车？不上关门了！"她吓一跳，惶惶地握握他的手，眼泪呼地涌出来。她转身快走，声音颤颤："立清，等信，等我的信吧，盼着咱们都能升上学。"

火车开走了，早已看不见了，他还在站台上转来转去，远处两位铁路警察走过来，一前一后把他截住，用审贼的口气问他："伙计，你趸摸什么？"

终于等到了高考的结果：解名尽处无淑芬，立清更在淑芬下。

落选倒也没什么，似乎也是意料之中的。本来，他俩的学习成绩并非拔尖，更何况许多拔尖者也与他们命运相同呢！只是有些后悔。当初，应该听人劝告，和淑芬一块儿报考低分数线的艺术专业。凭他们的气质他们的歌喉，录用的可能性挺大。可那时有个奇怪的顾虑，而如今再讲那顾虑的因由，也就没有必要了。恰在这时，马立清远在北方某部队服役的姐夫病了，姐姐来电报让他去看看。他当然不能不去。从部队上回来，他就盼着，盼着当初毕业时全班同学约定的国庆节重聚会。这样，就可以在聚会时见到淑芬，说完当初临别时没来得及说清的话。可是，国庆节那一天，践约者寥寥无几，而他最最盼望的淑芬也同样爽约。一向真诚率直的学生们，似乎离开学校就不守信用了。他败兴，懊恼，那天几乎没说一句话。

回到家后，他就纳闷，淑芬当初是铁板钉钉要来聚会的，难道她也说话不算数？他决定不等她来信，先给她去信，问问到底为什么。

自从把信寄出去，他就盼星星，盼月亮，盼着东方出太阳。几个月过去了，月亮太阳照出不误，接连发出的信却成了入海泥牛。他开始疑惑，自己以往是不是自作多情呢？再一想，不可能。在校期间特别是最后半年，淑芬每次和自己说话的语气以及那种只能神会不能言传的表情，再迟钝的男人也不会错解的。

他失望，也很苦恼。失望苦恼之后又开始设身处地为淑芬着想。他记得不知是谁说过，女人遇事比男人理智，考虑问题远比男人细致长远得多。是啊，如今相距千里，先不讲人们由来已久的门户偏见，眼前一个相当重要的事实是，自己乡下务农，淑芬身居城市。人要务实，不能凭想象生活。倘若真的连理相结，那么，天长日久，这乡下村里添了位丝毫不懂农务的城市女子，那繁泛而又严格的风俗、纷乱而又微妙的亲

144

属关系，让她怎么适应，怎么协调？难道让她在空中过日子吗？没错，淑芬准是考虑到了这些相当现实的问题才忍痛割爱，才下决心情断义绝。她一定也很痛苦，否则，当初车站分别时就不会泣声提到"作难"二字了。自己真笨，真傻，真幼稚，为什么就没想到这些？还嗔她，怪她，埋怨她。该死，真该死。人啊，谁没有爱？有的爱很深沉，有的爱就浅薄。浅薄的爱只为自己打算，深沉的爱才能替对方也想一想。爱是伟大的、真挚的、神圣的，但不论多么伟大、真挚和神圣，这实际上的结合有的能够成功，有的则因环境、条件以及意料之外的障碍而只能悄悄地深深地永远地埋在心中。

他似乎是开了窍，就千方百计稳定自己的心。然而，有那么容易吗？第二年高考招生时，他又报了名。其实，他报名赴考的目的也并非尽为升学。他只是有那么个连自己也明白是荒唐的想法——淑芬是不是也会来报考呢？当考试开始，他找遍各考场根本没有淑芬的影子时，就像栽了跟头般情绪一下跌落，各科只考了三分之一便捂着脑门打道回府了。

后来，他相信了现实。他终于收了心。说也奇怪，就在他心神安定后不长时间，提亲做媒的就接二连三找上了他，父亲也像中了邪，舍命催他拿主意在几家姑娘中选一个。他是个健壮俊逸有文化的小伙儿，他自己不在意，别人早瞄上了。事情到了这般田地，哪还有兴致弄些个罗曼蒂克呢。就认准了一位女孩，不缺鼻子不缺眼，看到父亲同意他也答应了。人生无非如此，丑也好俊也好，添那么多毛病干吗？就这样，在那年的冬天选了一个吉庆日，沈冬琴水到渠成地进了他马立清的家。婚后的生活虽然算不上十分美满，却也平静和谐。这时，立清已在村委会里当了会计，冬琴操持家务，爷儿仁又一块儿侍弄几亩庄稼，小日子安逸也有生机，是乡下人常年盼望的那种农家乐。冬琴有着乡村小媳妇的好品行，心灵手巧，勤谨真诚。每逢吃饭，总要将饭菜送到爷儿俩面前，自己则坐在锅灶旁，边吃饭边伺候着。父亲过意不去，总是叫媳妇坐到一块儿吃。冬琴就笑笑："爹，我惯了。"

多好的儿媳呀。和一些穿得花里胡哨说话嗲声嗲气的媳妇比一比，老头子真是一百个知足。他感谢上苍，说这是从老辈子行好积善的结果。

妻子真是百里挑一，和村里那些婚后不久便吵着嚷着嫌恶公婆的小媳妇对照，马立清也自认福分不薄。可是，无论冬琴怎么好，其一言一行一举一动，他总下意识地和淑芬比较。就是夫妻同床，他有时也想——要是身边的这位是"那一个"该多好。因此，就常常生出些难以解脱的慨叹与烦恼，还有些影影绰绰的隔阂。然而，冬琴却始终如一。她心无所虑也就没有什么异常的感觉，她是那种接受了传统家教的女子，相信自己的一切都是老天预先安排好了的。再说，能配上马立清这样的小伙儿，她从心里知足。所以，见到丈夫时常忧郁烦躁的样子，她也不介意。千人千脾气，万人万秉性，没准这小伙儿就是这性格。既然跟了他，就得照顾他，迁就他。

春风花月炎阳霏雨并没留下什么痕迹，而翌年冬天媳妇却生了个白白胖胖的大娃娃。娃娃取名路路，路路的出生似乎是马立清在夫妻感情上的一个大转折。他开始觉得，自己和冬琴大约就是天缘相配，今生今世就是她了。既然生活路途上不可能再有理想中的停车站，那就踏踏实实地走下去吧。这惹人喜爱的小东西，更是心中的安慰精神上的寄托。每次从外边回来，抱起来掂一掂亲一亲，就立即产生那么一种旭日初升般的温煦柔和。就连这孩子身上的尿臊气与奶腥味，也感到一种说不出的缠绵亲切。这种体验越深，他也就越发眷恋这个家。家并不是抽象的，它具体而实在。所以对冬琴，就较以往更多了些关心和体贴。冬琴自然也有感觉，但她并不以为奇，更不受宠若惊。因为在她看来，夫妇关系冷点儿热点儿是正常生活中的事，要是以怨报怨以德报德，那就不是夫妻间的日月，是开店打伙儿。故此，她待立清仍如以往，这就让"升温"后的丈夫感到妻子有些冷漠。时日一长，立清心中原已差不多消除了的那种隔阂又渐渐复生了。所幸有孩子从中掺和连接着，这种隔阂较以往来得慢也轻得多。

路路出生的第二年春末，乡市管所要招临时工，在当时这是个下力不讨好的差事，可立清偏偏就应招了。说来也巧，一年后上边来了新文件，他意外幸运地转了干。转干后调到城内，时间不长，城内的市管所长另调他任，于是，春风得意马蹄疾，他以他的运气和能力自然而然地接替了这个职务。外国人时时盼望运气，中国人处处寻觅机会。然而，运气也好机会也罢，即便是纯属偶然，往往也能使人生旅途上出现或好或坏的意外波折。

　　淑芬的歌声停了，有从火炉上提下水壶的响动。接着，是淑芬那甜甜的嗓音喊他："立清，立清你喝水吗？"

　　他打了个激灵，也不知道自己回答了句什么，而心脏却像误用了大量副肾素，突然扑棱棱地加强加快了。近二年，淑芬问这话何止几十次千百次？但此刻听来，却像一个特别敏感的电脑信号，让他沉思，令他难过。他无论如何也忘不了，他和淑芬的重新结合，恰恰就是在一个关键时刻的这句话……

　　进城半年，他意外地遇上了她。

　　那天，他去大桥门市部买东西，反身出来走了不远，背后有个女音试探地喊："立清，是，是马立清吗？"一个绿色的亮点在他脑子里倏地闪过，随之就反馈出那个名字——淑芬。这有点儿神奇，可也并不神奇，她毕竟在他脑子里牢牢打上了印记。他忘不了她，永远也忘不了她。只要贮在脑中的那个信号一被触动，马上就电光石火般迸现出来。他很迟钝地立住身，足有半分钟不动，然后，生锈的立轴一样僵硬地扭回头，嘶哑着嗓子答："淑芬，是我！"

　　淑芬来到他跟前，他的眼睛却忽然迷蒙了。这会是昔日的淑芬吗？瘦了，黑了，嘴也显得大了，以往黑亮如洪的长发也干巴巴的，蓬乱似麻。对面的淑芬盯了他一会儿，却又翕动着嘴唇扭回头去，什么也不说。半晌，擦着眼睛转过脸，口气低沉地问："当初为什么不回信？"

　　立清愣怔了："信，什么信？"淑芬面有愠色："装糊涂哪！"

一对没成眷属的有情人，刚重逢就如此局面，真让人难过。立清觉出事有蹊跷，干脆就沉下心来："淑芬，你什么时候来的信，讲清楚些。"

"高考有了结果后的一个月内，连发三封。"

啊？立清差点儿晕过去。那段时间内，他正在姐夫的部队上。那么，淑芬的信呢！他没解释，也不敢解释，因为此时此情下，往往越解释越不清楚，越说话毛病越多。他只是摇摇头："淑芬，请相信，我没收到。"随之又问："我给你寄的信呢？"

这回可轮到淑芬惊讶了："你的信？"

立清点点头。

"什么时候寄的？"

"就在同学们国庆聚会你没到以后几天内连寄数封你不会收不到吧？"

立清用那种现代小说不加标点的语言一气说完，再瞧淑芬，淑芬脸都黄了。她也同样摇摇头，双目盈盈地说："唉！怪不得，怪不得……"

谋事在人，成事在天。

其实，并非完全如此，有时谋事在人成事也在人。像淑芬的母亲就是既能谋事也能成事的。不过，她老人家成了自己的事，却误了女儿的事。

马立清这个名字，淑芬早在毕业之前就已经跟母亲提过多少遍了。那口气那评价，这位也曾是恋爱成婚的过来人，能不明白女儿的心思吗？说真的，倘若立清能够考上大学，将来能够在外工作，什么乡下城里的她倒不在乎。可立清落榜了，女儿也落榜了。让女儿到千百里外做一个农家媳妇，名声地位无所谓，但和乡亲的关系可怎么处呢？她曾在基层村里工作过，了解许多乡村的风俗规矩，淑芬真要到了那里，弄不好就会贻误今生的，她能允许女儿"冒险"吗？为了把女儿的这桩爱情消灭在萌芽中，她很早就提醒训斥加告诫。为防止两人重聚另生是

148

非，国庆节返校的事她坚决阻止。加之淑芬没有收到立清的回信，以为千里之外也有了意外变化，忧虑烦恼好几天，终于病了。恰好，北京的小姨妈来她们家，见外甥女儿心情不好，就横是把她弄到北京过了国庆节又待了一个月。也是一个月。天下就有这巧事，立清的信恰恰此间寄了去，这自然落在淑芬母亲手里，命运怎样，还用讲吗？

听了淑芬的解释，立清直想哭。可是哭又顶何用？还是认命吧，这是他的也是她的最好的自我安慰。他也向淑芬说明了没能收到她的来信的缘由，淑芬吃惊得神情都有些呆傻。一切都那么清楚，那边是母亲的心计，这边是父亲的手脚，阴差阳错，两人的信都被老一辈截获。老一辈有他们的想法、他们的安排，是好，是坏，是帮了自己的儿女还是误了自己的儿女，这里头的是非错对说不清也无须说清了。立清擦了下眼泪，很不自然地问淑芬："你咋来这里了？"淑芬也以同样不自然的口气告诉他，她丈夫是本县人，上个月刚调回来，在外贸局工作。自己随夫迁来，安排在这个门市部里当保管员。刚才带着别人从库里往外提货，偶然看着像他，就跟出来了。立清勉强一笑："也好，总算又见面了。"

淑芬咬咬嘴唇，没说话。

立清又说："正视现实吧。"

淑芬苦笑："正视现实吧！"

人就这么怪，有的事情在必须说明的时候，却支吾遮掩。当已经没有了这种必要时，却又直筒大布袋地倒出来。

两人都说正视现实，可现实是那么好"正视"的吗？人非木头瓦片，摞在一起叠在一块儿都无妨，人是有血有肉有感情的呀。

从那以后，他和淑芬就经常接触了。她常邀他去自己家里玩，她丈夫是位畅快豁达值得尊敬的人，对于妻子的同学，总是高接远迎的。有时她丈夫出差，他俩也一块儿看看电影散散步，这样做的动机，也无非是为了重温或体验一下昔日的甜美岁月。昔日的岁月可以重温，它让人产生美好的回忆，可以使惆怅失落的心得到慰藉，可有时也能带给人以痛苦和懊悔。

　　渐渐地，他捺不住了，她也受不了啦。他们毕竟是那第一个闯入各自心中的异性；他们毕竟还年轻；他毕竟不经常回家；她的丈夫毕竟常常出差。环境条件加上各自心中那段永难褪去的绚丽色彩，有时就会产生原来未曾想到的后果。

　　大约是见面后的三个月，下了班，天阴沉沉的，不知是天气的关系还是心情的缘故，立清甚觉无聊，想一想，就去了淑芬家。淑芬的丈夫不在，问时，说是出去了，一会儿就回来。等了好长时间仍不见归，她这才笑嘻嘻地告诉他，说丈夫前天出差了，得半个多月才回来。他就奇怪，咋不早说呢？脑中将此事转了几圈，又不觉奇怪。她留他吃饭，他也不拒绝。晚饭后，两人不知怎么扯起了《红楼梦》，越扯越深，越扯时间越往后拖，直到晚上十点，他才打个舒身立起来，望着淑芬的眼睛迟疑着说："我走吧？"

　　淑芬低低的嗓音像呻吟："下雨了！"

　　"哦？"他走到门口，拉开门，果然，小雨在淅淅沥沥地下，雨丝在小院的褐色灯光中闪烁迷离，让人产生一种神秘幽静的感觉。小院处在小巷的深处，远远的街道上，有汽车喇叭声隐隐传来。他回头望淑芬，淑芬也正看着他，一双漂亮的眸子在灯光下似嗔似怨，继而明亮又热切。他一怔忡，心头好像有什么异样的东西悄悄掠过。他忙避开那双眼睛，但口气已不再那么坚决："我走吧？"

　　淑芬的声音更低："下雨了！"

　　灯朦胧，夜朦胧，细雨唰唰。他再看淑芬，淑芬已坐回原处不动，如果此刻她仍在门口站着，就多少有点儿"送客"的味道了，他也可能会下意识地往外走。可她坐回了原处，他也就下意识地跟回到原来的位子上坐下。他坐下，她却又站起来，款款走到桌橱前，倒了杯水，又加了些甜橘汁，端到他面前立着。这一来就如使了定身法，她立在他身旁，他就再也不能动，只是仰脸定定地看她。她不作声，眼里却闪动着泪花儿。泪花儿不语，眼神却会说话，时间悄悄地延伸开去，延伸开

150

去，也不知过了多久，淑芬忽然把手搭在他的肩上，轻轻地摁着，摁着，问："你……喝水吗?"

他已经说不出话，他已经不能自持，他将淑芬的手从自己肩上拿下来，抚摸一会儿，轻轻攥住，慢慢地往怀里拉，拉……杯子从淑芬手里滑出，掉在地上，叭地碎了。

灯朦胧，夜朦胧，细雨唰唰的夜……

自那以后，他很长时间不去淑芬家，感情炽烈的大男子，是羞，还是怕? 也可能兼而有之。但事实上，他内心深处的隐秘却是愧疚，他认为自己已经成了现今电影电视或者小说中褒贬不一的"第三者"。

那个星期一，他从家回来，市管员小张告诉他淑芬来了，说是明晚有几个老同学在她家聚会，请他一定去参加。

老同学聚会，自然得去。他去了，但并无其他老同学，只淑芬一人在家。他纳闷，就问她，她笑一笑，直言不讳："我骗你!"

"为吗?"

"你为什么不来了?"

他脸红了，语无伦次："我，哦，缺德!"

她傻愣了一会儿问："缺德?"

他终于又露出了以往的坦诚性格："淑芬，我可是对不住你丈夫……"

"你真是大好人，他没说错。"

立清让她的话闹蒙了。

淑芬神色黯然："我说立清啊，咱们的关系他早察觉了。"

立清吓了一跳："最近?"

"不，一开始他就明白，他有几个庄乡是咱们的同校同学。"

立清颓然地低了头。

淑芬的口气轻松坦然："我的那位也是个好人。说真的，结婚以来我一直不生育，他成了个心理负担，可又不忍和我离婚，就一直拖着。现在……"

151

立清终于听明白了，淑芬的丈夫是位极有城府的人。按说，凭他和淑芬以往的关系，如今重又这么接近，傻瓜也会疑虑的。可人家却若无其事的样子，待凭着丈夫对妻子特有的直觉断定了事实的存在后，就单刀直入地问她。性格所使，淑芬不愿蒙骗丈夫，便将自己与立清的以往现在和盘端了。丈夫豁达明白又有心术，原谅了她也对她说了早就憋在心里的话，他非常想要个孩子，可她却不生育，早有离婚之心，只缘一日夫妻百日恩，舍不得。如今事已至此，他请她答应离婚。若有可能，还愿意帮她与立清重新结合。

马立清简直呆了。说实话他以往确也曾有过这种缥缈绚丽的想法，可是无论怎么也没想到会成为真的。现在弄成这局面，天！咋办呢？

那晚，他似乎是豁出去了。他本来忌酒，却要求淑芬拿酒给他喝。虽是度数很低的红酒，他仍旧喝得脸红似朱，身热如火。他指指那瓶中液体，似哭又似笑："淑芬，我害了你，瞧这瓶中不是酒，是你的血，我在喝你的血！"

淑芬撑不住，倒在他怀里，把声音压得最低最低，一边倾诉，一边抽泣。可立清双耳轰鸣，头脑混沌，已听不清淑芬说些什么。身子飘悬，世界空虚，仅有心中的一点什么欲望还在若隐若现着。可是，这点儿说不准是什么的欲望也仅仅维持了一小会儿，旋即也就远逝天外了。

立清醒过来时，躺在床上，淑芬守在一旁，正用毛巾蘸了凉水在他额上轻轻地擦。他一下抓住淑芬的手，像上次一样，抚摸一会儿，就缓缓地却固执地往怀中拉，拉……

如果说"旧情难断"是无聊文人的胡编乱造，那么，在他和她的身上，这句话倒是得到了圆验。

情似春雪。

由冷到热，春雪渐渐融化，化成水，水汇成流、成河——终于消融在一起，难以剥离，难以分割。这春水本要成为益神健身的暖流，但流出不远，却被一座既成的堤坝挡住了。再往前流，就要漫溢而出，成灾成祸。堤坝是自己构筑的，当初筑坝的目的在于"蓄水"，并未想到以

152

后会拦截自己的什么，如今水要继续流，还须亲手去拆毁它。

世界在变化，人也在变化。当初上苍造物时，就已经想到并安排好了。

窗外，风雪扑打着玻璃，玻璃挡风不御寒，仍有一股股凉气透进屋子，在这个充满着阴郁气的空间里游荡回旋。

这就是冬天。

事情为什么总是发生在冬天？冬天，这可怕的季节让他感到身寒，心也寒。

那年冬季的那一天，风雪咆哮着狂舞着，相互裹挟着通过窗缝儿门缝儿以及可以通过的任何缝儿，急溜溜地钻进法院的民事审判庭。审判庭里，为数不多的旁听者们揣手缩颈，各自怀着复杂的心情听法官对这件两厢情愿的离婚案做出判决。他们不停地唏嘘嗟叹，以这方人特有的善良与好奇，纳闷这对儿看来挺好的夫妻怎么就离婚呢？

这是"当然"，也是灾难。

权衡又踌躇了一百个日夜，立清决定和冬琴离婚了。尽管他难以找出妻子的什么过错，尽管他对妻子仍旧留恋缱绻，但冬琴和淑芬相比，后者的"磁性"太大了，他再也无法排解或摆脱。他盼着贤淑但不心爱的冬琴能够理智能够谅解能够答应他。

他开始经常回家，每每情热之后，就和妻子说些挑云拨雾的话。冬琴单纯而实在，无心也无疑，他只好有什么说什么了。割情断义是那么容易吗？女人惊呆如痴好半天，又哭得几乎昏厥。她神志迷乱了好些天，这反常的情景异样的气氛，老父亲自然是会察觉的，他暴怒他发威他指山卖磨地镇儿子，可是，老人家发现，儿子已经中了邪。

自从有了路路，冬琴在父亲的心目中更是日高三丈。贤惠的儿媳又给他养了孙子，老头乐得差点儿迷糊了，逢人就说："我有孙子了，有孙子了，就是死了也没挂心事了……"

立清家四代都是独苗。当年，母亲生了他姐姐和他之后，为了能再

153

有个和他做伴儿的，不顾家贫体弱，带着严重的心脏病又怀了一个。落草儿的孩子不幸就"隔山哭母"，刚到世上就和母亲一道儿归天了。父亲自那认准是命中单传，这许多年来一直后悔不迭。如今，儿媳头一胎就生了个胖小子，他能不喜欢得发狂吗？

可是，眼下儿子要和媳妇闹离婚，这对老头来说就跟五雷轰顶差不多。倘若两人真的离了婚，湾里无水难养鱼，冬琴肯定要改嫁，而幼小的路路也肯定跟着妈。就这一条，便要他老命了。又隐约听得儿子"勾搭"了个城市女人，更加捅了肺管子，大骂儿子离经叛道。又直言相告说，他当年和那个城市闺女串通时，那闺女的来信就是自己扣住的。老人并不知当年的那一位就是如今的这一位，声色俱厉提出警告说：当年不准他办的，如今就更不许他做。

当然，有关信的事，父亲不说立清也明白，老人家的心情，他也不是不理解。然而，他已经步入了那个久已向往的绚彩夺目的殿堂里，再让他走出来，容易吗？

几经折腾，沈冬琴终于明白，自己一向珍重并万万未曾想到会失去的，肯定是要失去了。特别是当她听说那个女人已把作为女人所能给予别人的一切都奉送给了自己的丈夫时，理智终于羁押了这位刚强、自尊、心地又十分善良的女人的怨恨。她把眼泪咽进了肚里，决定"离婚不离家"。她这样做，一为了免致公爹精神上遭受过大的刺激，同时她也真的很作难，带了路路改嫁呢，爷爷肯定舍不得孙子；舍下路路自己走呢，年迈的老人没有能力照顾他。为了眼前，为了孩子，更为了老人，她不得不暂时做出牺牲了。

宣判结束的瞬间，审判庭内动静杳然，只听得外边雪涮门窗，朔风呜呜，一时间，这里的空气似乎马上就要凝固。就在这时，审判庭的板门哐当响了一下，沉郁的室内气氛当即被打破。人们蓦地扭回头，只见风雪卷进一个人来，这人苍老、精瘦，行动仓促而又气急败坏。他咳喘着，哆嗦着，一双下睑外翻的闪着怒气的老眼立即发现了坐在前边的马立清。他提了拐杖径直地奔过去，马立清惶惶站起身，刚喊了一声

"爹"，肩上背上就啪啪挨了两杖。发蒙的法警明白过来，连忙跑上去劝他、拦他并把他手里的拐杖夺下。他便急得直跺脚，嗓子也嘶哑了："老少爷们儿同志们啊，这世上还有讲良心的吗?"

"哦，是媳妇的老公公来了。"有人低声说。

没有谁回答老人的话，老人的身子晃了几晃，跪下："我求大伙儿了，替我敲这缺人性的兔崽子! 啊?"

惊愕愤恨与痛楚在沈冬琴的脸上交替闪现着。今晨，她是借口回娘家把孩子寄放在远房大婶家来这里的，老人怎么知道了呢? 显然，他一直都在注视着自己的举动啊。此时，老人已经转而跪向审判员："同志，求求您同志，别让这兔崽子把我媳妇离了。啊?"

冬琴赶忙跑上去，一头扑在老人怀里哭了。但也只是哭了小小的几声，随之就以让人感到意外的平静口气说："爹，别求谁，也别难过，我伺候你一辈子就是了。"

望着善良的儿媳，公爹老泪纵横，心如刀割。自从儿媳进了马家门，孝敬老人，关心丈夫，贤惠勤谨，乡里闻名。特别对于他这做公爹的，那份照顾比亲闺女都强得多。他有病，身子骨弱，单夹皮棉，儿媳总是按节气提前给预备下。他岁数大了，牙口不济，冬琴就给他蒸着烩着，想尽千方百计让他吃得舒服些。她以她善良的心、勤巧的手，抚慰了一颗茹苦几十年的心。然而，这样的好媳妇却要被儿子离弃了。

老人的泪啊……

已经躲到了墙角处的马立清，眼视窗外，浑身哆嗦，他不敢看一下眼前的情景，也不敢到那爷儿俩跟前劝说点儿什么——也没法说。他此时产生了以往确曾经历过的一种感觉：朦胧的夜间，心智迷乱地朝门外走去，在走下那个高高的台阶时，一脚迈空了……

他只记着，他当时似乎望了一眼那相对悲泣的爷儿俩，心中似乎竟闪了闪关于"天良"什么的。可是，当眼圈发红的法院工作人员将《离婚证书》递到他手里时，他又好像怕别人重新夺去一样仓皇地冲出了门，扑进了迎头而来的海啸般的大风雪里。风高，雪大，他的脑子昏沉沉的，疯一样地跑回了市管所。

不知怎的，自那以后的两年来，但凡有风雨声或者风雪声，他听来总像女人的呜咽。

马立清躺在床上翻了个身，床板发出咔吱响动。他抬头看看房顶，房顶四角上的"喜"字还没脱落。在他离婚前，淑芬已和丈夫办了离婚手续，他和冬琴离婚后两个星期，觉得心情已经稳定下来，就和淑芬履行了结婚登记。"有情人终成眷属"，淑芬离开那个家，进了这个家，简单的婚礼之后，他们终于是真正的夫妻了。

已经两年了，整整两年，他却不敢回家。那天父亲病重，他不得不回去，他终于又进了那个家。可是，他无论如何也难以忘记自己当时的处境，那可正是人们常说的众叛亲离啊！老父不睬，儿子躲着他。只有冬琴，尽管是一脸的怨气和冷漠，但多少还是顾点儿情面的，唉！情——这个炙灼人心的东西哟，当环境与心境巧妙相合时，总要勾起杳无穷尽的遐思和追忆。

与冬琴结婚后第二年的那个寒夜，他从县会计训练班回来，又累，又冷，又饿。他记得自己当时就坐在那个小土炕上，当然，那时的炕是干净的、温热的，因为还没有修建西屋，他们夫妻就在那西套间里住。

冬琴先给他端来一碗红糖姜汤，那汤热中泛香，香中有辣，辣中含甜，既能暖身热胃，又能解疲除寒。他喝下汤去，觉得身上松快了暖和了，而肚子却空得更厉害了。就这时，一碗油汪汪的葱花儿炒鸡蛋和几张细面单饼又放在他的面前。他狼吞虎咽，一扫而光。抬起头，见冬琴正挺着肚子半跪在炕前灶炉下烧水，这才记起妻子快要临盆了。那年，由于闹了雹灾，日子并不富裕，这白面鸡蛋，是攒下来留作她月子里用的。冬琴出去取柴火了，他下炕摘下干粮篮子瞧，唉！怀孕九个多月的妻子，吃得仍是玉米面加菜叶。而对他呢……

昔日的好妻子，此时虽说近在咫尺，然而实则已经隔若天涯。

当时，他坐在炕上，望着忽明忽暗的灯头，心中一颤一颤的，他极

156

想见见冬琴，极想和她说几句话。他思谋着，犹豫着，抻了好长时间，终于跳下炕来，开门走到院子里。

那夜，天地白苍苍的，风雪搅得整个宇宙都在哆嗦。东墙根处旋起高高的雪墩子，南边的柴火垛上捂满了雪，雪和柴垛掺混在一起，像几个长毛怪兽在那儿卧着。他打了个寒战，抬头看，西屋还亮着灯，窗子上一晃一晃地活动着冬琴的身影。隐隐地，他似乎听到冬琴轻轻叹息了一声，而这声叹息，如电流火花一样击中了他，使他刹那间就又生出一种奇怪的感觉，即如因为欠了孤儿寡母的债不还，人家难以生活只好讨饭又恰巧讨到自己门上来了。一种负罪感驱使着他急急地走过去，径直地朝西屋门口走过去。他要闯进屋里去，马上和冬琴说点儿什么，否则，他心中堵闷难挨。他猜想，自己进得屋去，冬琴一定先是呆怔、怨恨甚或咒骂，尽情倒倒两年来的苦水之后，在他的请求原谅和好言慰藉下，可能继续哭诉，也可能一头扑进自己怀里哽咽……

可是——

就在他即将推门而入的刹那，门"砰"地关严了，接着是落闩的声音。他立时僵在了原地不能动，溜檐风挟着雪粒甩进他的袄领里，他竟也没有感觉。过了很长很长时间，他才渐渐恢复过来，才明白自己准备干什么。于是，指头敲了门板，用那种十足讨饶的口气说："冬琴，开门。我……想和你说几句话！"

"话"字有气无力，是从牙缝里挤出来的。

屋里的回答平稳而坚决："明天说吧。"

"我现在，就想说！"

他一遍一遍解释，央求，许久许久，以至舌头都开始发硬了。

然而，冬琴始终没有打开她的屋门。不，没有打开的，是她关闭的心扉。这心扉，她曾完全为他洞开过，里面所坦露的，有少女的情、少女的爱、少女的希冀和羞涩，有细雨霏霏，也有春风微拂……然而，她已经把那人生最神奇美妙的门关上了，锁上了。你再看不到春风细雨，再体味不到绵绵柔情所给予的氤氲缥缈，在你的面前，如今只有一片的空旷、荒凉和冰冷，令你寂寥，令你瑟缩。你有意，也许是不得已戳伤了她那颗自重更自尊的心，毁坏了一个乡下女人今生——很可能是她唯一珍视的爱，你难道还想从她那儿得到什么吗？更何况，她早已谅解了你呢。

马立清失望了，沮丧了，他甚至忘记了自己是回家干什么来的，他当时就神思恍惚地走向门口，拉开院门，连夜回到城里。当他迈进市管所时，见自己屋里的灯还亮着，淑芬没有睡，好像知道他要回来，正在等他。

……他当然不会知道，就在他走后不久，冬琴就打开屋门出来了。她走出院门，立在那儿，任积雪埋住她的鞋袜，任朔风吹乱了她的头发，望着那长长的一溜脚印，就那么立着，久久地立着……

外边，风越刮越大。窗前那棵干了尖的老杨树呜呜儿乱响，如警笛一样直刺人的耳膜。马立清仍旧斜躺在床上，望着结满冰花儿的窗玻璃，心中七上八下。淑芬买来的花生非但没有勾起他的胃口，反而增加了许多难以解脱的忧郁和焦灼。连日风雪，他没能再回去看看父亲，倘有不虞，怎么对得起自己的老爹呢？还有路路，想到路路那对陌生的眼睛，他此刻真想哭。还有冬琴，想到冬琴，瞧瞧坐在外间屋里吃花生的淑芬，一种不可名状的复杂情感攫住了他的心。他感到胸中堵塞，脑中混浊，身躯内像灌满了糨糊似的，他点燃了一支烟，狠命地吸了一口，又狠命地把烟吐出来。吐出的烟团形成一片灰色雾霭，雾霭散开，几缕细细的烟丝旋着钩儿在眼前游动，像试探着凑上来扯他的神经。他忙闭上眼，不想，也不看，要使神经尽量松弛，让大脑一片空白。然而，他徒劳。他越想控制自己，就愈加想得多——前妻续妻儿子爹……

马立清叹了口气，狠狠地拧了自己的额头一把，猛侧身站了起来。恰在这时，窗外传来杂沓的脚步声，好像还有个女人的声音在分辩着："同志，你不能冤枉人啊！""进屋说！"是小张的声音，听动静，还推了谁一把。马立清透过套间门的玻璃，看到外间屋里进来三个人，小张

158

之外，另有一个女人一个小孩。女人用条紫花儿方格旧围巾包着头脸，小孩跟在后边拽着她的衣襟。小张将小半袋什么扔在了地上，扭头冲那女人吼："坑人！"

市场繁荣的同时，也出现了一些投机取巧者，耍秤杆、要高价等坑骗之事常有。为了监督市场，这里的市场管理人员都携有小巧标准的弹簧秤。今天，这人一定是趁了风高雪大市场管理松弛而搞投机了。不料，她还是完全意外地撞在了小张手里。然而，如此天气，一个女人拽着个孩子的确也不容易。马立清正自思忖，那女人开始焦急地争辩了："同志，我也不是小商贩，犯不着坑人赚钱，不信你去调查！"

这声音——马立清一下子怔住了。眼见小张扬扬自己手中的弹簧秤，口气更严厉："那，你为什么少两短秤？二斤花生，恰好少二两。说呀，讲不清理由，就得重罚。"

女人似乎也镇定下来，说话不再那么慌了。她解释说这点儿花生是亲戚送给的，老人有病，自己进城来取药，顺便捎来卖了做点儿添补。即使真的坑了人，也不是故意的。不过，她还是认罚。说着，将手中秤递给小张，很诚恳地说："你验吧！"

这霎，立清的脑袋已经涨成了气球。因为他早听出，不，是认出，卖花生的女人就是冬琴。她手里的秤，是家中一杆旧制每斤十六两的老秤，那秤有毛病，一直不用。那年自己在家时，不慎拿了此秤去赶集，让人测出，差点儿给砸了。这情况，冬琴是不知道的，今天的事，能怨她吗？天啊，这是巧合，还是对我的居意惩罚？马立清想到这一点，气短心跳，喘气也不匀了。他的身子摇晃了几下，赶紧扶住床头。他定了定神，几乎是身不由己地拽开套间的门，慢慢地朝外走，走。

首先发现他的，是躲在母亲身后的路路。小家伙一眼认出，此人是那天母亲说过的爸爸。孩子天真无邪，顺口喊出个"爸……"几乎与此同时，冬琴也看见了他，她哆嗦了一下，忽然一把捂住儿子刚刚张开的嘴，低声道："别瞎说！"孩子惶惑地望望母亲，蒙了，一双天真的眼睛似乎在问：爸爸会是假的？那天明明就是他嘛……

当然，此时要想再不让人看破真情，除非这屋里的生灵都是傻瓜。

　　先是小张，路路那小而匆匆的一声"爸"他听得最清楚，愣怔间，看看从套间里钻出的马立清慌乱而焦急，像输了钱的赌鬼。又瞧这卖花生的女人，凄楚的脸色也变得怨尤惊惧。观察后再两相联系，这个机灵小子一下就明白了，自己抓来的这个少两短秤的花生贩子，就是所长家中原先的那位"她"。小张望望此时已然发窘又坐蜡的淑芬，明白自己是串演了《铡美案》之类戏中的一个什么角色。他无意中给淑芬嫂子惹了麻烦，给所长招来了一个不大不小的灾祸。他嘀咕了一阵儿，一时也想不出什么借坡下驴的好办法，说了句"所长你看着办吧"，便小声唱着"世上的路有无数，最难忘还是我家乡的路"，吐一下舌头溜掉了。

　　一般说来，女人比男人更细心更敏感。淑芬已经明白了眼前所发生的一切，她气、急、羞、怕。她怕这个乡下女人认出她是谁后，会骂她斥她或是扑上来撕扯她，这在以往的生活中是见过的。因为从一般意义上讲，她是夺取了对方的幸福而把孤独和痛苦留给了人家。她本想赶紧躲进套间里去，又唯恐这样会更快地招致难堪。她只好以最大的忍耐性在椅子上坐着，尴尬而又惶悚地坐着。

　　屋里静极了。除了人的呼吸声，还能听到煤石粉在火炉中传出的轻微爆裂声。在这令人窒息的寂静中，冬琴那先是惊愕的面孔渐渐变成铁青色。她望着那天夜里不辞而别的马立清，一向温和的眼睛里，意外闪射出摄人心魄的怒火。她的胸脯急剧起伏，双唇紧紧闭着，她自己明白，对方也明白，双唇一旦启动，必是霹雳闪电大雨滂沱。就在这一触即发的瞬间，冬琴看到了一旁泥塑木雕般的淑芬，虽然从未见面，但直觉已经使她明白这是谁了。

　　人的情绪变化是复杂的，嫉恨的同时往往伴随着不服气。冬琴现在就这样。她脑子里在想，不，我不能在这个女人面前表现出任何的冲动，更不能显出丝毫的懦弱，乡下女人也是人，不比谁少什么缺什么。我不发火，更不乞求，我要用道理让你们难受、害羞，让你们的脸面无处搁放。冬琴正琢磨着那既有分寸又有分量的第一句话时，忽然发现那女人望着自己哆嗦了一下后，大行的泪顺着双颊流了下来。哦，她也痛苦，也难过，大约看到俺母子如此，也有些后悔了。瞧她那紧张害怕的脸部表情、戚戚哀哀的惭愧神色，好像不是什么轻薄女人，极可能是一步迈错。我不要再刺激她的心，给她增加过大的精神负担了。我怨恨，就怨恨那个不顾现实害了我也害了她的马立清吧。可是，此时此刻无论是对他俩中的哪一个，任何有辣味的话语和行动，都同样会刺伤她，也可能会由此就产生更糟糕的后果。唉！自己已到这种地步，干吗还再搭上一个呢？"宁教一人单，别让二人寒。"

沈冬琴的脸色与眼神都和缓了，她挺自然地压下那刚才想好的没有棱角却极尖刻的第一句话，转而故作陌生地望着马立清说："同志哎，看来你是这里主事的了，事情摆在这里，要是真有问题，俺认罚。"

像吞下一块刚刚出炉的烤地瓜，马立清只觉得喉头又痛又热。紧张悲怆惊愕疑惑交织混淆在一起，他完全糊涂了，痴呆了。少顷，他看到和自己同样表情的淑芬长长地舒了口气，一切就又都明白了——仁义豁达敦厚善良的冬琴啊……

冬琴见他不作声，又追问："同志，怎么处理你说呀，俺还得回家呢。"马立清只好顺着台阶下，他把脸扭向一边，声调喑哑地说："你走吧！"

"这……"

马立清故作懂行地解释："你用的是杆老秤，以往也有这种情况。你不是有意的。"

虽然大家都明白这是在逢场作戏，可眼下的情况，谁又有别的办法呢？冬琴也挺认真地点点头，还想说什么，路路终于耐不住，拽了母亲的衣襟说："妈，人家放咱了，快走吧！"

大风雪中，她走了。带着五岁的儿子路路，带着痛苦悲辛而又怜悯别人的眼神走了。腊七腊八，冻死叫花。她冒着如此严寒，领着孩子，步行八里来城内给老人取药，顺便卖这点儿花生而又意外地遇上他。

唉！那披满雪花儿的瘦瘦的身躯，那挂了冰碴的头发，还有路路那天真稚嫩几近冻僵的小脸儿上所流露出的委屈和惶惑……那娘儿俩的身影早已消失在市场管理所的灰漆大门外，马立清仍旧站在房前的台阶上惆怅百端地望着，望着。他感到浑身发紧，胸膛里有无数长锥在轻一下重一下地戳，这长锥看不清也摸不着，那痛苦的感觉自然也是无可名状的。

仍然是风高、雪大。

他听这风雪声又像女人的呜咽。不过，这次却是真的。马立清搓搓冻麻木了的耳朵，听清楚了，呜咽声来自室内。显然，是淑芬在哭泣。烦恼和爱怜绞合在一起，他踩了踩脚，忙又反身跑回屋里。

屋里，被炉火烘干了的热气迎面扑来，他顿觉像从冰窟中钻出又一头跌进刚刚闭火的砖窑洞里，浑身汗毛乱爹，心中涌起了难忍的虚烦焦虑。他在室内不停地转着，怎么也想不出适当的话到卧室内劝慰淑芬。他就这么转呀转的转了一百圈，忽然几步跨到桌前，打开了收录机，他想借助音乐清爽一下脑子，可是收录机咻哧了两下，却播出了一部老电影里的老插曲：问君能有几多愁，恰似一江春水向东流……

"唉！"他长叹一声，双手抱头坐在椅子上。

吧嗒响动，收录机关上了。立清吃惊地抬起头，见淑芬正靠桌站着，白而细腻的腮上满是泪痕，一双眼已经红肿了。她不停地抽动双肩，断断续续地说："真后悔，我不该赘着你。真的……"

不该？这世上不该的事多着呢。哪个对哪个错，有时一百年也说不清。木已成舟，大概也算"前定既定"吧？马立清自怜怜人地望望妻子，一语未发又低下了头。

不知过了多长时间，一阵翻箱倒柜的声音使马立清重新抬起头来，只见淑芬正从橱里拿出风雪衣，又从抽屉里摸出一沓钱，显然是去干什么。他紧张了。

心心相印的人生活在一块儿，除去共同的志向共同的情趣外，主要的希望是要求对方对于自己感情上的至诚专一。难道她看出我对冬琴在感情上的负疚表现而生气了，嗔怪了？她要走要离开我吗？立清忙站起

162

来，要解释要劝阻。岂料，淑芬却径直地走上来，把风雪衣和手中的钱递给他，很果决地说："给冬琴送去！"

马立清一时傻了。当他省悟过来时，见淑芬已将围巾裹在了头上，口气平静地冲他说："我得去接中班，你回家住几天吧，冬琴一个人带孩子，又要照料父亲，太苦了！"稍沉，望定了马立清，态度诚恳，口气郑重："立清，人心都是肉长的，你和冬琴谈谈，要是她不记恨的话，我……"淑芬的话没说完，忽然又泪流满面，喉头哽咽，她忙拉开门走了。跟过来的马立清僵在了门口，一动也不动。雪粒子不断地趸进屋里，落在水泥地面上迅速融化，室内渐渐变得冷了。他瞧瞧空荡荡的屋子，听着门外呜呜嚣响的风雪，不知怎的，心智一阵迷乱，眼前蓦地显现一个大而凌乱的"旋涡"。

鹅　眼

1

华子把五头牛赶到村外河道时，天刚破晓。

华子跟在牛群后边，习惯性地眯起眼来，立时，大牛变小，小牛更小，小得如同几只驯顺的羊。与此同时，他感觉自己在这些牲畜面前忽然显得很是高大。华子轻轻地甩了下鞭子，河道里响起带着颤音的脆响，领头的花牤子听到鞭声就像听到了号令，带着它的两对妻儿颤颤儿地跑下了二滩。退了水的二滩平整阔大，半尺长的芦草芽子顶着亮亮的露珠，葳蕤翠绿，晶莹得近似透明。圆蹄畜生最喜露水草，长肉增膘。

华子每天都是五更起床，早早地将牛赶到这河滩上放牧。

天渐渐亮起来，华子顺着河道举目西望，天地朦胧中，河水泛着铅灰色的光波，像小时见过的布腰带，曲曲折折地向这里铺展着。时有银色的亮点在水面打个闪儿，平静的河水就显得有些神秘了。早晨的天是清爽的，地是清静的。在这清爽与清静间，华子身上总是生发出一种腾跃飞翔的感觉。他大口吞咽咀嚼着面前的空气，随之便有一股神奇的东西在丹田处鼓涌、集聚，终于上贯胸膛直达咽喉——华子憋不住冲口而出：啊嗬嗬——！！

华子的呼喝声在河谷里回旋震荡，一条早起嬉游的大鱼受到惊扰，跌一个脊跃出五尺开外，把满河的鱼全给吓醒了。河面上立即噼啪连声，接连激起大小不等形状各异的水花儿。正在二滩上甩着尾巴吃草的牛儿惶惶地抬起头来回眸一望，相互"哞哞"两声，顿着蹄脚奔向西边不远处的河湾。

华子甩着小鞭远远地跟在后头，早晨的空气挟带着河水里淡淡的鱼腥味，让华子的头脑格外清爽。清爽的头脑当然让人愉悦，一种不可言状的好心情激起了华子的倾诉欲，他甩了个响鞭，抬头挺胸一展歌喉：牛儿——还在山坡吃草，放牛的却不知道哪儿去了……

歌声传开去，飘开去，飘出河道，在这片广袤的大平原上涌起一串串声波。受了歌声的感染，遥远的西南天际有暗影一样的东西开始悄悄地幻化，若隐若现间，刚才还灰蒙蒙的天空忽然就变得明亮了。

河北边的一溜三庄名为"碱河三营"，华子住在最西边的大营。大营村人都姓丁，很明显几百年前曾是一个祖宗。

华子二十几岁了仍旧像个小孩。华子的命也不好，当他刚刚懂事的时候，出于一个特殊原因，爸爸离开大营村回城里去了。他只记得当时母亲送走爸爸以后立在这河涯上不动，她紧咬着嘴唇泪流满面，却一句话也不说。他很为母亲当时的表情而奇怪，当然更不理解，直到母亲回到家中倒在炕上号啕大哭时，他才意识到爸爸的离开对他们母子来说实在是很可怕的。那以后两年里，母亲常常牵着他的小手来到与爸爸作别的河涯上，流着眼泪久久地朝车站方向凝望。

那之后，母亲曾给他找过一个新爸爸，可是一年后新爸爸不知何故又甩掉了他娘儿俩。这一次他记得清楚，母亲从乡里回来后，将一张什么证书扯个粉碎，然后一把将华子搂在怀里盯看着，泪水和着哽咽的话语同时涌出：孩子，老天饿不死瞎眼雀，咱们自个儿过！

母亲在千难万难中独自硬撑着这个家。她白天忙着地里的庄稼，夜晚就给镇上铺子里做缝扣眼钉扣鼻的活。母亲积劳成疾，在一个冬天里开始咳喘不断，因为缺钱，她硬扛着不去医院，最终患上了人见人怕的慢性气管炎。两三年后，母亲病情加重，到医院检查时已经是肺源性心脏病。也就从那时起，华子成了半个当家人，他家里地里忙个不停，每天还坚持到学校读书，一有闲空就得放牛放羊或到南洼的窑场里拣煤核。煤核真是好东西，不只是省下了买煤烧柴的钱，重要的是烧起火来不冒烟，冬天取暖时，能防止母亲因为烟呛所造成的咳喘。

华子小学毕业了，他不想也不能再继续上学，母亲的病越来越重，这个矮小的男人必须顶起大个子男人的全套农活。也许正因如此，华子在村人心目中的地位很高。村人很是照顾他，譬如交水费、出河工等等，人们往往异口同声，说华子就免了吧。华子很感动也很自觉，逢这时就说：别别，我能行的。

也许是这个原因，华子在村中更加受人尊敬了。

在河湾处吃草的牛儿越走越远，距离华子已有半里地，华子唯恐牛们吃饱之后跑到河岸外边啃庄稼，便加快步子朝河湾处走去。华子顺河西行的此时，他背后的天空已完全变白，白中透亮的霎时间，太阳小心翼翼地露出头来。华子惊回首，只见薄暮开处，遍显霓裳异彩。秋日蓝天，白云舒卷。随着旭日东升，钢花似的阳光从高大的树梢前斜着向上泼洒，天空中的云丝儿罩上一层淡淡的金色，云丝儿时聚时散，轻扬飘逸，高阔无际的蓝天愈发显得神秘莫测。金色的云丝儿与湛蓝的天幕交相映衬，务实求真而又富于想象的人们，很容易联想到天堂仙界。

华子到达河湾处时，果然已有两头小牛吃饱后在撒着欢地往河涯斜坡上跳，幸好及时赶来。华子冲它们甩了个响鞭，小牛一惊，瞪圆了眼睛顺着斜坡跑了一段，又乖乖地返回了二滩。

牛在河道二滩上吃草，华子在河岸上悠闲地来回溜达着。晨风阵阵，清水微波，岸边树上的小鸟儿飞来飞去，天上的云丝儿也开始慢慢移动了，华子心里敞亮洁净得就像被水冲洗过，终于情不自禁，他又唱起了歌：蓝蓝的天上白云飘，白云下面马儿跑——挥动鞭儿响四方，百鸟儿齐飞翔……

二滩上的牛儿不再吃草，飞鸟儿停在了树上，河里的鱼儿也纷纷游到水边，它们共同倾听华子的歌唱——要是人们来问我，这是什么地方，我就骄傲地告诉他，这是我的家乡……

华子舞动着手里的小鞭为自己协奏，胸脯时挺时收，大脑袋左右晃动着，歌啊唱啊，整个人完全融入这秋晨的乡野画卷里了。华子只顾忘情地唱着歌，丝毫也没注意到这时东边正有个人顺着河岸往这里跑，那人边跑边嘀咕：啊呀呀，无心插柳柳成荫哪！

2

音乐学院的李教授跑到河湾处时，华子已经唱完了这首歌。

李教授昨天刚刚来到大营村，打算用半个月的时间沿河采风，以便创作那组思虑已久的乡土歌曲。他之所以来大营村，是接受了系主任陶侃的建议，陶侃说碱河三营那地方民风淳厚历史久远，有许多传奇性的东西可供汲取。李教授听后很是高兴，第一站就直接到了这里。

李教授有晨练的习惯，天亮后就来到村南的河岸上，河岸上青草滴翠杨柳依依，是城市里难得一见的好景致。他顺着河岸一路走来，忽听西边响起嘹亮的歌声，歌是老歌，音是高音，歌喉虽然稍显稚嫩，但轻松圆润，如涌似波，极像这小河水一样有张有弛平稳舒缓而又毫不勉强地流着。李教授惊奇得差点儿心律紊乱，这不正是那种可遇不可求的原生歌喉吗？他曾在自己的千百弟子中寻找这样的歌喉，想找个好苗子参加即将在全国举行的原生唱法歌咏大赛，但每每让他失望得近乎沮丧，没有，一个也没有，全是那种像捏住喉头往外挤似的假嗓。今日在此无意遇到，真是"无心插柳柳成荫"啊。

李教授在学院里曾与音乐系主任陶侃有过争论，陶主任说真正有天赋的歌手应该出在城市，因为城市里的孩子从小就受到良好的音乐教育，加之后天培养，成才的可能性最大。而山野荒村由于环境的限制，即使稍有天赋的孩子也早已从小耽误了。李教授对此不以为然，他说乡村里藏龙卧虎，山河锦绣物华天宝，说不定有株灵芝草就在哪个山川河崖上长出来呢。这不，目前的情景足可证实自己的判断，从远处看那还

167

是个孩子，是一个尚在发育成长的少年，这样的资质如果悉心培养，假以时日，前途真是不可限量啊。李教授激动了，痴呆了，陶醉了，双脚好似踏着空气飘起来。他一路奔来，远处的歌声就像一条长长的绳索，牵着他，拽着他，一直把他拽到歌者的跟前。

放歌而行的华子听到脚步声蓦地转过身来，他神态平静，双目微眯，似笑非笑地看着这位不速之客。李教授一下子怔住，面前的这个人身不足三尺，重不过六十，光看身材至多是个十多岁的娃娃。但能够证明他至少经历了二十几个日月轮回的是那张沧桑横陈的成人面容，还有那颗硕大的脑袋和脑袋上一蓬浓密的卷发。李教授明白自己遇到了侏儒，一个智力无缺但身子永远也长不高的人。

李教授有点儿失望、泄气甚至是沮丧。作为歌唱演员，不能只有好的歌喉，还必须具备让观众能够勉强认可的形象。可是，面前的这位"苗子"实在难以让人恭维，即使加意培养歌如天籁，将来又怎么登台演出呢？李教授竭力克制着自己失落的心情，俯下身子问道：小伙子，你唱得真好，这歌儿是和谁学的？

华子的眼睛眯了眯：我妈！

尽管华子说话很平静，但李教授那音乐家特有的敏锐听觉仍旧感觉出了异样，他同时也从对方那总是眯起来的眼睛里看出一丝忧郁和悲怆。他问华子的父母是做什么的，华子的眼神暗了暗，说母亲就是农村妇女。谈到父亲，华子犹豫了好一会儿告诉李教授，说父亲在自己很小的时候就走了，这歌儿就是母亲从父亲那里学会后又教给他的。说完这话，华子的脸色明显阴下来，好像嗔怪对方询问这类事情，而自己出于礼貌不得不告诉他。李教授也看出了华子的神情有点儿反常，但仍是有着寻根刨底的意思。这时两头小牛跳上河岸，试量着要跑到堤外啃吃庄稼，华子趁机甩着响鞭赶它们回去，然后就到二滩上去照管其他的牛了。

李教授立在河岸上定定地看着，不走呢，看样子对方再没和他拉下去的意思；走呢，又着实舍不得。他望望河里的流水，流水在无忧无虑

168

地朝前淌着，时时有鱼儿甩着尾巴或突然跃起，在平静的河面上弄出一串串大小不等的涟漪。一只吃草的母牛这霎抬起头来哞哞哞地叫了几声，是在招呼自己走远了的犊儿快点儿回来。犊儿听到妈妈的叫声，撒着欢地跑到她身边，母牛伸出舌头亲切地舔着自己的爱子，犊儿则柔情万般地在母亲腿上慢慢地蹭呀蹭的。舐犊之情啊！李教授看着矮小的华子在牛群里蹿来蹿去，心里一阵酸楚，这个残疾人本就不幸，却又从小只有母爱没有父爱，这些岁月，他是怎么过来的？

李教授举目远眺，河的对岸是大片的原野，早秋的原野成熟而又厚重，到处是郁郁葱葱高矮参差的庄稼。隔河望去，无际的田地就像硕大的绿色地毯，在蓝天覆盖下向着遥远的地平线上铺陈着。稍稍侧首，一尊高大的烟囱矗立在河道以南，黑白相间的烟雾不断地从顶端冒出，给蓝天给绿地平添一种不太和谐的光泽。很显然，那儿是个窑场，是专门制砖烧瓦的。此时太阳越爬越高，转眼间阳光似乎已和烟囱的圆顶平行了。李教授长长地舒了口气，他仍旧不愿离去，他想在此多待一会儿，尽可能再和这放牛人说几句话。

顺河风从东边轻轻地刮过来，似乎挟带着一种隐隐约约的奇怪响声，李教授回头看时，见一个年轻女人立在村头河岸上，一边咿呀喊着，一边用手不停地摆划。李教授还没弄清原委，二滩下放牛的华子已经跑上了河岸，举手朝着那女人舞弄了几下，女人就转身回村里去了。李教授奇怪地问华子那女人是谁，华子说是他的姐姐。姐姐是个哑巴，每次来叫他回家吃饭都是这么咿呀带比画。李教授又是一怔，心脏与此同时地在腔子里拨棱了一下，天哪！怎么姐儿俩都是残疾人啊！他想仔细问一下华子的家庭情况，可华子这时已经跑回二滩轰赶牛群。牛儿们已经吃得肚子滚圆，但仍旧不想离开这鲜嫩的青草，任凭华子喊叫，只是低头猛啃，粉红色的舌头快速地伸出来，只一卷就将旁边的芦草揽进嘴里，随之就移步另侧，边吃边和华子周旋着。直到华子生气地甩起了响鞭，它们才极不情愿地抬起头来聚到一块儿，小跑着登上河岸迤逦回家。

李教授从房东那里对华子的情况有了翔实的了解。华子的父亲是邻村东营村的，高中毕业后没有升上大学。这年轻人有着一副好歌喉，华子的母亲就是因为喜欢唱歌才爱上他的。他们结了婚，生了华子，生活过得还算美满。乍从学校出来的年轻人干不了重活，家里家外的体力活就全由华子的母亲包了。他们相亲相爱相扶相携一直过了两年，两年后华子的父亲参加了艺考，凭着一身才气考上了音乐学院。开始父亲还和华子的母亲关系依旧，可是毕业那年发生了变化，要离婚。华子的母亲想了三天哭了一天，最后说为了不耽误丈夫的前途，答应离婚了。

当时听到这话后，李教授的心像给谁攥了一下。李教授还从房东嘴里打听到，华子的那个哑巴姐姐其实是从小被人遗弃的，华子的母亲从镇上把她捡回来抚养，打算将来给自己的儿子当媳妇，所以一直"团圆"着。可是，不知什么原因，他们直到如今不成亲，有好心的乡邻去问，娘儿俩也是避而不说。村里老少知道其中必有缘故，也就不再多问。虽然弄不清哑巴姑娘的真实年龄，但从面相上看肯定要比华子大，少说也得二十几岁了。

李教授决心要找华子拉拉，他已由早晨见到华子时产生的遗憾转为同情和仗义，他决心要让华子展示自己的禀赋才华——还有，他要刺疼一下如今不知身在何处的那位的心。华子一旦成名，他那个撇家而去的父亲是会知道的。

早饭后李教授来到华子家，华子没在家，华子的母亲从炕上挣扎着爬起来，一边喘息一边让座。哑女咿呀说着什么给他送上一杯水，李教授借机看了一眼这个残疾人，发现哑女竟是出奇的美丽。高高的个头，苗条的身材，一张漫圆脸儿白白净净的还显着淡淡的胭脂红，这在城市里打扮起来，一点儿也不亚于那些所谓的影视明星。然而，在这里，在乡下，在这个贫困的家庭中，她只能穿着并不合身的衣裤，用皮肤粗糙的双手干一些笨重的活。一只秀美的小鹿给关进了羊圈，一朵透着灵气的花儿给压在了石头下。

李教授暗暗地叹了口气，心中为世上所有的残疾人感到不公。他和华子的母亲简单交谈了几句，打听华子的消息，华子的母亲喘息着告诉他，华子到南窑场里拣煤核儿去了。他们家没钱买煤，近几年全靠华子拣煤核儿冬天取暖。李教授看看南边的牛棚，棚里的几头牛正在嚼沫（反刍），有的眯着眼睛，有的轻轻摇动着尾巴。李教授轻轻自语：华子可真不易，既要放牛，还得拣煤核。

华子母亲告诉李教授，他们一家就指望这几头牛，养一冬春，放一夏秋，年前卖了支付各种花销，还得给她治病买药。华子和他哑姐总是合理安排家里的活，今天华子到窑场拣煤核，待会儿哑姐就得赶着牛到河湾里牧放。

李教授含着两眼泪水走出华子的家门，他决心到窑场去找华子。本来他可以等到华子从窑场回来后再交谈，然而他等不及也不想等，因为心中有一种奇特的欲望在驱使着。

3

华子只要闲着就来拣煤核儿，长年累月光顾此处，他已成为窑场的常客。煤核是从窑底推出的煤灰里拣，所以拣煤核的人总是弄得浑身像个土猴儿，口脸眼鼻凡是露在外边的部位，都给涂上一层厚厚的灰尘，张嘴一笑，只看到满口白牙。

李教授来到窑场时，华子正龇着一口白牙和一个高大威猛的汉子吵架。这汉子名字叫张九，是窑场的实物保管兼警卫，家是中营村的。虽然乡里乡亲，但是因为华子得罪了他，他怀恨在心，只要看到华子进了窑场，他立马就来找碴儿。

其实华子得罪张九先是无意后是迫不得已。那天华子来窑场拣煤核，因为一时间还没有新鲜的煤灰从窑里推出来，华子就和几个同样拣煤核的孩子在一块儿玩耍。这时，场长、会计和张九到货场验货，张九和会计绕着一个个砖瓦垛数了一遍又一遍，总是对不起数来。场长有点儿烦了，说：你们上学时就没学过加减乘除吗，怎么连个准数也弄不出来啊？说实在的，这怨不得会计，更怪不了张九，因为当时的砖垛摆置得很凌乱，这种情况往往是越数越眼花。正当会计和张九再数第四遍时，跟在后边看热闹的华子却出语惊人：真笨蛋，连砖加瓦是八十三万七千七嘛。别再数了，我给你们说说。

华子当即将货场分成几大段，每段内有多少砖多少瓦说得清清楚楚，会计用计算器加起来，可不就是这个数。天！会计愣了，张九呆了，场长大骂：姥姥个球，连个残疾都不如，养你们这些废料干吗！

会计和张九受了奇耻大辱，还差点儿让场长炒了鱿鱼。特别是张九，心中相当憋气，你华子个小岁数大，怎么说也不是小孩子了，连打人别打脸这样的道理也不懂吗？充能也不看场合，场长正在气头上，你却故意出我的丑。妈的，还乡亲近邻呢，扯淡吧！这个粗壮汉子怀了气恨，瞅个阴雨天径直找到华子家里理论。华子明白自己有些失当，连连和他赔好话。张九的气消了一半，便问华子怎么能算得那么准。华子告诉他，这是母亲教给的，是祖上传下来的算数绝技，名叫"袖里藏锦"。张九正要继续问下去，却见哑姐从套间里走出来当屋立住，那意思是问华子要不要给客人沏茶烧水。华子还没说话，张九的眼睛已经直了，天老子哟，这个不起眼的小矬子家里竟然藏着个绝世美人！他听说过华子有个哑巴姐姐，可不知这哑巴有如此姿色。从那时起，张九就装作和华子交朋友，有事没事来家找他。当然，说找华子是借口，其实是来接近哑姐的。那天张九又来到华子家，瞅华子出屋拴牛的空儿，竟色胆包天，站起身一把拽住哑姐就往怀中拉。张九力大，哑姐又没防备，只一下就跌进张九怀里。张九正要和哑姐亲嘴，不料华子一步闯进门来，先是怔了一怔，旋即从门后抄起一根木棍挥过去，腾地砸在张九厚实的脊背上。这一棍把张九打蒙了也打醒了，再顾不得和哑姐亲热，闪身躲过第二棍蹿出门去，兔子一样落荒逃走了。躺在套间炕上的母亲听到了外屋的响动，问是怎么了，华子撒谎说没小心碰了桌子一下，母亲在套间内深深地叹了口气，再也没说什么。

张九挨了一闷棍，怀恨在心，以后见到华子进窑场，立马生事挑衅。

这一霎，李教授看到的情景让他有点儿不相信自己的眼睛。

华子左手提着个破旧的编织袋，满身满脸的灰尘，混在几个拣煤核的孩子中间，用一根小木棍在煤灰堆中拨来挑去，细心地拣拾着尚未燃尽的灰黑色煤核。一个高大的汉子立在他身边，用脚轻轻踢着他：拔腔（本地方言，意即滚开），这是我的地方！华子不为所动，仍旧专注地干活。那汉子恼怒了，竟然抬脚踢了下华子的屁股，口气也更加凶恶：拔腔，拔腔，再不拔腔我就不客气了！

李教授看到华子不紧不慢站起身，以为他要离开窑场或换个地方。然而，令他想不到的是，华子站起身后往旁迈了一步，仰脸和那汉子对视着，僵持着，像斗鸡一样挺起脖子，丝毫也没有畏惧的神色。煤灰的色泽环绕着他薄而坚忍的嘴唇，眼睛下面有一道道被汗水冲出的痕迹，深浅粗细不一，像山梁上那些纵横杂陈的沟壑。他双肩耸起，头上的卷发竟像硬而杂乱的芦草一样蓬松着竖了起来。那汉子先是有点儿吃惊，接着脸上就出现了不易察觉的惧意，但他还是朝前迈了一步，好像终于忍无可忍地暴怒了。这汉子伸手要擒华子，华子的脸色凝重起来，两只眼睛开始越眯越小，越眯越细，忽然脸色一沉，从容不迫地朝身后摸了一下，一把钢片做成的三寸小刀突然就亮了出来。刀柄虽用破布缠裹着，刀尖却闪烁出寒气逼人的虚光，华子持刀在手，刀身贴紧着自己的腰部，嘴唇上带着自信的冷笑：我说呀小子，爷们儿没抢没偷，只是拣点儿你们不要的煤核，这不算错误，更不算犯法，你要是想找麻烦，那就来吧！

李教授见事情不好，怕华子吃亏，正要往前劝解，不料华子早已一个箭步冲上去，照准汉子的下裆不容分说扎了下去。那大汉惊叫一声，猴跳圈似的蹦到一边并远远躲开，引得其他拣煤核的孩子一阵哄笑。华子并不罢休，扔掉手中的编织袋子又朝大汉冲去，对方如同大难临头一样叫了声"妈呀"，转身拼命地逃开去。大汉边跑边嚷：好好，你持刀行凶，我去找场长，找派出所……

173

大汉嚷着叫着，借坡下驴地逃掉了。

李教授惊奇万分，怎么也没想到小小的华子能将一个彪形大汉打败。他怕华子得寸进尺，赶紧走上去拉住他：华子，得饶人处且饶人，你可真了不起。

华子见是早晨遇到的那个人，不好意思地笑了。他说：世上就有这号人，软的欺，硬的怕，你越迁就他，他越欺负你，倒不如豁出去拼，反正是硬的怕横的，横的怕不要命的。要不，没法活。李教授听他说的也在理，但还是担心地说：华子，如果他真和你拼，你是会吃亏的，以后可不要这样了，退一步海阔天空嘛。

华子眼睛睁开了又眯起：我不怕，这些人在我的眼里很小，我不怕。

什么？李教授被华子这句话弄糊涂了。

华子脸上显出一种异乎寻常的凝重表情，他告诉李教授，自己小时候因为身材矮小，经常受外村孩子的欺凌奚落，有时还无端地挨揍。有时也试着奋起反抗，但结果是招来更加难以忍受的殴打。时日久了，他几乎失去了反抗的本能，甚至在挨打时连逃跑也认为是多余的了。直到那次被人殴打时又给尘土眯了眼，他揉完眼睛再看时，面前的几个孩子竟然变得那么小、那么弱，好像一下子到了小人国。霎时间，他感觉自己长高了，长壮了，高得足以压过众人，壮得完全可以打败他们。他感到一股热浪从心底冒出来，浑身也增添了难以估量的力气。于是，他挥起双臂向那几个趾高气扬的小子打去，几个小子完全没有料到华子会突然发动反击，更没想到他忽然间变得如此勇猛无敌，一阵手忙脚乱后，相继哀号着落荒逃去。自那之后，华子说只要自己眯起眼来，面前的物体就会变得渺小，而他原本瘦弱的身子里也随之增添大于原先几倍的力气。

李教授像听天方夜谭似的听华子说完，满脸疑惑地俯身到华子面前。华子的眼睛黑白分明，并没看到有什么不同于常人的地方啊，难道他在撒谎说笑故弄玄虚？华子见李教授盯着自己，眯起眼轻轻一笑，嘴里嘻嘻说着：你小了，小了……

李教授吃了一惊，因为他果然看到，华子眯起眼后的瞳仁渐渐变长变扁，末了竟然成了一条细线。这真是奇人异人天外人啊，李教授脱口而出：鹅眼！

对于华子这奇特的鹅眼，李教授暂时还不想做过多的探究，他所着迷的是华子那副超出常人的美妙歌喉。李教授明白十个天才九个邪癖的道理，他不能直接和华子交流或提建议，只能绕着弯地说。他先夸奖华子的歌唱得如何如何好，见华子面露得意之色，这才告诉华子自己是音乐学院的教授，提出要辅导他。华子问他如何辅导，李教授说如果他愿意，可以每天教他，并说自己有把握让他成为一个优秀歌手，说不定将来还能成为歌唱家。华子笑了，说他只是随便唱着玩，没想当歌手，更不敢想成为歌唱家。因为他家穷，母亲姐姐都需要照顾，他得放牛、拣煤核，还得到地里干活。李教授想想也是实情，华子是没有条件专门从事歌唱训练的，然而，无论如何，这个天才歌手不能浪费，不能放过，不能把他耽搁了。李教授凝神结思后决定相机而行，他提出每天早晨华子放牛时在西边河岸相会，他们一块儿放牛，一块儿练歌，如果可以的话，他还可以陪着华子到窑场来拣煤核，帮着他到地里干活。华子的眼里放出光来，天啊！当今天下，哪里还去寻这样的好人啊？华子的眼睛重又眯了起来，但瞳仁并没变细，而是从那好看的双眼皮里溢出了一些朦胧的泪花儿。

自此，每天清晨的村外河岸上，人们就听到两个人的歌声，时断时续，时高时低，有时隔了三五分钟，那清脆嘹亮的歌声再度响起，比刚才唱得更加开阔、更加高昂，也更浑厚圆润。

村里人不几日便得到消息，说华子真有福，他做了音乐教授的徒弟。

4

华子这几天很是兴奋，因为在李教授的指导下，他的歌唱得越来越好了。以往有些含混不清的歌词曲调被改了过来，不合适的音节、不规范的口形，都一一得到了纠正。李教授教给他什么叫音准，什么叫节奏，怎样培养对音乐的理解力……李教授还告诉他，不久省里就要举行原生歌手选拔赛，让他抓紧练习，争取参加。以往华子唱歌只是闹着玩的，现在经李教授一说，觉得应该当作一件正经事呢。他练得越发卖力，越发投入，不管李教授在场与否，只要稍有空闲，他就挺胸昂首一展歌喉。

自从那次张九搂抱哑姐之后，哑姐好像情窦大开，时不时地凑到华子跟前，咿咿呀呀地比画着什么。华子听不懂，她就将两个拇指并在一起，或者把两只手一上一下叠作一块儿，做出让华子心知肚明的亲昵动作。华子越是明白哑姐的意思，心里越难过，看着哑姐那秀丽漂亮的脸蛋和迫切表明心迹的样子，他常常扭过头去暗暗流泪。哑姐身残心里明，多年的相处和相知，她早已看出华子是个可以依靠的好人，她不嫌他丑，不嫌他矮，她想一生跟定这个人，照顾这个残疾弟弟，也好借此报答有病的母亲。母亲对她有恩，当年她被母亲从镇上领回来时已经懂事了。以往她也曾多次向华子和母亲示意，但那时她只能粗略地表示一下，母亲当然是认可的，华子却连连摇头不应，好像很紧张，很害怕。哑姐很奇怪，母亲也大惑不解，母亲曾经问过华子，可华子只是摇头流泪，什么也不说。

张九的举止让哑姐害怕了，担心了，她担心真的有一天被外人占了去。因为近年来她外出或下地干活时，常有青皮后生不错眼珠地瞅她，她明白那眼神的含义，知道他们盯着她的目的。张九的恶行更加坚定了她的看法，她不能再抻下去了，她必须和华子把事情摆明了。可是，华子仍旧木木的，呆呆的，好像在这方面永远不能开化。

这天晚饭后，哑姐收拾了碗筷桌椅，服侍母亲吃药睡下后，就到厨房烧了一锅热水。她将热水倒进大盆又兑好凉水，让华子帮她抬到了一间闲屋里。哑姐关上屋门脱掉衣服坐进盆中，一边喜滋滋地看着自己雪白娇嫩的身子，一边往身上撩水。她洗得很仔细，很到位，一遍又一遍地往身上搓着香皂，又一遍接一遍地用毛巾搓洗。哑姐不时闻闻自己身上的香味，再轻轻抚摸自己的胸腹腰腿，嘴角上不时地露出聋哑人所特有的那种浅浅的笑意。很显然，哑姐的心里产生了某种幸福的想象，她在为一个美好的设想做着最最完善的准备。

入夜，华子躺在炕上正要蒙眬入睡，忽听母亲又在西套间轻轻哼起了那首歌："蓝蓝的天上白云飘……"歌声虽然压抑着，仍然透出一种舒畅和向往。母亲经常在夜里悄悄哼唱这支歌，华子明白母亲的心情，他知道母亲一直忘不了爸爸。华子从没听母亲说过埋怨爸爸的话，但爸爸一去不返，却让他这些年来百思不解。

母亲的歌声很轻，很低，低得不仔细听都不知道有人在唱歌。夜晚静得很，也空得很，好像这个世界里此时只有他们娘儿仨，母亲在唱，哑姐又听不到，这世上就只有华子一人在欣赏了。华子心里涌起一股难言的酸楚，唉！亲爱的母亲，在儿子的眼里，似乎从未见过你的年轻，见过你的欢乐，当然更谈不到幸福了。只记得你白天拼命干活，晚上还是拼命干活，近几年病情加重身子浮肿，你仍是尽力干些力所能及的。许多年来，你唯一的欢愉，就是当夜深人静别人蒙眬入睡时轻轻地哼着父亲曾经教给你的歌。可怜的母亲，倔强的母亲，经历了人生磨难的母亲，这些年你是怎么熬过来的？

母亲的歌声渐渐小下去，小下去，屋内终于寂然无声了。华子擦了下有些模糊的泪眼正要翻身睡去，忽听母亲的西套间里有轻微的响动，显然是有人下了土炕，走出套间，并且轻一下重一下地朝自己住的东套间里走来了。哑姐一直和母亲在西套间里睡，母亲整天气喘吁吁，别说夜间，就是白天也轻易不能出屋的。那么，这走过来的人肯定就是哑姐，那轻一下重一下的脚步声，更证明是她。聋哑人很难掌握自己的行动，尽管有意放轻动作，仍旧难免笨手笨脚。华子有些奇怪，哑姐此时到他屋里做什么？脚步声已经到了华子的炕前，华子借着若明若暗的光线也已看清，是哑姐，并且光着身子一丝不挂。华子突然明白了哑姐来此的目的，心里一阵紧张，赶忙用被子蒙住了头，大气也不敢喘。

哑姐好像并不理会华子的举动，仍旧我行我素地爬到炕上，躺下身来，用力拽开华子的被头，义无反顾地朝华子被窝里钻进去。华子不敢吭声，又不及哑姐力气大，只一小会儿，哑姐那光溜溜的身子就完全和他偎在一起了。一股温馨清香的女人味浸润了华子的全身，他也不由自主地抱住了哑姐，耳边听得到哑姐那幸福的娇喘，闻得到哑姐那女人特有的香味。哑姐两只鼓鼓的乳房贴紧在华子的胸前，一动一动地挤他，揉他，华子感觉自己凭空飘了起来，身子像腾云驾雾一样在什么地方虚悬着。哑姐是个聪明又坦率的女人，她抱着小小的华子往自己身上搁。这举动，但凡会喘气的生灵都能明白其中含义。然而，可怜的华子享受不到飞来横福，他清楚地知道自己的缺陷，他无力享受更无力让哑姐也享受这世间生灵的必然，尽管他明白哑姐听不到自己说话，可他还是压低着声音说：姐，放开我，快放开我，我、我不行……啊！

　　哑姐先是锲而不舍地将华子抱上自己的身体，搂得紧紧的，继之又腾出一只手来，毫不妥协地朝华子下身摸去，摸去——先天固有的本能让她清楚自己应该干什么。可是随着哑姐的一声惊叫，满身虚汗的华子从哑姐身上滚下来，那双一直搂紧他的柔软光滑的小手也渐渐松开了。华子蜷起腿来，无力地缩在被窝的一侧，口中气喘，身子拘挛，像突然中了邪似的。稍沉，华子听到了哑姐的哭泣声，都说哑巴是不会哭的，但哑姐还是哭了。可能这个残疾女子经此一试，明白这辈子不会和华子成为名副其实的夫妻了。

　　不知过了多长时间，哑姐重又搂过华子，重重地亲了他几口，然后爬出被窝溜下土炕，不规不避地回到了西套间。一会儿，华子听到西套间里传来哑姐咿咿哇哇的说话声，夹杂着母亲沉重的叹气声和低低的饮泣声。很明显，哑姐在向母亲解释着什么，而母亲也是心知肚明无可奈何了。

　　东套间里，华子用被将脸蒙住，哽咽抽泣，泪流满面。

5

转眼间半个多月过去了，学院来了电话，催李教授快些返回。因为由下到上的原生唱法歌手选拔赛马上就要开始，省里请他当S赛区的评委主任。华子所在的平南县就属于S赛区，而出任总评委主任的，是他们的系主任陶侃。李教授惊叹于这种人间造化天缘巧合，明白华子的歌唱天才终于可以向世人展示了。

半个多月来，李教授向华子传授了一些乐理基本知识，教给他几首比较流行的歌，并给他写了一首新歌《亲爱的妈妈》。华子还没完全学会乐谱，每首歌都是李教授一字一句教会他的。华子非常喜欢《亲爱的妈妈》这首歌，稍有空闲就一再练习，到李教授离开的这一天，他已完全掌握并能熟练演唱了。

大约又是半个月，也可能是二十天，县文化馆的人突然来到大营村村委会，指名道姓找华子。村委会主任领着他们到了华子家，正在收拾粮囤的华子愣怔半天才弄清，来人是请他去参加歌手选拔赛的。为何专门请他，华子心里很明白，这是李教授的意思。既然李教授安排的，他华子就必须去，再忙也得去。华子赶紧把粮囤安置好，又用手势嘱咐哑姐按时出去放牛，便换了一身干净点儿的衣服和来人匆忙上路了。

的确是李教授特意安排的。

李教授回到省城后，原生唱法歌手选拔赛便迅速拉开帷幕。作为赛区评委主任的李教授来到S赛区后，首先参加了平南县的初选工作。初选的结果令李教授失望，也同样令平南县文化部门失望，因为几乎没有一个哪怕是能够勉强过关的歌手出现。平南县是国家文化部挂号的文化先进县，眼下竟闹起了艺术人才荒。文化部门很丧气，县里的头头们更觉脸上无光。他们严令文化部门迅速寻找新的歌手，哪怕重金外聘也在所不惜。适逢其时，李教授提出让大营村的华子到县里来试一试，他说自己下乡采风时曾听过华子的歌，歌喉还不错。李教授是在明修栈道暗度陈仓，故意把调子压得很低，其实他心里早就明白，这个初选过关的歌手非华子莫属。赛区评委主任说了，县里还有个不同意吗？当即派人到了大营村，当即便将华子请到县里来了。

果然是一鸣惊人。

当天晚上，华子在县剧院登台演唱，他的矮小形象曾经让上上下下失望了好一阵子，但接下来的一首《在那桃花盛开的地方》便立时艺惊四座，剧场里的掌声滚滚而来，观众们完全沸腾了。文化局长兴奋得从座位上跳了起来，一边鼓掌一边不管不顾地嚷道：还有什么说的，就是他了，就是他了。

几乎没有任何异议，华子成为平南县参加 S 赛区选拔赛的唯一选手。平南县出了这样的人才，县头头们的情绪快要控制不住了，当场就招呼县文化馆准备进人，名额由编委负责。眼下正是体制改革的关键时刻，文化馆还要不少往下裁人呢。馆长听了这话只能咧嘴，明白这是领导们乐糊涂了，但他又不能不答应，只好应付性地"呵呵"着。

负责文化的副县长亲自出面过问，安排华子去参加 S 赛区的选拔事项。喜不自胜的李教授初战告捷，第二天就带上华子到市里参加比赛。

李教授把华子带到 S 市后，怕初出茅庐的华子不能适应城市生活，特意安排华子和自己住在一起，饮食起居一律由他具体负责。李教授给华子置了一套演出服，是让成衣店专门为他量身定做的。演出服浅蓝立纹质地优良，不太华丽却挺括异常。矮小的华子穿在身上虽然依旧矮小，但较之以往还是潇洒精神了许多。李教授感到很满意，自此就和华子在招待所里"闭关修炼"，以备几天后登场出演。

S 区选拔赛开始的前一天，李教授从省城请来了陶侃教授和他的夫人罗拉女士——一个德国的小提琴演奏家。陶侃当年从音乐学院毕业后，接着考入研究生班。研究生班毕业留校任教又是两年，接着便参加了公费留学考试，并以全省第一的成绩考入世界著名音乐学院——德国国立舒曼高等音乐学院。天资聪颖的陶侃那异乎寻常的音乐才能在学院里大放华采，特别受到了业师及校方的青睐。他们专门为陶侃举行了一场声乐演唱会，并由当时的校花罗拉为他进行小提琴伴奏。专场声乐演唱会是用中德两国语言演唱的，陶侃那美如天籁的歌喉不仅征服了全校师生，更是获得了专修小提琴的校花罗拉的一颗芳心，罗拉自此和他形影不离，很快就成为陶侃的夫人。酷爱音乐的德国人惜才如命，当陶侃以全优的成绩毕业的那一年，就先后有数家音乐团体邀他加盟，舒曼高等音乐学院也再三留他任教，但陶侃执意回国，要以自己的才学振兴祖国的音乐事业。在中国大使馆文化参赞的解释帮助下，德国的音乐团体和舒曼高等音乐学院只好忍痛割爱，陶侃终于如愿以偿了。

陶侃回国后，落脚于北京音乐学院任教，多年来，他培养出了一大批器乐人才和著名歌唱家。可是，近几年他却执意来这个省的音乐学院任教，他要在晚年给自己的母校培养一批可塑之材，北京音乐学院的领导拗不过，只好答应他。

当年陶侃研究生毕业留校任教时，李教授曾是他的爱徒，师生相逢，当然更是莫逆之交了。陶侃一生无儿无女却也不在乎，他和罗拉一直全身心地扑在事业上。这次选拔赛之前，陶侃就再三嘱咐李教授，务必留神那些颇具音乐天赋的歌手，一旦发现，加意培养，这是功在当代利在千秋的事业。李教授本也是个爱才如命的音乐家，这些话还用得着老师嘱咐吗？陶侃来到 S 市后，李教授就把发现了一个天才歌手的消息告诉了他。陶侃显得很兴奋，一再追问这个人是哪所音乐学院毕业的。李教授支吾搪塞，始终没把华子的真实情况说出来。

自从华子离家后，哑姐每夜都到他的房间里睡，她说不出为什么，只是忘不了华子身上那股好闻的男人味。那夜的情况母亲已经明白了所以然，哑姐又是个有生理缺陷的人，所以母亲遇事总是依着她。

这天一大早，哑姐和母亲刚刚起床，张九就来到她们家，说是听说华子在县里出了名，已经被人请到市里去了。他为碱河三营出了这样的人才而高兴，自己是华子的好朋友，当然更高兴。华子不在家，特地来家看看有什么可以帮忙的。母亲很感激，连连说着客气话。哑姐缺乏理性，好像早忘了那天早晨张九对自己的轻薄，非但不记仇不记恨，反而咿咿呀呀地和张九搭讪着。张九很兴奋，眼睛像锥子似的一刻不离哑姐。张九很精明，几句话就探明哑姐已和母亲分屋睡，又说了几句无关痛痒的话，便笑眯眯地走了。

就在这天夜里，华子家出事了。

半夜过后，母亲和哑姐已经入睡，木板门被张九轻轻拨开又轻轻关上。张九蹑手蹑脚潜入哑姐的东套间里，睡梦中的哑姐没有防备——好像也不懂得防备，她的童贞就轻而易举地被张九夺走了。张九的狂欢开头还让哑姐感到说不尽的舒适，但这个残疾人突然省悟后立时就嚷动起来。西套间里的母亲听到哑姐的嚷动问是出了什么事，哑姐当然说不清楚，母亲也就当然听不明白。直待母亲忽然意识到哑姐已遭不测勉强支撑着身子爬起来，张九听到动静兴犹未尽地跳下土炕，跑出套间，而此时华子的母亲已经来在外屋拉亮了灯。暴露在灯光下的张九惊悚不定，却又灵机一动跪在地上向母亲磕头求情。他说自己早就喜欢哑姐，害怕母亲不应这门亲事，所以要来个先斩后奏。正在这时，哑姐从东套间里赤条条地跑出来，指着自己的下身又指指跪在地上的张九。母亲愧恨交加，一时气喘不止再也说不出话，张九瞅这空子说了声"我明天就托媒人"，随之就跳起身来拉开屋门仓皇逃走了。

母亲好容易止住自己的咳喘，连拖带拽将哑姐弄进套间。哑姐依旧痛不欲生，母亲只好又比画又说劝，直到下半夜，哑姐才算安静下来，母女相依而坐，再也难以入眠。母亲将哑姐抱在怀里，一边抚慰一边费尽心思地想啊想的……

母亲是个仔细人，华子很小时她就看出儿子有着明显的生理缺陷，但她并没想到会如此严重，以为长大后就会正常了。那夜哑姐和儿子在东套间里的经过她都听到了，哑姐从儿子那里返回西套间后的手势和咿呀乱语她也理解，因为哑姐是个不会藏性的残疾人，想什么就做什么，有什么就"说"什么，母亲完全明白了，华子今生已无能力做个货真价实的男人。既然如此，倒不如应了张九，成就了这门亲事，无论如何

182

也不能亏待了这个苦命的孩子呀！母亲千思万虑之后，心里就这么决定了。

母亲一直等了三四天，却不见张九有什么动静，她沉不住气了。那天上午，母亲拄了根拐棍挣扎着走出家门，走走喘喘又停停地找到邻村张九家。张九的父母也是老实人，听了华子的母亲的述说顿时大惊失色，他们一边安慰，一边着人到窑场去寻儿子，因为张九已经好几天没回来了。这对老实夫妇明白儿子是因为闯了祸不敢回家的，不过，是福不是祸，是祸躲不过，你既然做下了，就得给人个交代，碱河三营的人是讲良心讲信义的。华子的母亲见老夫妇言辞恳切，感动地说：也算上天的安排吧，原先打算给华子呢，没想到出了这件事，看来咱两家该着是亲戚呢。

张九的父母连连承诺并指天发誓，一定要儿子娶了哑姐。

说真的，张九心里很矛盾，他喜欢哑姐这是事实，但对方终究是个哑巴，他实在不想娶个哑巴做老婆。华子的母亲并不了解张九的心理，她只是凭着乡村女人的虔诚和信任，凭着张九父母的承诺在耐心地等，等着张九的媒人携礼捧帖来到她家。

6

S区原声歌手选拔赛如期举行。

选拔赛的赛场设在彩虹剧院，本市的音乐爱好者尽数参加，因为是晚间活动，市里和各单位的头头大部分都到了。能盛两千多人的剧场座无虚席，舞台上灯光设置及音响设备一应俱全，看上去就像举行一场盛大庆典似的。

以陶侃夫妇和李教授为首，评委们列坐台前，管文化的副市长和组委会主任先后致辞完毕，大赛正式拉开了帷幕。

首先登台的是一位唱民歌的女歌手，高高发髻配上曳地长裙，灯光下一露面，立时就给观众以典雅靓丽的感觉。每位歌手演唱两首歌曲，评委们将两首歌曲分别亮分再平均起来，就是每位参赛歌手的成绩。女歌手一曲《我亲爱的乡亲》演唱下来，剧院里立时掌声四起；再一首《山歌献给最亲的人》，观众的掌声又重新爆发。接着是评委亮分，参评观众亮分，歌手聆听李教授的点评之后谢幕退下。第二位上台的是位男士，演唱的是施光南的《祝酒歌》，歌喉清脆快捷一泻千里，场里的掌声同样热烈。之后是第三位第四位，有的出众，有的一般，参差不齐的演唱中，陶侃教授却始终没说一句话。

陶侃不是 S 赛区的评委，没有打分的权力，但出于礼貌，李教授和各位评委还是频频请他发表意见，但他只是摇摇头皱皱眉，好像有什么难言之隐似的。这里面只有李教授明白个中隐情，因为上台演唱的各位歌手虽然水平不低，但都与原生唱法有所区别。他看出陶教授越来越失望的神情，不由心中窃笑。他在想，老师啊老师，我的好戏可是在后头呢。

华子是最后一个上场的。

华子一露面，剧场内起了一阵不小的骚动。人们看到一个小孩子似的歌手拖拖沓沓立在如此亮丽豪华的舞台上，嗡嗡嘤嘤的吵闹声立时就遍布剧场的各个角落，带照相机摄像机的纷纷拥到台前，争先抢下这个难得一见的镜头。有人不相信地探起了身子，也有人竟从座位上蹦起来在人行道上来回走动。主持人费了好大劲才稳住观众的情绪，解释说这是一位最年轻也最具实力的歌手。人们怀着极大的好奇心终于安定下来，一个个如同抢食的肥鸭，虽然依旧咿咿呀呀地吵闹，却已退回到窝内，朝着"食槽"伸长了脖子看个究竟。

面对观众的骚动，华子走到台上时的确有点儿慌乱。特别是当那些摄影摄像者拥上来的刹那，他真想跑下台去不再唱了。坐在台下评委席上的李教授见状站起身来，朝他做了个手势又挥了挥拳头，华子似乎得到了某种暗示，猛地深深吸了口气，又默默地叮嘱自己要稳住，稳住。

华子的情绪果然慢慢稳定下来，并下意识地轻轻地眯上眼睛，霎时间，台下那些高高大大的人和物件开始变小变远，脑子里也迅速闪现出村外河里的流水和河水上面的蓝天。一股气流从头顶产生并顺着胸腹向下移动到达丹田，又由丹田转而上升直达胸间。如此回旋数次，最终凝结于喉。气流不停地在膨胀，在冲撞，华子的嘴巴不由自主地就张开了，随着伴奏的乐声响起，一曲《山丹丹花开红艳艳》从他那仍显稚嫩的口中喷涌而出。华子的歌声像有意拔高音节的铜笛一般在剧场内扩散，立即将这个硕大的空间充盈，灌满，并像高空的风筝，那么潇洒自如地飘荡，回旋。

华子的第二首参赛歌曲是《小河淌水》，那带有水音的嘹亮歌声如同冲天雏燕般振荡着每个人的耳膜，滋润着每个人的神经，每个人的情绪都在心潮涌动并同步激越。这种人间奇迹、天籁之音，令台下的观众先是吃惊地张大了嘴，继之便开始认真地朝台上张望、窥视、探寻，似乎不相信歌声出自这个其貌不扬的矬子，更因眼下歌唱明星们的假唱已是司空见惯，所以观众怀疑在舞台上某个角落里可能藏着一部录放机。待到确认歌声真的是来自华子后，台下的众生相就开始显得有些滑稽了，有人跟着歌声轻轻摇晃起屁股，有人不顾邻座的抗议挥舞起胳膊，有的像呆了一样瞪大着眼睛一语不发，有的则双手拽起自己的两只耳朵——唯恐将台上的唱词音节给落下……这样的状况持续了十分钟，一阵迷离的灯光幻化后，台下又出现了说不出底蕴的沉默。然而，要想继续沉默下去显然已无可能，因为随之就响起的那急促而近乎狂暴的叫好声将舞台上的歌声淹没了。观众们如痴如醉如癫如狂，为了能使演出继续下去，坐在前排的市长不得不下令调来警察维持秩序……

华子两曲歌罢就要退台，台下的观众再次爆发了，齐声呼唤着"再来一个，再来一个"，大部分人一边呼喊一边站起了身子，就差没跑上台去拽住华子了。李教授心中暗暗高兴，他看看陶侃，陶侃那一直没有表情的脸此时也像绽开的菊花，这位德高望重的音乐家正与他的洋夫人用力地鼓着掌，那情形明显也是希望华子"再来一个"的。李教授要的就是这效果，他马上指示主持人留住华子，并迅速给华子递上一张纸条。华子看看纸条，是李教授让他演唱曾经习练多遍的歌曲《亲爱的妈妈》。

华子立在台上望望李教授，心中充满了敬意与感激。今晚，他终于可以一倾肺腑，终于可以敞开心扉歌唱自己可敬可爱又可怜的母亲了。这是他多年的心愿，多年的企盼。是李教授让自己梦想成真，他怎能不心存感激。他一定要唱好这首歌，献给观众，献给李教授，重要的是献给母亲。然而在唱之前，华子心中却忽地荡起一种艰涩而又酸楚的感觉，这感觉就像悲情诗人心中的那种恒久不褪的诗意，有幸福，有痛苦，有明亮，也有抑郁。由于激动，华子的呼吸有些急促，待他像开始那样深深吸气并很快稳住心神后，胸中立即便产生了一种难以克制的倾诉欲。他渐渐眯起的眼睛开始熠熠闪光，从不被人看好的脸好像忽然间也变得年轻而俊美。他站在台上，却能明显感受到来自台下观众的期盼和渴望，似乎有种热切的情绪在莫名其妙地与自己产生联系，有呼应，有向往，有放松，也有焦急……华子镇静下来，并迅速扫视了一下全场的观众，从心底里蓦然生发的那股勇气让他无往而不胜。他朝前跨了一步，昂起头，挺起胸，情感与歌声同时在胸腔里启动——

妈妈呀妈妈，亲爱的妈妈
您艰辛又失落
一生在痛苦中挣扎
爸爸离开了你也离开了我
为他自己的事业远走天涯
多年来，你只能在梦中遇到他

妈妈呀妈妈，亲爱的妈妈
为活命为生存
重要的是为拉巴我
您水一把泥一把汗如雨下
积劳成疾如今您重病在身

186

啊啊啊，我亲爱的妈妈苦命的妈妈

……

华子唱到这里已经泪如雨下，歌声在哽咽与悲凄中充盈到无形的空气中，漫溢到了剧场的各个角落，里面有痛苦，有困惑，有充满渴望的希冀，也有令人心碎的哀绝。这歌声如同一股交织的电流，穿透人们的耳膜，直逼人们的心房。人们的心情像被一条柔软的铁丝紧紧拴住并连连牵动，在胸腔内悠荡着，飘忽着，并时时颤抖着。

可是，这悲凄的歌声依然圆润动听、巧妙自如，歌手掌握自己的声音就像一位技艺高超的乐师掌握自己的乐器一样，熟练、自然、朴实、流利、畅达。他演唱时的表情深沉，每一句歌词都是吐字清晰而准确。那宽广的音域简直难以令人置信，从意若巅峰般的高音又降到令人心沉的低音时，既突如其来又毫无间断，就像一只在高空中上下翻飞而始终鸣唱不止的云雀，轻松飘逸，爽利潇洒。即使最小的弱音，也能使坐在最后边或最高处的人听得清楚，人们听他演唱的同时在暗暗地握紧了双手，深深地吸入空气，总想尽力抓住这歌声并带回家去，以便梦中享用。

一首《亲爱的妈妈》被华子演唱得淋漓尽致，观众的唏嘘声接连不断，哽咽与抽泣不时地在各处响起。歌曲同时也让人们回忆起了自己的童年、家乡和母亲，特别是生之不易、活之不易、拉巴儿女更不易的中国母亲。此时此刻，这凄凉的情调令听众把一生的怀念和过去重新拽回到面前，感觉再也没有什么情绪能够如此动人心魄了。一直安静的陶教授听着听着便泪流满面，连他的洋夫人也在滴泪饮泣。这是一种力量，一种倾诉，更是一种为天下母亲讨要公平的檄文。在演唱这首歌时，华子已经超越了"原生"的规范，像通俗，像美声，也像难以界定范畴的所谓"另类"。华子已经不是在演唱，他是在呼唤，在倾诉，在宣泄，在尽己所能超强发挥……在不了解华子底细的人看来，他一定是经过多年声乐培训并经过高手指点的，因为世间绝少这样的天才，更

187

不要说是一个形如小儿的残疾人了。

一曲歌罢，剧场里起了更大的骚动，许多年轻的听众不顾警察和工作人员的阻拦，纷纷冲上舞台和华子握手、拥抱、亲吻、合影……

7

S区选拔赛圆满结束，第二天上午评委们开始对歌手的表现各抒己见。华子的演唱毋庸置疑排名第一，但有人对他的形象问题提出了异议。说是三分唱腔七分形象，华子这形象恐怕会影响他以后参赛时的成绩。为了这个赛区的总体利益，是否考虑可以把别的选手放在第一参选位置。这意见有人赞成，有人反对，最后人们的目光自然就集中到李教授和陶教授两位权威人士身上。陶教授是轻易不说话的，李教授因为是这个赛区的评委主任，当然要有自己的意见。不过他的意见人们早已明白，可不知出于什么目的或者程序，仍然希望他说出来。李教授崇尚"人贵直，文贵曲"，说话向来不拐弯，一开口就把看法明确了：形象不是根本性的问题，美国有一个著名影星，虽然矮得出奇，却也是好莱坞不可多得的人才。我看这个选手可以列为本赛区第一。

评委们仍在犹豫，一直默不作声的陶教授这时却出人意料地开口了：诸位评委，我本无参加意见的权利，但看了这位选手的演唱后，心里受到很大冲击。我仅从专业角度来讲几句话吧，这位选手虽然形象一般，但他音域宽广，歌声高亢有力，无论是原生、美声、通俗或者其他任何类型，都可以称得上字正腔圆游刃有余，这是一种罕见的极为敏感的艺术家的先天资质，受到听众赞扬和列为本赛区第一名应该是实至名归。

一席话就像板上钉钉，评委们相顾无言。

碰头会结束后，李教授陪同陶侃回室休息，经过华子的房间时，陶侃提议到房间里和华子聊聊，李教授欣然同意。可是，他们敲敲房门，室内阒无回音。又敲了几下，这才明白室内无人。李教授叫来服务员打开房门，室内的情景让他们着实吃惊：床面整洁，床上放着那身叠得整整齐齐的演出服，明亮的茶几上摆着一张横格纸，纸上写着简单的几句话：李叔叔你好！感谢你让我唱出了《亲爱的妈妈》，这是我早就想唱的。你让我做的事我已做了，现在我得回家了，家里有牛，有姐，最要紧的是有我重病在身的妈妈……

李教授没看完就跳了起来，问服务员华子何时走的。服务员想了想，说是有一个多小时了。李教授一屁股坐在床上拼命摇头：完了，晚了，往沿河一带的班车每半小时一趟，华子此刻早已坐上汽车走了。

李教授抬眼望望陶侃，陶侃一脸的迷惘。李教授让自己的老师坐在一把藤椅上，又给他沏上茶，然后十分婉转地给他讲了认识华子和发现华子这个天才歌手的经过。陶侃以他一贯的专注和认真听李教授叙述这段传奇般的经历，脸色由平静到惶悚，由惶悚到疑惑，又由疑惑到大惊失色。他的脸色开始变得苍白，嘴唇在神经质般地哆嗦，身子一会儿前仰，一会儿后合，双臂伸伸缩缩一刻不停，像得了多动症似的。这位音乐界的权威沉静了一会儿，脸上的肌肉骤然凝结之后又奇怪地扭曲起来，竟至毫无来由地失声痛哭了。

虽然离开不到十天，华子回到家后依然感到是阔别许久。母亲的惦念与抚慰自不待言，一向无语的哑姐也凑上来咿咿呀呀说个不断。乡亲们听到华子回来的消息纷纷赶来祝贺，华子的小院里一时间竟是热闹非凡。

晚上，母亲早早睡下，可哑姐却坐在华子身旁不动也不说话，只是用忧郁的眼神冲华子怔怔地望着。本来就说不出话来的哑姐此时显得更加沉闷，华子看出她心中有事，便打手势拿架势地想法探询。哑姐因为说不清楚，眼里渐渐漾出了泪水，站起身指指房梁指指自己，又将一双手紧紧贴合。华子纳闷地问出了声，因为他实在不理解哑姐在表示什么。套间炕上的母亲这时咳嗽了两声招呼华子进屋，哑姐也好像意识到了，一手抚头一手摸肩地将华子推了进去。母亲已经坐起了身，看看华子又看看哑姐，口气婉转而又详细地将那夜张九入室的经过以及张家允婚的事说了。华子这才明白哑姐刚才的举动，那高处的房梁指的是张九高大的身躯，双手贴合是说明高大的张九把自己压住了。

华子低头想了一会儿，问张九家是不是已来礼聘。母亲摇摇头，说她已到张家去了两次，张九的父母也很着急，因为张九这几天一直待在窑场不回家，好像有意躲着。华子的脸色阴沉了一会儿又重新开朗，他安慰母亲不要着急，说自己会想法处理的。

第二天早饭后，华子和母亲说是去拣煤核，出门径奔窑场去了。不过这次他既带了盛煤核的编织袋，又牵着自己心爱的花牤子，说是边拣煤核边放牛。

华子牵着牤牛进了窑场后，并没到煤灰堆里拣煤核，而是绕着窑场一圈又一圈地转悠。转到第三圈时，在一个墙角处却好遇到了正在巡察的张九。张九见了华子先是一愣，接着就要拔腿逃走，华子人小腿快，赶上一步堵住。华子双眼眯成一条缝，目光锥子一样盯住了张九，张九明白华子找他为什么，他自知理亏，和华子对视片刻就低了头。他说：华子，我知道自己是做下了，可是，你让我想想再定行吗？

华子跨前一步：两条路，一是赶快娶了哑姐，二是落个强奸犯进监狱。哑姐是个残疾人，不怕丢人；我也是个残疾人，舍得出脸皮告你。你自己挑吧。

张九哆嗦了一下，知道华子不是吓唬他。他明白这小子说得出做得出，那次如果不是逃得快，怕是真的让他用小刀扎了。况且，华子的母亲已经找到家里去，自己的父母亲已经知道了这件事，接连两天骂他缺德，说他必须得和哑姐成亲，因为一旦这事传出去，别说是他张九，连爹娘也没法在碱河三营做人了。他终于明白这个便宜不能白占，几天来躲在窑场里"闭门思过"，想来想去，感觉还是真的挺喜欢哑姐。不过一想到哑姐是个哑巴，就又变得犹豫。如今华子逼上门来让他表态，他仍是想着再拖一拖。到底拖到何时，拖出个什么结果，他心里很清楚——就是想着把这事给拖散了。

华子已经看清了张九的一肚子杂碎，下决心今天治住他。华子也不想把事情闹大，因为张九和哑姐拉扯不是一天两天了，如今已经好事成真，隔墙有耳，有些乡邻已经知道了，没必要非把张九弄进监狱不可。所以，只要逼得张九应允了这门亲事，华子也就达到目的了。这虽然有些逼婚的味道，可谁让张九花心无节找算哑姐了呢？种瓜得瓜种豆得豆，自己栽培的自己侍弄吧。不会说话的哑姐本来就委屈，让受委屈的人再吃哑巴亏，缺德！

华子这么想着就朝张九跟前走，一直牵在手里的花牤子紧跟着也朝前凑。这花牤牛膘肥体壮高大威猛，圆溜溜的两只眼睛总是立棱着，尖刀一样的长角朝前伸出，张九看着心里发毛，以为华子驱牛抵他，脑袋一炸，想也没想就刺溜一家伙从华子身边窜出去了。华子以为他要赖婚逃走，随后便追。张九仗着自己个儿大跑得快，寻思华子一准撵不上他，不承想华子却跃上了牛背，像南方的牧童一样骑牛追他。花牤子是个通人性的家伙，驮着华子不紧不慢跟定了张九，鼻子里不时地喷出热气来，把个张九吓得魂飞天外。

张九被骑牛的华子追得屁滚尿流，绕砖窑跑了两遭看看难以摆脱，灵机一动顺着坡道蹿上了窑顶。华子不能追了，因为窑顶上是遍布添煤烧砖的火孔，牛蹄子万一陷进去，十分钟就得烤成火腿。然而，华子并不甘心，跳下牛背立在窑下，一副打持久战的架势掐腰等着。窑顶上的张九虽然暂时脱险，但头上身上早已冒了虚汗。窑顶上的烧砖师傅问华子为何追他，张九当然不敢实话实说，只讲拣煤核时和华子发生了冲突，华子故意牵头牛来吓他。烧窑师傅正闲极无聊，便任凭华子堵在坡道上一夫当关，乐得开心看笑话。

双方僵持了足足两个小时，张九终于沉不住气了。因为张九的工作是保管兼巡逻，你长时间赖在窑顶上，被场长发现不挨训吗？他想了想，好像终于想通了，知道再也没有赖掉拖散的余地，他主动走到坡道口上和华子打招呼，要华子上窑顶去。华子摇头摆手表示拒绝。张九只好胆战心惊地走下来，走到坡道中间又站住，他回头看看窑顶上没人注意，就压低声音说：华子，也别逼我了，我应，我应承娶了哑姐还不行吗？

华子好像并不感到意外，同样低声问：说话算数？

张九说：说话不算数，等于放屁。行了吧？

华子伸出右手食指：发誓！

张九也伸出右手食指：我发誓！

华子二话没说，牵起花牤子回头就走了。

过了两天，张家来了媒人；又过了两天，媒人给华子家送来了包括四斤糕点、四斤粉条、四斤咸鱼、四斤羊肉的订婚"小礼"。按碱河一带的礼节，张九和哑姐正式订婚了。

说来也是天缘巧合。那夜的欢娱竟然让张九和哑姐有了意外收获，哑姐怀孕了。这消息既让张家震惊又让张家高兴，什么也别说了，马上张罗结婚吧。于是，交大礼、订喜日、准备新婚宴席……

张家和华子家忙了半个月，哑姐和张九终于成亲了。

哑姐出嫁的那一天，华子久久地站在送亲车前，一边指挥庄乡亲友往车上搬嫁妆，一边叮嘱送嫁的男客女客多加小心。因为此地孩童们有打喜枣闹新房的风俗，他害怕不太晓事的哑姐吃了亏，所以专门请了两个本枝的青年人跟去呵护。

太阳两竿子高时，送亲车终于驶出了大营村，华子一直送到村外，送上大路。车里的哑姐望着送行的华子用手比画着，叽里哇啦说着什么，那双好看的细长眼里泪光闪闪。华子明白她心里难受，明白她还想对自己说点儿心里话。哑姐或许想起了那天夜里情景，竟又不避嫌疑地冲华子伸出双臂又叠起双手，华子只看了一眼，泪水就哗地淌下来了。

8

连日的忙乱加上身感风寒，华子母亲的病情突然加重。本村本地的诊所已经无能为力，华子和乡邻们只好把她送进了县医院。然而县医院也没能起死回生，华子的母亲终因病重不治而去世了。母亲走了，哑姐出嫁，这个家里只剩了华子。因为给母亲治病，华子把五头牛中的两头大牛一头小牛卖掉，只留了花牤子带着一头牛犊与他为伴。秋收之后接着是秋播，麦苗长齐了的时候已是冬天。虽然天地间依然绿意尚存，但河道二滩上的青草已见枯萎。华子每天牵着大小两头牛到河道河湾处啃青，他想母亲，想哑姐，想得难受时就唱歌。歌声可以让他郁塞的心胸通畅，歌声可以让他将人世间的各种积郁消散，他从李教授那里学到了很多新歌，足可够他闲极无聊时以作消遣了。

　　各赛区的歌手选拔赛结束后，李教授和陶教授又在筹划举行省里的选拔赛。陶教授和李教授忘不了华子这位天才歌手，在将一应事务处理妥当后，他们相约结伴径奔大营村而来。

　　李教授和陶教授踏进华子的家门时，没有人声，没有牛叫，只有一个空空的院落。询问左邻右舍这才明白，哑姐已经出嫁，华子的母亲已经去世，华子出去放牛了。两位教授没想到出了如此多的变故，急惶惶奔向河岸，河岸上一位放羊的孩子告诉他们，华子牵着两头牛在西边河湾处，同时又告诉说那河岸拐弯处的一堆新土就是华子母亲的坟，华子每次来到坟前都长时间地立着。

　　陶侃凝望着坟堆，脸色变得惨白，他步履蹒跚朝坟堆奔去，奔到坟前仆地跪倒，紧接着，那双一向睿智的眼睛开始蒙眬浑浊，大滴大滴的泪珠如同他曾写过的万千音符一样从脸上倏地滑落。陶教授失声痛哭，却说不出一句完整的话。李教授见老师痛哭不止伤心欲绝，赶紧将他扶起并再三劝解。就在这时，西边河湾里传来华子嘹亮如号的歌：

　　　　一朵花儿自由开
　　　　身为平民别贪财
　　　　秤高秤低凭心过
　　　　世间事事天安排

193

两朵花儿开得鲜

敬重父母如敬天

谁要不把父母敬

即使行好也枉然

三朵花儿平心摊

人在难处总相搀

人生不易别相欺

万莫油里加火炭

人要不听这真话

想进天堂万万难

……

　　歌声随着河岸上的轻风从远处冉冉飘来，带着一股天然的神韵和灵动，电波一样振动着陶侃和李教授的耳膜。陶侃老泪纵横，声音哽咽：这是来自中国西部所特有的原生唱法——《花儿》……

老　苍

老苍是只狗。一只让人很难忘记的狗。

那年初冬的星期天，我与李家五哥一块儿玩，说准确一些是坐在村头他家的土崖上吃地瓜，一只灰狗突然出现在我们面前，眯着眼望望我，又望望五哥，最终牢牢地盯住了我们手中的地瓜。灰狗很丑，精瘦，脏兮兮的，还瘸了一条腿。由于瘦，身子显得特别长，各处的骨头支棱着，像要拱开皮肤似的。灰狗的脸上裸露着许多新旧交错的伤痕，一看就是不断打架造成的。灰狗一定又累又饿，眼神疲惫，嘴里不断淌出长长的涎水，那副狼狈相，肯定是流浪过许多地方了。

我将吃剩的地瓜把儿扔在地上，灰狗一口抢起，没嚼就吞下去。五哥说这狗饿急眼了，掰了一小块儿地瓜扔给它，灰狗显然感到意外，瞅瞅五哥又看看面前的地瓜，犹豫、探询，嗓子里咕噜噜地咽着唾沫。五哥看着心疼，把手中剩下的半块地瓜一并扔给它，说：吃吧，给你的！没想到灰狗懂人话，两口叼起地上的两块地瓜，像刚才一样，顾不得嚼烂就往肚里咽。它被地瓜噎住了，脖子一挺一挺，那双毫无光彩的眼里，一闪一闪地漾出泪花儿。

灰狗吃完地瓜，五哥用脚尖戳它一下说：走吧，没了。灰狗不走，反而下巴贴地趴在我们脚边，口中不时吧唧两声，像是回味刚才的美餐。我和五哥起身走时，它抬头看了看，立即爬起来跟上。我们走到哪，它跟到哪。天黑下来，我们回家，灰狗冲我俩分别望了望，好像认准五哥是好人，颠着小步紧紧跟上他。五哥犯难地咧着嘴：三儿，这可怎么办，贴上了。

第二天我去找五哥，发现灰狗就在他的大门外，五哥正用刷锅的泔水喂它。五哥告诉我，灰狗在门外趴了一宿，夜里外边稍有动静它就汪汪叫，才半天时间，真的成了看家狗。五哥说爷爷看着心痛，决定收留它。于是灰狗就在五哥家里住下来，在五哥的精心喂养下，很快恢复了健康。

五哥的父母是大学同学，毕业后在遥远的城市工作。五哥姐弟两人，为了陪伴爷爷，父母将他留在家里，把大他几岁的姐姐带到城里上学。五哥从小跟着爷爷长大，并无怨言，即使父母让他进城，他也不去。因为乡下孩子喜欢到田野里撒欢，喜欢和小朋友们追逐打闹，那无拘无束的自在，城里孩子难以体会得到。

不过，乡下孩子也有恶习，村与村之间的孩子经常打架。五哥是我们的头儿，动不动就率领人马和东西两村展开厮杀。由于实力不济，总是胜少败多，有时败得极惨，让人追得鞋也丢了。自从有了灰狗，就有了仗恃，有了胆气，往往是连吓带打，对方很快就溃不成军。灰狗做事极有节制，阵前出击总是呜噜怒吼以壮声势，从不动口真咬。五哥龙颜大悦，说灰狗通人性，是好家伙。

终于大意失荆州。这天，我们追击败兵，还没进村，敌方的首领大憨从村头小巷里放出两条龇牙咧嘴的恶狗。我们下意识地回身就跑，跑出不远想起来——两条腿的从来跑不过四条腿的，于是原地卧倒，顺手摸起路边上的坷垃准备迎敌。这时也才发现，恶狗们并没追上来，它们被殿后的灰狗截住了。

对方的两条狗个头不大，却很粗壮，它们轮番向灰狗发动攻击，灰狗腿长步大，左遮右挡，寸土不让。两条恶狗被它缠得性起，咆哮着一起扑上来，三条狗三个影子厮杀在一起儿，搅起片片尘土。五哥小眼瞪得溜圆，喊叫着连连指给我们看：瞧了没有，旗杆（尾巴）竖着呢，竖着呢！乡下孩子对狗很是了解，特别是狗的尾巴，每天不知摩挲多少遍。所以，狗尾巴的一举一动一招一式，都研究得很清楚。它要竖起来冲人摇晃拨甩，这是兴奋喜悦；尾巴直直地挺着，说明它心里有底，正在认真忖度琢磨；要是尾巴忽然耷拉下来，这肯定是危险马上降临了；耷拉下来再夹进两条后腿里，肯定是心虚力怯非常害怕……所以看狗打架，先要注意尾巴。但凡夹起尾巴的，败势必定。要是它的尾巴一直像旗杆似的立着，不管战况多么激烈，这狗仍有勇气和力量战胜对方。看到灰狗久战不衰，我们乱嚷乱叫：好汉子，一个打俩，还竖着旗杆呢！兴奋难抑，一个个立起身，全然忘记了刚才的凶险。

战况正烈，那边的大憨不知为何打了声呼哨，两条恶狗霍地跳出圈外，极不服气地冲灰狗示威咆哮了一番，一步一鸣噜地跑回去。没有分出胜负，灰狗也不追赶，站在原地望了一会儿，迅速地返回到我们这里。

灰狗回到这边时，受到英雄般的迎接。我们夸它，亲它，抚摸它，最小的毛朗甚至学着公鸡的嗓音喊了声"狗哥哥"。可是，人家灰狗并不卖功，反而舔舔这个的手，蹭蹭那个的衣服，就像问候宽慰我们，样子极其温柔敦厚。五哥蹲下身来，搂住狗脖子就朝怀里亲，它却呻吟一声挣开，这才发现，灰狗的前腿受了伤，扯开一块皮，还涔涔地冒血。五哥心疼地掉眼泪，赶紧把它弄回家，在伤处糊一把面，又用布条裹上。此后十多天，我和五哥用最好吃的干粮喂它，灰狗很感激，每吃完一块干粮，就冲我俩摇摇尾巴。其实，我们心里很难受，也很惭愧，当时光顾逃命，把刚刚康复不久的灰狗舍在后边抵御强敌，想一想，真对不起它。

自从那次以后，我们很少再和邻村的孩子们打架，每日里小伙伴们凑到一块儿，弹溜溜儿，打尜尜。灰狗非常懂事，我们做游戏，它就趴在一边，前腿伸直，后腿压在身下，抬起大大的脑袋，眼睛迷迷瞪瞪地朝孩子们望着，眨一眨停一停，目光显得蒙眬而遥远，好似在思虑着什么。有时谁的玩具譬如尜尜一类的打远了，你只消冲它啾儿一声，它会即刻跑去给你叼回。小伙伴们爱它真是没商量，纷纷从家里给它拿吃捎喝，这狗比人都有人缘。

日渐月逝，冬天很快过去了。开春之后，灰狗的毛色一天比一天浅，但脾性也好像一天比一天懒，经常趴在墙根下呼哧呼哧喘粗气。我们担心它病了，便轮流着给它扑拉肚子，可是除偶尔听到它舒服地唉哼几声外，却始终不见好转。我俩十分焦急，想骗邻村的老中医来给它看看，又怕招骂，没办法，只好干瞪眼让它挺着，心想兴许挨上十天半月就好了。

　　这天上午，我和五哥正在院子里刮木枪，门外传来灰狗愤怒的狂叫，我俩不约而同蹿出去，只见皮匠贾二太爷立在不远处。这年月，乡下早就没有掮着筐拾粪的了，贾二太爷是唯一继承人，走到哪里都背着个粪筐。大人孩子笑他，贾二太爷总是扬扬下巴，说：笑什么笑，老祖宗传下来的。此刻，贾二太爷双手拄着粪叉杆子，眯起一只眼正出神地打量着灰狗。灰狗好像意识到对方存心不良，倚在墙根处拱起身子，毛发竖立，眼睛泛红冒火，嘴里不停地咆哮着。见我俩出了门，贾二太爷像是自言自语也像对别人说：这是个苍狗，天越热，毛越白。天越冷，毛越灰。脱绒晚，出绒早，数九寒天弄死它，剥皮做袄最值嘎。

　　贾二太爷除了做皮匠，也当牲口经纪，所以他把值钱说成"值嘎"。我和五哥大惊失色，这老头是想要了灰狗的命啊！立即连哄加抬，要把灰狗弄进院里。贾二太爷呵呵大笑，说：真是两个尿脬羔子，要弄死它，也得等到数九寒天啊。说罢又笑。他一笑，我和五哥也笑了，因为老头笑时那一抖一耷的山羊胡子，很像灰狗此刻在地上扫来扫去的尾巴，粗细相仿，毛色也对。贾二太爷是猴儿精的人，一看眼神就明白了我们的意思，"咄"一声发个怒，掮起筐走了。我和五哥商议，既然灰狗名叫苍狗，毛色也和贾二太爷的胡子差不多，想是有把年纪了，干脆，叫它"老苍"吧。灰狗似乎很满意，呜呜儿叫着摇尾巴。

　　贾二太爷说得对，老苍到了麦子满仁才脱完绒。天越来越热，它身上也越来越白，接近麦收时，一身细毛，雪亮光滑如同白缎。老苍怕水。夏天我们在水湾里洗澡，它远远地趴在岸上打盹。间或也抬起头，竖起耳，眼睛朝某处定定地望一会儿，突然一跃而起，如飞般奔过去，

198

在那里转一转，闻一闻，然后又大失所望般恹恹地颠儿回原地。记得那一天特别热，空气就像着了火，老苍虽然趴在墙根树荫处，仍旧热得吐出半截舌头。我和五哥算计给它洗洗澡，就招呼小伙伴们推屁股拽脖子把它往水湾里拖。岂料费了半天牛劲将它弄到水边，它竟双眼发直地望定了水，惊恐地干嚎起来，紧接着一溜响屁，四腿发颤，硬是瘫在水湾边上了。五哥骂了句"怂货"，只好又招呼小伙伴们把它抬回岸上去。

村东有条河，每年发大水，村里的孩子们就跑来这里，在岸边回流处捉鱼摸虾。主流里是不敢去的，那里波浪滔天，水流湍急，搅起的漩涡一拧一拧，跟水桶一样大。下游里许就是一座泄水闸，闸孔处响声如雷，流水锦缎一样往下泻，落差生威，翻起一排排坟堆大小的水花。无论人还是动物，只要不慎越进大流，冲进闸里，别说活命，尸体也得涮成几截。

谁都没想到，一向谨慎的五哥这天却被越进大流里。当时的情况让人意外，一条鲤鱼从五哥面前腾地跃起，在水皮上跌个大脊又慢慢地朝中流游去。五哥猛地一扑，手触到了鱼，脚却离开了河底，加之往前冲的力量过大，收束不及，一下子就跌进了大流里。说来更巧，恰好水浪蹿来，当头一拍，五哥就给拍进了一个比人还粗的大漩涡。五哥从漩涡里拱出来时，离岸边已有十来米。水里的小伙伴儿们一片慌乱，都说老五这下完蛋了。于是，有人爬上岸去朝村里蹿，有人顺着河边往下游跑，有人吆喝老五快朝边上浮，一帮小孩儿吓得乱哭乱跳。在一片嘈杂慌乱中，水边上突地闪过一道白影，白影跃进河里，腾起一团白浪，白浪翻了几翻，很快从水隙中显出一张三角形的脸。我高叫一声：是老苍！

让我万分惊奇的是，以往看到水就像见着老虎一样害怕的老苍，此刻竟然在水势如潮的河道里劈波斩浪，连刨加挠地朝五哥游去。顶多二分钟，它就靠近了五哥。正这时，一个浪头扑来，老苍沉入水中，我失声叫道：坏了！话音未落，却见水中五哥的身子猛地往靠岸处蹿了一下，又蹿一下，几次后，水面上露出了老苍的头，它张大嘴喘息片刻，又潜入水中，五哥的身子又开始蹿一下，又蹿一下……很明显，老苍这条通人性的狗，正在水下用头拱着五哥的屁股朝岸边送。

老苍几出几进，终于将五哥送入靠岸的回流里，它自己虽也到了水流缓慢的地方，可是已经筋疲力尽，几乎连挠抓几下的能力也没有了。当然，这时的我们只顾了五哥，也没人理会老苍的情况。我们将五哥拽到岸边，大头朝下，轻一下重一下地给他从肚子里往外挤水。五哥虽然水性不错，可也给呛得翻白眼了，所幸喝水不多，也未昏迷，鼓捣了一阵儿便缓过劲来，趴在地上，一声接一声地哎哼，样子半死不活。半死不活的五哥哎哼了一会儿，忽然腚上扎了针似的跳起来嚷道：老苍，老苍呢？

这才想起救人一命的老苍，大伙不约而同地把目光投向河面，河面上依然波浪滔天，有几只鸟儿正贴着水面轻快地盘旋。靠岸回流处，细小的漩涡像一个个笊篱头，或快或慢静悄悄地踅着。可是，刚才把五哥拱到这个安全水域的老苍，此刻却已经踪影全无了。恢复了常态的五哥重又面色蜡黄，只听他惊叫了一声"老苍！"就重又跃身跳进河里。见此情景，我们几个也像鸭子一样扑棱棱地跟了下去，回流处登时一片翻腾搅滚。我们在回流里横蹚竖摸，做拉网式搜索，连河底的泥也给搅上来了。折腾片时，水面上冒出一团白色的东西，漂浮一下又往下沉。脑子里一个亮点猛地闪过，我蹿上去伸手抓住，果然是老苍。

老苍肚子鼓鼓，四腿伸直，河水顺着嘴角流出来，已经是奄奄一息。我们七手八脚把它抬上岸，五哥一把将它搂在怀里，咧嘴大哭。这时，村里的人也已闻讯赶来，最先到达河边的，是五哥他爷爷。这个粗壮老头见孙子抱着狗哭，愣怔片刻，问明了是怎么回事，蹲下身来抱着险些被淹死的孙子也放声大哭。村东河边出现了奇怪的一幕，孙子抱着狗哭，爷爷又抱着孙子哭，哭声虽然剧烈，却是有粗有细，有高有低，顺河风刮来，混合成一首跌宕有序的乐曲。我们几个小伙伴从来没有经过这阵势，谁也不知道应该怎么办，一个个傻愣愣地在河边戳着，竟没想到对爷儿俩进行安慰或劝解。正在不知所措，一个愣头青忽然喊了句

"哎？活了，老苍活了！"河边哭声戛然而止，爷儿俩几乎异口同声：噫——是吗？

生灵中，狗的"还性"最大。老苍嘴里的水还在继续漾着，肚子却开始一下一下地颤动了。颤了一阵儿，喉咙里突地冒出一大摊水，老苍像"草堂春睡足"般伸伸懒腰轻舒一息，眼睛几经翕动，终于睁开了。在一片欢呼声中，它如同受了鼓舞，努力翻身朝前爬了几步，旋即便摇摇摆摆站直了身。

五哥的被救和老苍的复活都是奇迹，人们对此惊叹不已，纷纷传说，老苍身上有个"精灵"附着。传说渐渐为人们所认可，谁见了老苍都是一种敬畏的目光，有人还特地从家里拿东西来喂它。个别家庭独根独苗，为了保证孩子长命，父母竟提了礼物找上门来，托五哥他爷爷作成，让自己儿子和老苍拜为干兄弟。逢这情况，五哥他爷爷就半眯了一只眼睛，脸上显一副奇货可居的神色：担得起吗？这事呀，可是忒大了呀……

因为救了孙子的命，五哥他爷爷特别感激，每天把麦麸拌上棒面，蒸熟了喂老苍吃，饮它的刷锅水里，也要加些菜汤之类。一夏一秋又一冬，老苍得到的是当时狗类最高级的待遇。因为生活提高，老苍上膘极快，来春脱绒也比去年早得多。老苍显得更俊秀、更高大，修长的身躯，亮亮的毛色，整个身躯闪烁着白绸般的光泽。脖子和脊背上的短毛本来很熨帖，如今则是层层竖立了。前腿粗壮，胸膛宽阔，皮下的肌肉像牤牛脖子上的朧头，结实而突出。它常常站在五哥家的土崖上接二连三打舒身，仿佛浑身上下充满着超强的精力和体力。用人的标准衡量的话，老苍的确是个非常英俊的棒小伙了。只是，老苍好像有了心事，时不时地面朝西凝神结思，有时还腆起脸来，像寻觅什么似的呜呜叫几下。

似乎是一种回应，每当老苍轻声低叫时，西村也同样传来有高有低的狗叫声。这叫声类似应答，又像呼唤，老苍听后愈发激动不安，好像这叫声是一种有形的物件，正在吸引它产生渴望并一心向前。它有时立住不动，有时趴在地上，有时在院前空地上来回小跑，有时则非常专注地舔自己身下的家伙。看得出，在它的身子内部出现了一种奇特的欲望，它正在朦胧中不知所以地体会着，所以表现得有时沉静，有时躁动。终于弄出了结果，那一日，我和五哥竟然半天没见着它。起初我们并没在意，直到傍晚方才发现，它竟是和西村的一条小花狗勾搭上了。小花狗长得也很漂亮，母的。

这是绝对不能允许的事情。自从那次遭到邻村恶狗的伏击之后，我们就结了仇。只要见到西村的狗进了村，我们便要人追狗咬，非把它弄得屁滚尿流不可。如今老苍竟要和西村的小花儿搞对象，门也没有呀！更何况，经过侦察得知，那小花狗是西村那个大憨养的，这就更是冤家对头没商量了。于是，我们哥俩立即研究决定，轮番看住了老苍，不让它和小花儿幽会。

老苍被我们禁闭了。

老苍被禁闭的第一天很听话，悻悻地趴在院子里，情急难耐时就舔自己的家伙。我和五哥蹲在院门口捏泥人，不时地瞅着老苍乐。我俩很得意，因为大憨家的小花儿终于不能和我们的老苍通奸了。

第二天，老苍开始往后院跑，我俩赶紧追上去。老苍回过头来，好像朝我们笑了笑，就翘起后腿冲枣树根上滋尿。滋一下，停住，再滋一下，又停住。瞧那情景是永无休止了。这小子，哪来这么多尿呀？我和五哥等得不耐烦，看看周围都是高高的墙，老苍不是孙悟空，肯定逃不掉，就挓挲着一双泥手回到前院。我们在前院捏好两个泥人，将其中一个裆里插上小鸡儿，嘻嘻笑着放在太阳底下晒。五哥笑着笑着突然停住，打个愣说：老苍还没尿完吗？我咦了一声，和五哥起身就往后院跑。跑进后院，只见枣树根上尿迹未干，老苍却已踪影不见。院东北角的柴垛上，有几根棒子秸耷拉下来，没错，老苍是借着柴垛蹿上墙头，逃走了。

这还了得，五哥立即招来小伙伴们，喝令分头寻找老苍。

老苍是在村西南角的红荆地里被找到的。第一个发现老苍的是年龄最小的毛朗，当时找到这里时，毛朗进红荆地里拉屎，刚蹲下就提着裤子跑出来嚷嚷：不要脸的，在这里搞破鞋呢！

我们冲进红荆地里时，老苍正得意，它骑在小花儿身上，旁若无人地做着让人脸红心跳的动作。我要上前制止，五哥拦住，说：光看别动，不然老苍会"结了"。虽然不清楚什么是"结"，却明白其中必有危险，于是停下不动，和小伙伴们儿一起眼瞪眼地瞅着。瞅了一会儿，毛朗伸手捅我一下嘿嘿儿笑起来，我奇怪地看他一眼，毛朗就指指五哥的下身，我定睛一瞧，啊呸！五哥的裤裆像鼓了风，被什么东西支起来了。我禁不住大笑，伙伴们也看出了蹊跷，一起大笑，五哥迷糊了一下终于明白，慌忙用双手把裤裆摁住。

笑声未完，老苍已从小花儿身上跳下来。可能是受了惊吓，它们俩"吊"住了，二位不论怎么用力，身体就是分不开。大人们说过，这种情况不能帮忙，越帮它们"吊"得越紧，我们只好耐心等待。果然，老苍和小花儿在忍受了一段闹不清是痛苦还是幸福的时光之后，突然间就分开了。小花儿羞愧难当，撒腿就朝西村跑，老苍不羞，嬉皮笑脸地跟在我们身边，一蹦一跳地回家。

闩上了后院的门，老苍再也没有机会逃了。一连两天，老苍急得顺着墙根转。五哥就训它，说：你个不长出息的，还没够了！老苍很是悲哀地看着五哥，眼神明显暗淡下去。我看着可怜，劝五哥把它放了，五哥别棱一下脑袋：不，找谁都行，就是不能找小花儿！

春天是万物复苏的季节，也是狗儿们谈情说爱的季节。可能是地气的关系，这方的狗们几乎是在同一时段发情，在那几天里，你可以看到仨一堆，俩一伙，有时甚至看到聚集起十几个。这期间，每一条狗似乎都处在生命的高潮期，特别是公狗们，全身充满了雄浑的活力，初时萌动的情愫很快化作汹涌的洪水，浪推波涌地冲击着它们。狗儿的世界里，到处充斥着紧张、忙碌、欢快、激动与放荡不羁。它们为了自身的恋情而面议、洽谈，当然也有大打出手的时候，那情景很是令人触目惊心同时又耐人寻味。

记得是第三天清晨，我早起刚开院门，就见宅前场院里狗山狗海一片狗，似乎天下的狗此刻都跑到了这里。可能我的出现搅乱了它们的恋爱计划，就有跟前的几位露出凶相朝我呜噜龇牙，吓得我赶紧又将门关了。从门缝里张出去，狗们交汇攒动着，极像聚集开会，这景象持续了有一会儿，终于又出现了仨一堆俩一伙的情形，像事先协商好了一样转瞬间就分散奔跑而去。

　　早饭后，我去找五哥，五哥正满脸愁云，说一眼没看到，老苍偷偷跑出了门，从昨天晚上到如今，一夜没归。我想起早晨见到的一幕，但又不敢肯定老苍也在其中，只好和五哥村内村外地找。找了整整一上午，甚至都闯进贾二太爷的制皮作坊里折腾了许久，却连老苍的影子也没有。五哥急得哭起来，我也掉了泪。正六神无主，西村大憨摇摇摆摆晃过来，冲我们厉声喝问：看见我的小花儿了吗？

　　我和五哥同声回击：还你的小花儿呢，我们的老苍都不见了！

　　大憨呸的一口，扬长而去。

　　老苍找不到了？一连五天，我和五哥坐在崖头上，长吁短叹，愁肠百结。

　　麦子黄梢时出现了意外——老苍回来了。

　　当老苍跳进院里时，我和五哥立即呆傻在原地。此时的老苍已经远非昔日，原来身上一处处结实的肉块没了，肋条一根根地显露着。皮肤松弛，皱巴巴的。我和五哥嗓子里同时咕噜了一声，就猛地抱住狗脖子哭出了声：老苍，你个狗日的，跑哪里去了？咋弄成了这样，啊？

　　被我们爱抚的老苍显得很尴尬，它摇着尾巴，轻轻舔着五哥的脖颈儿，然后就低垂了头，像小孩子认错。我和五哥擦擦眼泪，拽着老苍进屋找吃的，老苍不走，而是拧着身子朝外挣，我们挣不过它，只好放开手跟出去。咦！门外土崖下，只见小花儿带着三只狗崽儿，正仰着脸冲这里看呢。我和五哥先是一阵不自在，接着就心中释然了，无论怎么说，狗崽儿们到底是老苍的儿女，占便宜的还是我和五哥。五哥立即表

204

示友好，招呼小花儿过来。小花儿不听，反而领起崽儿们朝西跑。老苍愣了愣，跑下崖去截住，又摇尾巴又吐舌，口中轻轻呜噜着，显然是在说理、讲情、劝解。可是，小花儿解风情不解心意，继续带着崽儿们跑向西村，很显然，它要回娘家。老苍无奈，回头看我们，我和五哥稍一迟疑就跑下崖去，和老苍相随相伴地在小花儿身后跟着。

事情很巧，刚走进大憨住的胡同，大憨就咿呀吱哟地从门里唱出来。眼前的情景看来着实让他吃了一惊，大脑袋晃了晃，待在原地半晌没动。小花儿见了主人，兴奋地跑上去绕着大憨转圈，之后就俯下身去舔他的脚，三只小崽儿也像懂事似的跑到他跟前，仰着小脸朝上看，那情景，很像外孙第一次见着姥爷。我和五哥非常感动，此时竟产生了与大憨和好的想法。正要上前搭讪，忽听大憨吼了一声，抬脚将小花儿踢出两米远，嘴里骂着喷出唾沫来：你个不要脸的小破鞋！

小花儿给踢得嗷嗷乱叫，三只小崽不解地看看它们的"姥爷"，一时竟不知怎么是好了。我和五哥顿时大怒，几乎是和老苍一块儿朝前扑去。大憨见势不妙，抱起地上的狗崽儿反身跳回家中，门闩响处，我们被关在外边了。

小花儿见幼崽被劫，疯了一样跳起来，瘸着腿撞向大门，大门坚如石铁，小花儿给碰得嗷嗷儿直叫。但它一再撞去，锲而不舍。老苍眼神迷惘，在小花儿跟前显得手足无措。五哥很动情，侧脸对我说：瞧了吗三儿，还是当娘的亲啊！

小花儿撞了很长时间不撞了，它没了力气，撞不动了。它趴在门口，望着厚厚的门板，高一声低一声嗷嗷儿叫着，叫声愁苦、哀婉而凄切，显然是在向大憨乞求。大憨铁石心肠，躲在门内不理它，它终于完全没有了力气，只好瘫了一样伏在地上，以无可奈何但仍又充满希望的目光痴痴地朝门口张望着。

日当午，太阳正烈。炽热的阳光伴随着一阵接一阵的热风从天上泼下来，我和五哥早已浑身是汗。我们耐不住，要回家。五哥朝老苍发出啾啾的呼唤，老苍跑上来看看五哥的眼睛，拨拉几下尾巴又跑回到小花儿身边。老苍绕着小花儿的身子转，不时地用脚刨地，伸出舌头舔小花儿的脸颊和耳朵。这样鼓捣了好一阵，小花儿忽然摇摇晃晃站起来，跟在老苍后边朝我们走过来。我和五哥很觉奇怪，猜想狗们之间也是有语言的，小花儿肯定听从了老苍的劝解。

小花儿在五哥家落户了。

住的老苍对小花儿很体贴，最初几天，老苍每日要陪小花儿去西村，在大憨住的胡同里转来转去，不时地朝大门口叫。后来，可能是大憨把狗崽们转移了，闻不到狗崽的气味，小花儿终于泄了气，除了间或在土崖上朝西叫几声外，再不去西村。

老苍和小花儿总是相依相偎地在一起，有东西分着吃，从来不打架，有时还相互挤眉弄眼地叽咕什么，样子神秘而奇特。我和五哥受了冷落，很委屈，就故意把它们隔开。可是不顶用，只一会儿工夫，它们就又找到一块儿了。我和五哥也就认了命，无论怎么说，人家是同类，何况还是两口子呢。

时间如同地上的碎纸片，很快让风刮走了。

麦后三个多月，秋收开始。小孩子虽然干不了活，却喜欢与大人们瞎掺和，我和五哥每天带着老苍和小花儿到田野里去，一边傻跑，一边看它俩撵兔子逮田鼠捉蚂蚱。早秋时节，庄稼尚未收尽，兔子们有隐身之处，轻易找不到，找到也撵不上，老苍和小花儿主要抓田鼠和蚂蚱。蚂蚱们在白茬地里蹦来跳去，老苍很溜，总是首先捉住猎物，捉住了就揿在脚下，一双眼睛眨巴着看小花儿。小花儿跑上去瞅瞅闻闻，嗷嗷儿两声就朝老苍摇尾巴，意思很明显——你吃吧，我自己会捉。田鼠个头虽小，但挺凶恶，急了咬人，当然也咬狗。老苍害怕小花儿受伤，遇到田鼠总是率先冲上去，一巴掌打翻再咬死，这才招呼小花儿去吃。逢到这时，两只狗总是哼唧好半天，最后才礼让着吃了。五哥他爷爷念过《三字经》，看到这情景拍着巴掌乐：瞧了没，小两口争着不吃让着有余……

老苍和小花儿玩累了就偎依着躺在田埂上，它们把嘴伸进一旁的青

206

草里，透过青草嗅闻着土地的气息。有时地上的尘土被它们意外地吸进了鼻孔，就猛地抽出嘴来连连打着喷嚏。这时，小两口总是相视一笑，又开始瞪大眼睛竖起耳朵，神情专注地睃视谛听着远处或周围。

秋收终于在农历九月结束，秋播数日，麦苗出齐，田野又是一片水鲜鲜的新绿。这往下的日子，农人闲了下来，开始寻找外财。当时尚未实行枪支管制，有些人家的长筒火铳便派上了用场。枪手们扛起长枪，背上皮袋，带着长腿细腰的猎狗，三五成帮地到田野里打兔子。这时的田野平展舒缓，坦荡如砥，一眼望去百无遮拦，即使蛤蟆大小的目标，也极易为眼力精到的枪手们发现。然而，枪手们有个让人不明所以的习惯，打动不打静。哪怕兔子就在面前，只要不动，他绝不开枪，非得吼喝几声，将兔子惊得跑起来，这才举枪射击。所以，本地人称他们为"打跑儿的"。我和五哥因为好奇，每天总要带了老苍和小花儿到地里去，一旦打跑儿的出现，就在他们身后远远地跟上。而在我们身后，也常有秋后闲极无聊的公狗母狗们，像散兵游勇一样悄悄随着。

并不是每天都能遇到打跑儿的，秋天的原野无限阔大，猎手们的随意性很强，今天在村北，说不定明天就到村南村西了。我和五哥领着老苍小花儿到处转，遇到打跑儿的就跟在后边，遇不到就自己玩自己的。我们常常无目的地疯蹿，逢这时，老苍和小花儿总是礼让有加，它们两爪前伸弓背伏地，待我和五哥先行跑出一段距离后，才像突然被惊动似的跳起来，瞪着眼睛，鼻孔颤动，背上的皮毛一耸一耷飞驰而来，眨眼间就超过了我和五哥。土地松软，天空高阔，几个世间的生灵在秋天的旷野里如梦似幻地奔跑，自在、狂放、落拓……

打跑儿的并非百发百中，有时放了空枪，再装砂子火药来不及，只好眼睁睁看着猎物舍生忘死地逃去。这雯，和他们同行的猎狗就舍命去追。老苍和小花儿因为距离远，虽然也和猎狗一样发奋追击，总是被甩在后边。它们被兔子和猎狗越落越远，最后只好失望地停下来，张嘴吐舌拼命喘息。好在目的只是散心，并非为了捉兔，老苍和小花儿并不沮丧，也不气馁，再有逃命的兔子出现，不管距离多远，仍旧撒腿去追。

207

秋天可能是兔子最倒霉的季节，不啻枪打狗追，就连一直宿在野坟古树上的老鹰也来一饱口腹。瓦蓝的天上常常倏忽之间便出现一只鹰隼，它们遨游天穹，俯瞰大地，舒展开阔大雄劲的翅膀，借着气流在广袤的原野上空盘旋。忽然间，这空中霸主猛扇几下翅膀，像飞机俯射一样朝着某个地点欻下身去。几乎与此同时，可以看到一只野兔如离弦之箭在老鹰俯冲的瞬间里仓皇飞窜，但随着鹰翅的扇动和鹰身的降落，远处那黄绿相间的原野上就传来兔子的嘶叫，这叫声凄厉、哀绝，是一种本能而无助的反抗，宣告着世间一条生命的终结。

老鹰捕获野兔的技艺是精湛的，它从空中降落的刹那，先用强劲锐利的双爪铁钩一样抓牢了野兔的屁股，疼痛难忍的兔子条件反射地回过头来，老鹰便在这眨眼间用硬如铁锚的弯钩长喙鹐住兔眼往起猛飞。出于逃生的本能，野兔拼命挣扎，一起一坠间，细脆的脊椎经不住强力的拽挫，随着轻微的咔嚓声，可怜的兔儿哀叫一声浑身瘫软，它的腰骨折断了。

平原上的鹰不及山里的老雕那样力大无比，猎获的同时就可把猎物钳在爪下带走。平原上的鹰个小力弱，捕获野兔后常是先自一饱口腹，然后再把剩下的提在爪下带回窝里。所以在空中侦察时，它尽量只拣身单力薄的小兔捉拿。遇到身大力不亏的中老年兔子，也会掂量再掂量的。因为这类兔子不光力气大跑得快，而且经验丰富，常常在老鹰俯冲将及地面时，它蓦地停住并往后迅速一退，老鹰收势不及抢到前边，一下子就来个嘴啃地，轻则损羽，重则伤喙。就在老鹰给撞得昏头昏脑自顾不暇时，那兔儿早已趄过身子逃命如飞。更让老鹰们胆寒的是，如果遇到的是经验丰富的老兔子，虽已抓屁股入肉但它就是强忍剧痛绝不回头。由于力气大，兔子可以拖着拼命忽扇翅膀的老鹰继续飞奔，一直奔到荒冢野坟上的荆棘丛里舍命钻进去，生生地把只老鹰搓成没毛的鸡。

我和五哥带着老苍小花儿在田野里"巡视"，有时就能遇到老鹰猎兔的把戏。这时，我们会紧紧盯住在空中盘旋的老鹰，一旦发现它向下俯冲，马上指挥老苍小花儿朝着同一个目标飞奔。它们千辛万苦奔到跟前，有时老鹰已经饱餐，受到惊吓仓皇飞走，地上只留下兔子的残骸遗骨；有时却能正好赶上老鹰刚刚捕到猎物。因为饥饿，老鹰并不轻易放弃自己的战利品，而是对着老苍和小花儿猛扇翅膀，尖如铁钩的长喙里发出低沉嘶哑的恐吓。逢这时，老苍和小花儿就兵分两路，一个在左，一个在右，轮番向老鹰发动进攻。见此情景，已经远远落在后边的我们就一边朝那里猛跑，一边可着嗓子咋呼。老鹰见我们人多势众，自知难以抵挡，它也深恐不慎被捉，再顾不得口下美食和腹中饥饿，抛下猎物腾空飞走了。这时的兔儿往往一息尚存，正在地上痛苦挣扎。老苍和小花儿凑前看一看，稍稍犹豫后便扑上去朝着野兔咽喉一口咬下。乍看未免残忍，但细细想来，迅速快捷地了断早已生还无望的野兔，比起老鹰啄一口停一下的行径，实在人道多了。

当然，要想玩得最有趣，还是希望遇到打跑儿的。

那天早饭后，我和五哥照例带着老苍和小花儿来到村后田野里，这时，天地间忽然迷蒙起一层薄薄的雾障，雾障迟迟不散，周围显出一种少见的神秘和苍凉。也不知过了多长时间，周围的雾障渐疏渐淡，田野开始恢复它原有的清新和开阔。这时举目远眺，可以看到西边天地相连处晃动着几个模糊的身影，身影越来越近，越来越大，渐渐看到了他们扛在肩头的火铳。哦，打跑儿的来了。

我和五哥很振奋，看看老苍和小花儿，它俩在我们身边跳跃着，嬉戏着，不时捉一只麦地里的小虫或蚂蚱，样子悠闲而愉悦。我拾起一块坷垃朝远处扔去，它俩几乎同时纵起身子朝坷垃的方向猛追。就在这时，西边传来一声沉闷的枪声，接着，便有一只兔子天马腾空般朝着我们飞奔而来。可能是慌不择路，兔子跑到跟前才发现我们，立即转身往北跳跑，这事情发生得有点儿出乎意料，老苍和小花儿愣了足有半分钟，才"呜儿"一声相继追去。这霎我们看到，老苍在前，小花儿在后，它们四腿蹬平，肚皮贴地，身上的每一块肌肉、每一条筋骨都极尽可能地舒展开来，波涌闪电般如同两条魅影、两股流水……

兔子吓蒙了，往北跑出不远又向西奔。由于兔子拐弯急，高大的老苍转身不及，一下闪了个跟头，等它爬起来时，兔子已经跑远了。所幸小花儿紧紧跟上，越过老苍向前追去。原野里，上边是蓝蔚蔚的天，下边是绿茵茵的地，天地之间，一灰一花两条身影在腾跳着，闪烁着，一前一后，流星赶月似的幻化出一幅让人萌生无尽遐思的风景画。这是速度的对比，毅力的较量，生与死的抗衡，捕捉与逃脱的向往。小花儿和兔子渐渐变成了两个小点，我们这才发现，距它们身后很远，老苍也在拼力往前追。

遥远的西天相连处传来一声枪响，我和五哥相继朝枪响处奔去。我们猜想，一定是小花儿将兔子又赶回了原先的地方，被那些打跑儿的迎个正着。五哥看了我一眼，我也正看五哥，不知怎的，我们彼此发现对方脸上都有一种近乎恐惧的神色，好像在不约而同地担忧着什么。

我们的担忧并非多余。远远就看见了，一个枪手正将兔子往背包里装，离他不远，地上倒着滚动抽搐的小花儿。显然，小花儿即将要撵上兔子时，打跑儿的不失时机地开了枪，霰弹击中兔子的同时，也击中了小花儿。

远远地，我们看到老苍已经跑过去，正围着小花儿转，发出高一阵低一阵的噘噘儿声，声调凄楚沉郁、悲哀惨烈，不像狗叫，更像狼嗥。我和五哥赶到时，打跑儿的已经快速地朝南逃去，他明白打坏了我们的狗，狗主人不可能不找他算账，所以只一小会儿就逃得没影了。

小花儿被霰弹击中了头部，黄豆大小的砂粒在火药的裹挟下，把小花儿的头身打成了血葫芦。我和五哥蹲在小花儿跟前，一时不知该怎么办。老苍用嘴拱起小花儿的脖子，小花儿似乎长长地叹息了一声，我和五哥这才意识到，应该尽快把小花儿弄回家去。

小花儿的伤势很重，眼瞎了，嘴和舌头也给打烂。因为不能吃东西，营养跟不上，伤势一天重似一天，第四天已完全昏迷，口鼻中只有出的气，没有进的气。我和五哥明白，小花儿就要死了。看得出，面对奄奄一息的小花儿，老苍比我们悲痛得多。几天来，它很少吃东西，几乎寸步不离地守在小花儿身边，不时地睃我们一眼，显然是乞求我们赶紧救救小花儿。可是，老苍啊老苍，你哪里知道，我们也是心急如焚，但确也是回天无术啊。夜里，小花儿躺在狗窝里，老苍紧紧地依偎着它，一会儿舔舔小花儿的身子，一会儿又舔舔小花儿的嘴，有时一动不动地盯着昏迷中的小花儿看，像在回忆小花儿昔日的温顺和妩媚，口中不断发出奇特的声响，像咀嚼，更像述说。我们猜想，在这小花儿生命垂危之际，它正在尽己之力给小花儿以温暖、爱护和抚慰。此时的小花儿可能听不见，也意识不到，但天性所使的老苍，却仍锲而不舍。

一个天气阴沉的上午，老苍在狗窝门口不停地转来转去，样子慌乱而迷离。我和五哥明白出事了，赶忙跑过去看，只见小花儿四腿伸直，已经是"驾鹤西归"。我俩将小花儿的尸体从窝里弄出来，抬到门外一棵榆树下，老苍耷拉着脑袋跟到小花儿尸体前，不声，不响，只是没有任何表情地舔着小花儿的脸颊。然后，它仰起头来看了看我和五哥，就将下颏搭在小花儿的脖子上，慢慢趴在它身旁，守着，静静地守着。

必须尽快将小花儿埋掉，以免被贾二太爷得了消息弄去剥皮。

我们商议后，就在树下挖了个坑，五哥抚弄着老苍的头颈，做好做歹把它哄到一旁，我拽了小花儿放在坑内，盖上一块席头，席头上面撒些麦秸，就填土埋好，整平。多余的土弄到别处去，尽量不让人看出这里埋着什么。

过程中，老苍一直眼睛失神地看着面前的情景，不叫也不动。我们收拾停当，它也像干完某件活一样长舒一息伏下身来，很有些笨拙地接连换了几个姿势，最终脑袋枕着前腿趴在了原地。老苍在树下趴了一下午。晚上，五哥费尽气力将它弄进院，可是半夜里墙头响动，它又跳了出去。第二天早晨五哥开门时吓了一跳，小花儿的尸体正在门前摆着，一旁蹲着样子疲惫的老苍。很明显，老苍夜间将小花儿从土坑里扒出来，想把它重新弄回窝里，只因墙高门固，这才没有成功。

五哥和我计议，再这样将小花儿埋进坑里，凭老苍的秉性，它还会第二次第三次地扒出来，得想牢靠办法了。我们找些木条木板钉了个小箱子，将小花儿尸体放进箱里钉好，把原来的坑挖深加大，重新填土掩埋了。不出所料，第三天夜里老苍又将土坑扒开。只是因为埋得深，又有木箱，老苍没有办法把小花儿的尸体弄出来。不过，看得出它相当着急，也相当执着，木箱盖子被它挠了许多深浅不一的沟，边沿处有明显的牙痕和散落的木屑，很清楚，是嘴啃牙咬的。

这还了得？五哥沉吟半晌，眼睛瞄准了门旁那盘废弃不用的石磨。五哥将土坑重新填好，又招呼我走到门旁，合力滚过那盘石磨压在上面。掩埋了小花儿之后，老苍就每天懒洋洋地趴在窝边，很少吃喝，间或抬起头来，出神地朝门口张望，好像盼着小花儿会突然出现。五哥他爷爷看着心疼，说这狗重情重义，嘱咐我们好好照顾它。这用不着嘱咐，老苍是我们的心头肉，我们当然会变着法地哄它，喂它，可老苍还是日渐消瘦，露出了胯骨。

很快就到了冬天。

鲁北平原上的冬天同样寒冷，小北风挟着凄厉的啸音，从遥远的天际贴着地皮刮过来，砭肌扎肉，铁锥一样直往身子里头钻。所幸，冬天的太阳依旧温暖，阳光竭尽全力穿透天幕，将自身的余热毫不吝惜地洒向地面。人们为了躲避寒气，寻找阳光，总是仨一簇俩一伙地凑到向阳之地，寻一避风墙根，或站或蹲，谈古论今，吹牛聊天。五哥家门前向阳避风，正是人们向往的去处，冬闲的汉子们常是饭后无聊，提了马扎，领着孩子，三三两两不断地到这里聚集。好热闹爱凑趣的狗儿们，自然不会放过这样的好机会，几乎半个村子的母狗公狗都跑了来。有些狗崽儿也借机掺和，混在狗群里游戏追逐，亲昵狎闹。有时闹急了眼，也会像小孩子们一样打起来，一阵撕咬之后，狗毛乱飞，伤者哀嚎。无论狗们怎么乱打，并不会有人出来劝架，乡下人了解狗的秉性，因为同种同族，一般不会往死里打，彼时只要弱的一方停下来伸伸脖子表示屈服，那强壮的一方也就立即善罢甘休。狗崽儿们更无生命之虞，你想想，天底下何时见过大狗欺负小狗呢？果然，狗子们战无多久，就在人们的观望中罢兵息鼓，重又和好如初。

逢这时，老苍也会慢慢地从院内踱出来，在人们跟前眼神迷茫地看

212

一会儿，站一会儿，然后就神思恍惚地找个清闲处趴下，定定地望着树下那盘石磨，似乎在追忆、遐思、咀嚼……门前乱蹿的狗儿们见了老苍，也总是过来表示一番，拧拧身子，甩甩尾巴，样子很像嘘寒问暖。老苍很懂礼貌，朝狗儿们不停呱唧嘴，干枯的尾巴在地上拨来扫去。这样交流一会儿，狗儿们看到老苍绝无入伙嬉戏的意思，相互看一眼，摇摇头，又管自优哉游哉去了。

老苍完全没了以前的活性和灵性，我和五哥难受得要死，后悔当初不该带了它俩出去撵兔子。要是小花儿不殁，老苍怎会变得这样呢？我们恨死了那个打跑儿的小子，发狠来年遇到，拿坷垃砸他。

开春后，老苍的情况终于转好了。可能是过年期间荤腥多了些，身上开始长肉，皮毛也渐渐泛出以前的光亮。我和五哥很激动，经常带它到村子里头转悠，一是让它遛遛，二是告诉小伙伴们：咱们的老苍已经没事了。

燕子垒窝，柳絮如毛，大地上一阵接一阵地漾着春天的味道。麦子青青飞鸟衔枝的时节，每年一次的狗儿发情期准时到来。狗儿们很兴奋，村内村外不时晃动着它们有时鬼祟有时坦荡的身影，那情形很像人类过节。这时的狗儿们都不恋家，没黑没白地在外头傻跑。所以人们给发情时的动物总结出几句话：人嬉笑，猫怪叫，驴呱唧嘴，狗跑断腿……有了去年老苍和小花儿私奔的教训，五哥今年想开了，和我商议在这事上对老苍宽容，它找谁是谁，我们不干涉。

长期以来，人们对狗儿有偏见。其实它们也和人类差不多，先有爱意后有欢娱，并不是逮谁是谁。这种过程有时很长，有时很短，长可几天，短则一瞬间。常见某些公狗为了恋情没脸没皮地缠着母狗，在母狗身旁做着各种讨好谄媚的举动，有时也跃跃欲试，但母狗就是不喜它，不是逃走就是怒吼斥责。这公狗无可奈何，只能耐着性子磨蹭、跟随或者做点儿有失自尊的亲狎。最终的结果往往是它所追逐的母狗和别的公狗幸福成一对儿，自己只能是既心碎又无奈地做旁观者。它气愤、嫉恨又难过，常是拧着身子在一旁蹦跳呜咽，似乎是抱怨这世道太不公平了。

已经恢复健康的老苍依然高大俊美，自然是很多母狗的梦中情人。如果它去参与这美好而又甜蜜的活动，一定会有很多红颜知己陪伴它。可是，在这个躁动的季节里，老苍的心态却出人意料地平稳，再没见它像往年那样激动，那样痴迷，那样兴致勃勃。它每天早晨从院里走出来四处张望一番，就慢慢地踱到树下石磨旁趴下。石磨的一半已经陷进土里，两个磨眼像小花儿的两只眼睛，定定地和老苍对望着。老苍很专注，也很动情，脑袋不时地点上几点，间或轻轻地噢儿一声，那情景很像和小花儿交流什么。我和五哥见了很难受，想解劝老苍，想引开老苍，可是办不到，老苍似乎已经"焊"在那里了。

老苍虽然趴在石磨旁不动，可每天仍有几个风情万种的母狗跑到土崖上来勾搭它。有一只母狗对老苍特别有温情，它表现得很友好，当然也有些奸诈，心里肯定在盘算着什么诡计，所以看上去似乎面带笑意，实际上是另有目的。它风姿绰约地在老苍身边抹过来蹭过去，有时就干脆趴到石磨上和它脸对脸，用眼睛，用嘴唇，用身子做着让一切世间生灵都心知肚明的动作。然而老苍就像个不解风情的童男子，仍是趴在原地愁眉不展，郁郁寡欢，它只是礼节性地朝对方眨眨眼睛，甩甩尾巴，丝毫没有情绪起身苟合。一旁跟随的公狗们看着眼红又大惑不解，黄澄澄的眸子嫉妒成一条缝儿。母狗很沮丧，很失望，末了只好无限眷恋地看上老苍几眼，像个失恋女人一样悻悻离开，随便找个公狗到一旁去了。

接下来的两年，人们的日子越过越好。城乡之间铺了柏油路，各家各户纷纷买了电动车、摩托车，有的还买了小轿车。乡下富了，城里更富。五哥的父母有了自己的房子，来电话要把这爷儿俩接到城里去住。五哥听到这讯，怨哼哼地不愿走。可是爷爷老了，需要有人照顾，必须去儿子那里。爷爷要走，五哥当然不能自己留在家里。搬家那天，父亲的同学从城里弄来一辆客货两用车，人坐在驾驶室里，后边车斗装运家当。其实也没什么家当，五哥父母在电话里嘱咐爷爷，人来了就行，什

214

么也别带。尽管如此，五哥爷爷还是带了两个皮箱，皮箱已经旧得不像样子，但他执意带着。五哥爷爷对父亲的同学说，这皮箱是五哥他奶奶当年陪送的嫁妆，必须带上，离家千里，终是念想。

汽车停在土崖下，五哥两眼发直盯着我。老苍里外乱蹿，可能已明白五哥要走了。我当然舍不得五哥走，可他爷爷下了令，他也没办法。此时看着六神无主的老苍，怅惘之后又觉安慰，五哥全家一走，老苍自然要归我了，我可以喂它、养它、照管它。带上老苍，还可以堂堂正正地成为村里的孩子王。

临上车时，五哥忽然右手搂住我，左手搂住老苍，蹲下身子号啕大哭。街坊邻居千般劝解，五哥只是哭。他一哭，我也哭，老苍夹在我和五哥之间，嗓子里也在呜咽。最终父亲的同学想出办法，让我和老苍送五哥一程。于是，我和五哥、老苍坐在车斗里，搂紧着老苍直奔车站去了。坐在车斗里，我的心几乎酸出水来，嗓子像给什么堵住，吐不出，也咽不下，眼睛直勾勾地盯着老苍和五哥。五哥已经木讷了，不挪动，不说话，只是看看我再看看老苍，再用手掌擦去眼泪。

父亲的同学买了两张站台票，我们直接把五哥和他爷爷送到车站月台上。十分钟后，当这个巨大的怪物轰轰隆隆开过来时，我下意识地退后两步并低了头，直到火车停稳才敢抬头。车门打开，乘客不多，五哥他爷爷人老依然力气大，一手提了一只皮箱率先上了车。送行的人不能跟进去，我只能站在一旁观看。五哥和他爷爷从车窗探出身来，不停地朝我们做着手势，让我们回去。然而，我舍不得走，总好像还有许多话要对五哥说。说什么，自己也搞不清，总之是与老苍有关的话题吧。这些说不出来的话如同一堆破棉花，松松软软地在胸口堵着。我默默地流泪，看到五哥也在默默地流泪，我想，此时他和我一定都在回忆往日那些和老苍一块儿奔跑一块儿嬉戏的无忧岁月。岁月流逝，往昔不再，我们还会有那样的童年吗？没有了，再也不会有了！

火车开动时，意料不到的事情发生了。本来被司机看住的老苍不知从哪里冒出来，蹿上月台，冲着火车拼命狂叫。五哥从车窗里探出头来和我们打招呼时，老苍看到，叫了一声蹿过去，身子一蹦多高地朝上跳。我的喉咙里疼如刀割，心情矛盾而复杂，既希望老苍跳上车窗跟了五哥走，又盼着它跳不上去留下来跟了我。我看到五哥一股劲冲老苍挥手，拼命喊着"老苍老苍"，声音凄苦、嘶哑。

车站上的人跑过来将老苍赶走，火车长啸一声慢慢加快。五哥在火车哐当中朝我连连招手指着老苍，我只听见一句"看好咱的……"，那声音就被轰隆隆的巨响淹没了。这时，被赶开的老苍忽然从旁边追上去，发出一阵"呜啊呜啊"的怪叫声，我听得很清楚，它是在喊"五哥五哥"。火车越跑越快，老苍越追越紧，我也大了胆子，撒腿从后边撵上去。火车跑得实在太快了，一会儿就消失在铁路的尽头。我远远看到，老苍渐渐慢下来，最后疲惫已极地趴在铁道旁，直起脖子朝火车消失的方向望。

我使出浑身力气跑到老苍跟前，坐在它旁边，又是抚摸又是扑拉，变着法地哄它劝它，它终于扭过头来，蹭蹭我的胳膊舔舔我的手，最后神情呆滞地望定了我。我吃惊地看到，老苍眼里满是亮晶晶的泪花儿。

回到村里的老苍就像丢了魂，我每每想把它带回自己家里，可它就是不跟我走。白天，它总是趴在那盘已经陷进土里的石磨旁，眼神呆滞地沉思默想。天一黑，它就离开石磨，约定俗成般地到五哥家门口趴着。五哥一家走了，可老苍仍在为他们守门看家。有时我就陪它一会儿，坐在它身边和它说话：老苍啊，五哥走了，这座院子空了，你跟我走吧，我会像五哥那样照管你，咱们仍和以往那样玩。行吗老苍，啊？老苍显然是听懂了我的话，它伸出细长的舌头舔舔我的手，嗓子眼里咕噜噜响一阵儿，似乎在向我解释什么。我看出了它眼神中的意思，它是坚决不肯离开的，我只能叹气。我无可奈何。

五哥家锁了屋门，敞着大门，刮风下雨，老苍仍去它的窝里栖身。我不断地给它送吃送喝，老苍救人的事迹一直流传，人们都很看重它，邻里街坊也隔三岔五地拌了狗食来喂它。老苍虽无冻馁之忧，仍旧一天比一天消瘦。

五哥进城的第二年，我的学习时间开始紧了，不能再整天按时喂老苍。老苍比一般狗有灵性，饿了，经常到浅水泡子里像熊一样抓鱼吃，也常在地边沟崖上扒茅草根，茅草根是甜的，它连根带梢嚼烂吃下去，能解渴也能充饥。我想，这两样本事它一定是跟人学的，因为听大人说，灾荒年间人们就是这么做。老苍有时也到村中人家讨吃的，但无论到了谁家，绝不像一般狗子那样偷吃抢食，即使人家正在喂鸡喂鸭，它也从不趋前一步，抢食一口，只是蹲在一旁万分贪婪地瞅。直待鸡鸭吃完了，它才眼瞧主人，犹犹豫豫地朝食盆跟前挪。主人点头，它便走至盆前，大口大口地在盆底盆沿上舔。村里人说，老苍这狗太厚道太仁义了，从来没有见过这样懂事的。有人看着不忍，提前赶开自己的鸡鸭，将食盆端到老苍跟前喂它。逢这时，老苍就会满怀感激地望着主人，口中喉中呱呱唧唧响一阵。显然，它是在说感谢的话，这话一定有情有义，也很真挚，可是，主人听得懂吗？听不懂啊！天高地远，人畜有别。

　　有几户人家很想留住老苍，街上遇到，或是老苍到了门前，就叫住它，叫到家里，好水好饭地喂它。老苍很是理解主人的善心，吃饱喝足之后，可以在这家待上半天甚至一天，或在门口趴着，或在院里溜达，真像这家中一员似的。然而，只要天一擦黑它就走，狗不是羊不是牛，拴不得留不住，主人家只好眼睁睁看它跑出院门，跑向村西的五哥家。当然，临别时它会扭头一望，抖抖身上的毛，甩甩蓬松的尾巴，以示感谢，以示辞别。这样，主人家会聊感欣慰，也挺满足，自忖毕竟喂的不是一只白眼狼，是一只有人性懂人情的狗。

　　我和老苍已经形成了默契，无论它白天跑到哪里去，放学后我们总在五哥家的土崖上会合。我坐在榆树下的磨盘上出神，它就趴在磨旁守着我，我们一块儿望着五哥的院子出神，共同回忆，共同悲伤，共同沉默。天完全黑下来时，我回家，老苍也抖抖皮毛立起身，目送我步履沉重地走下土崖。然后，它就一如既往地趴在五哥门口，这成了一种规律，一种形式，一种难以解释但常年存在的象征和寄托。我家距五哥家

217

的土崖不算远，逢到夜间，我总听到五哥土崖上传来长短高低不等的"呜啊呜啊"的狗叫声，我明白，这是老苍苦闷难耐，它在喊"五哥五哥"，或者是"小花儿小花儿"。我几次梦中爬起来，央告父母让我去和老苍做伴，都被母亲狠狠摁住了。

我从小语文成绩好，小学二年级时就会写信了。我会写信了也接到了五哥的来信，大我半岁的五哥在信中首先问到老苍，问老苍现在的情况如何，然后他告诉我，刚到城里时，他每夜都做梦，梦中他仍旧和我带着老苍村里村外地转，仍旧在西庄头上冲大憨他们耀武扬威。有一次梦见在地里玩，他抓到一只肥胖的田鼠，那田鼠忽然挣开身子，朝他龇牙咧嘴，一会儿就变得像驴一样大。肥大的田鼠双腿立起来，摇摇晃晃扑向他，他吓坏了，跑又跑不动，危急时刻老苍不知从哪里转出来，举枪砰地把田鼠打死了。他吓醒了，心里怦怦怦直跳。还有一次，他梦见带着老苍玩，老苍不慎跌进村边的井里，正要喊人打捞，井口突然自动关闭，他急得大哭大叫，母亲把他摇醒，问他是不是做噩梦了。他哭着喊着，说老苍给掉进井里淹死了，他要赶紧去捞。这时醒来的父亲叹口气，说老苍救过五哥的命，是个有灵性的，他们一定前世有缘今生相聚，老苍的魂已经附在了人身上，就是隔了千山万水，梦里也能相会。于是，五哥他爸爸就用木片刮了个牌位，上写狗儿子老苍×××，搁在五哥卧室墙角处供着。虽然是闹着玩，却也让五哥感到慰藉。说来也怪，自从供上老苍的牌位，五哥夜里做梦明显少了。

五哥说刚进城时，有些街头孩子像西庄的大憨一样让人讨厌，经常结伙欺负他。对方人多势众，他打不过人家，只能逃，只能躲，有时远远见了就赶紧溜掉。五哥说他当时就想，如果把老苍带了来，有老苍在身边，他肯定不会怕他们，说不定那些家伙见了他就要逃呢。因此，他常常埋怨爸爸没将老苍想法弄过来。他爸爸总是"嗯"一声，沉默半晌再解释，说城市比不得乡下，养一只土狗不好办。让它住在屋内不妥，住在外边呢，会被当作流浪狗处理掉。五哥说他想想爸爸说得也有理，这么一忖度，心里就好受些了。

五哥的信纸上斑斑点点，有的地方甚至连成一片。我看出这是泪痕。我明白，五哥一定是哭着写这封信的，他一定哭得很厉害，他在写信时一定想起了我们以往相处的日月，想起了我们带着老苍优哉游哉的情景，想起了我们相濡以沫的兄弟感情，否则，人是轻易不会哭的。我看着想着，再也抑制不住自己，竟也抽抽搭搭哭起来。我的泪滴落在五哥的信纸上，和他的泪痕叠在一起，湿影片片，像高年级学生们书上的地图。

我把五哥的信看了好几遍，也哭了好几回，又把弄湿的信纸晾干叠好，然后将自己关在屋里沉思默想，脑子里像放电影一样不断浮现出各种各样的画面，有悲痛，有伤感，也有喜悦和欢乐。我从小就有待在一旁呆呆想事的习惯，所以父母也不以为然。这次可能看着不对劲，母亲就跑来擂门砸窗户，问我是不是魔怔了。我像从睡梦中惊醒似的打开门，才知道要吃午饭。

我要给五哥回信，回封长信。告诉他家里这两年的情况，告诉他离开以后发生的一切，特别要着重告诉他老苍所经历的。我很认真地列好次序条码，又在每项条码里填上要写的事情提纲，看看再无遗漏，这才像做作文一样认真地书写。

提起笔来才明白，写这样的信比写作文要难，写作文可以造，可以诌，写信不行，这是亲身经历，这是真情实感，写自己容易，写老苍很难，写不明白，也写不全，有时还写走了意思。譬如说我把老苍每天守在土崖上仍旧说成是"看家"，把它各处找食吃写成了"沿街讨饭"，把自己看到老苍的遭遇感到悲痛写成"心疼"。总之，自身的感受和老苍的现状我写不明白，也讲不清。最难办的是我管不住自己，写着写着就想哭，一哭起来就收不住，泪滴落在信纸上，洇湿成一片一片，有好几次我不得不放下笔，在一旁哭一会儿，冷静一会儿再接着写。从那时我就已经明白，人对事物的感受不细细回忆是难以体味真情的，人在童年时期结下的友谊才是最珍贵的，这种友谊不仅仅是小孩子之间，还有整日陪伴着的动物伙伴。我想，五哥在写那封信时也肯定如此，和我一

219

样的心情，一样的心境，一样的写一会儿哭一阵儿。

我用了一个星期的时间才写完这封信。那时电话还不太方便，更不要说手机了。我们通信仍是老途径，把信封好，交给隔天才来学校一次的邮递员，十分讨好地喊了几声叔叔，嘱咐他千万别把信弄丢了。邮递员接过我的信和随手送上的两毛钱，当着我的面贴上邮票，很郑重地双手放进邮袋里。我盼着他说声"保证"或"放心"一类的话，可他只是亲切地摸了摸我的头，一声没吭就走了。

我有点儿不放心。

我等了好像一百年的时间，终于接到了五哥的第二封信，还有随信汇来的十元钱。五哥在信中嘱咐我，十元钱一分为二，一份让我买糖买文具，另一份给老苍买吃食。我并没完全遵从五哥的嘱托，只花一块钱买来十块糖，我吃五块，老苍吃五块。又花四块钱买来麦麸，掺上菜让母亲在锅里蒸好喂它。这以后，每月如此，从来不误。为了让老苍改善一下生活，我有时还跑到城里肉食店给它买一堆肉骨。可是我发现，老苍啃嚼肉骨时，已是越来越费劲了。

老苍的虚衰很突然，那天傍晚我去找它，它站起来时忽然晃了晃又趴下。之后，它越来越懒散，越来越无精打采，经常卧在地上喘粗气，半天不动窝。我很焦急，每天至少跑两次去看它、喂它。有天傍晚我正在土崖上守着老苍玩，班主任老师散步经过这里，很自然地和我谈起了老苍。老师看了看情况，说这狗已经老了，他说千万年之前，狗、狼、狐狸曾是一个祖先，到后来，狗被人类驯养了，较之狼和狐狸的寿命就短了。一只狗的寿命通常只有十多年，最多二十年，看这狗的情形，恐怕是来日无多。

我相信老师的话，并在多年后经过观察印证，狗在临死前的一段时间都是这样的，它们总是默不作声地找个僻静地方躲起来，蜷起腿，缩起身，一边气急地喘息，一边等着死神的降临。大约中国词典里的"苟延残喘"就是因此而取的吧？当时我还想起了父亲和我说过的稀罕事，他说他发现一些垂暮老人有个奇怪的行径，他们在临终前的一段时日

220

里，总是令人不解地盯准了一个地方，有时轻笑，有时自语，像在下意识地回忆什么。如今的老苍就是这样，近一两个月来，无论是趴在石磨旁，还是趴在大门口，总是头朝西尾朝东，不时地抬起头来，盼望什么似的"呜啊"两声。这"呜啊"之声低沉而凄凉，可以传到很远的地方，有时路人经过这里，会惊奇地立住脚：咦！这狗在叫谁呢？这"呜啊"之声很像以往夜间曾发出过的呼叫，我想它一定是想五哥也想小花儿了。因为五哥离家时是往西走的，而小花儿中枪也是正朝西边跑着。它抬头叫时很费劲，脖颈上像压了沉重的东西，得费很大的力气才能仰起脸。有天中午老苍朝西"呜啊"两声之后，突然急剧地咳喘，我忙给它轻轻地揉搓喉头，老苍咳喘稍息，从嘴里吐出两块小骨，我很吃惊，因为并没喂它肉骨一类呀！仔细看，是两颗牙，两颗已经变黄的牙。我这才明白，畜类和人一样，老了也是掉牙的。

老苍吃东西越来越费力，走路也越来越费力，总是将身子挺上几挺才能站起来，走路时间长了，还一下下地打别腿。看到老苍的情况一天比一天糟，我年龄虽小也知道心急如焚，因为五哥临别时对我千叮咛万嘱咐，让我一定好好看顾老苍，我不能辜负五哥的重托。自从那次通信之后，五哥每次来信都首先问到老苍，我不想把老苍的糟糕情况告诉他，怕他难过，怕他惦挂，他和老家隔着千山万水，回又回不来，见又不能见，不悬心吗？抻了一段时间，我想我还是告诉他好，让他心里有个底，万一老苍死了，他也不会感到突然，不会埋怨我。

信发走了，我心中开始七上八下。我想五哥看了，得知老苍情况不好，一定比我更悲伤更难过，弄不好就得哭起来了。

令人惊异的是，五哥没回信，很长时间没回信。这让我疑心邮去的信可能中途丢失了。想一想，距寄信的时间差不多两个月了，我是不是应该再寄一封呢？

我举棋不定，陷入不等不是等又不放心的两难境地。

转眼暑假到了，我正在家里做作业，无意中朝门外边瞥了一眼，见有个背挎包的人走进院。那人个子高挑，衣着整洁，看样子是外地来的。那人笑嘻嘻地朝屋里瞄了几眼，恰好与我四目相对，我惊讶得几乎喊出来——五哥！我从座位上跳起来径直蹿出去，母亲以为我得了疯病，惊呼着追出来，而我——这时已和五哥紧紧抱在一起大放哭声。哭声惊动了邻居，争相跑到我家看看发生了什么，一时间院子里乱哄哄成了一锅粥，母亲急得朝我屁股接连拍了几巴掌。一阵兵荒马乱之后，院子里复归平静，我这才意识到应该先让五哥到屋里坐。

五哥回来后在我家待了一会儿，就回到他家的老院去。老苍和五哥乍一相见好像并不十分激动，五哥颤颤儿地喊了声"老苍"，老苍愣了片刻，艰难地爬起来冲五哥摇着尾巴，五哥走上去扑拉着它的头颈脊背，眼睛这才渐渐潮湿了。老苍跟着我们进了屋，一摇一晃地走到五哥面前，身子一软就倚在了五哥腿上，它仰头望着五哥，舌头在嘴边涮来涮去，眼睛瞪一会儿又眨一会儿，俨然有许多心里话要对五哥说。说什么？是对五哥的问候还是感谢，是思念还是惦挂？可爱又可怜的老苍，忠诚又重情的老苍，世间无二的老苍啊，有什么话你就尽情地说吧。你和五哥互相之间的日思夜想，我明白，我清楚，你久久的裂心撕肺的"呜啊"声，已经提示和演绎出了人畜之间的共知，虽则人畜有别，我们还是可以相互沟通的呀。此刻五哥已到面前，你那久储心间的别后离情，说吧，快说吧！

我和父亲帮着把五哥的屋子整理好了，被褥也放在了床上。看得出，五哥不光长高了，人也成熟了。他不再像小时那样性情外露，而是极为镇静，极为沉着。可是，在他和老苍互相对视半分钟后，他的脸部肌肉突然发生了奇妙的变化，先是凝重、紧缩，继之颤动、抽搐，刹那间又像决堤的河水汹涌而出，一下子在面前铺漫开来，让人弄不清这里面究竟意味着什么。我以后很多年才明白，这是一种极度痛苦极度懊悔的表情，是竭力忍耐但又终究难以控制的爆发。我只来得及看到五哥哈了一下腰，他的身子就和老苍融为一体了。五哥抱起了老苍，如同抱起一个思恋已久的娃娃，亲吻，搂抱，泪流如瀑，浑身哆嗦。他终于放声大哭，宛若当年在车站月台上与老苍相别的一幕。我被这突如其来的变

222

故弄得呆了、傻了，愣在屋里一时竟不知说什么、做什么。

老苍也像孩子见到父母一样，把整个的嘴脸伸进五哥的脖子里，轻轻地舔着，吻着，嗓子里发出一阵阵难以听清的咝咝声，像呻吟，也像诉说。五哥的泪水流在老苍的身上，浮在老苍额头的细毛上，像颗颗晶莹剔透的露珠儿沾在草梢上，一颤儿一颤儿，良久方逝。

我终究还是从激动和迷蒙中清醒过来，把老苍从五哥的怀里抱下来。五哥坐在椅子上，仍旧将老苍拢在腿前，双手一下一下给它梳理身上的长毛。老苍微张着嘴，眯起眼睛，不时舔一下五哥的手背，样子舒服而神往。我想，此刻的老苍肯定忆起了当年，当年五哥在家时，每天都是这样给它精心梳理的。那时，它的皮毛细白光滑，像绸缎一样发出荧荧光波，五哥的手指插进去一顺，就如细水流动一样唰唰唰的。而今，老苍的皮毛依旧，却早已失却了当年的光泽，有的地方成绺，有的地方黏结，有的地方已经开始干枯稀疏了。五哥梳理着老苍的皮毛，口中不时地叹气，他擦擦脸上的泪水，意味深长地对我说：三儿啊，有的长大了，可有的要变老了，这世界……

五哥给老苍梳理了一会儿皮毛，起身打开那只挎包，他取出两只黄澄澄的面包，一只递给我，一只掰开了喂老苍。面包是夹馅的，我咬一口，舌尖渗甜，满嘴生香。可是，如此甜美的食物，五哥掰给老苍三五口后，老苍就再也不吃了。我很奇怪，五哥也感到奇怪，为什么？老苍啊，这是为什么？这时，母亲来喊我们去吃饭，我和五哥带了老苍一块儿走，可是，老苍走出院门就停住，它望望五哥又望望我，像有什么话要对我俩说。我和五哥正疑惑不定，老苍却歪歪扭扭地朝榆树底下走过去，走到那盘石磨前站下，不动了。我和五哥的眼泪一下子涌出来，立即意识到，老苍仍旧想着小花儿——同时也告诉我俩，可别忘了小花儿。

有件事让人大感不解，五哥回来后，老苍得到了更周全更细致的照料，身体本应好转，却出人意料地迅速虚衰。走路费力，吃东西勉强，只能从窝外挪进窝里，从窝里挪到窝外。五哥每天将棒子粥掺上肉末喂它，它也只是舔食几下，然后就对着食盆发呆。

五哥回来后，贾二太爷常来串门，打听些城市里的奇闻逸事。年过七旬的贾二太爷依然健壮，将粪筐放到门外后，一双耷拉老眼就开始在老苍身上蹔摸，看到苟延残喘的老苍他时有唏嘘：唉唉唉！这世上，没有不老的生灵啊！俄尔便转了话题：啊哈，老狗毛脱，做整套皮货是不值嘎了。不过，苍狗皮厚，做鞭梢儿倒能割出上百条。依我说呀五儿，提前弄死算了，我给你这些嘎……贾二太爷眼中闪出幸福而贪婪的光，左手伸出五指，右手做个用刀的姿势。那样子，要是我们不在眼前，他立马就将老苍生剥了。听着贾二太爷的话，我和五哥心里阵阵发毛，嘴里不说，心里都在盘算如何抢救保护老苍，即使老苍活不了，也不能让老头子把它割成鞭梢儿。

转眼之间，五哥已经回来二十多天了。这二十多天里，除了到要紧的亲戚朋友家走走看看，他从没离开老苍身边过。自从五哥回来后，老苍变得很安静，再也不头西尾东地"呜啊"呼叫了。虽然它很虚弱，但看上去很舒适，很满足，每天趴在院子里，眯起眼睛，注视着蹦来跳去的麻雀，有时也朝面前爬过的蚂蚁呱唧嘴，我想，老苍是在苦中取乐。这时，五哥总要搬个小凳守在它身旁，一边给它扒拉身上的毛，一边低声和它说些只有他们自己才明白的悄悄话。

这天五哥接到一封信，是父亲寄来的，催他回去，说有个补习班等他回去参加。五哥看完信，眉头皱成疙瘩，既惦着老苍，还要顾着自身的学习，他处在了进退两难的境地。一连两天屋里屋外地串，他有些沉不住气了。我看五哥作难，就劝他走，说老苍已然这样了，再陪着耗下去也不是办法。五哥想了很长时间，摇摇头：不行，我惦着它！

五哥跑了一趟火车站，回来后很兴奋，说自己到车站货运处问了，可以托运活物，但必须有人跟着。他说要让老苍恢复一下身子，然后带它一块儿走，一块儿到城里去，进城后和小区物业处说说，在隐蔽处搭个狗棚，再用链子拴住。我的心里咯噔一下，就像当年一样，有点儿舍不得让老苍走。我想说留下老苍继续由我照顾，可看看五哥，五哥的神情很坚定，我不知说什么好了。说真话。这种不弃不舍的做法，搁我身上我是想不出来的。五哥——重情重义的好五哥！

五哥到底想出了办法，他提着两包点心，硬着头皮去找邻村的老中医。老中医听完五哥的陈述和请求，收下点心，哭丧着脸给他包了几味药，相当没好气地说：不能说这药是我开的，露了风，我砸你家饭锅！五哥喏喏连声。老中医是名医世家，是给人看病治病的，倘若有人知他给狗开药，会降他的身份，坏他的名声，是作践他。五哥是个灵透人，当然理解。

老苍连服老中医三剂中药，虚衰依旧，情况并未转好。我很失望，五哥更是沮丧。其实我们心里都清楚，老苍是自然衰老，肯定得老死，就是仙丹也治不好它。我明显感觉出，五哥的心情更沉重了。

父亲第二封第三封信相继来到。第三封信上说得很严厉，如果五哥再不能及时回去，父亲就亲自来找他。五哥边看信边扑拉老苍的脊背，默默地，久久地，他在考虑和寻求一种两全其美的办法。老苍扭头望着五哥，喉中似有一物在咕噜滑动，那一双迷离的眼睛里，闪出一种奇怪的光波，显然，老苍想对五哥说点儿什么。当然，它说不出，所以凝视良久，重又转回去，下巴依旧贴在地上。

那是个天色阴暗的中午，虚弱已极的老苍趴在地上，看着我和五哥吃地瓜。可能是地瓜的香甜导致了奇迹的出现，老苍出人意料地抬起头来看我们。看了片刻，竟然晃着身子站起来走路，走到我俩跟前立住。我和五哥惊喜万分，举到嘴边的地瓜也忘了吃，真是想不到啊，老苍突然间就恢复了。老苍的眼睛这霎很有神，腆起脸望定了五哥，形色枯燥的尾巴一下一下甩动着。五哥呆了半晌，好像忆起了当年和老苍初次见面的情景，突然间就明白了老苍的意思，他问老苍：你想吃地瓜？老苍似乎点了点头，五哥不迟疑，马上掰了一小块儿送到它嘴边。老苍张口叼住，嚼了嚼往下咽，咽得挺费劲，但还是勉强咽下去了。第二块儿第三块儿……我和五哥大喜过望，老苍终于能吃东西了！当五哥再次将一小块儿地瓜送过去时，老苍却不再张嘴，只是贪婪地盯着他手里剩下的那半块地瓜。五哥兴奋得有点儿发昏：要吃大块的呀？他把手中的地瓜整个儿送到老苍的嘴边，果然如此，老苍张嘴叼住，几乎没嚼就硬硬地朝肚里吞，拼命地吞。

我看到，老苍吞咽时十分费劲，几乎是很痛苦的动作。它伸直了脖子，闭紧了嘴，用力地咽着，咽着，口角边渐渐渗出了白沫。喉头脖颈处鼓起个大大的包，这包十分缓慢地往下移动，嘴角的白沫也越渗越多。白沫忽然变暗，变红，很快成为棕褐色。棕褐色的液体开始往外流淌，啊呀，是血！这霎，老苍脖颈处的大包再也不能往下移动，像个瘤子一样停住，鼓起，老苍无力地跌在地上，张开嘴长长地吐出一口气，双目圆睁，呆滞无神地朝我俩望着。我清楚地看到，此刻生命的火花在它眼睛里微弱地闪动，忽亮忽暗，忽明忽灭，蓦地，那火花星芒般在它眼里跃了跃倏地消失，老苍的身子慢慢地软软地塌下。

五哥惊叫一声伏下身子，变音变调地喊：老苍，老苍！老苍眼里滚出两颗浑浊的泪滴，眼皮像两片薄薄的蚌片，悄然而迅速地合上。老苍死了。我和五哥心里都清楚，老苍是自己噎死的。它死得很痛苦，很坚决，我当时就明白了这是为什么。我和五哥守着老苍的尸身，一声不响地坐着，坐了足足一顿饭的工夫，互相抱头大哭。为了躲避贾二太爷的算计，我们把老苍的尸身埋在一座废弃的地瓜窖里。这时，自然就想到了小花儿，我们挪开石磨，弄出木箱，木箱已经很轻了，搬动时里边响起骨头的哗啦声。五哥拽下土炕上的席子，将老苍裹了，连同装小花儿的木箱一块儿放进地瓜窖里。在用席子包裹老苍时，五哥想了想，剪下老苍的尾毛，一撮自己留下，另一撮递给我说：想它时，就看看这个！

填平地瓜窖后，我和五哥心里踏实些了。贾二太爷再有兴头，也不会费这邪劲盗墓。当天晚上，我陪五哥在地瓜窖旁一直坐到深夜，因为事已至此，他没必要再在家里耽延了，他决定第二天就返回远方的城里去。

我送五哥去火车站，五哥一路无语。临上车了，五哥忽然从怀里取出那撮尾毛，哽咽着说：三儿啊，你说，这老苍它是真死了吗？我喉如火灼，无言以对。

当天晚上放了学，我仍旧习惯成自然地朝五哥家走去。上了土崖，怔住了，那微微隆起的地瓜窖前，有三只模样相仿的狗儿静静地站立着。三只狗见我出现，不约而同地汪了一声，跑下土崖，径直向西奔去。

我心里咯噔一下，这才意识到，老苍已经死了。

倒　仓

1

才气加上机遇就是人的命运。这话虽然有些离谱，但要结合某人某事研究，好像也有道理。马三子的命运转折就是凭了一个机遇。而这个机遇却和市京剧团原来那所脏得让人触目惊心的厕所大有关系。

那时剧团里的房子挺多。房多不是优势，因为大都坏了。前年六月下大雨，后排老武生的房顶塌了个窟窿，随之就掉下半块瓦来，适值老武生闲极无聊，正在床上蛤蟆支锅拿大顶，不偏不歪，瓦块正好砸在他裆里。若非及时抢救，老武生就得一命归西。老武生半辈子光棍却遭此不测，这就犯了众怒，大伙把瘸腿团长堵在屋里，责问他为何不赶紧将房屋拆旧翻新。老团长又气又恼哇哇叫：草（他把吵说成草）什么草，工资都发不出去，拿个×搞维修啊？再草，再草我只好脱了裤子去卖腔。当团长的卖了腔，看你们的脸面往哪搁……

房子再破，尚可勉强住人，要命的却是厕所。

剧团经费短缺，厕所常年失修，漏顶，漫砖，尿池粪便沧海横流。人们往往又歹，越这样越添彩，进门口睃准一立锥处站住，只图自个儿洋洋洒洒淋漓尽致，全不顾再来者如何进得去。京剧团地处偏僻，又拿不出时兴"小费"，卫生队也就应付公事，三五日赶了毛驴车来，粪勺胡乱划拉几下，淘走干的，留下稀的，厕所更加成了"涝洼"。瘸腿团

228

长见此光景，只好另辟路子，派人带了香烟去郊区联络。心诚则灵，终于哄住一个村子，说好每日清晨有专人来剧团"提货"。农家人干事一是一、二是二，几天时间厕所里便能像以往那样大便入坑小便入池了。内环境一好，人们屙尿痛快，旋即就给老团长歌功颂德。老团长听了撇撇嘴，豁牙漏气地认真骂：日娘的，当是为你们吗？你们手脚利索能跑三里五里找公厕。嗯？我呢？说着甩了那条肌肉萎缩的右腿做示范道：我进不了这厕所，就只能往裤子里屙。妈妈的！

好酒不怕巷子深。

京剧团的厕所收拾干净，就像饭庄创出了牌子，近到相邻的单位住户，远至街头的流动人口，每日前来光顾者骤然大增。清晨高潮期更是门庭若市，厕坑上一溜占满，迟来一步的人尽管憋得掉眼泪，也只能千诅万咒地在一旁跳迪斯科。

又是一个清晨，剧团门刚开了一条缝儿，就一溜歪斜地挤进人来。也就半分钟，十来个茅坑已是座无虚席。早晨大解，为一天的进食做好空间准备，这叫吐故纳新，是良好的生活习惯。马三子就有这个好习惯。今晨他早来半步，抢得一席之地，脸上身上，便透出庆幸，透出愉悦，透出惬意的轻松。在气运丹田的同时，他开始饶有兴味地欣赏尿池前一位小青年的杰作。小青年撒尿很像作曲家画五线谱，悠闲地歪着头，将一泓清泉呈曲线形一遍遍地从左划向右，中间还不断地调整落差和弧度。就在这雾，老团长的一只螺旋腿划着圆圈抢进来，见已客满，怔了怔，就咬牙。他老昨晚多吃了牛头肉，夜间渴急灌了半壶凉茶，刚起床就觉得腔门处朝外鼓，忙惶急地往厕所这儿奔，不想一步来迟，最后一个茅坑也被别人占领了，就急得连呸带骂：娘那个眼，演戏时挺舒服的剧院谁也不进，这茅厕破得都遮不住腔了，倒一个个的来抢表呢。妈妈的！骂归骂，他还是得忍着，厕所姓"公"，不能因为是你团长屙屎就要把别人撵了。然而，终是人老气陷后门松，觉着再过一秒钟便要冲涌而出，只好倚老卖老，薅住马三子的袄领说：日娘的，快让开，了不得啦！

剧团的传统很讲究，历来排辈论大小。马三子是小辈，他只能服从。他也就刚刚挪开半边腚，老团长即如绝处逢生，那条瘸腿出人意料的利索，几乎是打着旋风脚蹲上了茅坑，一阵惊心动魄的暴响后，这残疾老人长舒一口气：娘哎，痛快，给个市委书记也不做。厕所里一阵哄笑。团长却不笑，他板着面孔很认真地给三子许了愿：爷们儿，就凭今日这情分，剧团一旦还了阳，我立马提你个组长。

马三子脸上挂着笑，这笑并非快活，而是下腹坠胀难耐，牵掣着上边表情肌痉挛造成的。他一边旋着身子跳舞步，一边盯紧着厕所之内的大环境，以寻个空位，排出尚存于大肠头上的那"半截"。高潮期终于过去，三子终于找到了自己的位置，很痛快，也很惬意。马三子原名马立华，自小没了父母，十多岁那年剧团下县去招人，地方上可怜他，剧团里照顾他，水到渠成，他也就来剧团学艺了。那时，马三子人虽清秀，只是瘦弱，同伙里就有嘎小子欺负他，老团长腿歪人正直，因这事三日两头踹那几个家伙的屁股。可是，"倒仓"那年又倒霉，他本来水灵灵铜哨似的嗓音，硬是变了，变得像母鸡打鸣一样。师父师伯师叔们急得青头冒白汗，几乎将从师母那儿偷来的训练本领都轮番给他用上了，他就是出不来嗓。老团长气急疼恨，螺旋腿在他腚上悠了几悠说：小子，穷命。你咋就不像你们马家的马连良呢？

不过，老团长说话终归算数，没倒过仓来的青年演员都给分流了，独独留下马三子。就从那时起，马三子被派在后台管道具，兼负沏茶满水打零杂的责任。这无事忙的差事，三子憋得难受，瞅机会就取了琴师老曹的胡琴锯几下。天长日久，福至心灵，锯出了韵，锯出了曲儿，小打小闹的场合，渐渐地竟能做替补琴师了。三子虽然有了这特长，但毕竟是人熊三分赖，剧团辈分大小又严格，所以在众人面前仍属"等而下之"的。特别近二年，剧团演戏没人看，大环境不景气，工资发不足，像他这一类的，自然更是累赘下脚料了。

这情景已经过去好几年，当初小学徒马三子也已长大成人，剧团的平房变成了楼房，还取了个很文化的名字——艺术小区。京剧团也改成了演艺公司，尽管改了名称，但中国京剧城里京剧市场仍然不景气，事业心极强的老团长急得百爪挠心。这天，京剧团排练厅里终于传出老团长嘶哑却是十分快乐的嗓音：师弟师妹孩子们哟，我们这中国京剧城里的京剧不景气，等于是鸭的儿子不会浮水呀。这几年我费了不少劲，没用！如今，机会来了，为了繁荣文化艺术，省里要搞青年京剧演员大奖赛。这样的大赛，我们必须参加，哪怕是不得奖呢，造个影响，京剧城依然名声响亮。另外，截至上周，本年的走社区下乡村演出任务已经完成，大家闲着也是闲着，从今天起，除了专门排练参赛剧目《武大郎正传》的几个人，我给大家放了假了。放假期间，只要不是违法乱纪的事，你们可以凭本事找点儿外快。十字街上下耙子，搂住什么算什么吧……

会议室里传出掌声和喧哗声。

老团长一声"全散了吧"，人们轰轰然往外冲。冲在前边的马三子手拿一只刚喝空了的饮料瓶，挺胸高唱：一马离了——西凉……咯咯儿两声噎住。舞台监督阿庆婶从后边快步赶上来，凑到马三子跟前嘿嘿直乐：我那儿，前几年铜哨似的个嗓音，怎么变成鸡打鸣儿了呢！演职员一片哄笑。阿庆婶没笑，一本正经地继续说：孩子，前几年你们几个没"倒仓"的小家伙，纷纷找出路想办法跳槽走了。赵发生在某机关看大门，工余时间发奋写作，立志要当作家；王新在十字街上开起了小超市，如今发了大财。就是你，听团长那老家伙的，留在后台管服装。剧团如今改成演艺公司，你只领百分之六十的工资，也没演出补助。这样下去何年何月是个头啊，将来说媳妇你指望啥。啊？指望啥！

演职员们又是一阵哄笑。马三子斜了阿庆婶一眼，高高抛起手中饮料瓶又一脚踢飞，饮料瓶在空中划了个弧线向后飘去，听到后边传来惊呼：妈妈的，要命啊！要不是老子躲得快，砸着头了。

是老团长的声音，接着是急促的脚步声，马立华情知不妙，撒腿就跑。

2

马立华跑出剧团大门，直奔师哥王新的小超市。王新的小超市与众不同，一边卖羊肉，一边卖百货。此刻夕阳西下，阳光斜斜地射进屋里，屋内披上一层淡淡的黄纱，小王正在热情招呼两位买东西的顾客。

马立华悄悄走进来，小王转过脸问他怎么有空出来了，马立华告诉师哥，说剧团又放假了。小王客气地送走顾客后，双手撑着柜台，学着老团长的嗓音：哎哟，师弟师妹孩子们哟，咱们这团儿不知烧了哪路高香，在这次体制改革中倒还保留着。可保留也难混哦，只发百分之六十的工资，而物价呢，就像雨后的狗尿苔，长得疯快，兔子驮钱也供不上用啊！听说了没有，面粉厂里烧石灰，轮胎厂里卖烧饼，西边钢筋公司的铁货卖不出去，现正支了大锅炸油条哪。人家好歹都有招儿，咱们剧团能干吗？啊？所以说呀，从今天起，除非有重要任务，团里决定让大伙儿十字街上下耙子，搂住什么算什么。也就是说，我给大家放了长假了……

马立华笑得前仰后合：师哥，你学得真像，真像，老团长当年就这嗓音，就这些话，几乎一字不差。都好几年了，你竟然还记得。

小王说：当初还真幸亏老团长说了那些话，我看看没指望了，就辞职下海做起了买卖，这不，几年的时间，买了一套房，还盘下了这家店铺。当初你若听我劝告，也辞职出来干个小买卖，恐怕也已发起来了。马立华连连摇头：师哥，我不是做生意的料，这活也不是任谁都能干的。

小王说：人在逼，马在骑，是没把你逼到劲上。马立华说：逼到劲上也不行，张博和你前后脚辞职的，不是也没混好吗。王新点点头：也算是吧。

王新说今晚彩虹剧院上演新电影，建议叫上张博和赵发生去影院看场电影放松一下。马立华点头称是。王新取出手机拨通张博的号，说是自己和三子在一起，邀他一块儿去看电影。张博口气低沉：师哥，对不起，我白天上班，晚上还要照顾身体日渐衰弱的妻子小梁，改日吧。王新又拨通赵发生的电话，可是赵发生说他白天值班，晚上要修改一篇小说，因为这个周末要去省城拜访一位著名作家，请求人家给予指点并推荐给某刊物。

王新沮丧的口气：咦咦，都是大忙人啊。那算了，咱俩去吧。

马立华和王新走出影院门口，走下影院的台阶，身边的观众纷纷议论着电影内容。两人看电影只是为了放松，并不参与议论，只是顺着大街朝前走，边走边说着什么。不大会儿，二人到了百货大楼前。百货大楼门口霓虹灯耀眼闪亮，灯光下，顾客们进进出出川流不息。北侧的停车场上，各式轿车参差不齐地排列着，不断有车开进开出。路边卖糖葫芦的商贩不停叫卖：糖葫芦，冰糖葫芦了！

马三子和小王走到百货大楼前，左右看了看，等着对面街口上亮起绿灯。大街上车水马龙人流如织，路边卖冷饮的小摊，对面街上烤羊肉串的……汽车鸣叫和人声的喧哗搅在一起，很乱。一阵热风刮过来，小王老板赶紧打开手中的折扇。

小王：这天，又闷又热，说不定得下雨了。

马三子：盼着下场雨吧，听说乡下的庄稼都旱得打蔫了。

绿灯亮起，二人快步走到对面人行道上，然后顺路北行。走到一个卖冷饮的摊位前，小王站住，买了两瓶雪碧，两人喝着饮料说着话往前走。走到一位卖冰糕的年轻人跟前，小王像忽然想起什么似的站住，转身盯着马立华说：三子，既然剧团放了长假，你也不能死瞪着眼光玩吧？

马三子：我能干什么啊！

小王冲卖冷食的年轻人腆了下脸：你瞧人家。

马三子疑惑地瞅了对方一会儿：让我也卖冰糕啊？

小王：怎么，不行吗，凭力气挣饭吃，比谁差了还是矮了？

马三子摇摇头：师哥，我不是这块料。

小王：师弟，这世上只有不愿干的事，没有不能干的事。没问题，我给你提供冰柜，办理营业证、健康证，但凡求人情走门子的事，我都给你包了。

马三子低头沉思，半晌仰起脸：谢谢王哥，那，我就试试吧。

第二天吃过午饭，剧团院里静静的，不远处的梧桐树上传来知了的叫声，马三子顺着甬路往北走。他听了小王的劝告，决计出去卖冰糕。当然，这得去请示一下老团长，因为毕竟关系到团里的第三产业问题嘛。不从工作关系考虑，长幼归属也不能废了。老团长是一团领导又是老字辈，这事无论怎么讲，也得经他认可。否则，惹得他发起倔来，瘸腿悠你屁股，还拣世间最损的脏话骂。

马三子拐过一栋楼角，忽见阿庆婶斜刺里插在前边，便不由自主地放慢了脚步。前边十米左右，阿庆婶边走边扭着屁股唱《钓金龟》，马三子犹豫了一下，转回身来往回走。走了几步停下，摇摇头，又踅转身跟在阿庆婶后头继续往北走。

两栋东西向的楼房，最底一层只有房门没有楼道。后边一栋专供剧团办公用，前边一栋是剧团单身宿舍。后边一栋各门口分别写着办公室、会计室、团长室、老干部活动室。此刻团长室的房门大开，老团长朝外探了探头，倚住门框笑嘻嘻地看着阿庆婶一路唱过来：老身生来命运薄，好似路旁草一棵，过了今年秋八月，不知来年奈如何……老团长呲哈着缺牙老嘴：妹子，甭担心，这不一直有财政补助吗？

阿庆婶见了老团长，乐滋滋地笑出一脸细皱纹，声音也变腻变软了，她低声说着什么，跨上台阶就要进屋。老团长正要闪身让阿庆婶进屋，抬头发现马三子跟上来，他忙侧起胯子挡住门，脸上带笑，眼睛却眯缝起来越过阿庆婶的肩头朝后瞅。阿庆婶愣了愣，也拧回头朝后瞧，瞧见马三子跟在她身后，赶紧退下台阶，拉下脸来，变音变调地说：我的儿，大晌午头，你娘个老眼的也不睡觉！

阿庆婶骂着，翻白眼拐向正西去。

老团长见阿庆婶走掉，脸上笑纹凝固，有些怨恨地盯着三子。

马三子忙低了头，喑哑着嗓门说：团长，我想出去卖冰糕！

老团长吐了口粗气：娘的，也不是前些年，猫蛋大一点儿事也来打报告。

老团长涮了马三子一眼，嘟囔着关门回屋里去了。

马三子怔了一小会儿，脸上露出笑容：哦，批准了！

正西不远处，阿庆婶《钓金龟》的声音又轻轻传过来：老身……

团长回到屋里再没出来，三子由惊恐转为高兴，他不再回宿舍，径直去找小王。

3

卖冰糕也不容易。因为当今天下，"抓兔子的比兔子还多"。为一顾客，常有几个人同时腆脸瞪眼打招呼。别人都是老手，每有顾客凑前，有的笑脸相迎嘴甜似蜜，有的绵绵叫卖音韵如歌。抢前一步即出手，撤后一步便落下。这是买卖行中的诀窍，马三子懂吗？懂！小王曾三番五次地告诫过他。然而，他是新手，又碍了一种连自己也搞不明白的所谓"面皮"，一见有熟悉的面孔从旁走来，别说趋身抢前，简直有立即拔腿便逃的想法。他缩头缩脑地偎在街旁角落，偶尔喊两句"卖冰糕啦"，那音调也是既低又细，并且明显地让人听出胆怯、心虚和羞涩。来往的人们如不细听细看细琢磨，准以为他是个落魄文人捡破烂，而不会把他当作走街串巷卖冰糕的。

马三子半天卖了少半箱，又因保管失当，回到剧团单身宿舍一看，其余的冰糕全化了。他饿了，便倚着床帮啃馒头，心想，这可真是好汉子不干赖汉子累死的生意。马三子啃完馒头，听到门外传来熟悉的脚步声，知道小王师哥来了。果然是小王，进门就问师弟今天开张情况如何。马三子打个饱嗝咧咧嘴，从一只塑料桶里舀过半瓢冰碴子递给他说：喝吧，剩下的！

小王喝一口笑一笑，猛古丁呛了一下，三子忙给他捶背。小王缓过气来又笑，三子问他笑什么。他说：三子心肠好，怕抢了同行们的买卖，所以整个下午就在旮旯里躲着。这样的"经营"方式，多亏自己是光棍，要不，媳妇也得赔上了。三子这才知道，一下午小王到街上转了好几趟，见他一直猴在街角里，就明白他今儿的买卖准砸。小王将冰碴子倒回桶里去，数着指头给他上生意课。小王说卖冰糕关键一个"跑"字，因为你不是定点地摊，必须沿街跑着去招徕顾客，还得一边比画一边吆喝。近处不行就去远处，得"哪里有吃者哪里有我"。躲在一边不出声的那是暗探，而戳在街上不动窝的是马路警察，骑车驮箱满天蹿还得防备红袖章老太婆因一张纸皮一根棍儿罚款的人，才是真正卖冰糕的。小王还传授他说，大街小巷住户宅院都可进，唯独监狱和税务所去不得。三子很吃惊，小王比自己也大不了几个月，生意上的学问咋就这么渊博。他一时直了眼睛，看小王仍旧说得有滋有味，就趔身搬过冰糕箱子说：哥，明儿我替你卖货，你替我卖冰糕。卖货赚的钱全归你，卖冰糕赚了钱对半分。行吗？

小王一下子给噎住，之后就噗地笑了。他问三子会不会剥羊皮，三子摇摇头；他问三子会不会剔羊骨，三子仍旧摇摇头；小王又问他会不会耍秤杆，三子更加傻了眼。小王不再问，掏出一沓钱塞给他：听人劝，吃饱饭。赶明儿还去提货，赚了是你的，赔了算我的。就不明白，卖冰糕比唱大戏还难吗？

三子耷拉着头不作声，但还是把钱接了。

门外传来咳嗽声，老团长晃晃悠悠走进来。

马三子：咦，老团长，你咋来了，快坐。

老团长：哟，小王老板也在呀。我老子晚上跟老肖喝了二两酒，妈妈的，烧得难受，就逛到这里来了。哎？三子，你今天的买卖咋样？

马三子打个怔走到水桶前指指：唉！别提了，卖不了，都化了。

老团长晃到水桶前看了看，舀了半碗冰碴子放到嘴边咝溜了一阵儿：咦，还妈妈的挺解渴拔凉呢。得，老子身上热得受不了，送我

236

算了。

老团长提起水桶摇摇晃晃走出门。

屋里马三子和小王大眼瞪小眼。

第二天，三子按照小王的教导，不再躲在一边当"暗探"，也不戳在街上当"警察"。他驮了箱子从市东区一头扎到市西区，走街串巷，亮开嗓子"卖冰糕!"说也奇怪，如今他忽然觉得"面皮"似乎增厚，自心里冲撞出一种生意快乐的感觉与大把赚钱的念头。他拿自己的昨天和今日相比，不明白是小王的生意课起了作用，还是因为远离剧团避开了熟人的关系。在这么一两天的时间内就改变了原来的那个自己，他迷惘又惊奇。但这种迷惘与惊奇随着箱中冰糕的不断减少而渐淡渐稀，转至中午，已是一种天经地义理所当然的心绪。好像自己本来就该卖冰糕，唱戏? 唱什么"鸟戏"!

马三子看看箱中冰糕去了大半，合计了一下，本钱已回，再往下是卖一支赚一支，不由暗自呲嘴，庆幸多亏听了小王的劝告。人逢喜事精神爽，这话还真不错。眼前虽然早过午饭时间，三子仍然不觉饿。非但如此，两条腿也像安了发条似的自动生出劲来，自行车行云流水般顺了街边一溜北去，像有线牵着一样拐进一家宿舍院里去了。人言"得意忘形"，这话好像也不错，三子也不看看什么时候到了什么地方，就劈竹竿般哑着嗓门一声大喝：卖冰糕——啦!

没有人声，也没有风声，宿舍大院里是绝对的安静。日光火辣辣地泼下来，把三子本就沙哑的嗓音晒得更干巴了。三子不屈不挠，继续挺着脖子大喊"卖冰糕啦"。鬼使神差，他还无师自通地随之加句"新出厂的"。这句话每每喊出口时，连他自己也脸红，明明卖了一上午了，怎么还是新出厂的? 然而一上午的经历让他确确实实意识到，这个新出厂的"新"字绝对作用强大。同样都是卖冰糕，他喊出了这个字，不远处的那位没喊，顾客就跑过来买他的而不买那一位的。他反复琢磨，悟出了其中道理：冰糕不新，人们就认为不凉。冰糕不凉，人们买这玩意儿还不如买热包子吃呢。这显然是人们的心理作用，那些搞推销的牛皮匠们不就是捉定了人们的"心理"，常常把秃子头上的癞疤吹成茉莉花儿吗？

做人得有章程，撒谎是要不得的。为了生意，马三子可能已经忘了。

大院里终于有了回声。就在马三子又一次大声喊喝之后，几家楼窗户里同时传出小孩子的哼唧声，显然是受了三子的诱惑，儿女们纷纷爬起来折腾自己的爹妈了。三子大喜过望，支定自行车，专门冲那几个有回声的楼窗清清嗓子又来了声"新出厂的"。

如今的人们观念更新，头脑也灵活。早晨空气凉爽，家家大开门窗。太阳升起，暑气降临，就又严严地将门窗关上。一开一关看似平常，里面却大有文章可做，暑热给挡在了门外，那清晨的凉爽空气就给留在了屋里。故此，虽是赤日炎炎的中午，大院里各家各户仍是窗门紧闭，也没有多少开空调的。马三子嗓门沙哑，音量很大，加之心情急切，那喊出来的声音，此刻在这寂静的院中就有些类似打霹雳了。三子喊声方落，几家窗户就同时给"震"开，又几乎是同时传出吼声来：你光想挣钱了，还让咱爷们儿睡吧！啊？

三子惊得晃悠了一下，定神看时，几个窗户里露出俊丑不一老少参差的脸，但目光一致——都是恶狠狠像要吃他似的。他吓坏了，想解释，不知说什么好。想跑，又挪不动脚。懵懂间，靠近的窗户里忽地探出个乱蓬蓬的大脑袋，两个空酒瓶子紧跟着一串脏话甩出来。

三子下意识地一躲，酒瓶子一个掉在地上，另一个击中了车子把。一声爆响，几块玻璃碴飞开去，阳光下闪烁出许多绚丽的小花儿。眼见着那汉子又抄了酒瓶甩出来，三子脑中忽地飘来"性命要紧"几个字，赶忙手脚并用掉转自行车连跑带跳地逃了。逃出大门口，犹恐人家追出来，惶然回顾，这才发现墙上几个歪扭大字：中午严禁商贩杂毛入内骚扰！

4

三子一身晦气一肚子抱怨。

难，做人难，做生意更难。然而，还是那句话——当今天下，"抓兔子的比兔子多"。市面上光冷食就有一百种，一种至少有一千人卖，卖给谁？当然是卖给住户行人中的渴热难耐者。可是，大中午街上行人少，走户串院吧又遭人斥骂，要不是腿脚利索，酒瓶子也挨上了。想着，便有些后悔，后悔不该听小王的话。这样的酷暑天，就是每月拿百分之六十的工资坐在屋里喝凉水，也比满城疯蹿舒服啊……心气，腿急，顺街东行，自行车蹬得飞快。不料一走神，过了界河出了城，娘的腿，已是郊外了。

郊外公路上少有行人，两旁大树遮阴，有风自南边轻轻刮来，有鸟儿在两边田野里鸣唱。酷暑之日，城外却如此清爽静谧，很容易让人生出寻觅神仙的妄想。大自然使马三子陶醉了，马三子就留不住脚，自行车带着哨音继续向东飞驰，他忘了午饭，忘了劳累，忘了悲伤甚至也忘了城里的小王、阿庆婶和瘸腿团长。

前边北拐有一条柏油小公路，路的尽头有一村落。村落不大，远看一片红砖红瓦。村落的西首有一高高建筑，圆圆的尖顶上镶着个闪闪发光的银灰色月牙。三子看到这月牙，心里扑棱了一小会儿，潜意识中似乎涌动出一些恍惚迷离的什么。刚到路口，车把就不由自主地向北扭到小公路上去。小公路很平整，小南风刚好从背后吹来，三子又骑得轻松快活，眼见着那片红砖红瓦和高大建筑上的银灰月牙越来越近，越来越大，转眼已到村头。三子心中亢奋，声不由己脱口就喊：卖——冰糕啦！新……新字刚出口，旋即刹住。想想庄户人实在，撒谎本就不对，欺骗庄户人罪愆更大。故而舌头一打卷，把个"新出厂的"改成"五毛钱一块"了。这一声喊出口，心里又扑腾，若是村中人也在午睡，自己打扰了人家，岂不仍像在那个家属院里似的遭人斥骂？碰巧还会有人放出狗来咬，彼时任凭自己跑得飞快，怕也窜不过四条腿的。这么想，身上就冒出汗来，忙刹住自行车，谨慎地朝周围侦察。确信定无危险发生时，才又试探地吆了一声"卖冰糕了"。

不远处的胡同口钻出个男孩，晃着头发蓬松的脑袋，像打量天外来客似的冲他左瞧右望了一会儿，又撒腿跑回去。少顷，胡同里人喊马嘶般一阵乱，只见蓬头小子领了大帮孩子鼓噪而出，一个个小手里捏着数目不等的票子，就如蜜蜂找到了香花，霎时就把马三子团团围住。马三子乐得有点儿犯糊涂，糊涂了一会儿就开始手忙脚乱。递了冰糕，忘了收钱；收了钱的，又忘了给冰糕。于是，身周围的孩子们嚷骂喊叫，像牛犊子驾辕似的乱了套。可能是听到了吵闹声，胡同头的那个门洞里闪出个人来，掩着嘴嘿嘿儿笑了一阵儿，竟拍手叫起"好好好"。

是好。在城里，许多人追着一个人叫卖冰糕；在这里，一帮人围着一个人要买冰糕。如此一翻，买卖顺当，岂不恰恰就是个"好"？也就十分钟的光景，少半箱冰糕卖得精光，仍然不断有孩子从远处跑来，小手捏了钱票，冲马三子眼巴巴地伸着。马三子侧侧头，拍拍箱子，用挺懊悔也挺对不起的口气哈腰对孩子们说：好乖乖，没了。你看，没了！

捏钱的小手一个个抽回，孩子们舔着嘴唇快快散去。有个胖小子喘着粗气不肯走，举举手里的搪瓷茶缸说：爹吃，娘吃，爷爷也想吃，打发我来买，紧跑慢跑，没赶上。嘴里说着，眼中已放出泪光。马三子听了小胖子的话，心尖颤颤儿的，好像觉着以前就欠过人家什么似的。他安慰小胖子，答应下次多带冰糕来，并且一定特别给他留着。这时，左侧一个抽鼻涕的黄毛小子用拳头擂他的腰胯，同时嚷嚷着腔音说：找钱，找钱。还没找钱呢！

马三子低头看看他的红鼻头，记得似乎曾经收过他五毛钱也已给了他冰糕。可是，听黄毛那抽着鼻涕仍旧坚定不移的口气，终于释疑。他认定自己大意了，便很歉疚地问他：小兄弟，该找你多少钱？你看我，马虎了。

黄毛说话利索，口气似乎也并不责怪他：五毛，五毛！

三子想也没想，从兜里掏出五毛钱递过去。黄毛接过钱来拔腿就跑，其速度之快，谁也撵不上他。就这时，胡同口门洞里刚才那位高声喊"好"的人忽然尖了嗓子招呼道：哎？卖冰糕的，你傻了？我在这儿看得明明白白，黄毛吃了冰糕没给钱，又赖你五毛。他坑你哪！

三子稍稍吃一惊，抬头看时，喊他的竟是个姑娘。那姑娘漫圆脸，细长眼，嘻嘻一笑，露出满口整齐的小白牙。三子眨巴着眼睛又晃晃头，觉得在一个遥远的年代里似曾见过她。由于不明所以，就有些发呆，张着大嘴盯住人家．一时也不知说什么好了。胡同口的姑娘笑得更迷人，边笑边奚落他：傻样儿，像个掉蛋的鸡，还不快去追那小子，愣着，你看还愣着！

马三子从迷瞪中省过神来，憨憨地一乐：图个痛快，随他，随便他吧。说着，想走，又有些拽不动脚。抻了半晌终于迸出话来：哎哎，我走了。明儿，明儿我还来。他以为姑娘会跟他说什么客气话，不料姑娘却失声大笑：走就走吧，谁留你了？来就来吧，谁又请你了？

马三子给弄了个大红脸，赶忙搬转自行车往回走。走出挺远回首看，姑娘仍在原地站着，时而抬抬头，时而又摆弄手里的什么。马三子此刻十分盼望出现电影里的镜头——小伙儿走远了，一个俊俏的姑娘开始朝他频频招手。可是，盼了半天，人家没理他。当他走出一段路再次回头看时，姑娘已经回家了。

路旁树上发出一声声蝉叫：知——了，知——了！

马三子骑车往回走，中途停住跳下车，扭回头看。村头上只有那棵枣树在阳光下静静地立着。马三子若有所失，快快地重新骑上自行车。一条窄窄的沥青路通向南边的公路，沥青路在阳光下闪着亮亮的斑点。马三子的车轮疾驰在沥青路上，高温下的沥青粘在车带上，发出沙沙啦啦的响声。

马三子在村里卖冰糕时，老团长和肖团副坐在京剧团门口阴凉处的矮凳上，身旁搁着马三子盛冰碴的塑料桶。面前一张小桌，桌上摆着几只大茶杯。老团长口气轻松地问老肖刚才往桶里加了多少自来水，老肖很诚实，说也就一二十杯吧。老团长嘿嘿一笑：嗯，差不多把昨儿损失的补回来了。

阿庆婶和四个中年女人摇着扇子走过来，走到老团长他们跟前站住。阿庆婶眼睛鼻子一起动：你老哥儿俩这是……

老团长抬起头，眯缝着眼问：几个妹子这是干吗去呀？

阿庆婶：闲着也是闲着，到街上遛遛，看看能捡到点儿什么吧。

老团长：哦，寡妇梦见光棍，尽想好事呢。

阿庆婶：嗯？团长哥说什么呢？

老团长：没说什么，来，喝杯冰水吧，解渴拔凉的。

阿庆婶：咋了，团长也搞第三产业？

肖团副：不是老团长的，是马三子卖冰糕剩下的。

阿庆婶：哦？不喝白不喝。来姐妹们，每人一杯。

阿庆婶从桶里舀出几杯冰水分别递给另外三人仰脸喝着。

阿庆婶：娘哎，大热天喝冰水，痛快煞。

阿庆婶等喝完冰水，放下杯子就要走，老团长朝她们伸出了手：每人三毛！

阿庆婶：什么？

老团长：每人三毛。

阿庆婶：凭什么呀？

老团长：每支冰糕五毛，每杯冰水三毛还算讹你吗？

阿庆婶：俺寻思不要钱呢。

老团长：现在哪有吃白食的。交钱！

四个女人抻了会儿，交上钱，嘟嘟囔囔地走了。

又有几人从院里走过来，老团长又是故技重演。

老团长和肖团副坐在门旁阴凉处摇着扇子喝茶水，院内不时有人走来走去，有几只鸽子飞来，落在靠近门口的房顶上"咕咕咕"地叫着。

门外有自行车铃声，马三子骑车驮着冰糕箱拐进来，跳下车，以晚辈的口气十分礼貌地说：老团长和肖叔在这儿凉快呢？

老团长：不在这儿凉快还到街上抢钱去吗？我说马老三，今天买卖如何？

马三子：不错，都卖完了。

老团长：赚得不少吧？

马三子：还行，我没数，反正比昨儿强多了。

老团长：那是，这么说，得分点儿给俺老哥儿俩了？

马三子：哦哦，行行……

肖团副用手拨拉了一下老团长：你就别跟孩子闹了，快把那钱给他吧。

老团长歪头看了马三子一会儿，慢慢从兜里掏出一把毛票塞给他：三儿啊，昨儿你剩的那半桶冰碴，我跟老肖没出门就代销了。这是全部货款，我也不知是多少，你自己数数吧。

马三子无论如何也不收，老团长有点儿急：开头的买卖冲锋的兵，哪有不损失的？你长得嫩，又实诚，俺这俩老家伙秋后的地里捡豆粒，尽量给你拾掇着呗。

马三子：团长，肖叔，我……

老团长："窝"什么"窝"，快回宿舍歇歇去吧。

马三子抽了抽鼻子，含泪推车走了。望着推车慢慢走进院里的马三子，老团长和肖团副摇摇头，又点点头，像在否定什么又肯定什么。

5

这个村对马三子有了磁力，每到中午时分，他总驮了箱子来到这里，在村里转一遭后，就立在第一次来时站过的地方，嘴里喊着卖冰糕，眼睛却朝那胡同口处不停地睃摸。他像中了邪一样，每次都盼着姑娘快些从那个门里走出来，站在原地笑眯眯地瞅自己。那日虽然隔得远了些，但姑娘的身段、脸盘和清脆如滴的笑声，他却记得清楚，因而也就想得难受。他盼着姑娘快些出现，心急如焚地盼着，就像初学戏时眼

243

巴巴盼一位名角来剧团指导演出似的。他初时对自己的举止还多少有点儿莫名其妙，继而对自己如此作为的动机也就一清二楚了，于是就脸烧、心跳，有时甚至拔腿想逃。可是，每次都下了一百个决心还是"逃"不动，仍旧口里喊着"卖冰糕"而眼睛却锥子似的朝胡同口盯着。一见钟情——这话用在三子身上挺正确。说三子中了"情魔"也不为过，很可能，当初造物主造就他们时便将二人"定"为一对儿了。中国不有句俗话叫作"千里姻缘一线牵"吗？然而，姑娘似乎早就忘了马三子，间或出来一两次，也总是教望眼欲穿的马三子大失所望。有时看他一两眼，那神情面相也是有一搭无一搭；有时甚至看都不看他就转向别处去了。马三子气急难耐直跺脚，怨恨姑娘怎么就忘了他。但转而一想又暗笑：咳，世间男人千千万，干吗非要记住你马三子呢？凡几次，三子已认定自己是"剃头挑子一头热"。莫说人家姑娘不记得，即使记得，大过天也只能记住他是个卖冰糕的。顺而推断，那次站在门口久久地看他，也不过是感到新鲜罢了。马三子本想自己替自己开脱，没承想越开脱越难受，到后来，几乎面前总是姑娘的影子。有时发起痴来，从箱子里拽出根冰糕往前递，嘴里嘟囔着：吃吧，挺凉的。

马三子的性格变了，变得脾气焦躁话语更少。这种别样的焦躁，是他"高寿"二十多岁以来第一次感觉到。对此，他倒是还很理智，时不时地惊恐害怕，害怕得了那种小弟兄们经常议论的"相思病"什么的。

尽管是"剃头挑子一头热"，马三子仍旧锲而不舍。当然，姑娘对他的"磁性"仍旧是主要动力，但随着时间的拉长，似乎到这里来卖冰糕变成了主要目的。有时因故一天没来，第二天再来时，就觉得欠下这村里一点什么。到这儿来卖冰糕已经成了他的习惯，他的定规，他的精神寄托。而这村里的人似乎也有意关顾他，有时他箱里冰糕卖不尽，就自动有人凑钱均分。只是他每日中午来也匆匆，去也匆匆，与村中人接触短暂，所以村民们和他虽不见外，但也只是把他看作一个从城里来的买卖人。可能是村民们的以诚相待所致，也可能是赚钱的欲望越来越

244

急切，更可能是看到姑娘那儿的确没"戏"了，一段时间之后，三子的立足点不再完全固定在原来的地方，面前姑娘的影子也渐稀渐少了。因为再像以往那样"熬"下去，他非给折腾死不可。毕竟，马三子已是二十多岁的大小伙了！

　　这日午后，天热得蹊跷。太阳曝晒中，地湿热，人湿热，就连空间也是黏糊糊的。三子驮了冰糕箱，在公路树荫下尚觉幸福，待到拐上北去的路，后脑勺先自开始发炸。他看到太阳把脚下的路几乎晒出油来，于是身上随之就产生了"油"的感觉。全身毛孔张开，汗出如涌，颈背腰腿上像有千万条虫儿在簌簌地爬。他擦一把，滑腻腻的，并且被擦处随即就有豆粒子大小的汗珠儿前仆后继鼓涌而出。眉毛这时已经失去了防水作用，时时有汗液冲过眉棱荆棘直达眼皮。视线严重受阻，他只好不管别处，只顾眼前——擦一把，再擦一把……好不容易挨进村里，周身上下已像跌进河里刚爬上来似的湿透了。

　　往常里他像火车进站，准时准点。吃惯了奶油冰糕的大人孩子们，便也像乘车的旅客一样在这村头的一棵枣树下等他。因为人多，就有了拿钱的吃冰糕、不拿钱的也吃冰糕、拿了钱的有时却吃不上冰糕的情况。但不管怎么混乱，最后总能对上账。人熟是一宝。每到乱得不可开交时，总有主动站出来维持秩序的。人不"混帐"，账不混人。情同一理，千真万确。就连那个当初曾经坑他五毛钱的黄毛小子，受了村人诚实行为的感染和小伙伴们的严厉谴责，暗地里向他吭吭哧哧赔情道歉后，又从家里抓来三个熟鸡蛋还给他。今儿天热，一帮大人孩子早就等在树下，见三子仍旧按时来到，一阵欢呼立起身。像往常一样的争买，像往常一样的混乱，像往常一样的有人主动站出来发冰糕兼收款。顺理成章，马三子倒落得轻闲自在，靠在枣树上扇风擦汗。也就半小时，冰糕尽，箱子空，"主持人"将整的零的钱票点给他说：两清！

　　三子点点头，仰脸向对方报以感激的笑容。

　　人们相继散去，马三子坐在老枣树下，眼睛盯住胡同口。有个小孩儿从胡同里跑出来，马三子连忙打招呼：宝儿，宝儿，你过来，我打听个讯儿。

宝儿走到他跟前：打听什么？

马三子：那天在胡同口站着的姑娘叫啥名啊？

宝儿：哦，你是说，俺枝儿姑姑啊？

马三子：哦，枝儿……

宝儿奇怪地看他一眼，转身走进胡同里。三子感到又累又热。他明白这是出汗过多的缘故，就困顿难耐地靠坐在枣树下。他本想休息一会儿再回城，不料一阵小风轻轻刮来，他感到沁人心脾的痛快。身上一舒服，脑袋歪在肩上睡过去了。

说实话，三子睡得很香甜，他根本就没做什么梦。他之所以突然醒来，是因为突然刮起了大风。大风摇动着枣树，枣树又把他从酣睡中摇醒。他跳起身时，脑袋还有些发蒙。他定了定心神，这才意识到南风刮得相当大，以致树头都发出呜呜呜的响动声。他先是觉得身上极凉爽，之后便是脑子迅速清醒。他看了看北边，北边高处仍是蓝天，然而蓝天更高的一层处，却像有人挥动巨锨扬谷糠，有大片大块的东西在翻卷滚动。他立即明白，那是雨云。前几年下乡演出时，路上常常遇到这天象。瘸腿团长曾经千嘱咐万叮咛：看到这种云时火速逃走，不要磨蹭！马三子打了个激灵，抢上去要推自行车。然而就在这刹那，西南风忽地加大，自行车晃了一下被刮倒，车把也给摔歪了。马三子刚刚拽起自行车，北边就传来了坦克过桥似的隆隆雷声。三子心中大惊，他从小就听大人们说过，"南来的风，北来的云，好比亲娘唤闺女"。这雨说到就到，人行途中，何去何从，丝毫不能犹豫。然而，三子看看南边又瞧瞧北天，是走是留好像还拿不定主意。就在他迟迟疑疑的片刻间，一向被人们惧而称谓的"乱绞云"挟着灰白色的雨汽和吓人的啸声从北天浩浩荡荡漫过来，耳听着村里人一片惊呼与喊喝，随之，铜钱般的大雨点子就开始噼里啪啦往下砸。

马三子举首茫茫无所顾，他以从未有过的果决和麻利，推起歪把子自行车不假思索地逃进胡同口那家门洞里去。

246

6

像所有的农家住户一样，这个门洞里也放了些柴草杂物。三子将自行车撂进去，刚好还有站人的地方。他正了正车把的工夫，外边的雨已经下大了，望着越来越密的雨幕，他暗暗庆幸运气好，福气大，要是早走五分钟，非淋在路上不可。外边的雷声由远而近，又由近而远，一声震耳的霹雳，灰蒙的苍穹上发出咻咻的响动，像是一块巨大的篷布给扯裂了。一道耀眼的闪光之后，门外忽然传来呱呱唧唧的踏水声，随着这声音，有人嘻嘻哈哈笑着抢进门来。三子靠门近，差点儿被进来的人撞上，三子一怔，又惊又喜，因为进来的恰是那位他朝思暮想的姑娘。姑娘看见他在这里，也愣了，鸡腰子小嘴张了几张，终于也没有说出什么。两身相近，四目相对，这时的三子倒开始惊恐慌乱不知所措，就像姑娘要抢着棘条抽他似的。姑娘的身后跟了个小孩，孩子怕被门外的潲雨淋了，就着急地往里挤，挤到自行车前立住，抬头见是三子，一乐：哟，你也跑到俺家来了。

三子当然认得宝儿，宝儿也是吃冰糕的常客。此刻的三子正处于困境中，说话很不利索，宝儿又问得古怪突然，想说的话没说出来，张嘴却迸出句"俺……卖冰糕的！"话一出口，引逗得姑娘和宝儿大笑，他自己也更慌乱更窘迫。转来转去半个月，村里人谁不认识你是卖冰糕的，还用得着自我介绍吗？姑娘肯定是个厉害茬子，这不，她停住笑声又刺马三子：哦，卖冰糕的。可谁又说你是捏糖人的了？

三子尴尬，忙自我圆场，转移话题：这天，可怎么走啊！

姑娘仍旧有意作对：不能走，也不能住在这里。这里是门洞，又不是客店。

姑娘说完，摁着宝儿的脑袋问：你说是吧？

宝儿嘿嘿儿一乐。

三子觉着真有些寄人篱下的味道，他天性老实，此刻更得忍气吞声

247

了，朝旁边躲躲身子说：是、是，雨一小，俺就走。

姑娘抿着嘴：可是，不走谁又撵你了？

横竖不是茬口。三子这霎对姑娘又恋又怕，他只好以静制动，不再说什么，而是双手抱肩，脑子里想着姑娘的模样，两眼却故作望着大门外的天。天上行云如水，西南风也不知何时悄悄转成西北风了。人言西北风是开天的钥匙，果然有些灵验，不大工夫，外边的雨就渐渐小了。小归小，不停，三子就没法走。当然，他的真实心情还是希望小雨继续下，这样他就可以继续在门洞里待下去，继续与姑娘隔三岔五地说上几句话，即便是挨她几句损，也是一种享受，心里也感到熨帖。人们都说痴情小伙儿贱坯子。你能说不是吗？

光抻着也不是办法，倘若抻得姑娘误会自己是憨蛋，那可麻烦了。三子也有小心眼，就转过身来和姑娘搭话。他先问姑娘叫什么名字，枝儿很狡猾，不回答却眨巴着眼问他是不是在查户口。他支吾，姑娘就笑他，笑他人小鬼大，说他下雨前在枣树下探听她的姓名时，她早在门洞这儿看见并听得一清二楚。三子被人当场揭露，一时窘住。所幸此刻脑子活泛，转瞬间便找到了借阶下台的办法，他看到了正在自行车旁摁铃铛的宝儿，忙伸手抚抚他的头，说要给孩子冰糕吃。可是话刚出口就后悔不迭，天老子哟，箱里的冰糕不是早卖完了吗？别说让人家孩子吃冰糕，便是一根冰糕棍又往哪儿去找呢？如此空口送人情，还不得让对方把自己看扁了。枝儿显然已发现他又失一招，咬住下唇欲笑又不笑。这是个天性聪慧却喜找碴儿逗乐子的调皮女孩，明明看出三子坐蜡仍旧不依不饶。她也抚抚宝儿的头，并嘱咐宝儿说，只要叔叔给冰糕就接着。宝儿是个很认真的孩子，跷起脚来掀开箱盖说：没了，不是早没了吗？说完，用那种骗人有罪的目光瞅着两人，搞不清他们在弄什么鬼。

三子双手挓挲，举不起来也放不下，虽被太阳曝晒依旧细皮嫩肉的小圆脸白了又红，红了又白。嘴里只有一句话：你看这，你看这……

成也萧何，败也萧何。此时此情下，这句总结韩信一生的历史名言可以反过来改作"败也萧何，成也萧何"了。因为让宝儿吃冰糕而弄得下不了台的三子，最终还是人家宝儿给他竖了台阶。宝儿这时盯紧了三子的高鼻梁，咝溜着嘴问：叔叔，你这么俊个人儿，咋就卖冰糕呢？

三子的脸终于又由白变红，并且凝住了这红色不再变动。稍稍沉默，他唏嘘着说：叔叔我，我没能耐啊！

这时，枝儿的口气终于正经起来，她很认真地指责三子说话有毛病。她说一个人不奸不懒靠力气吃饭，又没丢谁的人，现谁的眼，怎叫没能耐呢？枝儿原来是个爽快人，她告诉三子，说别看这些日子不睬他，其实她很注意他。她已看出三子是个诚实正经人，已打算和他合伙在城里做买卖。她说她家是祖传的清真牛肉拉面手艺，她爹会做，她哥哥会做，她自己也会做，只是因为城里无亲无故，乡下人胆子小，怵头难以立足。要是他能在城里帮一把，这个手艺钱就可以大把地赚了。三子听着枝儿开头那几句，脸色就恢复了正常。待到听出枝儿一家要与他合伙做买卖的意愿时，心里那种熨帖舒服真是溢于言表。他唯恐兴奋难抑跳出门洞，慌忙攥住旁边的自行车把。他连连点头拍胸脯，让枝儿放心，城里的事他全包了。他说这话时，很自然地想到了小王，有那位师兄做后盾，他马三子天大的话也敢说。他正在想象着绚丽多彩的将来，不防枝儿猛然问他：哎？我说啊，你在城里是干吗工作的？

三子口气毫不犹豫：唱戏！

枝儿乐了：早知你是唱戏的。卖冰糕都像喊二黄，还能不是唱戏的吗？

真该死，职业习惯，叫卖声都要比别人多个弯儿。这不，很容易就让人家听出是唱戏的了。三子的心里很痛快，他非常感谢秃尾巴老李，因为是那黑小子凭空运来了这场大雨，才使得他有机会跑进这个门洞，从而也才有机会与枝儿相遇。精诚所至，金石为开。即便你不说，只要心中爱得真诚，爱得确实，天缘巧合的事情总会发生，你的爱和她的爱也总有机会兑现的。你说，这难道不是"前定"吗？当然这还只是个好的开始，但好的开始总会带来好的结果。这个论断，相对正确。至少马三子是如此认为的。

人逢喜事精神爽。此为千古真理，三子自然也不例外。有这痛快心情，又有枝儿在一边守着，三子真想亮开嗓子唱一段。不过，他只是想了想，没敢唱。他怕自己调门不济把枝儿吓着，又怕刚一亮嗓就招枝儿笑话：听啊，就这破锣嗓子，还吹自己会唱戏呢？枝儿是何等聪明的女孩啊，早看出三子已在飘飘然，就故意打断他的美好想象。她说他以后再来卖冰糕时，她可以帮他守守摊，有捣蛋小子搅和，她就抡巴掌扇他。三子听枝儿说得很近乎，一高兴就忘了界限，轻轻拍了人家肩头嬉笑道：哎哎，你可真好！

枝儿为三子的胆大妄为吓了一跳，她板起脸来：正经些！

三子自知失态，心尖一扑棱，撞得胸腔痛。幸亏此时外边雨已停了，便赶忙找个借口说：雨住了，我走吧？

枝儿又恢复了那种惯有的揶揄找碴儿的口气：走就走呗，谁又留你了呢？

三子见好就收，很麻利地搬出自行车，表面是冲跟出来的宝儿实际上是对枝儿说：我走了。啊？我可是要走了。

枝儿什么也没说，拽起宝儿，咯咯笑着跑进了院。那雨后滴水似的笑声，把三子送出好远好远，仍旧时不时地回首顾盼。

7

雨后的蓝天到底有多蓝，你可以凭想象去冥思，去构幻。蝉鸣雀飞，亮晶晶的雨丝在空气中拂动着，人行天下，总以为上天又创造了一个全新的世界。

因为是柏油路面，雨过之后即可行人骑车。三子出村后，余兴难尽，总想说点儿什么或是唱点儿什么。他骑在自行车上很有些骑在战马上的感觉，一时兴起，便仰脸唱道：一马我离了——西凉界——

喊出这一声，他吃了一惊。再喊一声，又吓一跳。他咳咳嗓子，捏捏喉头，不相信这是自己喊出来的。他试着又来了一嗓子，侧起耳朵细听余音，悠扬而且嘹亮。是自己喊出来的，绝对没错。

此时的三子可以说"喜怒忧思悲恐惊"都有，他恍恍惚惚来到村南那座小桥上，支住自行车定定心神，然后像戏台上少剑波亮相似的慢慢仰起脸，顺了河道试探地放开了嗓子：穿林海——跨雪原——，气冲——霄汉——……这一段唱词下来，马三子傻在了小桥上。咋回事呢？自己刚才唱腔中的两次拔高难度相当大，就像美声唱法中的高音，别说是他马三子，即便当年以唱这出戏而名闻全省的肖副团长，每逢唱到这儿先自心虚三分。可是他马三子却能顺利通过。非但如此，并且那声调顺了河道传下去，还有一股金石之音或者说是铜鼓铁筝的刚劲清脆，其中的音节像一个个金属片做成的飞飘儿，颤颤儿振动着流向东边的河水。

神了，他娘的！

三子嘴里很少有这种脏话。原先的破锣嗓子出现如此神奇的变化，他无论如何也难以相信，当然也无法理解。莫非卖冰糕能练嗓子？即使能练，也不可能将已经失了好几年的嗓子重新"倒仓"啊。他怀疑自己是否撞了邪，可他通情达理，从来是不信邪的。他又拣难度很大的段子唱了几个来回，简直是随心所欲游刃有余。于是就学了老团长的动作与口气一跺脚：妈妈的，管他呢！来了几下深呼吸，便推起自行车骗上腿，乐滋滋但百思不得其解地回城去了。

一进京剧团的大门，马三子就喉头发痒。他想"引吭高歌"，憋了一会儿没憋住，终于勃然迸发：临行——喝妈——一碗酒，浑身是胆——雄赳赳……

虽然他从小不喝酒——当然他胆小怕事更谈不上"雄赳赳"……

有人听到唱腔跑出来看，见是三子，惊愕了一阵便跟在屁股后边追。老团长此时正在楼角厕所里小解，听到这唱腔，提着裤子淋淋漓漓跌出厕所，遥见一骑车驮箱人高歌而进，认得是马三子。他先是张着嘴发怔，继之就甩着螺旋腿撺上来，边撺边吆喝：妈妈的，出来了，马老三的嗓子出来了！

251

出来了就是演员的嗓子"倒仓"倒过来了。"倒仓"是青少年演员的第二生命，"倒"好了可能在以后的日月里越唱越红，"倒"不过来就得被淘汰。过了好几年又重新"倒仓"，这在本市京剧团里是首例，在戏剧历史上恐怕也不多见，而在马三子来说，更是大幸福大奇迹。

这奇迹，剧团领导很重视，几天后，老团长亲自出马"杀"往文化局，将演出公司经理和正副局座全部拉了来，在剧团排练厅里开了一个庆祝会。老团长的理论很具说服力，他说这不仅仅是马三子一个人的事，这是剧团的光荣、剧团的运气，因为剧团里从此又多了个"科班"出身的接班人。这说明京剧事业仍然前途光明远大，要不，神仙老子为什么会帮忙呢？阿庆婶接上话：是啊，要不怎么马三儿刚卖了半月冰糕就出了嗓了呢？肖团副接上话：我年龄大了些，正考虑是不是辞职出去卖老豆腐，三子一倒仓，给了我信心，当着大伙的面我宣布，不辞职了，还得说唱戏呀！排练厅里一片笑声。老团长被晾在了一边，急了：你们别插话，别插话。为了庆祝三子倒仓，鼓励他更快成长，现在我当着大伙的面宣布，把跟了我半辈子的一把京胡赠给他。

老团长把京胡取出来给大家看，三子走上去接过京胡并向老团长鞠躬致谢。

人们七嘴八舌。

会后照例要吃饭。饭后，瘸腿团长举着账单要局座签字到局里报销。局里经费也很紧张，局座说这么几百块钱也值得让局里报吗。老团长也不争辩，只是举着账单在局座们周围磨。局座磨不过他，只好在上车回局前把字签了。

庆祝会开过之后，马三子仍旧照常卖冰糕。

这天，马三子骑车驮着冰糕箱进院，听到后边办公室里传来吵嚷声。马三子径直骑到后院，见办公室前围了些人，老团长正站在门口跺脚吼骂：妈妈的屁股，这是人办的事吗？啊？是人办的事吗！

旁边肖团副劝他息怒，说：事到如今，你就是尥蹶子踢槽也没用了，还是想想办法吧。老团长仍旧吼声如雷：想办法，想他娘个眼的办

252

法呀，离开赛只有一个多月了，就是找头驴现将驹，也得有怀上的呀！

马三子问一个师兄这是怎么了。师兄告诉马三子，说刘二懈怠昨夜在舞厅里与人争舞伴，让人把胳膊打折了，如今仍在医院接骨。伤筋动骨一百天，《武大郎正传》才排了一半多，八字还没一撇，到时怎么参赛？不能怪老团长着急发火。

这雯老团长跳出门来吼：你们说，再安排谁！啊安排谁？妈妈的，咱剧团就这穷命，刚转了演艺公司就遇上这熊事，我是没咒念了。

老团长气呼呼地反身走进办公室，人们也相继散去。

第二天，肖团副和阿庆婶走进办公室，继续劝说老团长。老团长坐在办公桌后，端起面前的茶杯喝了一口，随之又"呸"地吐了：妈妈的，烫死我了！

阿庆婶：这么大岁数了，还是冒冒失失的，刚沏上的能不烫吗？

老团长：唉！一着急，脑子迷糊了。

肖团副：光着急也没用，还是想想办法吧，刘二懈怠是指不上了，不行咱到外地借个角，先应付了进省参赛这一关。

老团长：借，哪里借去？就是能借到，咱能出得起工钱吗？可是，这是任务，不完成又不好交代！

肖团副和阿庆婶相互看着不知该说什么，办公室里静如无人。墙上的电子表在嗒嗒地响着，外边传来一声询问：三子，又出去卖冰糕啊？老团长站起身：变戏法的跌进井里，没法了，实在不行，我豁出老脸到文化局做检查去。阿庆婶说：你看你看，犯得着说这些疯话吗？老天饿不死瞎眼的雀，再动动脑子，或许还能想出办法。实在不行，反正是应付事，好歹挑个青头后生顶上就行了。

老团长：绝对不行，咱们剧团以往风风光光几十年了，末了不能去省里丢人现眼嘛。老团长端起茶杯砰地蹾在桌子上，茶水迸出来烫了他的手。老团长一边甩拉着手一边跳着脚地吼骂：妈妈的，越渴越给盐水喝！

阿庆婶赶紧起身拽过毛巾递给老团长：别跳了，擦擦，擦擦。

老团长闹腾了一阵儿忽然静下来：哎？你俩说，能让马三子担这个角吗？

肖团副和阿庆婶同时发出欢呼，是啊，放着好料不用，傻了！也没再多说什么，阿庆婶跑出办公室，跑到大门口，她要拦住卖冰糕回来的马三子。还真让她盯住了，马三子刚进大门，就被阿庆婶不由分说地拽进了办公室。

老团长冲阿庆婶竖了下大拇指，将马三子按坐在椅子上。他是个直脾气，朝马三子头上脚下扫了几眼：马老三，这《武大郎正传》，你来演！

马三子立起身：老团长，不行，还有二十来天的时间，不行啊。

老团长：别啰唆，不是非要你去拿奖，是让你顶绝户门的。明白吗，顶绝户门的。刘二懈怠就是出了院，胳膊也肯定像个秤钩子似的吊上半年，能上台吗？啊？

马三子：可是，我得卖冰糕。

老团长：行啊，你白天出去卖冰糕，晚上排练，生产革命两不误。话可得说好了，你小子要不卖力排戏，我砸你的箱子。

马三子：老团长，我再想想，再想想。

老团长：想什么想，就这么定了。

马三子：说好了，我可是晚上排练，白天照常出去卖冰糕。

老团长：妈妈的，我老人家何时说过假话，用得着你打价吗？

马三子：这就好，这就好。

节令驱暑，金风逐日，冰糕世界的昌盛期渐渐过去，生意虽然惨淡，三子也着实从中捞了一笔钱。他拿了钱钞去小王那里还账，小王直肠子厚道人，不说什么推让谦辞的话，照数收下。三子又取出一沓钱来"搭情"，小王一刀子砍下条羊腿递给他说：都是师兄弟，要的个相互照应。搭情？搭什么情！

三子借这机会就把枝儿一家打算来城里开清真拉面铺的事情对小王

254

说了。小王说这事挺复杂，因为牵扯到办理营业执照、税务执照以及健康证和卫生证一大堆手续。枝儿又不是这城里人，托人情求面子相当费周折。三子口气很仗义，说：求人情跑路子由师兄你想办法，花钱送礼我马三子包着。小王是个精明人，听出三子口气中肯，便直截了当地问他与枝儿的关系到了什么火候。三子说这就看枝儿能不能进城了。小王一听，这话再明白不过，当即答应去工商局里找自己的二哥。

照明灯从房顶上斜射下来，排练台上满是倒影。《武大郎正传》排演半个多月后的晚上，一直盯在台下的老团长站起身来：就这样吧，反正明后天就要赴省参赛了，尽管是秃子当和尚凑付事，可总比落个光腚光强吧。上边问起来，我也有话说。这样吧，就这样吧。

几天后。

月季花在墙根处盛开。天上白云飘动，有一群鸟从剧团上空迅速飞过。老团长、肖团副低着头，带领马三子等人回来了。阿庆嫂迎上去：怎么样，得奖了吧？

老团长挥着胳膊：得了，得了，得胜而归呢。

阿庆嫂：呀！了不得，一等奖还是二等奖？

老团长没回答，径直走进院里。肖团副走到阿庆嫂跟前说：妹子，别提奖的事，老团长窝火闹心。阿庆嫂问怎么了，肖团长用三个指头做了个向上提的姿势：提名奖，安慰性的。

福不双降今日降——马三子真是撞大运了。隔了不长时间，上边来了通知，说是为了纪念一项什么活动，要在全国范围内搞青年京剧演员大奖赛。并且是逐级选评，最后直达北京显本领。这样的大赛，京剧团即使再颓落也得参加。可是，派谁首先去省里参赛却成了大问题。剧团里的名角早已纷纷调走，不调走也不能参加，因为他们早就超出年龄"过口"了。有几个勉强能撑门面的后生，经年荒废，如今也已上不了台。老团长急得单腿打旋儿，他绕着大院遛了一圈又一圈，猛然一拍脑袋放声大笑，显然他心中已经有了谱，他终于看到了希望所在。他一边甩着瘸腿朝前跑一边咋呼着说：妈妈的，傻了。还是让马三子参加呀！

8

马三子顺理成章地顶了京剧团的"绝户门"，岂不是"福不双降今日降"吗？

然而，事情并非老团长想象的那么顺利。这天早晨，阿庆婶边唱边朝演员宿舍走来。走到马三子门前：三子，马三子，团长叫你到办公室去！快点儿，啊？

马三子应声从屋里跑出来：哦，婶儿，有事吗？

阿庆婶回过头说：去了就知道了。

马三子快快不乐地朝办公室走去。进了办公室，只见老团长坐在办公桌后，肖团副和阿庆婶坐在椅子上。三子站在屋中间：团长，找我有事呀？

老团长：妈妈的，没事找你干吗，你又不是蘑菇。

肖团副和阿庆婶笑。

肖团副：别跟孩子逗了，说正经的。

老团长：嗯，说正经的。咳，上边呢，要搞大奖赛了。你小子呢，武大郎演得不错，长相挺好，嗓子也出来了，就去参赛吧。人走时运马走膘，兔子走运三枪打不着。你去参赛，就像掷色子赢钱，兴许能碰到点上。是吧，啊？

马三子：嗯，兴许……

阿庆婶：三儿啊，俺这几块废料给你合计了，你是全才，老生小生都能唱，就唱那出《白蛇传》吧。你唱小生许仙，这戏路子我熟，我教你。行吧？

老团长：三儿啊，我年轻时也唱小生，以你婶儿为主，我从旁帮着，行吧？

256

马三子：不行！

肖团副：说你行，你就行，不行也得行。有老团长帮着，不出十天你就能上戏路。老团长当年唱小生出的名，他可是咱团里的台柱啊。

老团长：是了，就这么定了，你妈妈的别讨价还价。老团长转向阿庆婶：妹子，我敲边鼓，主要是你教他，教好了我给你发奖金。

阿庆婶：你就……好吧。

老团长：三子，从今天起开始排戏，再不许出去卖冰糕了。

马三子：还是像上回一样，光晚上排练不行吗？

老团长：不行，比不得上一回了。这回是由省进京，进京要是得了奖，那可是全公司全市全省的大光荣。给市里争了光，领导一高兴，说不定咱团的经费补贴要翻一番呢。所以说呀，这回得下下真功夫。

马三子低头沉默。

老团长：怎么了三子，打起精神来呀。

马三子：老团长，俺不排戏，俺还去卖冰糕。

老团长睁大了眼睛：什么，你说什么？

马三子：俺还去卖冰糕！

马三子说完这话，头也不回地跑出办公室。

老团长跳起来：乱了世界了，连马老三也敢反抗我？啊？也敢反抗我！

城东公路边上，两辆自行车停在路边树荫下，马三子和枝儿紧挨着站在车旁，枝儿用手捻着自己的发梢，三子的手指在冰糕箱盖上轻轻磕打着。

马三子在给枝儿做工作，他说自己越想越觉得对不住老团长，他征求枝儿的意见，打算答应了排练。他还强调，反正就是一个多月的时间，没什么大碍的。枝儿说：这一个多月正是卖冰糕的黄金季节，起码你得耽误三四千块钱。没有钱，我们以后怎么结婚，怎么租房子，怎么继续创业呢？两人争来争去，始终没个结果。马三子说：老团长和我情同父子，昨天我当面顶撞了他，到现在心里还挺不是滋味。所以今天特地约你出来商量，咱是不是就舍小家顾大家。枝儿说马立华是一根筋，眼下都什么年代了，经济是基础。要是唱戏能把你唱富了，我什么也不说，可唱过这一个多月去，你马立华不还是马立华吗？再说，你就是唱好了能赴省进京，指望你马立华一个人能让京剧起死回生吗？

马立华叹口气：可我总得给老团长这个脸面啊。

枝儿：反正好说歹说你也不听，随你吧！

枝儿说完，推起自行车走了。

马三子：枝儿，枝儿，你要什么倔呢，我也没说一定就答应啊！

枝儿没回头，骗上自行车走了。

马三子望着枝儿远去的背影，长长地叹了口气。

下半晌，老团长和肖团副在大门口来回溜达，相互说着什么。肖团副抬头朝南边望了望，不远处，马三子骑着车驶过来。马三子距门口不远下了车，他明白两位长辈是在等他，为了一个只有自己明白的原因，故意问：老团长，肖叔，溜达着玩呢？

老团长：等你呢。

马三子：等我？

老团长：是啊，等你这尉迟将军来救驾呢。

肖团副：三子，你站下，咱爷们儿好好拉拉。

马三子原地停住自行车，老团长轻轻拍着他的肩膀，很长时间不说话。一旁的肖团副一会儿抬头，一会儿低头，三个人同时沉默着。

马三子：老团长，肖叔，你们是有什么事吧？

肖团副：三子，你说对了，俺哥儿俩在这里等你很长时间了，老团长说的是实话，还真是等你这尉迟将军来救驾呢。

马三子：哦，还是排练参赛的事吧？

老团长和肖团副同时点点头：嗯！

马三子摇摇头说：老团长，肖叔，我卖了一个多月的冰糕，可能是跑野了，真的不想再演戏。再说，我也不是那块料，上回《武大郎正

258

传》排了二十多天，末了不就是得了个提名奖吗？老团长说：三子啊，这回和上回不一样，排《武大郎正传》我是应付公事的，所以只教你晚上排练，算不得下功夫。现在呢，咱得拿着当回事干了，所以呀，才要求你白天晚上都得练。明白吧？

马三子想答应，眼前却出现了与枝儿在路边谈话的情景，摇摇头：我不愿演戏了！

肖团副：三子，你说这话可是口不应心，当年把你们这伙孩子招来时，分你到杂技团你不干，分你到歌舞团你也不同意，非闹着要到京剧团来。你说自己从小喜欢唱戏，没事就到别人家听戏匣子学唱戏，前几年倒仓没倒过来，你不是急得哭了好几天吗？现在重新倒了仓，又有了这机会，你自己说吧，你是真心不愿唱戏了吗？

马三子张了张嘴，没说话。

也不知怎的，马三子眼前又映现出枝儿推起自行车离去的情景。他的口气忽然变得很坚决：老团长，肖叔，你们就别逼我了，还是让别人排吧。

老团长一脸怒气：妈妈的，牵着不走打着倒退，马老三你还真是翅膀硬了，连俺老哥俩儿的话也不听了是吧？好好好，离了你个臭鸡蛋，我照样能做槽子糕。去吧，去卖你的冰糕吧！

老团长愤愤地反身走进剧团大院。

肖团副：三子，你也真是的，看看，看看，把老团长惹恼了吧？你再想想，啊？再想想，别一把棘针撸到底。啊？

肖团副赶紧去追老团长：又要驴脾气，又要驴脾气。站住，你站住，你总得给孩子个掂量的时间呀。

马三子望着二人的背影，呆了好长时间才进院。

第二天，马三子照常出外卖冰糕，老团长和肖团副再没找他。可是，当他驮着冰糕箱回来后，却看到一幕让他目瞪口呆的场景。肖团副、阿庆婶和一帮剧团的演职员挤在办公室里，办公室里不时响起老团长哎哟哎哟的叫痛声。马三子赶紧挤进去，阿庆婶涮了他一眼，没说

259

话。马三子挤到前边，只见团医正用酒精给坐在桌后的老团长轻轻擦着脸，嘴里不停地安慰着：您忍一忍，忍一忍，擦不干净要中毒的。

老团长：哎哟，妈妈的，早知这样我就不掺胶水了。

肖团副气咻咻地数落他：没见过这么疯疯傻傻的人，五十大几了还想返老还童，从美容店里买了些软了吧唧的东西往脸上抹。老脸老皮的，你想想能挂得住吗？挂不住就往里掺胶水，掺上胶水倒是挂住了，可挂住了却刮不下来了。你瞧瞧，你瞧瞧受的这个罪。唉！老团长唉哼着：唉！我是想试试和电影演员做"拉皮"一样，看能不能把脸上的皱纹拉平了，好歹弄出张年轻一点的脸，好去参加青年演员大奖赛呀。这是咱公司打出名堂的好机会，豁出命去也不能不参加，可没想到这假冒伪劣也不是好做的。妈妈的，这下可好，扛着秫秸骑王八，更弄得枪不像枪马不像马了。

团医用酒精把老团长脸上的胶状物一点点擦下来，老团长的脸上红一块紫一块。有块大一点的擦不下来，团医用镊子夹住猛地撕下来。老团长痛得大叫一声仰在椅子上，团医慌了，赶紧给老团长掐人中，同时大喊：快叫救护车，快！

肖团副冲到桌前拨了120。

不大会儿，外边响起急救车的警笛声，大伙七手八脚将老团长抬出屋，抬上救护车。老团长入了院，躺在病床上输液。医生、护士进进出出，肖团副和阿庆婶被医生允许陪在室内，剧团里前来探望老团长的人们挤在外边走廊里。

随着药液的输入，老团长慢慢醒过来。

马三子挤进屋里，挤到老团长病床前，半跪在老团长面前流泪。

肖团副和阿庆婶也走过来，关切地看着老团长。

老团长睁开眼摆摆手：没事，没事，这两天我愁得吃不下饭，身子虚，脸上的皮松了，这一拽把我疼昏了。给我点儿水喝，给我点儿水喝。

有人端过水来……

260

马三子泪流满面，他动了动身子，咚地给老团长跪下：老团长，我，我对不起你！我，我排练……

老团长抚摸着三子的头，咧着嘴：三儿啊，我老人家说话嘴敞，别怪我。其实我也明白你们年轻人的苦楚。可是话说回来，赚钱要紧，集体的名誉更要紧。

病房内一片唏嘘。

老团长仍是三十年前的老作风，事情一旦决定了，相当认真负责。他特意找来阿庆嫂，让阿庆嫂按老调门从头到尾一句一句顺给马三子。阿庆嫂脾气虽泼，但听团长的话，她徐娘半老本领犹存，把三子关在屋里连教带骂。可能是否极泰来，马三子有了嗓子也有了本钱，他满怀信心并且相当投入，那种拼死演练的劲头，感动了老团长，也征服了这位以嘴损出名的老泼妇。功夫不负有心人，不长时间，一出《白蛇传》竟能唱得有车有辙，让团里小弟兄们看了既眼红又佩服。

接连多日见不到马三子，枝儿终于找到京剧团里来了。她正往里走，迎面遇到老团长。老团长和枝儿擦身而过，走了三几步又站住：哎哎，姑娘，你找谁呀？

枝儿转过身说：我找马立华。

老团长说：他正排戏呢。

枝儿的眉头皱了皱：真排上戏了？

老团呵呵一笑：排戏还有假吗？嗯，你是三子什么人啊？

枝儿：我是他女朋友，东寨的。

老团长：女朋友！你们啥时候认识的，我怎么不知道？

枝儿显出不耐烦：老人家，啥事都得你知道吗？他卖冰糕，我买冰糕，认识了，就好了，好了以后就成朋友了。

老团长：咦咦咦，老三妈妈的不简单，闷头和尚念真经，才一两个月就弄到女朋友了。这要卖上三五年冰糕，还不得妻妾成群啊！

枝儿：老人家，你说什么呢，啊？说什么呢？

老团长拍拍后脑勺：瞧我这张嘴！姑娘，你跟我来吧。

老团长把枝儿带到单身演员宿舍前，指指前边第四个门说：这是三子的宿舍，他平时不锁门，你进屋等着，我去叫他。

老团长说完，朝东边的排练厅走去。

过了一会儿，马三子急匆匆地走进宿舍，枝儿正仰脸看墙上的画，没理他。

马三子：枝儿，你来以前也不打个电话。

枝儿仍是仰脸不语。

马三子赶紧凑上去：枝儿，你咋不说话？

枝儿转过身来，泪眼婆娑：你还知道我叫枝儿呀？

马三子：枝儿，你别生气，你听我解释……

枝儿：我凭什么生你的气，我是你什么人啊？

马三子：枝儿，你别说气话了，不是我不听你的话，实在是……

枝儿：实在是什么？实在是你太不拿我当回事了，我知道你心里只有你的戏，根本就没有我这个人。

枝儿说着说着伤心地哭起来。

马三子手足失措，绕着枝儿转了两圈才想起应该拿毛巾。

三子把枝儿扶到床前坐下，轻轻地给枝儿擦着泪：枝儿，你听我解释，为参加这次比赛，老团长差点儿出了大事。我要是再不排练，岂不是良心让狗吃了？老团长说得对，赚钱要紧，可集体的名誉更要紧，为了集体的名誉，老团长都往脸上抹胶水呢。

枝儿停止了哭泣，夺过毛巾自己轻轻擦着眼泪。

枝儿：抹胶水？

马三子：是啊，老团长想让自己变得年轻些，异想天开去参加青年演员大奖赛，就不知从哪里弄了些软乎乎的东西往脸上涂，说要把老脸上的皱纹拉平。那东西挂不住，他就往里加胶水，这样倒是挂住了，可那些东西粘在脸上弄不下来，医生用镊子给他往下拽，把老团长痛得昏过去了。要不是送到医院抢救，说不定就出大事了！

枝儿静静地听着，泪水止不住扑簌簌地往下落：老团长，也真是太不容易了。我，我也是太自私了！

枝儿趴在马三子怀里，呜呜地哭起来：立华，我替你卖冰糕！

屋外响起老团长的声音：妈妈的三子，可不许欺负人家姑娘啊！

从这天开始，枝儿就用自行车驮着马三子的冰糕箱进出京剧团大门。师兄弟们看着眼馋，都说马三子卖冰糕卖出彩来了。

选拔赛中三子顺利地过了市、省两道关，说话间就要"进京赶考"，老团长乐得一根瘸腿直打飘儿。他立马差人赴天津，请来自己唱了四十年《白蛇传》的老师姐。老师姐谈到扶掖后人就生瘾，下死命给三子"淬火"半个月，末了嘬着牙花儿说：奴看是行了！正如老团长师姐所言，马三子还真是行了。三子"进京赶考"不日就有了消息，随他一块儿进京的团副打来电话，三子已经打入前十名。又过了几天，剧团里凡是会喘气的吃过晚饭都坐在了办公室电视机前。因为京剧电视大奖赛进入了决赛阶段，三子命运如何，就看今晚。剧团的人虽然不在现场，照例是要给三子加油鼓劲的。

电视大奖赛很快就出了结果，马三子凭着他的运气但主要是先天固有的才气与刻苦，最后在参赛选手中得了个"探花"。剧团老少为此敲锣打鼓吹喇叭，足足折腾了半夜。天明时又接到肖团副的电话，说京剧界一位与马三子同姓的老前辈昨日午夜特地到他们的下榻处看望了马三子，对他的唱腔表演大加称赞，临走时挥笔赠他三个字——马许仙。剧团老少又是一番鼓噪，为表示祝贺，阿庆婶坚持要以自己的名义往北京打电报。老团长立即白眼相涮：有电话，还打什么电报啊！再说，要打我打，挨得着你了？妈妈……

"马许仙"回到市里后，立即由文化局出面组织了三天义演。演出前老团长先向局、市领导做了汇报，说马三子在他的培养下，这次本来是要拿状元的，状元拿不到至少得是个榜眼。只因为剧团穷，没钱给评委们送礼，人家评委们就把头名和二名给了别人，只给了马三子一个"探花"。这还是幸亏马三子实力最强，要不，这第三名也得从评委们的手指缝里溜跑了。领导们点点头，表示理解。

因为是义演，不卖票，不收钱，来看戏的人就特别多。礼堂里沸沸扬扬，熙熙攘攘，观众连台阶上都站满了。一出《白蛇传》唱完，人们还真看直了眼。掌声叫好声如波似澜，三子谢幕三次，观众仍不离去，三子无奈，只好又唱了三个选段。之后几天里，街头巷尾，机关企业，无论是懂戏的还是不懂戏的，甚至往常听到"戏"字就骂娘的，那可是人人谈京剧，个个论"白蛇"。小城出了个"马许仙"，了不得啦！

马三子有了名声就有了崇拜者。先是一帮青头小子围他转，之后，那些离休退休拄拐棍和不拄拐棍的也纷纷找他。三子天生好脾性，对谁都是那么恭敬谦和，要唱就唱，要说就说，老头们跟戏点，有的拐杖都给蹾折了。时日一长，马三子成了老头们的偶像、希望和人生大结局到来之前轻易难现为数不多的精神寄托。每逢三子出去卖冰糕，总有一大帮老头在剧团门口翘首相待，犹如大榆树上等候"反哺"的老鸦。

市老龄委的头头听到这消息，喜得接连打喷嚏。为了更好地安排离退休老人的精神生活，他们当即派人找到马三子，邀他每日晚间到月牙儿湖边唱选段，由老龄委出面，请一些老同志参加。这些老同志，当然是他们认为应该而且必须邀请的。三子满口答应，老龄委又说给他付报酬，三子听了直摇头，他怕老团长说他"走穴"。然而三子毕竟也生活在经济大潮中，脑筋虽僵，如今也给"冲"活了。他回绝了报酬，却又让老龄委的人去找老团长，说是自己出去演出须得领导许可。实际上他是想从剧团里领点儿补助费什么的。老龄委的人找到老团长，老团长张着豁牙老嘴咝哈几下就有了主意。他说同意三子出演，只是有个要求，他建议老龄委每晚也派个人出来专为三子卖冰糕，并说这叫秃子打狗狗吠月，谁也不欠谁的。

老龄委们没办法，只好答应。自此，马三子每晚到月牙儿湖边唱一出戏，老龄委们则每晚替他卖冰糕，既过了戏瘾又赚了钱，真可谓一举两得。老龄委为了宣传证实自己的工作，请来报社记者现场采访，将三子的事迹撰文成篇发在市报上，题目是"甘为老人献青春"。这一闹，马三子愈发名声大噪，来找他"献青春"的老头老婆儿日渐增多。用现下时兴的话来说，马三子红得真真有些发紫了。那位报社记者见是风头，当即编文发往省报，省报正需这种典型，第三天就给发出来，只是文章见报时，其中老龄委每晚须为三子卖冰糕的一节删掉了。

9

人走时运马走膘……老团长的话还是有些讲究的。时隔不久，市人大、市政协换届选举，作为艺术名人，作为无党派人士……他随后给选成本市政协常务委员了。有了名声就有了地位，有了地位也就有了身份，有了身份也就有了身价。从此后，连文化局的几位局座见了三子都停车，总要说些"马同志你去干什么"之类的话。局座尚如此，老团长阿庆婶以及剧团里其他人等还在话下吗？

马三子不再出去卖冰糕，他接受了小王师兄的劝告，在剧团大门的旁边开了家"马许仙冷食店"。晚上他去月牙儿湖边唱京戏，白天就在店里坐着。牌子大，顾客多，每日都是人来人往络绎不绝。因为马三子已是本市名人又兼政协常务委员，市管所也不敢轻易来找麻烦，没出一个月，三子就赚了大钱。

市管所不找麻烦，自有找他麻烦的。不说熟人、师父、师兄弟，光老团长一人也够他对付了。老团长每日里跑进店来，吃着拿着但不欠情，常常咝溜着口水说：你小子妈妈的出名亏了谁，不出名能赚钱吗？赚了钱可别忘了本，吃水得记住打井人嘛。嗯，我也不跟你分红，今儿弄个零吃吧。言讫，单腿打飘儿一甩一甩地走了。

也有人看不下去，到文化局里告发老团长巧取豪夺，老团长挨了一顿剋，肚皮里窝着火，再见了三子就拿白眼涮。可也只能如此，他有火不能发，不是不敢发，是因没有理由发。你吃人家拿人家还捎带着损人家，虽是团长和长辈，仍是理亏。不过，团长到底是团长，经多见广阅

265

历深，办法也比别人多。十天后的晚上，他瞅见三子从月牙儿湖边回来时，就径直地找到宿舍里，语重心长地给三子上了一堂人生道理课。他告诉三子，说他年纪小，涉世浅，以后干事得长眼色。特别对于领导人，万万不可小视更不可漠视。老团长将这样的人生道理重复四遍，末了啐了一口唾沫，以与他腿脚不相称的速度雀眯着眼走了。

三子虽憨，却也明白团长所言为何。说真的，对于老团长他挺有感情，老团长从他店里吃点儿掠点儿也不在乎。前些日子老头总拿白眼涮他，他就纳闷，直到有一天阿庆婶指着鼻子骂他没良心的，他才问明白原来有人去局里告发老团长了。当时他就挺生气，说：有些人真多余，这不是闲极无聊挠墙根吗？所以从第二天起，他就主动热情招呼老团长，老团长也就笑逐颜开，重新进店出店而一如往常。这天晚上三子听到房后有动静，走到窗前才明白是老团长和老武生在他宿舍后边撒尿。一阵排泄声过，就听团长十分痛快地说：阖团里青年后生中，就数三子有人味。其他，都妈妈的良心大大坏啦坏啦的。

老团长当年演过日本兵，落下个病根，一不小心，嘴里就淌出日本话。

三子对老团长的优待，很使一些人的眼里冒火，有的就以团长为榜样，隔三岔五进出三子的冷食店。尽管如此，仍是吃孙喝孙不谢孙，在剧团院里放风说，三子开店一摆设，团长是例子，不吃白不吃，白拿谁不拿？口气中好像三子开这冷食店本身就欠了人们什么。整日熟头熟脸的碍着面皮，三子干着急却没有办法。眼看着吃白食拿野雁的日渐增多，三子真有关门大吉的想法。

这天市政协召开常务委员会，研究如何协助市委市政府搞好"开放搞活"的问题。休息时大伙让三子来一段，也是三子心有所欲，欲有所泄，当场清唱，竟能现编现卖出口成章：

马三子：适才开会人已疲，歇来小生诌几句。忙中抽闲只片刻，我不用心怎相宜。走几步以口代弦来个过门：

266

请听我说——

（唱）

每日里店中忙又忙，两只手是进出冰糕饮料箱。

货物它出去钱进来，我感谢那改革与开放。

挣了钱那生活就大变样，还赚得我三子倒了仓。

咱如今也唱也卖搞活戏，里外兼顾没有耗时光。

人随世事还得要车随辙，最忌的是直着脖子撞南墙……

政协主席朝着身旁的秘书：马立华委员唱得真好，记下来。

秘书：我记下来了。

主席做会议总结：今天各位委员讲得很好，特别是马立华委员，借戏言情，我很受感动。不过，也有破坏"开放搞活"的不良因素，比如马立华委员开的冷食店，据说就常常有人跑去打野食。剧团里有人看不下去，已经反映到纪检委。纪检委找我商量过，为了维护马立华委员的正当权益，我们准备联手出击，一定刹刹这股歪风邪气。

马三子：主席，别，别……

主席摆手：马立华委员你不用多讲，我理解您，现在散会。

这之后的结果，却是唱戏的马三子始料不及的。

说真的，自从"搞活经济"以来，一些纪检干部轻松了，空闲了，无所事事了。如今突然出了这么一件违法乱纪的典型，他们先是疑惑，继之研究，最后终于较起了以往的认真劲。不能不管，非但要管，还需动真格的。——也是活该老团长倒霉。

为慎重起见，被派执行任务的两位干部竟然学了便衣警察的办法——不声不响地先在"马许仙冷食店"门前搞起了秘密侦查。也真巧得很，第一个被捉住的，却是近几天并不再常来的老团长。那日他又是喝酒多吃了牛头肉，口渴也身热，便到马三子这儿打趸摸。他像例行公干似的在冷食店里做了一番手脚，正要走，被纪检们很客气地唤住了。纪检们找了个刘伯温也难推托的借口将他"套"住，老团长填表

267

签字迷迷糊糊给摆弄了一气，末了终于明白是"上当受骗"。再想翻账，为时已晚。顺理成章，老团长挨了停职检查等候进一步处理的纪律处分，便疑心是马三子设了陷阱有意坑害他。他气得整天窝在屋里喝闷酒，之后就乘着酒劲在院里连唱带骂：俺本以为——尔是赤心保国的忠良将，却原来——是只吃人嚼骨连渣也不吐的白眼狼……

骂声传到三子的冷食店里，三子伤心至极，他抱着头，懊悔自己不该在政协会上唱京剧。如今，已经惹得老头骂起来了，怎么办啊！他只好暂时放弃赚钱，关了店门又用棉花塞紧了耳朵。只一天时间，那箱里的冰糕就都化成了水。

马三子跑回宿舍，要去找团长解释。想一想团长生性古怪又喝了酒，如今正在气头上，自己口笨，把不准就要画虎不成反像狗。他只好勉强稳住心神，等晚上老头消消气后再说。可是，到了晚上他仍旧不敢去。他怕老团长那种不吐核的臭骂。那张缺了牙的老嘴，能找出世界上最脏的词编成天下最损人的话。并且，边骂边朝人的脸上迸唾沫，受得了吗？那是长辈，那是师父，你又不能反驳……

马三子在屋里如同撞槽的小驴驹，难以安静。老团长的影像总在他面前闪来闪去，他似乎进入到一个难以摆脱的魔幻世界。

如水月光从窗子里洒进屋，马三子心不静神不安当然更难以入睡。他朝窗外注视着，月儿不圆却很亮，月中没有什么传说中的嫦娥，却有个面目慈祥的老婆婆。老婆婆立在月桂树下朝他招手，似乎在安慰他，也像在鼓励他。他再也沉不住气，翻身跳下床来跑向门口。可是，就在将要迈出屋门的刹那重又立住。他反身走回到床前，又从床前走回到门口，往复十次，终于在床头处立住。他习惯地伸手去床头墙上摘那把琴师老曹送给他做纪念的二胡，但伸出半截的手又慢慢放下，因为他忽然记起来，那把二胡昨晚在湖边让老龄委主任借走了。他的心一激灵，蓦地想起自己倒仓后老团长送给自己的奖品——那把据说跟了他半辈子的京胡。他忙从床头柜里将京胡轻轻取出来，打开后窗，整弦运弓，冲着老团长的宿舍方向拉起了京胡曲子《师生情》。这首曲子会拉的人不算

268

多，是三子从老曹和老团长两人那里学来的。它以反二黄为基调，反映了师父对学生的爱护、希冀、扶持和要求，也反映了徒弟对师父的尊敬、感激与知恩必报的心韵。内中有着由于误会导致的师生矛盾和徒弟在无奈中祈求师父理解的一段，听来真诚悲切，感人肺腑。马三子将这一段拉了一遍又一遍，只拉得双目盈泪，周身冒汗。他忘了剧团忘了自己也忘了冷食店，心中脑中，只有老团长那张布满皱纹和创伤的脸。他拉着拉着，忽听北边一串带着哭韵的苍老嗓音传过来：

三儿啊，妈妈的我知道了还不行吗？啊啊！？

三子收起京胡蹿出门，也带着同样的哭韵向后排楼房跑去……

为了避开市纪委的所谓进一步处理，老团长决定提前一年退休。理由很简单也很充分——病退。

这一番折腾还真起了作用，老团长撞在枪口上已然跌下马来，其他吃讹食的见机不妙也都自动收兵。三子的冷食店里安静下来，顾客虽然还似以往络绎不绝，可不知为什么，三子心里却产生了一种怅然若失的感觉。好像别人不再来讹他倒是一种无形的抗议，似乎他本来就是该别人欠别人的，别人如今经过家门也不望他一眼，这种"一切尽在无声中"的情景，弄得他心里更加没底了。所幸老团长隔三岔五仍来光顾，有这么根顶门柱时不时地出现在店里，稍觉踏实些。

秋天在落叶与淅沥小雨中悄然而逝，冬天带着寒风袭人的哨音蹦蹦跳跳地到来了。三子仍旧白天卖冰糕，晚上去唱戏。只是唱戏的地点已不在月牙湖边，而是经老龄委联系迁到了市直小礼堂里。冷食店开始冷清，进了阴历十月已是门可罗雀。小王师兄见三子仍旧一如既往，心中不免焦急，他抽空找来教训三子，说：冬天来了，天气凉了，一群大雁早飞走了，冷食厂都快停产了，你三子怎么还在这儿卖冰糕呢？三子不以为然，他认为寒冬腊月也有吃冰糕的，现在为何不能卖。只要有一个吃冰糕的，他就理所当然应该在这儿坐着。因为自己干的就是这一行，干事不专一能成吗？况且，除了唱戏卖冰糕，三子不知道自己还能干什么。小王暗笑，他知道这位小师弟做人有些痴，生意生意嘛，不赚钱仍旧坐在摊上守着，这叫什么"鸟"生意啊！

精明的小王也不多劝他，第二天又来到冷食店，但是换了话题。他告诉三子，说枝儿要进城来开拉面店的事情基本办妥，只是找不到房子。三子怔了怔，立即想起枝儿前几天还来找过自己，谈到眼下天气已冷，正是卖拉面的好时机，要三子抓紧时间办手续。三子当时就领她找了小王，小王当时正忙着，只说了个"行"就再也没了话。不想事隔几天他竟办成了。三子当然主动起来，和小王计议哪个街面上有房可赁。小王摇头说眼下乡闲，人们都进城来做生意了，哪有房子可赁。三子急得皱眉头，小王忽然兴奋地嚷起来，说是有办法了。三子见他转得如此快，正诧异，小王指指房顶说：这里，这里不是挺好吗？

三子口气认真地说：这是冷食店。

小王笑了笑：这有什么难的，换换牌子嘛。

三子看看放在柜台上已经两天没掀盖的冰糕箱，笑了：这主意好！

10

冷食店改成了"马许仙拉面铺"。经理是枝儿她哥哥，掌权的是枝儿，真正下力的却是枝儿的父亲——一位老实巴交的庄稼人。

还是老团长那句话，"人走时运马走膘"。你看，用这马三子的名义干事，再顺当不过。自从拉面铺开张，来吃拉面的人一天比一天多。特别是每天早晨，几乎达到排队挨个的程度了。一是枝儿家的清真拉面确实名不虚传，牛肉佐料好手艺，人打门前过，嘴不馋眼也馋。二是马三子如今名声在外，京戏唱得好，为人又厚道，人们在他名义下的店铺里或吃或喝，丝毫不会有上当受骗的感觉。大概这就是人们常说的那种"信誉问题"吧。更主要的是那些老戏迷，早晨散步锻炼身体时忽然发现三子的冷食店改成拉面铺，开头是抱着"照顾"三子生意的目的来吃面。谁知吃过几回就再也挪不动嘴，这不仅是因拉面质量高味道好，还有一个原因便是三子可以在他们吃饭间隙里专赠一段戏。戏迷嘛，既有吃的也有听的，岂有不乐不来之理？每天早晨散步后来到拉面铺，听听三子那迷人的唱段，再吃上一碗或者两碗的牛肉拉面，然后打着饱嗝慢悠悠地晃回家去喝茶，那感觉不是神仙却胜似神仙。

严峻的现实是不迁就人的，尽管京剧被列入国粹，尽管国家拿出巨款为京剧举办一个又一个的大奖赛或者是艺术节，这个小城市里的京剧团仍旧面临垮台的危险。

马三子自然是不发愁，可以说，昔日矮人三寸的马三子，如今是高人三尺。然而马三子有了名声有了钱并不自私，为了让全团人都能富裕些，他近些天来绞尽了脑汁想出了办法，他和老龄委的负责人商量好，由自己和老龄委各出一部分钱做铺垫，每周六晚趁人们歇大礼拜的机会，低价租用市直大礼堂进行公演。

公演并非义演，当然要门票。老戏迷们明白了三子的用心，有的去老龄委讨票看戏，有的出于一种"资助"的目的，干脆自己掏腰包买票。三子的良苦用心还真感动了本市的人，时日不久，大机关大企业的工会就像约定俗成，每周都要拿出部分经费到剧团购票看戏。每周六礼堂门口的人进进出出，这就引发了人们的好奇心，一些闲极无聊逛夜市的姑娘小伙儿们，在大街上吃够了羊肉串，唱腻了卡拉OK，抱着一种无所谓的心理，花三五元买张票晃进去，本意为了消遣，谁料看过一场，竟被这"老掉牙"的艺术吸住了眼，勾住了心，第二周又来，第三周再到，不知不觉竟就染上了戏瘾。风气的流行有时地域性极强，人人相传，心心相引，个把月的工夫，这座小城的人们就很有一部分成了戏迷。

马三子福至心灵，见机行事，趁此大好形势，当即将阿庆婶、肖团副、老武生等一班昔日名角搬出来唱折子戏。这些名角嗓子里早就憋出"鸟"来，如今有了登台的机会，一个个唱得双眼淌泪，感动了三子，感动了戏迷，感动了所有来礼堂看戏的人。马三子顺渠引水，立即和这些前辈们商量，将他们的折子戏改成整场戏，试演两场，照样叫响。

急功近利的媒体当然不会放过这种借机大出风头的机会，一篇篇文

271

章、一次次广播、一个个电视片纷至沓来。直把个小城京剧团里的"艺术家"们吹上九重天。那措辞那气势，很让人感到这些人在艺术上的造诣已将天下权威彻底打翻。市委市政府的领导人一见国粹在本城大放异彩，接连在大会上表扬两次。管文化的头头们觉得脸上生光，党组会上做出决定，作为扶持，作为奖励，作为关心剧团群众生活，以后每季度给剧团增加经费两千元。

能上台的自然是有工资再加补助——自给自足。没有能力上台演出的，经马三子提议，也给他们安排了力所能及的活，有的收门票，有的打下作，有的出外搞联络，有的专门维持秩序管巡逻……有两个小子不听招呼，说是让他们干这样的事情是屈才了。他们早起跑到月牙儿湖边吼了几嗓子，回来后说是底气不在马三子之下。于是，二人也办了手续买了箱，要学马三子卖冰糕练嗓子决心重新"倒仓"。二人的确也是卖力气，白天到乡下，晚上在城里，每逢星期六晚饭后，早早地赶到礼堂门口前，支起摊子高声喊：冰糕、冰激凌——外加大个冷狗啦——

马三子年底就和枝儿领了结婚证，按照本地土政策年龄还差几个月，据说又是小王师兄请客送礼从中通融撮成的。虽然两人还没举行婚礼，但已是名正言顺受法律保护的小夫妻了。所以，白日劳顿之后，晚上两人相偕逛街压马路，说是散步，实际上是身上舒服心中恣，有意做给别人看的。特别是星期六的晚上，两人更是早到场，晚离场，俨然一对台上台下的小鸳鸯。男精神，女俊秀，人们看了，不禁交口夸奖说：啧啧，瞧这一对儿哟，真格儿的天造地设。

那两位也学了三子卖冰糕的小伙子见了，眼中馋出火星来，叫卖之声也就一天大似一天了。

老团长虽然已退休，然而多年的职业习惯，他依旧是逢戏必看。每到星期六的晚上他都准时赶至礼堂前，先到两位晚辈的冰糕摊子上理所当然地伸手抄一支大雪糕，一边咝溜了豁牙老嘴啃着，一边仍旧不依不饶地损人家：嗯，老子革命半生，啃你支雪糕是瞧得起你。嗯，也学人家三子了，有志气，不错。可这是个福气啊！福气——你们他妈妈的行

272

吗？啊？行吗……

老团长口中哨着，嘴里嘟囔，行至礼堂前打个喷嚏，很幸福地甩了螺旋腿儿拾级而上。老团长身后，不断传来响亮的叫卖声：冰糕，清心拔凉的冰糕啦！

此刻，市直礼堂内准时准点地响起开戏的锣鼓声……

图书在版编目（CIP）数据

老苍／杨英国著. — 北京：中国文史出版社，
2020.1

（中国专业作家小说典藏文库·杨英国卷）

ISBN 978 - 7 - 5205 - 1454 - 5

Ⅰ. ①老… Ⅱ. ①杨… Ⅲ. ①中篇小说 - 小说集 - 中
国 - 当代 Ⅳ. ①I247.5

中国版本图书馆 CIP 数据核字（2019）第 237098 号

责任编辑：卢祥秋　薛未未

出版发行：**中国文史出版社**

社　　址：北京市海淀区西八里庄 69 号院　邮编：100142

电　　话：010 - 81136606　81136602　81136603（发行部）

传　　真：010 - 81136655

印　　装：廊坊市海涛印刷有限公司

经　　销：全国新华书店

开　　本：720×1020　1/16

印　　张：17.75　　　字数：247 千字

版　　次：2020 年 1 月第 1 版

印　　次：2020 年 1 月第 1 次印刷

定　　价：59.80 元